JOGOS MALIGNOS

ANGELA MARSONS
JOGOS MALIGNOS

tradução de **Marcelo Hauck**

Copyright © 2015 Angela Marsons
Copyright © 2019 Editora Gutenberg

Título original: *Evil Games*

Todos os direitos reservados pela Editora Gutenberg. Nenhuma parte desta publicação poderá ser reproduzida, seja por meios mecânicos, eletrônicos, seja via cópia xerográfica, sem a autorização prévia da Editora.

EDITORA RESPONSÁVEL
Rejane Dias

ASSISTENTE EDITORIAL
Andresa Vidal Vilchenski

PREPARAÇÃO
Andresa Vidal Vilchenski

REVISÃO FINAL
Júlia Sousa

CAPA
Larissa Carvalho Mazzoni (sobre imagens de jgolby / Shutterstock)

DIAGRAMAÇÃO
Larissa Carvalho Mazzoni

Dados Internacionais de Catalogação na Publicação (CIP)
(Câmara Brasileira do Livro, SP, Brasil)

Marsons, Angela
 Jogos malignos / Angela Marsons ; tradução de Marcelo Hauck. -- 1. ed. -- Belo Horizonte : Gutenberg Editora, 2019.

 Título original: Evil Games.
 ISBN 978-85-8235-577-0

 1. Ficção inglesa I. Título.

19-24608   CDD-823

Índices para catálogo sistemático:
1. Ficção : Literatura inglesa 823

Iolanda Rodrigues Biode - Bibliotecária - CRB-8/10014

A **GUTENBERG** É UMA EDITORA DO **GRUPO AUTÊNTICA**

São Paulo
Av. Paulista, 2.073, Conjunto Nacional, Horsa I
23º andar . Conj. 2310-2312 .
Cerqueira César . 01311-940 São Paulo . SP
Tel.: (55 11) 3034 4468

Belo Horizonte
Rua Carlos Turner, 420
Silveira . 31140-520
Belo Horizonte . MG
Tel.: (55 31) 3465 4500

www.editoragutenberg.com.br

Este livro é dedicado à minha avó, Winifred Walford.
Minha melhor amiga, com quem nenhum tempo
neste mundo teria sido suficiente.

CAPÍTULO
1

Black Country
Março de 2015

FALTAM TRÊS MINUTOS.

Batidas matinais não tinham como ser mais grandiosas do que essa. Levaram meses para montar o caso. E, nesse momento, Kim Stone e sua equipe estavam prontos. Os assistentes sociais posicionaram-se do outro lado da rua, onde receberiam o sinal para entrar. Duas garotinhas não dormiriam ali nesta noite.

Faltam dois minutos.

Ela orientou pelo rádio:

– Todos em suas posições?

– Aguardando seu comando, chefe – respondeu Hawkins.

Sua equipe, estacionada a duas ruas, estava preparada para vigiar os fundos da propriedade.

– A postos, chefe – disse Hammond, do carro logo atrás. Era ele quem estava de posse da "grande chave" que garantiria uma entrada rápida e atordoante.

Falta um minuto.

A mão de Kim pairava acima da maçaneta. Tencionava os músculos e, com uma descarga de adrenalina nascida do perigo iminente, seu corpo fazia a escolha entre atacar ou fugir. Como se fugir tivesse sido uma opção em algum momento.

Ela virou para encarar Bryant, seu parceiro, que tinha o mais importante: o mandado.

– Bryant, está pronto?

Ele fez que sim com um movimento de cabeça.

Erika observou o ponteiro dos segundos atingir o doze.

– Vai, vai, vai – ordenou pelo rádio.

– Oito pares de botas trovejaram na calçada e convergiram para a porta. Kim foi a primeira a chegar. Ficou de lado enquanto Hammond bateu o aríete na porta. A madeira do batente vagabundo arrebentou contra as três toneladas de energia cinética. Como combinado na reunião de planejamento, Bryant e um guarda correram escada acima até o quarto principal para apresentar o mandado.

– Brown, Griff, fiquem com a sala e a cozinha. Depenem o lugar se precisarem. Dawson, Rudge, Hammond, vocês vêm comigo.

Imediatamente, a casa foi tomada pelo som de portas de armários sendo abertas e de gavetas sendo fechadas com força. Tábuas do assoalho no andar acima rangiam e uma mulher pranteava histericamente. Kim ignorou-a e deu sinal para os dois assistentes sociais entrarem na propriedade.

Ela parou diante da porta do subsolo. Havia um cadeado na maçaneta.

– Hammond, alicate grande para cortar isto – ordenou.

O policial se materializou ao lado dela e, com habilidade, cortou o metal.

Dawson entrou na frente, tateando a parede em busca do interruptor.

Um funil de luz da entrada da casa iluminava os degraus de pedra. Dawson desceu, acendeu a lanterna e iluminou o caminho debaixo dos pés. Um cheiro rançoso de fumaça e umidade saturava o ar.

Hammond dirigiu-se a um canto onde havia um refletor. Acendeu-o. O feixe estava apontado para o colchonete de academia que dominava o meio do cômodo. Havia um tripé logo depois dele. No canto contrário, erguia-se um guarda-roupa. Kim o abriu e viu uma série de figurinos, inclusive um uniforme escolar e roupas de banho. Pelo chão do guarda-roupa, espalhavam-se: uma boia redonda, uma bola de praia e bonecas.

Kim lutou para segurar a náusea.

– Rudge, tire fotos – instruiu ela.

Hammond cutucou cada uma das paredes em busca de espaços secretos.

No canto mais distante, em uma alcova, havia uma mesa com um computador e, acima dela, três prateleiras. A de cima estava abarrotada de revistas, as lombadas finas não ofereciam pistas sobre o conteúdo, porém Kim sabia o que eram. A prateleira do meio continha uma série de câmeras digitais, minidiscs e equipamento de limpeza. Na mais baixa, contou dezessete DVDs.

Dawson pegou o primeiro, em que estava escrito *Daisy vai nadar* na etiqueta, e o pôs no disc drive. O equipamento de alta tecnologia começou a funcionar rapidamente.

Daisy, aos 8 anos, apareceu na tela de biquíni amarelo. A boia circundava sua pequenina cintura. Os braços magros abraçavam a parte superior do corpo, o que não era suficiente para fazê-la parar de tremer.

A emoção agarrou a garganta de Kim. Queria arrancar os olhos daquilo, mas não podia. Fingiu para si mesma que era possível impedir o que estava prestes a acontecer – mas é claro que não podia, pois já havia acontecido.

– O q... o que agora, papai? – perguntou a voz trêmula de Daisy.

Toda a atividade parou. O subsolo ficou em silêncio. Os quatro policiais enrijecidos foram paralisados pela voz da garotinha e não emitiam som algum.

– A gente vai brincar de uma coisinha, só isso, querida – disse o pai, aparecendo na tela.

Kim engoliu em seco e voltou a si.

– Desliga isso, Dawson – sussurrou ela. Todos sabiam o que aconteceu depois.

– Filho da mãe – xingou Dawson, com os dedos tremendo ao recolocar o disco na capa.

Hammond olhou para o canto e Rudge limpava devagar as lentes de sua câmera.

Kim se recompôs:

– Pessoal, vamos fazer esse bosta pagar pelo que fez. Prometo isso a vocês.

Dawson pegou os documentos para relacionar todas as possíveis provas. Tinha uma longa noite pela frente.

Kim escutou uma comoção lá em cima. Uma mulher gritando histericamente.

– Chefe, a senhora pode vir aqui em cima? – chamou Griff.

Kim deu uma última olhada ao redor e falou:

– Despedacem este lugar, pessoal.

Ela se encontrou com o policial no topo da escada do cômodo no subsolo:

– O quê?

– A esposa está exigindo algumas respostas.

Kim foi pisando duro até a porta, onde uma mulher na faixa dos 40 e poucos anos agarrava-se ao roupão que cobria seu corpo esquelético. Assistentes sociais puseram suas duas trêmulas filhas em um Fiat Panda.

Sentindo Kim atrás de si, Wendy Dunn se virou. Seus olhos estavam vermelhos no rosto sem cor.

– Pra onde estão levando minhas filhas?

Kim controlou a vontade espancá-la.

– Pra longe do seu marido doente e pervertido.

A esposa apertou o próprio colarinho da roupa que vestia. Ela balançava a cabeça de um lado para o outro:

– Eu não sabia, juro que eu não sabia. Quero minhas filhas. Eu não sabia.

Kim inclinou a cabeça:

– Sério? As esposas tendem a não acreditar até mostrarem provas a elas. Você não viu nenhuma prova até agora, viu, sra. Dunn?

Os olhos da mulher lançaram-se para todos os lados menos de volta a Kim.

– Juro pra você. Eu não sabia.

Kim inclinou-se para a frente, com a imagem de Daisy fresca na cabeça.

– Você é uma mentirosa. Você sabia. É mãe delas e deixou que ficassem perturbadas para sempre. Espero que nunca mais tenha um momento de paz pelo resto dessa droga de vida desgraçada.

Bryant apareceu ao lado dela.

– Chefe...

Kim retirou lentamente os olhos da mulher trêmula e se virou.

Olhou, por cima do ombro de Bryant, direto nos olhos do homem responsável por garantir que aquelas duas meninas nunca mais enxergassem o mundo como deveriam. Tudo mais na casa desapareceu gradativamente, e durante alguns segundos restaram apenas os dois.

Encarou-o de cara fechada e notou o excesso de pele flácida dependurada em sua queixada como cera derretida. Ele respirava rápida e ofegantemente, seu corpo de 250 quilos ficava exausto por qualquer movimento.

– Porra... você não pode... vir aqui... e fazer qualquer... merda que quiser.

Ela caminhou na direção dele. Sentia a aversão tomar conta de si à medida que diminuía o espaço entre eles.

– Tenho um mandado que diz que posso, sim.

Ele meneou a cabeça:

– Saia da... minha casa... antes que eu chame o meu... advogado.

Ela tirou as algemas do bolso de trás.

– Leonard Dunn, você está preso pela suspeita de manter relações sexuais com uma criança menor de 13 anos, abuso sexual infantil e de compelir uma criança a envolver-se em atividade sexual.

Seus olhos perfuravam os dele. Kim só enxergava pânico.

Ela abriu as algemas enquanto Bryant agarrava os antebraços de Dunn para juntá-los.

– Tem o direito de permanecer calado, mas poderá prejudicar sua defesa se, quando interrogado, não mencionar algo que queira usar posteriormente no tribunal. Tudo que disser poderá ser considerado prova.

Ela fechou as algemas, tomando cuidado para não encostar na pele branca cabeluda. Jogou os braços dele para longe de si e olhou para o parceiro.

– Bryant, tire esse doente idiota da minha vista antes que eu faça alguma coisa de que nós dois vamos nos arrepender.

CAPÍTULO
2

KIM SENTIU O AROMA de loção pós-barba antes de quem o estava usando aparecer.

— Sai fora, Bryant, não estou em casa.

Seu corpo de um metro e oitenta se curvou por baixo da porta da garagem, que estava suspensa até a metade.

Ela tirou o som do iPod, silenciando as notas prateadas do concerto *Inverno*, de Vivaldi.

Apanhou um trapo qualquer, limpou as mãos e, usando todos os centímetros de seu um metro e setenta e cinco, encarou-o. Passou a mão direita instintivamente pelo curto cabelo preto volumoso. Bryant sabia que aquele era seu hábito pré-batalha. Ela pôs a mão errante na cintura.

— O que você quer?

Ele andou pra lá e pra cá, evitando a explosão de peças de moto que literalmente emporcalhavam o chão da garagem.

— Jesus Cristo, o que isso vai querer ser quando crescer?

Kim acompanhou o olhar de Bryant pelo espaço. Para ele, aquilo parecia um cantinho de ferro-velho. Para ela, era um tesouro perdido. Tinha levado quase um ano para localizar todas as peças para montar aquela motocicleta e estava empolgadíssima.

— É uma BSA Gold Star 1954.

Ele suspendeu a sobrancelha direita.

— Vou acreditar em você dessa vez.

Os olhos deles se encontraram, e Kim aguardou. Aquele não era o motivo da visita dele e ambos sabiam disso.

— Você não foi lá ontem à noite — comentou ele, pegando o coletor de descarga no chão.

— Bela dedução, Sherlock. Você deveria pensar em ser detetive.

Ele sorriu, depois ficou sério:

— Era uma comemoração, chefe.

Ela semicerrou os olhos. Ali, em sua casa, ela não era detetive inspetora e ele não era detetive sargento. Ela era Kim e ele, Bryant: seu parceiro e o que mais se aproximava de um amigo.

– Tá bom, deixa pra lá. Onde você estava? – perguntou ele com a voz suave. Não tinha o tom de acusação que ela estava esperando.

Ela tomou a descarga da mão dele e colocou-a na bancada.

– Pra mim, não era comemoração.

– Mas nós pegamos o sujeito, Kim.

E, nesse momento, Bryant falou como amigo.

– É, mas não pegamos a mulher.

Ela estendeu o braço para apanhar o alicate. Algum idiota havia prendido o cano de distribuição ao escapamento com um parafuso três centímetros maior do que o certo.

– Não temos provas suficientes para indiciá-la. Ela alega que não sabia de nada daquilo e a Promotoria Pública não consegue achar nada que prove o contrário.

– Então eles deveriam tirar as cabeças da bunda e procurar direito.

Ela prendeu o alicate na ponta do parafuso e começou a girar cuidadosamente.

– Fizemos o nosso melhor, Kim.

– Não é o bastante, Bryant. A mulher é a mãe delas. Ela deu à luz aquelas mamãezinhas e depois permitiu que fossem usadas da pior maneira possível pelo próprio pai. Aquelas crianças nunca vão levar uma vida normal.

– Por causa dele, Kim.

Seus olhos perfuravam os do amigo.

– Ele é um doente filho da mãe. Qual é a desculpa dela?

Ele deu de ombros:

– Ela insiste que não sabia, que não havia indício nenhum.

Kim desviou rosto.

– Sempre há indícios.

A detetive girou o alicate cuidadosamente, tentando soltar o parafuso sem danificar o coletor de descarga.

– Não podemos sacudir a mulher pra tentar arrancar alguma coisa dela. Ela não dá o braço a torcer.

– Você está me falando que ela nunca se perguntou por que a porta do cômodo no subsolo ficava trancada, ou que ela nunca, nenhuma vez, chegou cedo em casa e sentiu que alguma coisa não estava certa?

– Não temos como provar isso. Fizemos o nosso melhor.

– É, mas isso não é o bastante, Bryant. Não chega nem perto. Ela era a mãe. Devia ter protegido as meninas.

Kim fez mais força e girou o alicate no sentido anti-horário.

O fixador estourou e afundou no coletor de descarga.

Ela arremessou o alicate na parede:

– Droga, levei quase quatro meses pra achar essa porcaria de escapamento.

Bryant meneou a cabeça.

– Não é a primeira porca que você quebra, é?

Apesar de sua raiva, um sorriso surgiu em seus lábios.

– E tenho certeza de que não vai ser a última. – Ela assentiu com a cabeça. – Pega aquele alicate pra mim?

– Um "por favor" seria legal. Seus pais não te deram educação, mocinha?

Kim ficou calada. Tinha aprendido muito com suas sete famílias adotivas e grande parte do que aprendeu não era legal.

– Mas o pessoal gostou da conta que você deixou paga no bar.

Ela o olhou e suspirou. Sua equipe merecia a comemoração. Tinham trabalhado duro para montar o caso. Leonard Dunn não seria visto livre durante muito tempo.

– Se vai ficar, seja útil e sirva um café pra gente... por favor.

Ele saiu balançando a cabeça na direção da porta que levava à cozinha.

– Tem café pronto?

Kim não se deu ao trabalho de responder. Se ela estava em casa, havia café pronto.

Enquanto ele fazia bagunça na cozinha, Kim se pegou novamente surpresa pelo fato de que não havia ressentimento da parte do colega por ela ter sido promovida em um ritmo muito mais rápido que o dele. Aos 46, Bryant não tinha o menor problema em receber ordens de uma mulher cuja carreira havia começado vinte anos após a dele.

Bryant entregou-lhe uma caneca e apoiou-se novamente na bancada:

– Vi que está cozinhando de novo.

– Experimentou um?

Ele deu uma gargalhada.

– Que nada, estou tranquilo. Quero viver, e não como nada que não posso nomear. Eles parecem minas terrestres afegãs.

– É biscoito.

Ele balançou a cabeça e disse:

– Por que você se mete com isso?

– Porque sou um lixo nisso.

– Ah tá, é claro.

– Se distraiu de novo, não foi? Viu um pedacinho de cromado que precisava de uma polida ou um parafuso que...

– Você realmente não tem nada melhor pra fazer no sábado de manhã do que isso?

– Não, as mulheres da minha vida estão fazendo as unhas. Então, não, não tenho nada melhor pra fazer do que ficar te enchendo o saco até não querer mais.

– Tá bem, mas posso te fazer uma pergunta pessoal?

– Olha só, sou feliz no meu casamento e você é minha chefe, então a resposta é não.

Kim soltou um gemido e disse:

– Bom saber. Mas então por que você não cria coragem pra falar com a sua patroa que não quer ficar com cheiro de camarim de *boy band*?

Ele balançou a cabeça e olhou para o chão:

– Não posso. Não falo com ela há semanas.

Kim virou-se, alarmada.

– Por que não?

Ele levantou a cabeça e abriu um sorrisão:

– Porque não gosto de interromper.

Kim balançou a cabeça e olhou o relógio:

– Ok, termine o seu café e saia já daqui.

Ele virou a caneca.

– Adoro sua sutileza, Kim – disse ele a caminho da porta da garagem. Virou-se. A expressão em seu rosto perguntava se ela estava bem.

Sua resposta foi um rosnado.

Quando ele arrancou o carro, Kim respirou fundo. Tinha que esquecer aquele caso. O fato de Wendy Dunn ter permitido que as filhas fossem abusadas sexualmente fazia o maxilar dela doer. A ciência de que aquelas duas garotinhas seriam devolvidas à mãe a enojava. Elas ficarem novamente sob os cuidados da pessoa que supostamente deveria protegê-las era algo que a assombraria.

Kim jogou o trapo usado na bancada e baixou a porta da garagem. Tinha que visitar a família.

CAPÍTULO
3

KIM PÔS AS ROSAS BRANCAS em frente à lápide que carregava o nome de seu irmão gêmeo. A ponta da pétala mais alta caiu logo abaixo das datas que assinalavam a duração de sua vida. Seis curtos anos.

A floricultura a qual tinha ido resplandecia com cestas de narcisos, a flor sinônimo do Dia das Mães. Kim odiava narcisos, porém, acima de tudo, odiava a mãe. Que flor se comprava para uma mulher má e assassina?

Ela endireitou o corpo e olhou para a grama recentemente cortada. Era difícil não visualizar o débil e macilento corpo que tinha sido arrancado de seus braços 28 anos antes.

Ansiava lembrar o rosto doce e confiante dele, cheio de alegria inocente e risos de infância. Mas não conseguia.

Não importava quantos anos haviam se passado, o ódio nunca a abandonava. O fato de a curta vida dele ter sido preenchida por tanta tristeza, tanto medo, a assombrava todos os dias.

Kim abriu o punho direito cerrado e acariciou o mármore frio como se afagasse o curto cabelo preto do irmão, tão parecido com o dela. Queria desesperadamente lhe dizer que sentia muito. Que sentia por não ter conseguido protegê-lo e que sentia muito por não ter conseguido mantê-lo vivo.

– Mikey, amo você e sinto sua falta todos os dias. – Ela deu um beijo nos dedos e o transferiu para a pedra. – Durma bem, meu anjinho.

Olhou uma última vez antes de virar-se e ir embora.

A Kawasaki Ninja lhe aguardava de fora dos portões do cemitério. Certos dias, a motocicleta era 600 cilindradas de puro poder que a transportavam de um lugar ao outro.

Pôs o capacete e arrancou, afastando-se do meio-fio. Hoje, precisava fugir.

Ela atravessou Old Hill e Cradley Heath, cidades de Black Country, que no passado vicejavam aos sábados com consumidores que iam das lojas ao mercado, depois ao café para colocarem o papo da semana em dia.

Mas as marcas famosas tinham se transferido para os centros comerciais, levando os consumidores e a vívida animação com elas.

O desemprego em Black Country era o terceiro mais alto do país e jamais se recuperou do declínio da indústria do carvão e do aço, que havia prosperado no período vitoriano. As fundições e siderúrgicas foram demolidas e abriram caminho para parques industriais e prédios residenciais.

Mas, agora, Kim não queria passear por Black Country. Queria andar de moto, com tudo.

Saiu de Stourbridge na direção de Stourton e de uma estrada de 29 quilômetros que se estendia até a pitoresca cidade de Bridgnorth. Não tinha interesse algum nas lojas e nos cafés às margens do rio. Só o que ela queria era pilotar.

À placa preta e branca, acelerou. A aguardada descarga de adrenalina rasgou por suas veias enquanto o motor ganhava vida sob ela. Inclinou-se sobre a máquina e apoiou os seios no tanque de combustível.

Uma vez libertada, a força da moto desafiava todos os músculos de seu corpo. Conseguia sentir a impaciência e agitação dela querendo explodir. E, às vezes, ficava tentada a deixar isso acontecer.

Anda, me peguem, pensou ela quando o joelho direito beijou o chão em uma repentina curva fechada. Estou esperando, seus filhos da mãe, estou esperando.

De vez em quando, ela gostava de provocar os demônios. Gostava de incitar o destino que lhe havia sido negado quando não morreu com o irmão.

E eles a pegariam algum dia. Era apenas uma questão tempo.

CAPÍTULO
4

A DRA. ALEXANDRA THORNE circulou o consultório pela terceira vez, um costume antes de reunir-se com um cliente importante. Pelo que sabia, sua primeira paciente do dia não havia conquistado nada extraordinário nos seus 24 anos de existência. Ruth Willis não tinha salvado a vida de ninguém. Não tinha descoberto um medicamento novo nem sido um membro particularmente produtivo da sociedade. Não, a insignificância da existência de Ruth servia apenas para beneficiar Alex. Um fato que a própria cobaia ignorava alegremente.

Alex continuou sua inspeção com olho crítico e sentou-se na cadeira reservada aos pacientes – por uma boa razão. Feita com um couro italiano curtido no sangue do animal, era uma poltrona que acariciava delicadamente as costas, oferecendo conforto e aconchego.

A cadeira estava posicionada obliquamente em relação à janela-guilhotina, de modo que o paciente tivesse visão dos diplomas que adornavam a parede atrás da réplica de uma escrivaninha regencial.

Em cima da mesa, havia uma foto levemente virada para que o paciente pudesse ver um homem jovem e atlético com dois meninos, todos sorrindo para a câmera. A reconfortante foto de uma linda família.

A parte mais importante dessa sessão em particular era a visibilidade do abridor de cartas, com cabo de madeira entalhada e lâmina fina comprida, que decorava a frente da mesa.

O som da campainha disparou um arrepio de expectativa por seu corpo. Perfeito, Ruth foi pontual.

Alex gastou um breve momento para dar uma conferida em sua própria aparência, dos pés à cabeça. Salto alto de oito centímetros acrescentados à sua altura natural de um metro e sessenta e sete. Suas compridas pernas magras estavam revestidas por uma calça social azul-marinho feita sob medida com um largo cinto de couro. Uma camisa branca de seda aprimorava a ilusão de sutil elegância. Seu cabelo arrumado era castanho-avermelhado, liso, na altura dos ombros e tinha as pontas onduladas. Ela pegou os óculos na gaveta e os posicionou na ponte do nariz para completar o vestuário. O adereço era desnecessário para sua visão, contudo, imperativo para sua imagem.

– Bom dia, Ruth – cumprimentou Alex, abrindo a porta.

Ruth entrou, personificando o dia lúgubre lá fora. Com o rosto sem vida, os ombros caídos e deprimida.

– Como tem passado?

– Não muito bem – respondeu, sentando em seu lugar.

Alex parou à cafeteira.

– Você o viu de novo?

Ruth negou com a cabeça, mas Alex sabia que ela estava mentindo.

– Você voltou?

Ruth desviou o olhar, culpada, sem saber que tinha feito exatamente o que Alex queria.

Ruth tinha 19 anos e era uma promissora aluna de Direito quando foi brutalmente estuprada, espancada e deixada à mercê da morte a pouco menos de duzentos metros de casa.

As impressões digitais na mochila de couro que havia sido arrancada à força das costas dela revelou que o estuprador era Allan Harris, de 38 anos, cujas informações estavam no banco de dados do sistema devido a um furto cometido aos 20 e tantos anos.

Ruth enfrentou um julgamento árduo e viu o criminoso receber uma sentença de doze anos.

A garota fez o melhor que pôde para recompor a vida, mas o ocorrido mudou completamente sua personalidade. Tornou-se introvertida, largou a faculdade e perdeu o contato com os amigos. A orientação psicológica subsequente foi incapaz de devolver a ela qualquer semblante de vida normal. Sua existência consistia em agir automaticamente. Porém, mesmo essa frágil fachada foi destruída alguns meses antes, quando passou por um pub na Thorns Road e viu seu agressor saindo de lá com um cachorro ao lado.

Alguns telefonemas confirmaram que Allan Harris estava solto por bom comportamento depois de cumprir menos da metade da pena. Essa notícia levou a garota a uma tentativa de suicídio, e a ordem judicial levou a garota à Alex.

Durante a última sessão, Ruth admitiu que passava todas as noites em frente ao pub, nas sombras, só para vê-lo.

– Caso não se lembre, eu a aconselhei a não voltar mais lá na última vez em que nos encontramos. – Isso não era totalmente mentira. Alex a *tinha* aconselhado a não voltar lá, contudo não tão incisiva quanto poderia ter sido.

– Eu sei, mas eu tinha que ver.

– Mas o quê, Ruth? – Alex esforçou-se para suavizar a voz. – O que você estava com esperança ver?

Ruth agarrou o braço da cadeira.

– Quero saber porque que ele fez aquilo. Quero ver no rosto dele, saber se ele se arrepende, se sente alguma culpa por destruir a minha vida. Por me destruir.

Alex movimentou a cabeça com compaixão, ela tinha que seguir em frente com aquilo. Tinha que conseguir muita coisa em um curto período.

– Você se lembra do que conversamos na última sessão?

O rosto contraído de Ruth ficou apreensivo. Ela respondeu que sim com um gesto de cabeça.

– Sei o quanto isso será difícil para você, mas é essencial para o processo de cura. Confia em mim?

Ruth fez que sim sem hesitação.

Alex sorriu.

– Ótimo, estou aqui para te proteger. Comece do início. Conte-me o que aconteceu naquela noite.

Ruth respirou fundo várias vezes e cravou os olhos acima da mesa de canto. Perfeito.

– Era sexta-feira, 17 de fevereiro. Fui à aula e tinha uma montanha de conteúdos pra estudar. Alguns amigos iam sair pra beber em Stourbridge para comemorar algo, aquelas coisas que estudantes fazem. Fomos a um pub pequeno no centro da cidade. Quando saímos, dei uma desculpa e fui pra casa porque não queria ter ressaca. Perdi o ônibus por uns cinco minutos. Tentei pegar um táxi, mas era o horário em que as pessoas mais saem para as boates na sexta-feira à noite. Eu teria que esperar vinte minutos e eram pouco mais de dois quilômetros até Lye, então decidi ir caminhando.

Ruth pausou e deu um gole no café com a mão trêmula. Alex se perguntou quantas vezes nos anos posteriores ao ocorrido ela não tinha desejado ter esperado pelo táxi.

Alex gesticulou a cabeça para que ela continuasse.

– Saí do ponto de táxi perto da parada do ônibus e liguei o iPod. Estava gelado, então andei depressa e cheguei à High Street de Lye em uns quinze minutos. Entrei em um Spar e comprei um sanduíche porque não havia comido desde a hora do almoço.

A respiração de Ruth ficou mais ofegante e ela parou de piscar enquanto recordava o que aconteceu depois.

– Continuei a andar, tentando abrir a porcaria da embalagem de plástico. Não ouvi coisa alguma. Nada. A princípio, achei que um carro tinha me atropelado por trás, mas depois percebi que estava sendo arrastada para trás pela mochila. Quando entendi o que estava acontecendo, uma mão enorme já tampava a minha boca. O sujeito estava atrás de mim, por isso eu não tinha como bater nele. Fiquei esperneando, mas não conseguia alcançá-lo. Tive a sensação de que ele me arrastou por quilômetros, mas foram só uns cinquenta metros para dentro da escuridão do cemitério da High Street.

Alex percebeu que a voz de Ruth se tornou distante, fria, como se recitasse um evento ocorrido com outra pessoa.

– Ele enfiou um pano na minha boca e me jogou no chão. Bati a cabeça na lateral de uma lápide e sangue escorreu pela minha bochecha. Nessa hora, ele estava esticando o braço para abrir o zíper da minha calça, e eu só conseguia pensar no sangue. Era uma quantidade tão grande. Ele puxou a calça até o meu tornozelo. Colocou o pé na minha panturrilha e soltou seu peso nela. Tentei ignorar a dor e fiz força para levantar. Ele deu um chute no lado direito da minha cabeça, depois ouvi o barulho dele abaixando o zíper e da calça roçando pelas suas pernas.

Ruth respirou fundo.

– Foi só aí que eu percebi que ele ia me estuprar. Tentei gritar, mas o pano na minha boca abafou o som. Ele arrancou a mochila de mim e usou o joelho para separar as minhas pernas. Abaixou até mim e enfiou atrás. A dor era tão horrenda que eu não conseguia respirar e os gritos não atravessavam o pano na minha boca. Perdi a consciência algumas vezes e sempre que voltava rezava para morrer.

Lágrimas começaram a rolar pelas bochechas de Ruth.

– Prossiga.

– Na minha impressão, aquilo durou horas até ele terminar. Aí o cara levantou depressa, fechou o zíper e se abaixou. Sussurrou no meu ouvido: "Espero que tenha sido bom pra você, querida". Deu outro chute na minha cabeça e foi embora. Eu apaguei e só voltei a mim quando estava sendo colocada em uma ambulância.

Alex estendeu o braço e segurou a mão de Ruth. Estava fria como gelo e trêmula. A psiquiatra não ouvia com tanta atenção. Precisava acelerar aquilo.

– Quanto tempo você ficou no hospital?

– Quase duas semanas. Os ferimentos na cabeça cicatrizaram primeiro, parece que machucados na cabeça sangram muito. O problema foi a outra coisa.

A paciente sentia-se desconfortável ao falar do outro ferimento, mas Alex precisava que Ruth sentisse a dor e humilhação de tudo aquilo.

– Quantos pontos mesmo?

Ruth estremeceu.

– Onze.

Alex observava o maxilar de Ruth ficar cada vez mais tenso à medida que recordava o horror de seu inferno particular.

– Ruth, não consigo sequer começar a entender o que você passou e sinto por ter que fazê-la reviver aquilo, mas é necessário para a sua cura de longo prazo.

Ruth gesticulou a cabeça e fixou em Alex um olhar de total confiança.

– Então, em suas próprias palavras, o que o monstro tirou de você?

Ruth pensou um momento.

– Luz.

– Prossiga.

– Nada mais tem luz. Na minha cabeça, antes daquela noite eu via tudo com luz. O mundo era luz, mesmo um dia nublado e tempestuoso era iluminado, mas agora parece que a minha visão tem um filtro que deixa tudo mais escuro. Os dias de verão não são tão luminosos, piadas não têm graça, só faço as coisas por obrigação. Minha visão do mundo e de todos nele, inclusive das pessoas que amo, mudou para sempre.

– O que motivou a tentativa de suicídio?

Ruth descruzou e recruzou as pernas.

– Quando o vi, fiquei em choque no início. Não acreditei que ele pudesse ser solto tão rápido, que a justiça tinha falhado de maneira tão terrível comigo, mas era mais do que isso – disse ela, como se finalmente se desse conta de algo que não havia explorado antes. – Foi a percepção de que eu jamais me livraria do ódio que está dentro de mim. Ódio puro corre pelas minhas veias... e isso é exaustivo. Percebi que ele sempre teria esse poder sobre mim, e que não há nada que eu possa fazer sobre isso. Só vai acabar quando um de nós morrer.

– Mas por que tinha que ser você e não ele?

Ruth ponderou:

– Porque essa é a única opção que posso controlar.

Alex a encarou alguns segundos, depois fechou o bloco de notas e o pôs sobre a mesa.

– Talvez não – disse ela, ponderadamente, como se fosse uma ideia que tivesse acabado de lhe ocorrer, quando, na verdade, era o que estava buscando o tempo todo em que estavam juntas. – Você estaria disposta a participar de um experimento?

Ruth hesitou.

– Você confia em mim?

– É claro.

– Gostaria e tentar algo que acho que pode ajudar. Acho que podemos devolver um pouco da luz a você.

– Sério? – interrogou Ruth, pateticamente, na esperança de uma porcaria de um milagre.

– Seríssimo. – Alex inclinou-se para a frente e apoiou os cotovelos nos joelhos. – Antes de começarmos, preciso que compreenda que isso é um exercício visual e simbólico.

Ruth concordou com um movimento de cabeça.

– Ok, então, olhe para a frente e faremos uma jornada juntas. Se coloque fora do pub onde ele bebe, mas você não é uma vítima. Você se sente forte, confiante, justa. Não está com medo de ele sair do pub, e sim ansiosa. Aguardava essa oportunidade. Não está esgueirando-se nas sombras e não sente medo.

As costas de Ruth endireitaram-se e o maxilar moveu-se alguns poucos centímetros adiante.

– Ele sai do pub e você caminha alguns metros atrás. É uma mulher sozinha atrás de um adulto, e não está com medo. Segura com força uma faca dentro do bolso do casaco. Está confiante e no controle.

Alex viu os olhos de Ruth despencarem na direção do abridor de cartas, e ali permaneceram. Perfeito.

– No final da rua, ele vira no beco. Você aguarda o momento perfeito em que não há ninguém por perto e acelera o passo. Está a pouco mais de meio metro e diz: "Com licença". Ele vira com uma expressão surpresa e você pergunta se ele tem horas.

A respiração de Ruth tinha acelerado ao pensamento de estar cara a cara com o agressor, mesmo na encenação, mas ela engoliu em seco e com um gesto de cabeça autorizou a psiquiatra a prosseguir.

– Quando ele levanta o pulso para ver o relógio, você crava a faca na barriga dele com o máximo de força que tem. Novamente sente a carne dele na sua, mas, desta vez, é você quem dita as regras. Ele olha para baixo em choque quando você recua. Ele olha para o seu rosto e a reconhece. Finalmente, sabe quem você é. Ele relembra brevemente aquela noite enquanto cai no chão. O sangue lhe mancha a camisa e empoça no chão ao redor dele. Você se afasta um pouco mais, observa o sangue sair do corpo e, à medida que ele escorre, carrega consigo todo o poder dele. Você observa a lamacenta poça de sangue e sabe que o controle dele se foi. Você se abaixa, estende o braço e pega a faca. Assume novamente o controle, o seu destino, a sua *luz*.

O rosto de Ruth estava relaxado. Alex ficou tentada a oferecer-lhe um cigarro.

Deixou passar alguns minutos antes de falar.

– Você está bem?

Ruth fez que sim e desgarrou os olhos do abridor de cartas.

– Sente-se um pouco melhor?

– É surpreendente, me sinto melhor, sim.

– É um exercício simbólico que te dá uma representação visual da retomada de controle da sua vida.

– Eu me senti bem, quase como se tivesse sido purificada – respondeu Ruth com um sorriso sardônico. – Obrigada.

Alex deu um tapinha na mão de Ruth.

– Acho que é o suficiente por hoje. Mesmo horário na semana que vem?

Ruth concordou com um gesto de cabeça, agradeceu novamente e foi embora.

Alex fechou a porta depois que ela saiu e soltou uma gargalhada alta.

CAPÍTULO
5

KIM ENTROU NA DELEGACIA a passos largos e com a cabeça zumbindo por causa do telefonema. Seu instinto não parava de lhe importunar com uma suspeita, mas ela torcia para que estivesse errada. É claro que ninguém seria tão idiota.

Com onze mil empregados, a Polícia de West Midlands era a segunda maior do país, atrás apenas da Polícia Metropolitana de Londres. A força era responsável por Birmingham, Coventry, Wolverhampton e Black Country.

Dividida em dez Unidades de Policiamento Locais (UPLs). Halesowen fazia parte da UPL de Dudley, uma das quatro delegacias de polícia sob a supervisão do superintendente chefe Young.

Halesowen não era a maior delas, mas a preferida de Kim.

– O que diabos aconteceu? – perguntou ela ao sargento responsável pelos prisioneiros. Ele corou instantaneamente.

– Foi o Dunn. Teve um pequeno hummm... acidente.

A suspeita estava correta – obviamente, existia alguém tão idiota assim.

– Um acidente muito ruim?

– Nariz quebrado.

– Jesus, Frank, por favor, me diga que você está testando a teoria de que eu não suporto piada.

– Infelizmente não, senhora.

Ela murmurou palavrões.

– Quem?

– Dois policiais. Whiley e Jenks.

Kim conhecia os dois. Eles ocupavam extremos opostos na carreira da força policial. Whiley era policial havia 32 anos e Jenks, apenas 3.

– Vestiário, s…

– Me chame de senhora mais uma vez, Frank, e eu juro...

Kim não terminou de pronunciar as palavras, destrancou a porta que dava acesso ao interior da delegacia e virou à esquerda. Dois

PCSOs* caminharam na direção dela. Ao verem o semblante da inspetora, dividiram-se como o Mar Vermelho para deixá-la passar.

Ela irrompeu furiosa no vestiário masculino sem bater e percorreu o caminho labiríntico dos escaninhos até encontrar seus alvos.

Whiley estava apoiado em um escaninho aberto com as mãos no bolso e Jenks, sentado no banco segurando a cabeça.

– Que droga vocês estavam pensando? – gritou Kim.

Jenks suspendeu os olhos para Whiley antes de virá-los para ela. Whiley deu de ombros e desviou o olhar. O moleque estava por conta própria.

– Desculpa... eu não consegui... tenho uma filha... eu...

Kim dedicou atenção total a Jenks:

– Igual à metade da droga da equipe que trabalhou dia e noite pra pegar o filho da mãe. – Ela deu um passo adiante, se abaixou e aproximou o rosto do dele. – Você tem alguma ideia do que acabou de fazer, do que colocou em risco? – vociferou ela.

Novamente, ele virou o rosto na direção de Whiley, que parecia aflito, mas não olhava para Jenks.

– Aconteceu tão rápido. Eu não... meu Deus...

– Nossa, espero que tenha valido muito a pena, porque quando o bom advogado dele o soltar por brutalidade policial, essa vai ser a única punição que ele vai receber.

Jenks não parava de balançar a cabeça apoiada nas mãos.

– Ele caiu... – disse Whiley, sem convicção.

– Quantas vezes?

Ele fechou o escaninho e desviou o olhar.

Uma visão de Leonard Dunn surgiu na cabeça de Kim. Ele dando tchau com um sorriso enquanto saía da sala de audiência. Livre para cometer abuso novamente.

Kim pensou nas horas de trabalho que sua equipe havia passado afundada naquele caso. Todos tinham trabalhado muito além da escala de serviço sem que a inspetora tivesse que lhes pedir para fazer isso. Em algumas ocasiões, até mesmo Dawson tinha sido o primeiro a chegar para trabalhar.

---

* PSCO é acrônimo para *Police Community Support Officers* – Agente de Apoio Comunitário da Polícia, em tradução livre. São pessoas que trabalham com os policiais, porém possuem menos poderes de ação. (N.T.)

Como grupo, trabalhavam em uma variedade de casos que iam de agressão, a crimes sexuais, a assassinatos, e todos os casos se tornavam pessoais para alguns deles. Porém o caso daquelas duas meninas havia se tornado pessoal para todos.

Dawson era pai de uma bebê que havia, de alguma maneira, conquistado seu limitado afeto. Bryant tinha uma filha beirando os 30 anos, e Kim... bem, sete lares adotivos não deixam ninguém sem cicatrizes.

O caso não os abandonava um minuto sequer, seja no trabalho seja fora dele. Mesmo de folga, a mente vagueava para o fato de que as meninas ainda estavam presas naquela casa com o pai, em que cada minuto passado fora da delegacia era um minuto prolongado para duas vidas inocentes. Esse tinha sido um incentivo mais do que suficiente para fazerem horas extras.

Kim pensou na jovem professora que reuniu coragem para denunciar suas suspeitas às autoridades. Tinha arriscado sua reputação profissional e a possibilidade de sofrer escárnio por parte de todos ao seu redor, porém havia sido valente o bastante para seguir em frente.

A possibilidade de que tudo aquilo tinha sido em vão era como uma bola de demolição em seu estômago.

Kim olhou de um policial para o outro. Ninguém correspondeu.

– Nenhum de vocês dois tem nada a dizer para se defender?

Até para os seus próprios ouvidos, ela soava como uma diretora de colégio castigando uma dupla de alunos por colocar um sapo na gaveta dela.

Kim abriu a boca para falar algo mais, porém nem mesmo ela conseguia continuar a gritar diante de tamanho desespero.

Ela os encarou furiosa uma última vez antes de dar meia volta e sair do vestiário.

– Senhora, senhora... espere um minuto.

Ela virou-se e viu Whiley correndo em sua direção. Todos os fios brancos de seu cabelo e os centímetros de cintura a mais tinham sido adquiridos ao longo da carreira na força policial.

Ela parou e cruzou os braços.

– Eu... eu só quero explicar. – Ele deu uma inclinada de cabeça na direção do vestiário. – Ele simplesmente não aguentou, tentei impedir, mas ele foi rápido demais. Olha só, a gente foi lá uma vez... um tempo atrás. Por causa de uma denúncia de violência doméstica, e Jenks estava se martirizando, porque a gente as tinha visto antes, entende? As menininhas...

aconchegadas no sofá. Tentei explicar que a gente não tinha como saber...
como impedir aquilo...

Kim entendia a frustração. Mas, poxa, eles o tinham pegado.

– O que vai acontecer com o Jenks? Ele é um bom policial.

– Bons policiais não espancam suspeitos, Whiley – disse, embora ela
tenha se sentido tentada algumas vezes.

Uma parte dela desejava que toda sala de audiência fosse equipada
com um alçapão que abria e mandava todos os criminosos condenados
por abuso infantil para um lugar especial no Inferno.

Whiley enfiou as mãos no fundo dos bolsos.

– Olha só... falta uma semana para eu me aposentar e...

Ah, nesse momento Kim entendeu. O que ele queria saber era como
o episódio o afetaria.

Kim pensou no rosto de Dawson quando entraram no cômodo do
subsolo da casa de Leonard Dunn e em como o primeiro DVD tinha paralisado todos eles. Visualizou Bryant ligando para a patroa e cancelando uma
ida ao teatro porque não podia sair de sua mesa. Recordou as constantes
fungadas e idas ao banheiro de Stacey. Como a mais nova integrante da
equipe, a excelente jovem detetive tinha sido determinada a não demonstrar
a profundidade de seus sentimentos para o restante da equipe.

E agora o caso provavelmente sequer chegaria à porcaria do tribunal.

Ela balaçou a cabeça para Whiley e disse:

– Quer saber de uma coisa, policial? Não estou nem aí.

CAPÍTULO
6

SATISFEITA DEPOIS DE SUA SESSÃO com Ruth, Alex ficou diante dos certificados emoldurados que seus pacientes achavam tão reconfortantes. O diploma da Escola de Medicina da University College London, o MRCPsych, o ST-4 e o Certificado de Conclusão de Estudos Especializados. Eles representavam os anos mais árduos de sua educação, não devido ao trabalho duro – seu QI de 131 a fez tirar aquilo de letra –, mas pelo tédio do estudo e pelo enorme esforço para não expor a estupidez de seus colegas e professores.

De longe, o título mais fácil que conquistou foi o doutorado em Psiquiatria. O único certificado na parede que seus clientes realmente entendiam.

Alex não tinha orgulho algum das conquistas que aquela papelada representava. Não tinha dúvida de que alcançaria seus objetivos. Suas qualificações estavam expostas por uma única razão: confiança.

Após o período de estudos, Alex embarcou na segunda parte de seu plano mestre. Passou dois anos construindo um histórico, escrevendo artigos e estudos de caso dentro das frustrantes limitações da comunidade de profissionais que trabalham com saúde mental, o que lhe garantiria respeito. A opinião dos colegas não tinha como ser menos importante para Alex – a única motivação era a construção da reputação que seria inquestionável por anos. Na época em que estivesse pronta para dar início ao seu verdadeiro trabalho. Agora.

Durante aqueles anos, ela tinha sido forçada a vender sua *expertise* para o sistema judiciário, fornecendo avaliações psicológicas para uma grande ralé emaranhada em processos judiciais. Uma necessidade desagradável, mas que a levou a ter contato com Tim, um adolescente vítima de uma família problemática. Era um indivíduo revoltado e mesquinho, mas um piromaníaco habilidoso. A avaliação de Alex tinha o poder de sentenciá-lo a uma longa pena em uma prisão para adultos ou a uma passagem rápida por uma unidade psiquiátrica.

Sempre engenhosa na utilização dos recursos disponíveis, Alex havia forjado uma parceria com Tim que beneficiaria os dois. Passou quatro meses na unidade psiquiátrica Forrest Hills e, após esse período, o rapaz deu início a um incêndio que gerou duas fatalidades e uma herança que rendeu a Alex o imóvel onde montou o consultório particular que usufruía agora. Um lugar onde ela poderia escolher a dedo as cobaias que gostaria de atender. Obrigada, papai e mamãe.

Tim, por fim, suicidou-se, o que foi muito conveniente para Alex, pois o rapaz acabou amarrando as próprias pontas soltas do caso.

Nada naqueles anos tinha sido desperdiçado. Todos os pacientes tinham servido a um propósito na construção de uma melhor perspectiva sobre as pessoas impulsionadas pela emoção: suas forças, suas motivações e, mais importante, suas fraquezas.

Às vezes, ela sentia-se atormentada pelo desejo de começar a pesquisa, porém o momento oportuno tinha sido orientado por dois fatores cruciais.

O primeiro era a construção de redes seguras. A reputação impecável que havia construído jogaria dúvida em qualquer acusação futura de má-conduta de que fosse acusada.

Adicionalmente, aguardou com paciência candidatos adequados se apresentarem. Seu experimento requeria indivíduos facilmente orientáveis e com um desejo subconsciente de cometer atos imperdoáveis. A sanidade da cobaia precisava estar intacta, porém com o potencial de ser desvairada, pois assim teria uma camada extra de segurança.

Alex soube que Ruth Willis seria perfeita para o estudo no primeiro encontro. Alex sentiu o desespero da mulher para retomar o controle de sua vida. A pobrezinha da Ruth sequer tinha ciência do quanto precisava daquele fechamento. Mas Alex sabia – e era só isso que importava. Meses de paciência tinham-na levado a esse momento. Ao *gran finale*.

Tinha escolhido uma cobaia cujas alegações seriam, caso algo desse errado, rejeitadas. E investido tempo para certificar-se de que ela não fracassaria. Houve outros candidatos ao longo do percurso, indivíduos cortejados pelo privilégio de serem escolhidos, mas no final Ruth foi a eleita.

Seus outros pacientes eram irrelevantes, meios para atingir um fim. Tinham o prazer de financiar o invejável estilo de vida da psiquiatra, enquanto ela conduzia seu verdadeiro trabalho.

Alex tinha passado muitas horas olhando, reconfortando e tranquilizando seus pacientes enquanto fazia mentalmente a lista de compras ou desenvolvia a parte seguinte de seu plano, isso a um custo de 300 libras por hora.

O pagamento do BMW Z4 foi bancado pela esposa de um chefe de polícia que sofria de cleptomania provocada por estresse. Alex gostava do carro, ou seja, provavelmente aquela paciente não se recuperaria tão cedo.

O aluguel de duas mil libras por mês pela propriedade vitoriana de três andares em Hagley era pago pela dona de uma cadeia de imobiliárias cujo filho sofria de complexo de perseguição paranoico e consultava com ela três vezes por semana. Algumas palavras bem escolhidas, largadas casualmente em uma conversa, subconscientemente reforçavam as crenças dele e garantiam que sua recuperação também fosse lenta.

Ela parou diante do retrato que ocupava o lugar de destaque acima da lareira. Gostava de olhar dento das profundezas dos olhos frios e insensíveis e se perguntava se ele a teria compreendido.

Era uma suntuosa pintura a óleo que tinha encomendado a partir de uma granulada foto preta e branca do único ancestral que Alex conseguiu localizar de quem ela tinha algum orgulho.

Tio Jack, como ela gostava de chamá-lo, tinha sido um "Higgler", mas conhecido como carrasco nos anos 1870. Diferentemente da cidade de Bolton, que tinha os Billington, e Huddersfield, que tinha os Pierrepoints, Black Country não tinha dinastia familiar que realizava uma pavorosa tarefa, e o Tio Jack tropeçou nesse negócio por acidente.

Preso por não sustentar a família, Tio Jack foi encarcerado em Stafford Prison durante uma visita de William Calcraft, o carrasco mais antigo da época, com um histórico de aproximadamente 450 enforcamentos de homens e mulheres em seu nome.

Nesse dia em particular, Calcraft chegou para fazer dois enforcamentos, portanto precisava de um voluntário. Tio Jack foi o único recluso a se oferecer. Calcraft preferia queda curta, o que produzia uma morte lenta e agonizante e que requeria que o assistente balançasse as pernas do condenado para acelerar a morte.

Tio Jack achou o seu ponto forte. E desde então passou a viajar pelo país como carrasco.

Ficar diante de seu retrato sempre dava a Alex uma sensação de pertença, uma afinidade com um membro de sua distante família.

Ela deu um sorriso para o rosto impiedoso e sem emoção.

– Oh, se pelo menos as coisas fossem tão simples quanto na sua época, Tio Jack. – Alex sentou-se à mesa de canto. Finalmente, sua *magnus opum* estava a caminho. Sua jornada para encontrar as respostas às perguntas que a intrigavam havia anos tinha começado.

Ela deu um comprido e presunçoso suspiro antes de estender a mão na direção da gaveta de cima para pegar uma folha Clairefontaine e a caneta Mont Blanc.

Era hora de se divertir do seu jeito.

Estimada Sarah, começou ela.

CAPÍTULO
7

RUTH WILLIS ESTAVA PARADA às sombras da porta de uma loja com os olhos apontados para o parque. O frio subia do chão, atravessava seus pés e penetrava nas pernas como uma estaca de metal. O odor de urina a rodeava. A lata de lixo à direita transbordava imundície. Havia maços embolados e bitucas de cigarro espalhadas no asfalto.

O exercício de visualização era cristalino em sua cabeça. Alex encontrava-se ao lado dela.

— *Não está esgueirando-se nas sombras e não sente medo.*

Ela não sentia medo, apenas o nervosismo da expectativa vivenciada pela última vez logo antes do resultado do vestibular. Na época em que ainda era uma pessoa real.

— *Não está com medo de ele sair do pub, e sim ansiosa.*

Será que *ele* se sentiu assim na noite em que tirou a luz dela? Será que *ele* estremeceu de excitação ao vê-la sair do supermercado? Será que *ele* teve a sensação de justiça que atravessava o corpo dela nesse momento?

Uma pessoa saiu pelo portão de baixo do parque e ficou na faixa de pedestres. O poste na rua iluminou um homem e seu cachorro. Houve uma brecha no trânsito, mas o sujeito que passeava com o cachorro esperou o sinal apitar antes de atravessar a pista dupla. Seguiu as regras.

— *Você não é uma vítima. Você se sente forte, confiante, justa.*

Pouco depois de passar por ela, ele parou. Ruth permaneceu imóvel. Estava a três metros dela quando se abaixou e pôs a alça da coleira do cão debaixo do pé para amarrar o cadarço. Tão perto. O cachorro deu uma olhada na direção dela. Conseguia enxergá-la? Ela não sabia.

— *Está confiante e no controle.*

Pelo mais breve dos segundos, ficou tentada a sair correndo, cravar a faca de cozinha nas costas arqueadas dele e observá-lo cair de cara no chão, mas resistiu. A visualização tinha chegado ao clímax no beco. Devia manter-se fiel ao plano. Só assim seria livre. Só assim recuperaria sua luz.

– É uma mulher sozinha atrás de um adulto e não está com medo.

Saiu das sombras e começou a andar no mesmo ritmo dele, passos atrás. Seu tênis de correr fazia pouco barulho devido a dois carros que passavam em alta velocidade pela rua.

No beco, o som dos passos ficou exposto. Ele tencionou o corpo ao sentir uma presença atrás de si, porém não se virou. Reduziu levemente a velocidade, como se desejasse que o pedestre o ultrapassasse. O que ela não fez.

– Segura com força uma faca dentro do bolso do casaco.

Na metade do beco, no exato local que ela havia visualizado, seu batimento cardíaco dobrou o ritmo.

– Com licença – disse ela, surpresa pela calma em sua voz ao repetir as palavras que Alex tinha lhe fornecido.

O corpo do homem relaxou ao som da voz feminina e ele se virou com um sorriso no rosto. Grande erro.

– Você tem horas? – perguntou ela.

A expressão de Ruth permaneceu aberta ao confrontar o rosto dele. O estupro tinha sido por trás e seus traços faciais não significavam nada para ela. Foi o som que a transportou de volta. Ele respirava com dificuldade por causa da caminhada com o cachorro. Era um som de que se lembrava muito bem em seu ouvido enquanto ele rasgava suas entranhas.

O homem usou a mão direita para descobrir o relógio debaixo do punho elástico da jaqueta.

– Agora são....

A faca mergulhou no abdômen dele com facilidade, percorrendo sua jornada através de carne, músculo e órgãos palpitantes. A lâmina virou para o alto e se deparou com o osso quando ela a empurrou para cima. Girou a faca lentamente, esmigalhando tudo em seu caminho, como um liquidificador. Sua mão encostou brevemente na barriga dele e não pôde seguir em frente.

– Sente a carne dele na sua, mas, desta vez, é você quem dita as regras.

Uma sensação de êxito a inundou ao retirar a lâmina da barriga. A necessidade de empurrar e girar a faca para superar a resistência tinha sido gratificante.

– Você observa a lamacenta poça de sangue e sabe que o controle dele se foi.

Suas pernas bambearam quando ela agarrou a ferida com a mão direita. Sangue escorria pelos dedos separados. Ele apertou mais. Olhou para baixo, desnorteado, depois dentro dos olhos dela, e novamente para baixo, como se incapaz de compreender os incidentes incompatíveis: a presença dela e o ferimento à faca.

Assume novamente o controle, o seu destino, a sua luz.

Ele piscava rapidamente, durante um segundo sua visão clareou e ele paralisou.

Todos os sentidos de Ruth ficaram muito aguçados. Um caminhão trovejou ao final do beco. O som incendiou seus ouvidos. Seu estômago revirou quando um forte cheiro metálico preencheu suas narinas. O cachorro choramingava e não fugiu.

Assume novamente o controle, o seu destino, a sua luz.

Ruth levou a faca atrás e a mergulhou novamente. A segunda penetração não foi tão profunda, mas a força o empurrou para trás. Um baque surdo repugnante ressoou quando a parte de trás de seu crânio bateu no concreto.

Assume novamente o controle, o seu destino, a sua luz.

Alguma coisa não estava dando certo. Faltava-lhe um detalhe crucial. Na visualização, seu corpo tinha se enchido de paz, calma. Ela ergueu-se por cima do corpo contorcido e enfiou novamente a faca na carne. Ele gemeu, e Ruth o esfaqueou de novo.

Deu um chute na perna esquerda dele.

– Levanta, levanta, levanta – gritou ela, porém a perna continuou inerte como o resto do corpo.

Assume novamente o controle, o seu destino, a sua luz.

– Levanta, porra. – Ela mirou um chute nas costelas. Sangue esguichou pela boca aberta. Seus olhos reviraram para trás enquanto se contorcia como uma mamífero demente. O cachorro corria ao redor da cabeça, aparentemente sem saber o que fazer.

Lágrimas rolaram pelas bochechadas de Ruth.

– Me dá, seu escroto. Me devolve – ordenou ela.

O corpo permaneceu imóvel e o beco silenciou.

Ruth reergueu-se e ficou totalmente de pé.

Enquanto o sangue empoçava como tinta derramada debaixo do corpo sem vida, Ruth aguardava.

Onde estava o alívio?

Onde estava a salvação?

Onde estava a porcaria da luz?

O cachorro latiu.

Ruth Willis se virou e correu para salvar sua vida.

CAPÍTULO
8

COMEÇOU COM UM CORPO, Kim pensou, saindo do Golf GTI.

– Quase acertou o rapaz lá, chefe – comentou Bryant sobre o guarda que tinha dado um salto de lado para evitar o capô do carro.

– Eu estava a quilômetros de distância dele.

Ela abaixou o corpo para passar debaixo da fita que isolava o local e seguiu na direção do monte de jaquetas fluorescentes aglomeradas ao lado da barraca branca. A Thorns Road, de pista dupla, era parte da ligação principal entre Lye e Dudley Town.

Um lado da rua era composto sobretudo por um parque e algumas casas. O outro, dominado por uma academia, uma escola e o pub Thorns.

A temperatura diurna em meados de março quase extrapolou os dois dígitos, mas a escuridão tinha feito o mercúrio mergulhar de volta lá para fevereiro.

Enquanto Bryant mostrava suas credenciais, Kim ignorou todo mundo e seguiu na direção do corpo. Uma vala escura perpassava a lateral de uma casa de esquina que, com várias outras enfileiradas junto a ela, formavam uma sequência de residências entendendo-se até Amblecote, uma das partes mais refinadas de Brierley Hill.

À esquerda da passagem, havia um lote sujo, cheio de mato alto, capim e merda de cachorro, neste momento sendo pisoteados por peritos ou funcionários de uma oficina de lanternagem de carros.

Ela entrou em uma barraca branca e soltou um gemido.

Keats, seu patologista favorito, estava inclinado sobre o corpo.

– Aah, Detetive Inspetora Stone. Quanto tempo – comentou sem olhar para ela.

– Te vi na semana passada, Keats. Na autópsia de uma mulher que cometeu suicídio.

Ele levantou a cabeça e balançou-a.

– Não, eu devo ter bloqueado isso. As pessoas agem assim em eventos traumáticos, sabe? É um mecanismo de autopreservação. Por falar nisso, qual é mesmo o seu nome?

– Bryant, por favor, fala pro Keats que ele não é engraçado.

– Não posso mentir na cara do sujeito, chefe.

Kim balançou a cabeça e os dois trocaram sorrisos maliciosos.

Keats era um sujeito baixinho, de cabeça lisa e barba pontuda. Alguns meses antes, a esposa com quem havia sido casado durante trinta anos morreu inesperadamente, deixando o homem bem mais desolado do que ele jamais admitiria.

Ocasionalmente, Kim permitia que ele se divertisse um pouco as custas dela. Só de vez em quando.

Ela se virou para o local onde um border collie estava sentado pacientemente ao lado do dono prostrado.

– Por que o cachorro ainda está aqui?

– Testemunha, chefe – respondeu Bryant cheio de graça.

– Bryant, não estou com humor para...

– Tem, sangue no pelo – acrescentou Keats.

Kim se aproximou e viu algumas manchas na perna da frente.

Ela bloqueou a atividade periférica e concentrou-se na parte mais importante da cena do crime: o corpo. Viu um homem branco, entre 40 e 45 anos, com sobrepeso, de calça jeans adquirida no Tesco, lavada tantas vezes que tinha a cor cinza de cigarro. Uma mancha vermelha coloria a frente da roupa, cheia de rasgos. Uma poça de sangue tinha escorrido por baixo dela. Ele olhava para o chão, havia caído para trás.

A blusa era uma jaqueta bomber de couro nova, de qualidade mediana, que nitidamente não fechava na barriga. Unir os dois lados do zíper não passava de um sonho inalcançável. Um presente de Natal de uma pessoa que o amava e não enxergava o crescimento de sua circunferência, provavelmente a mãe. A roupa não ofereceu nenhuma proteção contra a penetração do objeto afiado.

O cabelo era salpicado de grisalho e comprido demais. O rosto barbeado ainda continha uma expressão de surpresa.

– Arma do crime?

– Nada ainda – respondeu Keats, desviando o olhar.

Kim inclinou-se e fez contato visual com o fotógrafo. Ele fez um movimento de cabeça informando que já havia tirado as fotos do corpo e virou sua atenção para o cachorro.

Com cuidado, ela suspendeu a camisa de malha ensopada. Uma facada teria sido responsável pela maior parte do sangue.

– Estou pressupondo que o ferimento do alto é o fatal – acrescentou Keats. – E antes que pergunte, eu diria que é uma faca de cozinha de 13 a 15 centímetros.

– Não vai estar muito longe – afirmou ela para ninguém em particular.

– Como você sabe? Pode estar em qualquer lugar. Ele pode tê-la levado embora.

Kim negou com a cabeça.

– O ataque pode ter sido planejado: tarde da noite, beco escuro, mas envolveu um frenesi. Houve emoção nesse ataque. O primeiro ferimento fez o serviço, mas ele tem mais três feridas do tipo "fique morto".

Ela continuou a olhar para o cadáver, sentindo a fúria que tinha acompanhado o ataque, como se ela tivesse sido capturada pelo ar ao seu redor.

Suspendeu a cabeça e prosseguiu:

– A pessoa que matou estava cega de ódio durante o ato, mas, depois que acabou, a adrenalina retrocede, e aí o que acontece?

Acompanhando a lógica dela, Bryant completou:

– A pessoa vê o que fez, o que ainda tem na mão, e quer descartar a conexão o mais rápido possível.

– O esfaqueamento é muito pessoal, Bryant. Requer uma proximidade que é quase íntima.

– Ou pode ser um assalto que deu errado. Ele está sem carteira.

Kim ignorou o último comentário e se abaixou até o chão, à esquerda do corpo. Deitou-se de lado e pôs os pés bem ao lado dos da vítima. Sentiu as picadas das pedras geladas no chão através das roupas.

Keats ficou olhando e balançando a cabeça.

– Oh, Bryant, lidar com isso todos os dias deve ser um desafio.

– Keats, você não tem a menor ideia.

Kim ignorou os dois. Ela movimentou o braço para trás, depois o lançou para a frente simulando uma punhalada. A trajetória pôs o ferimento no centro do esterno. Tentou fazer o movimento do braço acertar a ferida, mas o golpe não teria força suficiente.

Arrastou-se no chão e repetiu o movimento. Uma vez mais, a trajetória não coincidiu por uns três centímetros ou mais. Arrastou-se um pouquinho mais para baixo, fechou os olhos e bloqueou os olhares curiosos ao seu redor. Não se importava com o que estavam achando.

Pensou em Daisy Dunn em pé no meio daquele porão sórdido. Imaginou a amedrontada e trêmula criança vestida com o figurino escolhida pelo pai. Dessa vez, movimentou o braço com raiva. Com o ódio de alguém pronto para matar. Abriu os olhos e se inclinou sobre ele. Seu dedo indicador posicionava-se bem na ferida.

Olhou para baixo e seus pés não estavam mais emparelhados. Ela havia descido mais ou menos uns 12 centímetros para chegar a uma posição confortável e natural para esfaquear na trajetória do ferimento.

Deu um impulso para se levantar e bateu as mãos na roupa para tirar a poeira.

Subtraiu a diferença de sua própria altura e afirmou:

– O assassino não tem mais do que um metro e sessenta, um metro e sessenta e três.

Keats sorriu e acariciou a barba.

– Sabe de uma coisa, Bryant? Se a Carlsberg fizesse detetives*...

– Há algo mais que eu precise saber? – interrompeu Kim, movendo-se na direção da saída da barraca.

– Não até eu levá-lo para casa e analisar direito – respondeu Keats.

Kim ficou um momento inspecionando a cena. Peritos revistavam a área em busca de indícios, policiais iam porta a porta para recolher depoimentos e a ambulância aguardava a liberação do corpo. A presença dela não era mais necessária. Tinha tudo de que precisava. Agora era sua responsabilidade juntar tudo aquilo e definir o que havia acontecido.

Sem falar, saiu da barraca e passou pelos dois guardas que vigiavam a ponta do beco.

Estava a três metros deles quando os ouviu cochichando. Parou abruptamente, quase fazendo Bryant trombar em suas costas. Virou e retornou.

– O que foi, Jarvis? – Ela ficou parada em frente ao detetive sargento e enfiou as mãos nos bolsos da calça. Ele ficou corado.

– Quer repetir o que disse? Acho que o Bryant não te ouviu.

O policial magrelo e comprido balançou a cabeça e começou:

– Eu não...

Kim virou-se para Bryant.

– O sargento Jarvis acabou de me chamar de vadia insensível.

– Oh, que merda...

---

* Referência a uma famosa campanha publicitária da cerveja dinamarquesa Carlsberg, cujo mote seria o de que tudo que a Carlsberg faz é excepcional. O slogan da marca é: "Provavelmente a melhor cerveja do mundo". (N.T.)

Ela continuou a falar com Bryant:

– Veja bem, não estou dizendo que a afirmação seja completamente errada, mas gostaria que ele a explicasse. – Ela virou-se novamente para Jarvis, que tinha dado um passo atrás. – Então, prossiga, por favor.

– Eu não estava falando de...

– Jarvis, eu teria muito mais respeito por você se criasse coragem suficiente para sustentar sua afirmação.

Ele ficou calado.

– O que você quer que eu faça, hein? Tenho que me debulhar em lágrimas pela perda da vida dele? Quer que eu fique de luto pelo falecimento do cara? Que faça uma oração? Lamente as ótimas qualidades dele? Ou devo juntar as pistas e descobrir quem fez aquilo?

Ela manteve os olhos firmes nos dele. Jarvis virou o rosto.

– Desculpa, senhora. Eu devia ter...

Kim não escutou o resto das desculpas, pois já tinha começado a ir embora.

No momento em que chegou à fita de isolamento, Bryant estava logo atrás dela. Ela passou por baixo da fita e então hesitou. Virou-se para um dos policiais e disse:

– Alguém pode se certificar de que alguém tomará conta daquele cachorro?

Bryant soltou uma gargalhada:

– Jesus, chefe, quando eu acho que te conheço.

– O quê?

– Policiais estão sofrendo maus-tratos por darem sinais de distração, guardas de primeira viagem que nunca viram uma cena de crime, um sargento com as bolas arregaçadas, e você está preocupada com o bem-estar da porcaria do cachorro.

– Isso não estava nos planos de carreira do cachorro. O resto tem que ser feito.

Bryant entrou no carro e conferiu o cinto de segurança duas vezes.

– Se anima, deve ser um simples assalto que deu errado.

Ela arrancou e afastou-se da cena do crime sem falar.

– Dá pra ver no seu rosto. Parece que alguém roubou sua bonequinha Barbie e a ferveu.

– Nunca tive uma Barbie e, se tivesse, eu mesma a teria desmembrado.

– Você sabe o que estou querendo dizer.

Kim não sabia o que Bryant estava querendo dizer, e ele era o único detetive que podia dizer isso e sair ileso.

Bryant pegou um pacote de pastilha no bolso do blazer. Ofereceu uma, mas ela recusou.

– Você devia diminuir esse negócio, é sério – opinou ela, enquanto o aroma de menta preenchia o carro.

Bryant ficou viciado em pastilha extraforte depois de mandar para escanteio um hábito de quarenta cigarros por dia.

– Você sabe que isso me ajuda a pensar.

– Nesse caso, chupe duas.

Diferentemente de Bryant, ela já tinha certeza de que aquele caso não era um assalto, portanto outras perguntas precisavam de respostas: quem, quando, como e por quê.

O "como" era óbvio o bastante, uma lâmina que ela calculava ter algo entre 13 e 18 centímetros. O mais próximo do "quando" seria confirmado pela autópsia. Sobravam o "quem" e o "por quê".

Embora a definição do "por quê" fosse de suma importância para a investigação de um crime, para Kim, jamais foi a parte essencial do quebra-cabeça. O único elemento que não podia ser corroborado por meios científicos. Seu trabalho era descobrir o "por quê", mas a última coisa de que precisava era entendê-lo.

Lembrou-se de um de seus primeiros casos como detetive sargento, quando uma criança tinha sido atropelada na faixa de pedestres por uma mulher que possuía três vezes o limite permitido de álcool no sangue. O menino de 7 anos morreu lentamente devido a horrendas lesões internas causados pelo quebra-mato na frente do Jeep da mulher. Descobriram que a mulher havia sido diagnosticada com câncer de ovário e passado a tarde num pub.

Essa informação não teve absolutamente efeito algum sobre Kim, porque os fatos permaneciam os mesmos. A mulher ainda tinha escolhido beber; ainda tinha escolhido pegar no volante do carro; e o menino de 7 anos ainda estava morto.

Entender o "por quê" de uma ação trazia consigo uma expectativa de empatia, compreensão ou perdão, por mais brutal que tenha sido o ato.

E, como seu passado provava, Kim não era do tipo que perdoava.

CAPÍTULO
9

À **1H30 DA MANHÃ,** Kim atravessou o escritório de plano aberto que abrigava os policiais de carreira, os PCSO e alguns civis que compunham a equipe.

– Que bom que estão aqui.

Os outros dois detetives que completavam a equipe dela já estavam sentados. Tiveram pouco tempo para se recuperar depois do fechamento do caso de Dunn. Mas era assim que fluía a equipe dela.

O local tinha quatro mesas, organizadas em duplas, uma de frente para a outra. Elas espelhavam a mesa do parceiro, tinham uma tela de computador e bandejas de documentos em lados opostos.

Três das mesas acomodavam ocupantes permanentes, mas a quarta estava vazia desde que reduziram a equipe dois anos atrás. Era onde Kim normalmente ficava, em vez de na sua sala.

Geralmente se referiam ao espaço com o nome dela na porta como "O Aquário". Não passava de uma área no canto direito superior do cômodo feita com divisórias de gesso e vidro.

– Bom dia, chefe – cumprimentou a detetive Wood com entusiasmo. Embora fosse meio inglesa e meio nigeriana, havia em sua mesa uma placa com a frase "Dudley é demais". Usava o cabelo curto e natural. Sua pele e seus traços delicados combinavam com o estilo.

Por outro lado, o Detetive Sargento Dawson parecia ter acabado de sair de um encontro caloroso. Dawson tinha nascido usando terno. Assim como alguns homens eram incapazes de ficar elegantes até com um Armani, Dawson era o oposto. Seus numerosos ternos não eram caros. Mas ficavam bonitos nele. O sapato e a gravata normalmente ditavam sua atividade. Kim olhou para o chão quando ele se aproximou da cafeteira. Ah, com certeza ele estava por aí tentando arranjar um rabo de saia. Isso apenas alguns meses após ter sido recebido de volta o amoroso abraço da noiva e da filha pequena.

Mas aquilo não era da conta dela, então deixou pra lá.

– Stacey, você vai para o quadro.

Ela levantou em um pulo e pegou a caneta preta.

– Ainda não temos a identidade. Não estava com a carteira, então vamos trabalhar com o que sabemos: homem branco, entre 40 e 45 anos, baixa renda, quatro facadas, a primeira fatal. – Kim ficou um momento em silêncio para dar tempo à Stacy de acompanhá-la.

– Então, precisamos de uma cronologia. Ele foi ao pub e pegaram a carteira depois, ou ele simplesmente foi levar o cachorro para passear?

Kim virou-se para Dawson.

– Kevin, converse com os guardas, confirme com o serviço de ônibus e os pontos de táxi. É uma rua movimentada, alguém pode ter visto alguma coisa. Recolha depoimentos de testemunhas para ontem. Bryant, confira se há queixas de pessoas desaparecidas.

Kim deu uma olhada ao redor da sala. Estavam todos se movimentando.

– E eu vou lá passar as informações para o chefe.

Subiu a escada de dois em dois degraus e entrou sem bater.

A estatura de um metro e oitenta do detetive inspetor chefe Woodward podia ser percebida mesmo quando sentado. Mantinha o torso aprumado e imponente, e Kim ainda estava por ver um amassado em suas camisas brancas impecáveis. Sua origem caribenha o havia presenteado com uma pele que desmentia seus 50 anos. Tinha começado a carreira como policial nas ruas de Wolverhampton e foi sendo promovido durante décadas, quando a Força Policial não era tão politicamente correta como ela mesma gostava de pensar que era.

Sua resoluta paixão e orgulho estava refletida na estante em que ficava exposta sua coleção de carrinhos Matchbox. As viaturas de polícia ocupavam o centro do palco.

Ele pegou a bola antiestresse na ponta da mesa e começou a sová-la com a mão direita.

– O que temos até agora?

– Muito pouco, senhor. Acabamos de começar a delinear a investigação.

– A imprensa já ligou. Você tem que dar alguma coisa a eles.

Kim revirou os olhos.

– Senhor...

Ele apertou a bola com mais força.

– Esquece, Stone. Oito horas da manhã. Faça uma declaração para eles: corpo do sexo masculino, etc.

O inspetor chefe sabia que ela odiava falar com a imprensa, porém insistia nisso periodicamente. Seu plano de progressão de carreira era diferente do plano do chefe para ela. Quando mais fosse promovida, mais afastada ficaria do trabalho policial propriamente dito. Qualquer outra ascensão na cadeia alimentar, e seus dias seriam preenchidos por códigos de conduta, politicagem, acobertamento de merda e coletivas de imprensa esquecidas por Deus.

Ela abriu a boca para argumentar, porém um leve movimento de cabeça do inspetor desencorajou sua ação. Ela sabia quais brigas podia comprar.

– Mais alguma coisa, senhor?

Woody pôs a bola de estresse de volta na mesa e pegou os óculos.

– Me mantenha informado.

– É claro – respondeu ela e fechou a porta depois de sair. Não fazia isso sempre?

Kim entrou na sala e foi recepcionada por uma mistura de expressões.

– Temos notícias boas e ruins – disse Bryant, com os olhos nos dela.

– Manda.

– Já identificamos a vítima... e você não vai gostar nem um pouquinho.

CAPÍTULO
10

ALEX DESPERTOU DO SONO pelo som de um dos Beatles cantando "I'm a Loser"* em seu celular. Era uma piada pessoal para informá-la que a ligação era da Hardwick House. Não era tão divertida quase às três da manhã.

Ela olhou com raiva para o telefone por segundos tentando se recompor e, por fim, silenciou John Lennon.

– Alô...

– Alex, é o David. Você pode vir aqui...? – A voz desapareceu ao longe, mas ela o escutou gritar para alguém levar Shane de volta para a sala de convivência. – Olha só, tivemos um incidente entre Shane e Malcolm. Você pode vir?

O interesse de Alex aumentou.

– Que tipo de...?

– Eric, coloca o Shane lá dentro e fecha a droga da porta.

Ele parecia atormentado e Alex ouvia muitos gritos ao fundo.

– Explico quando você chegar aqui.

– Estou a caminho.

Vestiu-se depressa, porém criteriosamente. Escolheu uma calça jeans justa que lhe abraçava a cintura e acariciava o bumbum. Na parte de cima, vestiu uma blusa de caxemira que revelava apenas um indício do espaço entre os seios quando se inclinava para a frente, indispensável quando se ia a um local cheio de homens.

Um leve polvilhar de blush antes de fazer beicinho e passar batom, uma aparência do tipo "acabei de acordar" cuidadosamente construída. Pegou um bloco de notas na gaveta da cozinha antes de sair.

Enquanto o motor de três cilindros avançava, cortando o silêncio da rua cheia de folhas, Alex refletia sobre suas opções na Hardwick House. A parceria tinha começado a ficar interessante apenas por um lado e os benefícios da ligação tornavam-se menos atrativos para ela.

---

* "I'm a Loser" ("Sou um Fracassado", em tradução livre) é a segunda música no lado A do disco *Beatles for sale*, lançado em 1964. (N.T.)

Ela foi cuidadosa quando escolheu a instituição à qual concederia a dádiva de sua experiência. Depois de pesquisar as boas causas, Hardwick House foi o único bando de bons samaritanos para o qual ela tinha estômago.

Queria ver se havia algum candidato para sua pesquisa, porém como não encontrou nenhuma boa cobaia, ficou entediada e os usou apenas para aperfeiçoar suas técnicas de manipulação. Até isso já estava ficando enfadonho, pensou Alex quando entrou no estacionamento e desligou o carro. Sentiu que se afastaria gradualmente em algum momento no futuro.

David abriu a porta, a única pessoa remotamente interessante naquele lugar. Aos 37 anos, seu cabelo preto apresentava apenas vestígios grisalhos que acrescentavam profundidade a seus traços. Ele movimentava-se com a comodidade de quem não tem ideia do quanto é atraente ao sexo oposto. Por ele, Alex quebraria sua regra "só homens casados".

Ela também sabia que David trabalhava incansavelmente para os homens sob sua responsabilidade: arranjava colocação profissional, benefícios e educação básica. Para David, eram almas a serem salvas. Para Alex, serviam para praticar tiro ao alvo.

– O que aconteceu?

David fechou a porta após a entrada dela e Alex lembrou-se novamente de que, apesar da reforma, a instituto assistencial ainda tinha a cara de sala de espera de Deus.

A porta para a sala de convivência encontrava-se fechada e Barry a vigiava, um sujeito que ela havia considerado para seu projeto quando estava escolhendo candidatos com potencial alguns meses antes. Tiveram muitas conversas sobre a mágoa que guardava devido à traição da esposa com o próprio irmão dele, mas faltava-lhe aquele último incentivo que o incitasse à ação. Seu ódio não era profundo o bastante, inflamado o bastante, a ponto de afetar sua consciência de longo prazo. E, fundamentalmente, era nisso que estava interessada.

Portanto, outra decepção.

Alex percebeu a rápida avaliada que David lhe deu e encarou seus olhos por um segundo, apenas para mostrar que havia notado. Ele desviou o olhar.

– Shane está lá dentro – disse David com impaciência. – O Malcolm está na cozinha. Temos que mantê-los separados por enquanto. Pra resumir a história, o Shane não chegou a ir para a cama. Ele pegou no sono na sala em frente à televisão. Dava pro Malcolm ouvir a TV, então foi lá desligá-la. Deu uma sacudida de leve no Shane para ele ir dormir na cama.

David fez uma pausa e passou a mão pelo cabelo. Alex já sabia para onde aquilo estava indo.

– Basicamente, o Shane acordou e cobriu o Malcolm de porrada sem dó. Ele está na cozinha, não quebrou nada, mas o negócio foi feio. Ele está gritando pela polícia, e o Shane está gritando por você.

Alex mais sentiu do que ouviu a presença de Dougie, seu "guarda-costas", atrás de si. Ela enfiou a mão na bolsa e pegou um caderninho de anotações com capa psicodélica. Dougie possuía um alto grau de autismo e raramente falava, mas tinha fascinação por cadernos. Para ficar bem com ele, Alex comprava um novo toda vez que ia à Hardwick House. Ele o pegou, segurou junto ao peito e deu um passo para trás.

Dougie tinha um metro e oitenta e dois e era desengonçado. Sua família o havia renegado aos 12 aos, mas sobreviveu nas ruas até David pegá-lo catando restos no lixo. Passava os dias andando quilômetros e mais quilômetros pelos caminhos às margens dos canais de Dudley. Dougie não era residente oficial da instituição porque nunca tinha sido preso, mas David havia decidido que o quarto dele era vitalício.

Alex o achava repulsivo, mas escondia bem e tolerava a perseguição por todo lado como um cachorrinho doente de amor. Nunca se sabe quando tal adoração pode ser útil.

– Deixe-me ver o Shane antes. Preciso acalmá-lo.

David abriu a porta para a sala de televisão. Dois residentes flanqueavam Shane, que estava inclinado para a frente, balançando de joelhos.

– Obrigado, pessoal – disse Alex, dispensando os encarregados. Dougie ficou à porta aberta de costas para ela. De acordo com as regras, mulheres não podiam ficar sozinhas em um cômodo fechado com nenhum dos residentes. Ele não deixaria ninguém entrar. Alex sentou-se em frente ao rapaz.

– Ei, Shane.

Ele não levantou o olhar, mas suas mãos machucadas se agarraram com força.

Alex conhecia bem a história de Shane porque o havia considerado para seu estudo. Era um rapaz alto, magrelo, que aparentava ter menos que seus 23 anos. Desde os 5, foi abusado sexualmente pelo tio. Aos 13 e 30 centímetros mais alto que o agressor, ele o espancou até a morte com as próprias mãos.

Exames físicos provaram que as acusações de abuso de Shane eram verdadeiras, mesmo assim, ele foi encarcerado durante oito anos e meio. Quando o soltaram, descobriu que os pais tinham se mudado sem deixar endereço.

Alex ponderou qual seria a maneira de abordá-lo. O que realmente queria era sacudir Shane e falar que ele tinha feito uma merda do caralho, mas não podia deixar sua irritação com ele transparecer. Serviu-se do estoque de compaixão fabricada.

– Vamos lá, Shane, sou eu, Alex. O que aconteceu?

Tomou cuidado para não encostar nele. Shane tinha aversão a qualquer tipo de contato físico. Ele permaneceu em silêncio.

– Você pode falar comigo. Sou sua amiga.

Shane balançou a cabeça e Alex teve vontade de bater nele. Ser arrastada da cama para lidar com um bando de desajustados escrotos era ruim o bastante, mas desajustados mudos já era um pouco demais para sua limitada paciência.

– Shane, se não falar comigo, a polícia...

– Pesadelo – sussurrou ele. Alex inclinou-se para a frente.

– Você estava tendo um pesadelo, o Malcolm te acordou e você achou que ele era seu tio?

Shane a olhou pela primeira vez. Seu rosto estava pálido e lágrimas rolavam pelas bochechas. *Nossa, que machão!*, pensou ela.

– Então, quando acordou, achou que ele tinha voltado para estuprá-lo de novo?

Ela o viu estremecer com a palavra. Vingança por tê-la tirado da cama.

Ele fez que sim.

– A luz estava acesa?

– Estava.

Como ela tinha suspeitado.

– Então, depois do primeiro soco, você devia saber que não era seu tio. Tinha visto que era Malcolm. Por que continuou a bater nele?

Ela sabia a resposta e, agora para o proveito próprio, queria certificar-se de que não chamariam a polícia. Shane era tão burro que iria revelar tudo aquilo. As conversas entre os dois, a confusão dele.

Ele deu de ombros.

– Sei lá. Fiquei pensando nas coisas que você falou sobre as sobrinhas dele.

Alex recordou-se de suas conversas duas semanas antes quando tentou explicar-lhe que nem todo homem de meia-idade era como o tio dele. Havia escolhido as palavras cuidadosamente, e lembrava-se de uma por uma.

– Veja o Malcolm ali, ele é um sujeito ótimo. Não existem provas de que ele tenha se intrometido com a sobrinhas. E, se isso tivesse acontecido, tenho certeza de que as autoridades saberiam.

Suas palavras tinham sido esquematizadas para obter uma reação exata dele, porém, como Shane não agiu nos dias seguintes, Alex o eliminou da lista de candidatos, pois não era previsível o bastante.

Embora parte de Alex estivesse secretamente encantada por ele ter finalmente feito o que ela queria, aquilo não mudou nada – estava puta por aquilo ter demorado tanto. Não tinha tempo para isso.

– Mas lembre-se, Shane. Eu falei claramente que o Malcolm *não* fez nada com aquelas meninas, para demostrar que ele não era como o seu tio e que homens bons existem.

As lágrimas pararam, e seu rosto enrugou confuso.

– Mas você falou... – Shane não conseguia lembrar exatamente o que ela havia dito. – Eu não parava de imaginar aquelas menininhas e o que ele tinha feito com elas e você disse que as autoridades saberiam. – Ele suspendeu seus olhos torturados para Alex. – Mas, no meu caso, nunca souberam de nada.

Alex desviou o olhar. A carência dele era repugnante.

– Mas aí você parou de conversar comigo – disse soando perdido e sozinho. Ele estava certo, ela tinha passado mais tempo com Malcolm para tentar instigar Shane a cometer a agressão violenta, o que aconteceu, porém, tarde demais para ser de alguma serventia a Alex.

– Você sabe por que parei de conversar com você, Shane? – perguntou ela, delicadamente. O rapaz negou com a cabeça.

– Porque você é uma perda de tempo pra mim. Você é tão perturbado que nunca vai levar uma vida remotamente normal. Não há esperança para você. Os pesadelos nunca acabarão e todo sujeito careca de meia-idade será o seu tio. Nunca vai se livrar dele nem do que ele fez com você. Ninguém jamais amará você porque está contaminado e o tormento pelo qual passa o acompanhará para sempre.

A última gota de cor que havia em seu rosto exauriu-se. Ela inclinou o corpo para mais perto dele.

– E se você me incomodar de alguma maneira deste momento em diante, falarei com a comissão de liberdade condicional, afirmarei que é um perigo para os outros e você retornará para a prisão. – Ela levantou-se, erguendo-se diante daquele destroço balbuciante. Meu Deus, ela odiava decepção. – E a gente sabe que há um monte de homens de meia-idade lá, não sabe, Shane?

A cabeça dele despencou e os ombros começaram a tremer. Alex recebeu o silêncio do rapaz como uma compreensão total. Caso encerrado entre eles. Permanentemente.

Ela saiu apressada, esbarrando em Dougie e foi à cozinha. A maioria dos residentes tinha voltado a dormir, já que a agitação havia terminado. Sobraram apenas David e Malcolm, além de Dougie pairando em algum lugar atrás dela.

Alex não pôde deixar de ficar impressionada com o serviço de Shane na roliça e inofensiva vítima sentada à mesa. Agora só tinha que se preocupar com a redução de danos. Não era conveniente para ela o envolvimento da polícia. Aquele lugar era como um cercadinho de bebês para a psiquiatra.

– Oh, Malcolm... – disse ela, sentando ao lado do homem. – Pobrezinho.

Ela suspendeu a mão e tocou levemente a carne inchada em seu rosto, já começando a roxear. O lábio inchado tinha um corte no lado direito. A Alex restava apenas imaginar a aparência que ele teria pela manhã.

– Ele é um doido do caramba. Precisa ficar trancafiado.

A psiquiatra olhou para David e compreendeu a posição em que se encontrava. Haviam cometido um crime, mas ele sabia que Shane não sobreviveria se voltasse para a prisão. Alex dispensou David com um movimento de cabeça, e ele saiu da cozinha para ver como Shane estava.

– Veja bem, Malcolm. É perfeitamente justificável que chame a polícia. Você sofreu uma agressão terrível. Sei que é difícil compreender alguns dos outros residentes.

Alex inclinou-se levemente para a frente e o olhar de Malcolm vagueou até o alvo que ela tinha em mente. Malcolm nunca havia machucado uma alma sequer na vida. Dolorosamente tímido e socialmente inapto, caiu em um golpe de internet: uma "mulher tailandesa" se apaixonou por ele no cenário tropical de uma sala de bate-papo. Muitos parentes doentes e um monte de transferências de dinheiro depois, Malcolm ficou quebrado e começou a desviar recursos da siderúrgica em que era contador.

Ficou preso apenas dois anos e, embora não tivesse muita coisa antes, estava recomeçando do zero. Aos 51 anos, não tinha mulher, nem filhos, nem profissão.

Alex adoçou sua voz e inclinou-se mais cinco centímetros para a frente.

– Tem que se lembrar, Malcolm. Você não é como essas pessoas. É um homem educado, profissional, que tem muito a oferecer. Está com ferimentos terríveis, mas não é permanentemente perturbado. Essas criaturas patéticas merecem a sua piedade. Nunca terão um pingo da sua inteligência.

Alex recruzou as pernas e roçou os joelhos nos dele.

– Mas ele tem que ser responsabilizado... – argumentou em voz baixa, desanimadamente, e Alex sabia que ele já estava no papo.

– E isso vai acontecer. Acho que deve tomar a atitude que seja certa para você. Aja de acordo com o que fará você se sentir melhor, mas é bom saber que Shane voltará para a prisão e nunca mais sairá. Não quero que tenha isso na sua consciência por ter agido no calor do momento. Depois que fizer essa ligação, não poderá voltar atrás.

Alex respirou fundo para que os seios aumentassem e diminuíssem. Essa decência que ele possuía e com a qual estava lutando foi a razão que a levou o excluí-lo como cobaia de sua pesquisa.

– Tenho uma sugestão, caso esteja disposto a ouvi-la.

Malcolm concordou com um movimento de cabeça, mas continuou a olhar para a blusa dela. Não era mais conveniente para Alex ter Shane por perto. Não queria mais ver seu rosto patético.

– Bom, acho que seria impossível os dois continuarem a morar aqui. Você não deve ter medo de ser agredido novamente. Sugiro que deixe a polícia fora disso, contanto que o Shane vá embora.

Malcolm finalmente suspendeu a cabeça e olhou para o rosto dela. Meus Deus, ele estava destruído.

– Mas para onde ele...?

– Não é você que deve se preocupar com isso depois do que ele fez, né?

– É... acho que não...

– Então, posso passar a sua decisão para o David?

Malcolm assentiu. Fácil demais.

Alex inclinou-se e deu uns tapinhas de leve no joelho dele. O velho idiota corou um pouco. Aquele pobre coitado nunca tinha tido um orgasmo com outro ser vivo que estivesse respirando a menos de 100 metros dele.

– Acho que esta é a decisão certa, Malcolm. Agora vá para a cama que eu converso com o David.

Alex respirou fundo enquanto Malcolm saía e David entrava de novo.

– Como foi?

Alex suspirou com força.

– Nossa, foi necessária muita persuasão, mas ele não vai chamar a polícia.

O rosto de David franziu de alívio.

– Graças a Deus. O Shane está tão arrependido do que fez. Ele sabe que foi errado e nós dois sabemos que voltar para a prisão o mataria. O garoto não é mau.

– Contudo, a única condição do Malcolm para não chamar a polícia é o Shane ir embora.

David murmurou palavrões.

– Sei que é difícil e tentei fazê-lo mudar de ideia, mas ele não quer ceder. Imagino que você compreende o lado do Malcolm. Ele ia viver aterrorizado.

David balançou a cabeça.

– Não sei o que deu nele.

Alex suspendeu os ombros.

– Esse é o problema. Não há como garantir que não acontecerá de novo. Você não tem como garantir a segurança do Malcolm se o Shane ficar.

David baixou a cabeça nas mãos.

Alex estendeu a mão e afagou seu braço nu.

– Não há nada mais que possa fazer, David.

O único defeito que ela via naquele homem era a habilidade de sentir compaixão pelos protegidos desesperançados aos cuidados dele. Um toquezinho de crueldade ou uma mente maliciosa e David seria o par perfeito.

Ele afastou o braço da mão dela.

– Jesus, David, fiz tudo que pude, você sabe disso – ralhou ela, aborrecida pela rejeição. Ele não sabia que Alex havia manipulado a situação para manter as autoridades longe. Por ela, Shane podia ser jogado de volta na prisão e estuprado todos os dias pelo resto da vida. Independentemente de quais fossem os seus motivos, ela tinha salvado a situação, mesmo assim, aquele homem a repelia.

– Eu sei, Alex, e sou muito grato. Só que preciso descobrir um jeito de ajudar o Shane.

Ela levantou e roçou nele, estendendo o braço para pegar duas canecas no armário.

– Como o Barry está passando? Eu achava que a esta altura ele já teria ido embora – perguntou ela só para puxar conversa. Um último café e tchau. A indiferença de David a suas investidas foi a gota d'água. Ela tinha formas melhores de passar o tempo.

David balançou a cabeça.

– O coitado sofreu um golpe pesado. Ficou sabendo por intermédio do amigo de um amigo que a ex-esposa e o irmão dele se casaram semana passada. A filha de Barry foi uma das damas de honra. Ele teve um ataque de fúria e destruiu umas coisas. Ainda não está pronto para ir embora.

Alex sentiu o início de um sorriso bem no fundo do estômago. Felizmente, já estava com o rosto virado quando ele chegou à boca. Tinha acabado de oferecer-lhe uma razão para ficar.

– Ah, querido, que pena. Vou fazer um café e você me conta tudo o que aconteceu.

CAPÍTULO
11

KIM SENTOU-SE À MESA de detetive vaga.

– Espero que vocês todos tenham dormido um pouco, porque isso não vai acontecer mais até conseguirmos algum progresso neste caso.

Ela mesma dormiu pouquíssimo. Custou a pegar no sono, mas acordou duas horas depois ao sonhar com Daisy Dunn. Com frequência adormecia pensando em algum caso, e com mais frequência ainda um suspeito era a primeira coisa em que pensava de manhã. Mas a visão de Daisy a deixou insegura, viu a garota ser levada embora, mas Daisy fazia força se recusando a ir, com o rosto para trás olhando Kim.

A inspetora balançou a cabeça para se livrar da imagem. O caso estava encerrado e precisava concentrar-se no próximo. Tinha feito sua parte e só lhe restava torcer para que Dunn fosse a julgamento, apesar da estupidez de Jenks e Whiley.

Ela virou para trás bem a tempo de perceber um resmungo vindo do outro lado da sala. Era originário do canto de Dawson

Kim o desafiou com os olhos. O detetive virou o rosto.

Ela não trabalhava seguindo uma escala de serviço, e o horário de trabalho deles não passava de informações meramente formais em um papel. Se uma testemunha precisasse ser interrogada, não interessava se faltavam cinco minutos para o fim do turno. O serviço era feito.

– Se tem alguém querendo que os cadáveres apareçam de acordo com sua conveniência, pode fazer o download do formulário de transferência imediatamente. Alguém?

Nem mesmo Bryant respondeu. Ele tinha o dom de saber quando não abrir a boca.

– Ok, recapitulando: a vítima é Allan Harris, um homem de 45 anos que cumpriu pena por estupro. Saiu há aproximadamente 18 meses e parece que andou na linha desde então. Vive de auxílio com a mãe idosa e não trabalhou um dia desde que foi solto.

– Foi um estupro brutal, chefe – expressou Bryant.

– Eu sei disso. – Ela tinha lido os relatórios e não precisava de uma aula de história. Os ferimentos horrendos sofridos pela vítima a tinham nauseado. Ela derramaria lágrimas pela perda dele como ser humano? Sem chance. Permitiria que seus sentimentos pessoais afetassem a maneira como conduziria o caso? Mesma resposta. – Vejam bem, pessoal, ele cumpriu a pena, por menor que tenha sido, e não deu nem sinal de problema desde então. O Allan Harris não é o Gandhi e nós não temos o direito de escolher as vítimas. Entenderam?

– Sim, chefe.

– Dawson, fale com motoristas de táxi, de ônibus, passeadores de cães e com o dono do pub. Veja se alguém costumava falar que não gostava do Harris. E leve a Stacey com você, ela está precisando tomar um ar.

Stacey tinha o dom em TI e sempre ajudava a equipe de trás da tela do computador. Estava na hora de expô-la um pouco mais ao mundo. O fato de Stacey transparecer um pouquinho de ansiedade provou a Kim que estava tomando a decisão correta.

Wood e Dawson levantaram-se e saíram na direção da porta.

Dawson voltou atrás.

– Humm... chefe, quero só pedir desculpas pelo meu vacilo por causa do negócio de dormir.

– Se eu achasse que aquilo era sério, você já estaria a caminho de casa.

Ele demonstrou compreensão com um gesto de cabeça e partiu. Dawson era um bom detetive, mas Kim esperava mais do que apenas bom. Pressionava-os muito, pois acreditava que isso fazia deles policiais melhores. O trabalho policial não tinha cartão de ponto, e qualquer um na sua equipe que não quisesse nada além de um serviço podia dar o fora e ir trabalhar para o McDonald's e ficar virando hambúrgueres o dia inteiro.

Bryant aguardou os dois se distanciarem o bastante para não conseguirem ouvi-lo e disse:

– Somos uma boa equipe, né? Sua inteligência descolada, meu jeitinho simpático. Sua análise impassível, minha habilidade de ser gente fina. Seu cérebro, minha beleza.

Kim rosnou e falou:

– Anda, bonitão, a coletiva de imprensa nos espera.

Kim não tinha marcado coletiva de imprensa. Não precisava disso. Eles estavam chegando desde as quatro da manhã.

Ela respirou fundo e gesticulou a cabeça antes de abrir a porta dupla com um empurrão.

Repórteres e fotógrafos reuniam-se em grupos. Ela reconheceu alguns do jornal local *Express and Star* e outros de jornais gratuitos. Um repórter do *Central News* e um cinegrafista do *Midlands Today*, da BBC, compartilhavam algo em seus celulares. Um correspondente da Sky News estava ocupado digitando uma mensagem.

– Ok, aproximem-se – gritou Kim. Um buquê de microfones apareceu diante de seu rosto, as pessoas ligaram gravadores e esticaram os braços para a frente. Meu Deus, ela odiava aquilo.

Kim gesticulou a cabeça diante dos rostos expectantes e disse:

– Passarei a palavra para o Detetive Sargento Bryant, que lhes passará as informações que temos até o momento.

Kim deu um passo de lado. Se Bryant ficou desnorteado pela repentina consideração, escondeu muito bem e imediatamente deu os pêsames à família.

É, aposto que a bola antiestresse do Woody está em ação agora, pensou Kim.

– ...a Força Policial de West Midlands fará tudo a seu alcance para levar esse criminoso à justiça. Obrigado pelo seu tempo.

Kim partiu na direção do carro e Bryant a seguiu.

– Se comportou como um verdadeiro profissional, Bryant.

– Sabe que o Woody vai te matar por...

– Tem o endereço?

– Lá no final da Thorns Road, mas entra à esquerda na Caledônia.

– Obrigada TomTom.

– Só pra constar, chefe. Sei que você não se deu ao trabalho de ir pra casa ontem à noite.

Kim ficou calada.

– A única coisa que realmente mora na sua sala é uma muda de roupa e uns produtos de higiene.

– Estrelinha dourada para você, Sherlock.

– Além do fato de a quilometragem do seu carro ser a mesma de quando estacionou aqui ontem à noite.

– O que diabos você é? Um tacógrafo ambulante?

– Não, sou detetive. Presto atenção nas coisas.

– Então concentra seus esforços neste caso e sai da minha cola, caramba.

Ele estava certo, é claro, o que a irritou ainda mais.

– Acho que você precisa de uma razão para ir pra casa à noite.

– Bryant... – alertou ela. Era verdade que ele podia pressioná-la mais do que qualquer outra pessoa. Mas nem tanto.

Kim continuou a dirigir em silêncio, até um suspiro sofrido escapar dos lábios do parceiro.

– O que foi, Bryant?

Ele respirou fundo:

– Não tenho certeza se vamos transmitir alguma empatia à mãe do Harris quando chegarmos lá.

Kim franziu a testa:

– E por que acha isso?

Bryant permaneceu olhando pela janela:

– Não é óbvio?

– Pra mim não.

– O que ele fez com a garota...

Bryant parou de falar quando ela pisou no freio, virou à esquerda e entrou no estacionamento de um pub.

– O que está fazendo?

– Ok, põe pra fora agora.

Ele desviou o olhar.

– Não falei nada na frente dos outros, mas a minha filha tem idade parecida com a daquela menina quando foi estuprada,

– Entendi, mas não podemos nos dar ao luxo de investigar assassinatos só de gente íntegra.

Ele a olhou:

– Mas como podemos empreender o mesmo tipo de paixão àquele bosta?

Kim não gostou do direcionamento da conversa.

– Simples, porque esse é o seu trabalho, Bryant. Você não assinou um acordo afirmando que só protegeria os direitos das pessoas que acha que merecem. É a lei propriamente dita que defendemos, e a lei se aplica a todos.

Seus olhos buscaram os dela.

– Mas você realmente consegue, sabendo o que sabe, se comprometer sem preconceito?

Ela não pestanejou:

– Consigo, sim. E espero o mesmíssimo de você.

Ele mordeu a pele no nó de um dos dedos.

O ar entre os dois estava carregado. Poucas vezes teve que colocar Bryant na linha, o que não era algo fácil para ela. Mas a amizade que compartilhavam suportava isso. Assim esperava.

Ela olhou para a frente e disse com a voz baixa:

– Bryant, não espero nada além de total profissionalismo quando entrarmos naquela casa. Se não consegue fazer isso, sugiro que fique no carro.

Sabia que aquilo era difícil, mas não toleraria que ele demonstrasse nenhum sentimento pessoal sobre a vítima.

Ele não hesitou:

– É claro.

O fato de que Kim tomaria qualquer atitude necessária se ele desafiasse as instruções dela era de conhecimento de ambos. Com ou sem amizade.

Ela engatou a marcha no carro e arrancou.

Com sensatez, ele permaneceu em silêncio até chegarem ao final da Thorns Road. Em ambos os lados havia residências familiares, que ela imaginou serem de dois quartos, e todas possuíam uma entradinha com espaço suficiente para acomodar um carro grande.

Bryant disse para pararem em frente ao número 23.

A casa ficava a um metro e meio mais ou menos do final do beco onde Harris foi assassinado.

Bryant bateu a porta do carro com força e comentou:

– Jesus, mais quinze segundos e ele chegaria em casa.

O jardim estava sendo tampado com placas de concreto. Montinhos de grama haviam sido arrancados grosseiramente, deixando a superfície cheia de tufos. Uma varanda coberta projetava-se da frente da propriedade, e ela ficaria reta se Kim inclinasse a cabeça levemente para a esquerda. Cortinados sufocavam todas as janelas e o canto inferior direito de um vidro no andar de cima estava rachado.

Bryant usou os nós dos dedos para dar três batidas curtas na porta. A oficial responsável por intermediar a relação da família com a polícia, de calça jeans e moletom, foi quem atendeu.

– Ela está bem frágil, não parou de chorar.

Kim passou pelo espaço na porta deixado pela mulher e entrou na sala. Uma escada levava ao andar de cima. Espirais marrons e laranjas cobriam todas as superfícies, com exceção do sofá bege aveludado que dominava o cômodo.

O cachorro que estava sentado ao lado do corpo foi na direção dela, balançando o rabo. A coleira de pelo branco ainda continha pingos marrons ressecados do sangue de seu dono.

Ela ignorou o animal e prosseguiu na direção dos fundos da pequena casa. Encontrou a senhora idosa sentada em uma cadeira de balanço confortável na cozinha conjugada que se estendia de uma ponta à outra da pequena casa. Kim se apresentou enquanto Bryant materializava-se ao lado dela. Ele pegou a mão da senhora.

– Sra. Harris, meu nome é Detetive Sargento Bryant e primeiramente eu gostaria de lhe dar os pêsames pela sua perda. – Ele segurou os dedos nodosos alguns segundos, em seguida devolveu gentilmente a mão ao colo da senhora.

Kim fez um leve movimento de cabeça para ele enquanto sentavam-se nas duas cadeiras de vime. O profissionalismo de Bryant escondia os sentimentos que havia revelado para a chefe no carro. Era tudo que ela podia lhe pedir.

A oficial que já estava na casa quando chegaram fez chá, o cão se posicionou ao lado de Kim e apoiou na perna direita dela. A inspetora afastou a perna e concentrou-se na sra. Harris. Seu cabelo era completamente grisalho e saía aos tufos em alguns locais. Kim lembrou-se do jardim.

O rosto da sra. Harris era agradável, porém arruinado pelo trabalho duro e pela angústia. O corpo inteiro era consumido pela artrite e a impressão era de que todos os ossos haviam sido quebrados e colados incorretamente. Com a mão direita, ela beliscava o lenço da mão esquerda, produzindo centenas de minúsculos flocos brancos que se acumulavam em seu colo.

A idosa cravou os olhos vermelhos em Bryant. Ela falou, e suas palavras saíam com o carregado sotaque de Black Country.

– Ele era um *rapaiz* ruim, detetive inspetora. A prisão *ajudô* ele.

Kim afastou o cachorro com um cutucão.

– Sra. Harris, estamos mais interessadas no que aconteceu com o seu filho do que com o passado.

A sra. Harris encarou Kim. Seus olhos estavam esfolados, porém secos.

– O que ele fez foi horrível e nojento e nunca vou me *recuperá* daquilo. Ele se declarou culpado de todas as acusações e nunca tentou se defender, com um monte de palavra chique. Ele *aceitô* o castigo do tribunal, *cês* concordando com ele ou não. Ele saiu de lá um homem mudado, muito arrependido do que tinha feito com a coitadinha da menina. Se ele pudesse voltar atrás, ele ia *tê* voltado. – Seus olhos lacrimejaram e ela balançou a cabeça. A fervorosa defesa do filho havia terminado, deixando a fria realidade de que ele estava morto.

A senhora continuou, mas com a voz trêmula:

– Meu *rapaiz* nunca mais vai poder *trabaiá*; a condenação dele foi pra vida inteira.

Kim manteve o rosto neutro e falou com honestidade:

– Sra. Harris, estamos totalmente engajados na investigação do assassinato do seu filho. O histórico dele não interfere em nada na maneira que trabalhamos.

A Sra. Harris encarou-a nos olhos e permaneceu assim alguns segundos.

– Acredito *nocês*.

Bryant assumiu:

– Pode nos dizer exatamente o que aconteceu ontem à noite?

A mulher enxugou as bochechas com o lenço já gasto.

– Ele me *ajudô* a ir pra cama às dez horas. Ligou o rádio. Eu gosto de dormir *ouvinu* os programas de conversa que passam tarde da noite. Ele assobiou para o Barney e levou ele pra fora. Sempre saíam pra dar uma caminhada demorada de noite. O Barney não gostava muito de outros cachorros. Às v*eiz*, ele parava no The Thorns e tomava um *pint* pequeno antes de ir pro parque. Ficava sentado do lado de fora sozinho com o Barney. Comprava um pacote de torresminho e dividia com o cachorro.

– Que horas ele geralmente voltava?

– Lá pelas onze e meia. Eu num conseguia *pegá* no sono direito até ele *voltá*. Ai, nossa, nossa, nossa, num a*cridito* que ele se foi. Quem ia *fazê* isso? – perguntou a Bryant.

– Infelizmente, ainda não sabemos. Ele estava tendo problemas com alguém?

– Os vizinhos num falavam com nenhum de nós depois que deixei ele *mudá* pra cá de novo. Mandaram umas cartas nojentas, recebemos umas ligações ameaçadoras e há uns dois meses jogaram um tijolo na janela da gente.

Kim sentiu pena da idosa deixada para trás. Apesar do que o filho tinha feito, a mãe o havia acolhido e tentado protegê-lo.

– Você guardou as cartas ou anotou os números dos telefones?

A sra. Harris negou com um gesto de cabeça e completou:

– Não, meu filho, o Allan jogou elas fora e a gente trocou o número do telefone.

– Vocês ligaram para a polícia quando jogaram o tijolo?

– *Cês* dois devem tá *levanu* o assassinato dele a sério, mas eu num acho que um tijolo na janela de um estuprador condenado ia dá muito resultado.

Kim não respondeu, sabia que a sra. Harris provavelmente estava certa.

Não havia pista alguma a ser descoberta nas ameaças e agressões que havia sofrido, então Kim prosseguiu:

– Ele sempre levava a carteira quando dava uma passada lá no pub?

– Não, ele nunca ia ao pub na sexta nem no sábado, tinha gente demais. A carteira dele está na mesa no outro quarto.

– Ele andava com uma faca, digamos, para se proteger? – perguntou Bryant.

A sra. Harris franziu a testa.

– Se andava, nunca me falou.

Foram impedidos de fazer mais perguntas por uma batida na porta. A policial que observava a conversa se levantou para atender. Kim, sem nada o que fazer, se perguntou como a frágil mulher se viraria depois que aquele recurso fosse retirado dela. O caso acabaria sendo solucionado e a oficial que a estava acompanhando em casa seria transferida.

– Deve ser a Blue Cross – supôs a sra. Harris com a voz triste.

Enquanto pronunciava as palavras, o cachorro novamente se escorou na perna de Kim. Ela não fez nada, pois havia se dado conta de que, se não desse um belo chute, aquela porcaria daquela coisa não iria a lugar algum.

– Blue Cross? – questionou Bryant.

– O abrigo de onde o Barney veio. Vieram pra *pegá* ele de volta. Num posso *tomá* conta dele. Num é justo.

Lágrimas novas empoçaram em seus olhos.

– Meu *rapaiz* adorava esse cachorro, gostava de pensar que tinha dado uma segunda chance pra ele.

Um homem e uma mulher carregando o logo do abrigo de animais entraram.

– A coleira dele tá pendurada ali. A cama tá na sala da frente e pega o ursinho de pelúcia marrom. É o melhor brinquedo dele.

O corpo do cachorro tremia apoiado nas pernas de Kim. Uma tristeza a inundou. O cão não julgava o dono pelos crimes do passado, tinha sido um amigo leal e fiel e agora sua vida ali tinha acabado.

O homem juntou os pertences do cão e a mulher pegou a coleira. A sra. Harris inclinou-se para a frente e acariciou o cão uma última vez.

– Desculpa, Barney, mas eu num consigo toma conta *docê*, parceiro.

A mulher pôs a coleira e começou a levar o cachorro para fora da casa. Quando estava à porta, ele virou e cravou em Kim olhos pesarosos e interrogativos.

Ela observava o cachorro ser levado embora de tudo que conhecia. Estavam levando-o de volta para ser exposto, de volta à disputa por mais uma chance de conseguir um bom lar. Uma sensação que ela conhecia muito bem.

Kim levantou-se abruptamente.

– Vamos, Bryant, acho que já temos tudo de que precisamos.

CAPÍTULO
12

ALEX SEGUIA NA DIREÇÃO de Cradley Heath, impressionada com a habilidade de se adaptar. Em sua área de pesquisa, estava fadada a ter decepções ao longo do caminho. Shane a havia desapontado, porém ela reverteu aquela pequena situação em proveito próprio sem que descobrissem nada.

Toda pesquisa tem baixas, mas, por enquanto, Alex não tinha se deparado com nenhum dano colateral que não compensasse o resultado final. Decepções eram um risco profissional, porém algo que não lhe faltava era engenhosidade.

Como agora. Após os acontecimentos da noite anterior, seria correto dar um pulo à Hardwick House para certificar-se de que todos estavam bem, além disso, se Barry estivesse por lá, aquele poderia acabar sendo um ótimo dia.

Ela precisava de uma distração para parar de pensar em Ruth. Devia aceitar que não conseguiria mais nenhum dado antes da próxima consulta agendada. A história estava em todos os jornais, mas a polícia nunca desvendaria o que aconteceu nesse intervalo, principalmente se Ruth a tivesse escutado adequadamente e retirado a faca.

O dia estava claro, mas ventava. As árvores moviam-se com as lufadas que sopravam os últimos vestígios do inverno para longe.

Em Cradley Heath, parou em um hipermercado Tesco e escolheu vários bolos e quitutes vagabundos. Não foram caros, mas a percepção era tudo.

Parou na entrada da Hardwick House e percebeu alguns carros diferentes. No fim de semana, pessoas iam visitar os residentes.

– Quitutes – disse ela, entrando na cozinha. David virou-se e Alex viu que estava ao telefone, mas sem falar. Ele desligou e balançou a cabeça.

– Está tudo bem?

– Por que você voltou pra cá tão cedo assim?

– Nossa, tudo bem, melhor eu pegar as minhas guloseimas e ir embora, né? – disse ela, recatadamente.

– Desculpa, não foi isso que eu quis dizer.

– Só quero ver se o Malcolm e o Shane estão bem. – Às vezes ela se surpreendia com o quanto conseguia ser convincente. Não tinha como se importar menos com os dois perdedores, mas Barry era uma história inteiramente diferente.

– Parece que Malcolm lutou dez rounds com Tyson antes de ser atropelado por um caminhão numa pista congelada, mas está bem consigo mesmo. Sente-se um homem melhor por não ter entrado em contato com a polícia. A irmã está na sala de TV com ele. Ela buzinou no meu ouvido até não querer mais por deixar aquilo acontecer com o Malcolm, mas ficou ligeiramente mais tranquila pelo fato de Shane não estar mais aqui.

– Já? – Alex estava surpresa, mas também satisfeita.

David abriu os braços.

– Foi embora de noite. Fui acordá-lo de manhã para conversarmos e o quarto estava vazio. Deixei algumas mensagens para ele, mas agora o telefone já está desligado.

– Nossa, David, sinto muito. Sei o quanto você gostava dele.

– O coitadinho do garoto não tem ninguém. Nunca teve uma oportunidade na vida. Eu achava de verdade que podia ajudá-lo.

– Ele é adulto. Tem que tomar as próprias decisões. É possível que simplesmente não conseguia encarar o Malcolm e achou que esse era o melhor caminho. Pelo menos você não teve que pedir a ele para ir embora.

– Oi, Dougie – cumprimentou ela. – Você nunca se cansa de me seguir por aí?

Ele negou com a cabeça e ficou arrastando um pé de cada vez. Ela abriu a boca para dizer algo, porém a fechou novamente. Não tinha graça ser má com Dougie. Gostava que seus adversários tivessem pelo menos uma célula cerebral.

Alex levou os pratos para a sala de TV.

Ray, o residente mais antigo, estava sentado em um dos sofás sustentando outro desconfortável silêncio que frequentemente pairava entre ele e uma filha que mal conhecia.

Ray era a síntese do que Jeremy Hardwick tinha em mente quando abriu a instituição. Quando Ray deixou o mundo livre em 1986, um disco rígido de computador ocupava uma sala inteira. Um telefone celular vinha com uma bateria do tamanho de uma maleta e o fundador do Facebook tinha dois anos. Ela aproximou-se dos dois com um prato. Desejou não ter que perder tempo com tais trivialidades, mas as aparências eram importantes. Ambos pegaram um bolo e a agradeceram, ávidos pela distração.

Malcolm sentou-se no canto mais distante, sem graça e intimidado por sua austera irmã mais nova. Malcolm teria sido um ótimo marido para uma mulher dominadora. Aceitava bem o seu lugar. Alex deu um sorriso secreto para ele, depois abaixou os olhos.

Ela começou a olhar ao redor da sala quando ouviu uma voz atrás de si.

– Hum... com licença, você é a médica, não é?

Alex ficou surpresa ao ver a irmã importuna de Malcolm lhe olhando de baixo para cima. Era uma mulher de aparência desafortunada, com dentes salientes e ligeiramente estrábica.

– Meu nome é Alexandra Thorne e eu...

– Então, foi você que convenceu o meu irmão a não ligar para a polícia?

As mãos estavam na cintura e o maxilar enrugado, projetado para a frente. Alex se conteve para não rir. A diferença de altura entre elas deu vontade em Alex de esticar o braço e afagar a cabeça da mulher. Gostaria de não ter que perder tempo com pessoas tão irrelevantes.

– Gostaria que me explicasse porque você fez isso.

– Não acho que devo explicações a...

– Olha o estado em que ele está – disse apontando para Malcolm, que estava mortificado e permanecia sentado. – Como pôde deixar aquele filho da mãe fazer isso e se safar?

– Foi uma decisão do Malcolm não ligar para a polícia.

– É, aposto que foi. – Ela olhou Alex de cima abaixo. – Você, com sua calça jeans Vicky Beckham e salto alto... ele sacrificaria os sobrinhos dele se você pedisse.

Neste exato momento, duas meninas passaram correndo, perto da coxa esquerda de Alex, e ela considerou colocar aquela teoria em prática.

As pessoas estavam começando a olhar na direção delas. E o tédio de Alex tinha chegado ao limite.

Ela baixou a voz e disse:

– Não persuadi o seu irmão a fazer nada. Ele é adulto e pensa por si mesmo.

– Aham, até parece. Conheço o seu jogo.

Alex duvidava seriamente, mas sorriu tolerantemente mesmo assim.

– E qual é o meu jogo?

– Você está atrás dele. É isso o que está planejando.

Ah tá, é claro que é isso, pensou Alex, quase dando uma gargalhada na cara da mulher.

– Você está tentando deixar o meu irmão dependente de você, é uma armadilha para depois ele se casar com você. – Uma gota de cuspe da boca da mulher acertou o rosto de Alex. Tinha ido longe demais.

Ela levou a mulher a um canto com gentileza e pôs um sorriso no rosto para os curiosos. Falou discretamente:

– Ok, sua vadia, idiota e ignorante, encorajei o Malcolm a deixar a polícia fora disso e você devia ficar agradecida pelo que fiz, porra. O Shane estava fazendo todo tipo de acusações sobre o Malcolm molestar aquelas duas demoniazinhas ali. Qualquer policial que viesse aqui seria obrigado a investigar tais alegações, o que teria resultado em um doloroso e humilhante exame físico nas suas queridinhas... isso para não mencionar a evidente possibilidade de tirarem a guarda delas de você.

Alex sentiu-se muito satisfeita ao ver que a mulher tinha ficado boquiaberta tempo suficiente para secar todas as gotas remanescentes de cuspe.

Alex continuou a sorrir:

– Ou seja, sugiro que mantenha essa sua boquinha maldosa fechada, continue visitando o seu irmão e fique longe daquilo que não lhe diz respeito.

Ela assentiu com um movimento minúsculo de cabeça.

Alex virou-se e respirou fundo. Agora, de volta à verdadeira razão de sua visita.

CAPÍTULO
13

ALEX VIU BARRY sentado no outro canto lendo uma revista.

Parou em pé diante ele, oferecendo o prato com a confiança de volta ao rosto.

– *Apple turnover?*

– Você está oferecendo ou isso é algum tipo de pedido?

– Você escolhe. – Alex sentou-se ao lado dele. – Como está?

Ele respondeu suspendendo os ombros antes de retornar o olhar para a revista. A cabeça tinha sido recentemente raspada e seu corpo estava mais tonificado e musculoso do que ela se lembrava. Barry tinha sido um boxeador semiprofissional antes de ir para a prisão, um fato que não o ajudou no julgamento.

Alex esticou as pernas e as cruzou na altura dos tornozelos. Deu uma risadinha transigente vendo as garotinhas correrem à mesa, pegarem bolo e saírem correndo novamente. Se estivesse sozinha, teria levantado a perna para que tropeçassem e caíssem no chão, mas se conteve.

– Elas não são uma graça?

Barry não as olhou.

– Você ainda está aqui?

– Tô. Parece que você é a única pessoa aqui que não recebeu visita, então vai ganhar o meu prêmio de consolação.

– Uhum.

– Calma, calma, contenha a empolgação. Consigo ver que está empolgado por dentro, e só está optando por não demonstrar.

Francamente, esses rapazes eram sensíveis demais. Primeiro, Shane tinha reagido mal à rejeição dela e agora Barry estava lhe dando um gelo pela mesma coisa. Não tinha importância. Ela o recuperaria.

– É, deve ser isso mesmo.

Ela inclinou a cabeça.

– Não está com vontade de falar comigo hoje?

Barry soltou uma gargalhada.

– Isso já é demais. Você não fala comigo há meses.

Alex deu uma ajeitada na posição.

– Eu sei, Barry, e sinto muito. O problema é que algumas pessoas precisam muito mais da minha ajuda. Me parece que você já passou pela pior fase.

Barry deu um grunhido e Alex conteve um sorriso. Sabia muito bem que ele não tinha passado pela pior fase. Seu plano dependia desse fato.

Ela lhe deu uma cutucada de lado.

– Qual é, achei que fôssemos amigos. Por que você está tão bravo comigo?

– Tenho certeza de que David já te contou tudo.

– Não – mentiu ela. – Trabalho aqui como voluntária, então ele não revela as histórias para mim. Isso fica a cargo do indivíduo. – O que ela realmente queria era que o próprio Barry lhe contasse para que pudesse identificar onde estavam suas vulnerabilidades. David tinha lhe contado os fatos, mas ela queria os gatilhos emocionais. Já havia deduzido que Barry não conseguia olhar para as duas garotinhas. Elas o faziam se lembrar de que outro homem estava cuidando de sua filha. O próprio irmão.

Ele olhava fixamente para os bolos.

Ela pressionou:

– Ok, chega deste monólogo. Me pergunte qualquer coisa que eu respondo.

Barry virou-se para ela interessado.

– Casada? Tem filhos?

– Separada, uma filha – respondeu ela, olhando para as meninas. Baixou o rosto. Era uma ficção boa que os aproximaria. Ela precisava dessa afinidade causada por também ser separada da filha.

Barry capturou a sutileza dela.

– Cadê a menina?

– Com o pai. É o fim de semana dele – respondeu desviando o rosto.

– Olha só, sinto muito...

Ela dispensou as palavras de pesar com um gesto de mão e completou:

– Está tudo bem. Romper uma família é sempre doloroso, mas estamos tentando dar um jeito.

Fantástico, pensou ela. Agora Barry se sentia culpado por ter causado dor a ela e estaria mais propenso a se abrir.

Alex já conhecia a história dele pelo avesso. Barry tinha sido um boxeador amador com uma esposa jovem. Pressionado pela mulher para abandonar o esporte, ele começou a trabalhar como motorista de uma van de entregas. Algum tempo depois, a esposa ficou grávida, porém, aos oito meses de gestação, o bebê entrou em sofrimento fetal. A mulher entrou em trabalho de parto e deu à luz a uma criança morta. Barry tentou permanecer forte, mas voltou ao boxe para aliviar a fúria. A cada luta, ficava mais deteriorado, mas não conseguia parar. No período em que Barry deveria estar reconfortando a esposa, foi o irmão quem fez isso.

Quando os pegou, Barry espancou tanto o irmão que ele ficou paralisado da cintura para baixo. Sete meses depois, Lisa deu à luz a criança de Barry. Uma filha.

– O que seu marido fez? – perguntou Barry, delicadamente.

Ela cravou os olhos nos dele.

– Um problema, dos difíceis.

– Teve um caso?

Alex fez que sim.

Barry balançou a cabeça:

– Alguém que você conhecia?

Alex considerou encaixar uma melhor amiga em seu cenário ficcional, mas sentiu que isso esticaria a credibilidade um pouco além da conta.

– Não, uma moça que ele conheceu em uma cafeteria. Ela é barista, seja lá o que isso for. Ao que parece, ela é menos desafiadora.

– Aposto que isso faz você se sentir bem.

– Muitíssimo. – Sorriu ela. – Ei, quem é o psiquiatra aqui? Já estou quase achando que você vai me dar a conta antes de eu ir embora.

– É, uns duzentos paga a sessão – gracejou ele.

– Enfim, chega de falar de mim. Como você está? – perguntou ela, ansiosa para retomar sua experiência.

– Nada bem, eles estão casados – respondeu, destroçado.

– Oh, Barry. Sinto muito. Não tinha ideia.

Ele dispensou as palavras de pesar com um gesto de mão e completou:

– Você não tem culpa.

Alex ficou sentada em silêncio ao lado de Barry durante um minuto, permitindo que perdurasse na mente dele aquilo que ela havia dito.

Mas já era hora de começar.

– Ela o ama? – ela questionou, com a voz suave.

Aquela pergunta foi dolorosa para ele, como ela planejava. E um lampejo de confusão ficou registrado em seus olhos.

– Não sei. Quer dizer... creio que sim. Ela casou com ele.

– Você acha que a Lisa casou com ele por causa de um senso de responsabilidade?

– Isso tem importância?

– Teria para mim, se eu ainda estivesse apaixonada por ela – disse Alex, delicadamente.

Ele meneou a cabeça.

– Ela nunca me aceitaria de volta.

Alex ficou em silêncio alguns segundos.

– Hmm... você e o seu irmão brigavam quando eram crianças?

Barry sorriu.

– É a primeira coisa de psiquiatra que você falou.

– Me desculpe. Só estou interessada em saber se isso foi puramente acidental.

Ele franziu a testa.

– O que você está querendo dizer?

– Aah, espera aí, você me falou que eu não podia ser psiquiatra. Decida-se.

– Continue.

– Bom, às vezes irmãos competem durante a infância, normalmente pelo afeto ou pela validação de um parente. Se uma criança sente que o irmão ou a irmã é mais inteligente, atraente, favorecido, ela tenta competir e rivalizar com o mais bem-sucedido. É normal isso desaparecer naturalmente quando os irmãos tomam caminhos diferentes fora da casa em que passaram a infância, porém às vezes a inveja continua na vida adulta.

Alex via que ele estava pensando naquilo com seriedade. É claro que estava. Todas as pessoas com irmãos lembram-se de brigas por causa de brinquedos, roupas, CDs. Era perfeitamente normal.

Ela deu de ombros como se não ligasse nem um pouco.

– Só me parece que você está assumindo responsabilidade total pela situação inteira, mesmo sem saber se parte dela foi intencional. Por isso, pergunto de novo. Ela o ama?

– Ainda não entendo como isso tem importância. Ela nunca me perdoaria.

– Não tem importância nenhuma se você tiver desistido.

– Mas o que eu posso...

– Você disse que perdoaria qualquer coisa que ela tenha feito, para ser uma família. Como sabe que ela não faria o mesmo? Neste momento, o seu irmão roubou a sua vida. Ele tomou a sua esposa, é pai da sua filha e você nem sabe se ela está apaixonada por ele.

Xeque Mate. Agora apenas um último golpe.

– Você não devia invejá-lo. Que qualidade de vida ele tem? É incapaz de sair daquela cadeira. Seria mais complacente se ele não tivesse sobrevivido. – Ela ficou alguns segundos em silêncio. – Provavelmente teria sido mais generoso com a sua esposa.

Barry a encarava atentamente.

Uma renovada esperança pairava atrás de seus olhos.

Alex deu de ombros e suspirou.

– Talvez ela se arrependa de tudo e queira você de volta, o homem forte e fisicamente apto que ela ama e que é o verdadeiro pai da filha, mas não consegue se desvincular da obrigação de ter que tomar conta do seu irmão.

Barry estava confuso e inquieto.

– Sei lá...

– Sabe de uma coisa? – disse ela, arqueando as pernas e inclinando-se levemente na direção dele. – Falei para o meu marido que nunca o perdoaria, mas se ele aparecesse amanhã genuinamente arrependido do que fez, eu teria que considerar dar a ele uma segunda chance. Eu o amo, tenho saudade e ele é o pai da minha filha. Resumindo, eu ia querer a minha família de volta.

Barry ficou alguns minutos em silêncio. Levantou.

– Acho que vou dar uma caminhada. Preciso dar uma espairecida nas ideias.

Alex despediu-se com um movimento de cabeça e sorriu. Pegou um dos quitutes. Aquele experimento era como brincar com um pião. Você o enrola o máximo que puder e solta sem a menor ideia da direção que ele vai seguir.

CAPÍTULO
14

KIM JOGOU O último relatório na mesa.

– Não temos porcaria nenhuma, motoristas de táxi, de ônibus, moradores. Um homem é esfaqueado até a morte e ninguém viu nem ouviu droga nenhuma.

– Tem aquele relatório – disse Bryant, procurando na sua própria pilha.

– É claro, um rapaz de 18 anos, totalmente chapado, acha que viu alguém sentado no muro logo antes das onze e quinze, bem ao lado do ponto de ônibus.

– Isso, mas o último ônibus passou às...

– Nossa, não é uma pista tão maravilhosa assim, né? Alguém sentado em um muro ao lado de um ponto de ônibus.

Bryant suspirou.

– Talvez isso tenha sido obra dos *knockers*.

– Hã?

Bryant pegou as canecas dos dois e foi à cafeteira.

– Os mineiros acreditam em fadas que eles chamam de "*knockers*". Se ficam contrariadas, escondem as ferramentas, roubam velas, pulam de trás de pilastras de carvão e geralmente causam um transtorno. Nunca viram uma fada dessas, mas não existia dúvida nas minas de que elas existiam.

– Muito útil. Então agora vamos procurar a porcaria da Sininho....

– Que está carregando uma faca de 13 centímetros, a julgar pela ferida – acrescentou Dawson.

– O exame preliminar indica que a punhalada fatal foi a primeira e que a faca perfurou o pulmão.

Um telefone tocou. Kim ignorou. Bryant atendeu.

– Ou seja, ou o assassino esfaqueou de baixo para cima porque sabia o que estava fazendo, ou porque havia uma substancial diferença de altura. Os outros ferimentos foram por raiva ou frustração.

– Chefe...

Ela virou-se para Bryant.

– O quê?

– Uma arma com potencial de ser a usada no crime está a caminho.

– Quando a encontraram? – perguntou ela, com a cabeça já montando os fragmentos de informação que possuíam.

– Terreno na Dudley Road, onde um cara lá da região cria uns cavalos.

– Na estrada que leva a...

– Lye – completou ele.

– E à casa de Ruth Willis.

CAPÍTULO
15

KIM AGUARDOU até ela e Bryant estarem sozinhos no carro antes de fazer a pergunta que estava em sua cabeça.

– Ele está aprontando de novo, não está?

Se Kim achasse que seu parceiro precisasse que ela desse nome aos bois, teria feito isso.

Bryant suspirou:

– Você percebeu a gravata naquela noite?

– E o sapato – confirmou ela. – Pra não falar do comportamento.

Dawson ficava um pouco mais petulante quando estava enganando a noiva, porém ele não enganava nenhum deles.

Bryant parou em um semáforo que ela teria ultrapassado.

– Você acha que depois da última vez...

Ele não precisava dizer mais nada. Apenas alguns meses depois de dar a luz à filha, a noiva de Dawson tinha descoberto que ele a havia traído durante a gravidez. Mandou-o embora de casa e a vida da equipe tinha virado um inferno enquanto ele tentava reconquistá-la. E, por fim, conseguiu.

Bryant deu de ombros.

– Sei lá. O camarada não enxerga uma coisa boa quando a tem nas mãos.

E quando a perdeu e a reconquistou, pensou Kim, porém sem dizer nada. O que Dawson fazia com a vida particular era problema dele, mas a atitude no trabalho sob supervisão dela, não.

A casa a duas ruas do local do estupro era comum. Um reflexo idêntico das outras doze que enfileiravam-se grudadas umas às outras ao longo da rua estreita. Não havia jardim e uma placa de pedra no meio da fileira informava que a construção era de 1910.

– Chefe, é sério, é uma boa ideia?

Kim compreendia as hesitação dele. Não era uma prática normal, contudo seu instinto não parava de revirar seu estômago, como uma máquina de lavar. Já havia se sentido assim e os giros continuariam até ela se satisfazer.

– Pelo amor de Deus, não vou entrar lá e prender a moça. Só quero conversar com ela.

Ele não deu a impressão de ter se tranquilizado. Aguardaram em silêncio a resposta às batidas na porta, por fim uma mulher pequenina usando um conjunto de moletom azul-marinho abriu a porta. A expressão de culpa era quase descomunal e imediatamente Kim teve certeza. Aquela era Ruth, a vítima de estupro, e, quando seus olhos se encontraram, Kim também soube que estava olhando para Ruth, a assassina.

– Detetive Inspetora Stone, Detetive Sargento Bryant. Podemos entrar?

A mulher hesitou momentaneamente, em seguida abriu espaço para o lado. Kim percebeu que ela não pediu identificação nem explicação.

Kim seguiu Ruth Willis até a sala da frente da casa. As paredes eram uma cronologia da infância de Ruth, uma mistura de fotos profissionais com um pano de fundo azul celeste e fotos familiares prediletas ampliadas e emolduradas. Não havia outra criança presente nas imagens.

A televisão estava no Sky News. Kim sinalizou para Bryant que queria conduzir a conversa. Ele respondeu com uma expressão no rosto que significava "pega leve". Ela não tinha intenção de agir de outra forma. Diferentemente de Bryant, sabia que a busca deles havia terminado.

– Do que se trata, detetive? – perguntou Ruth estendendo o braço para pegar o controle e mudar de canal.

Kim aguardou contato visual entre as duas.

– Estamos aqui para informá-la que um homem foi assassinado duas noites atrás, não muito longe, na Thomas Road.

Ruth tentou manter o contato visual, mas fracassou. Arremessava os olhos entre os dois sem parar.

– Ouvi alguma coisa no jornal.

– O homem foi identificado como Allan Harris.

– Ah, sei.

Kim viu que ela tentou não expressar nada no rosto, incerta de qual deveria ser a resposta correta. Cada uma das reações alimentavam o rosnado no estômago de Kim.

– O homem foi esfaqueado quatro vezes. O ferimento fatal penetrou...

– Ok, já entendi, mas o que isso tem a ver comigo?

O esforço para tentar soar normal fez a voz da mulher tremer mais.

– Estamos aqui para descobrir isso, srta. Willis.

Kim tomava cuidado para manter a expressão tranquila. É pelas beiradas que se come mingau quente.

Kim sentou, Ruth fez o mesmo. Pôs as mãos no colo, entrelaçadas.

– Sabemos o que ele fez com você, Ruth. Ele te estuprou, espancou e deixou sua vida por um fio. Não vou fingir que sei o que essa agressão fez com você. Não consigo nem imaginar o horror, o medo, o ódio.

Ruth não falou, mas a cor começou a desaparecer de seu corpo. A mulher estava usando até a última gota de força que tinha para mascarar as verdadeiras emoções, no entanto, seu corpo não tinha lido a mesma cartilha.

– Quando soube que ele tinha saído da prisão?

– Alguns meses atrás.

– Como descobriu?

Ruth deu de ombros.

– Não lembro.

– Você mora a alguns quilômetros da casa dele. Você o viu?

– Sinceramente, eu não lembro.

– Como você se sente sobre ele estar solto?

Kim observou a mão direita de Ruth instintivamente acariciar o tecido cicatrizado do pulso esquerdo, um lembrete permanente de sua tentativa de suicídio.

Ruth olhou na direção da janela.

– Não fiquei pensando muito nisso. Não tinha nada que eu pudesse fazer a respeito.

Kim pressionou:

– Você acha que foi uma punição justa?

Os olhos de Ruth resplandeceram emoção e Kim conseguiu enxergar que aquela mulher tinha muito a dizer sobre o assunto, mas não fazia isso.

– Como você se sente ao saber que ele finalmente recebeu o que merecia?

O maxilar de Ruth estava travado, sem confiar no que podia falar. Kim conseguia sentir o desconforto de Bryant, mas aquelas perguntas não eram indolentes. Ela as havia formulado no caminho até lá e as respostas deviam ser emocionais.

Para uma pessoa inocente, a reação a perguntas tão investigativas teria sido imediata e livres de censura. *O filho da mãe devia ter pegado prisão perpétua*, ou, *Estou feliz que aquele puto esteja morto*. Devia haver fogo nos olhos de Ruth e empolgação, não uma aceitação silenciosa por não conseguir decidir a resposta correta.

– Não sei como isso pode ser relevante para o assassinato.

A voz da mulher estava começando a falhar e a tensão alimentava suas mãos contorcidas.

– Sinto muito, srta. Willis, mas tenho que perguntar onde estava na sexta-feira à noite, entre nove horas e meia-noite.

– Estava aqui, vendo televisão.

Kim estava ciente de que a voz da mulher tinha ficado mais aguda. Havia ensaiado as palavras muitas vezes na cabeça.

– Alguém pode confirmar que você não saiu de casa?

– Eu... humm dei uma ida à lanchonete lá pelas 9h30.

Kim concluiu que talvez algum vizinho a tivesse visto saindo de casa ou chegando, por isso ela teve que inventar uma ida rápida a algum lugar.

– Se falarmos com o dono, ele vai confirmar que serviu alguma coisa a você em algum momento depois das 9h30? – questionou Kim.

Ruth ficou em pânico.

– Bom... não sei. Estava movimentado. Ele pode não se lembrar.

Kim sorriu de maneira tranquilizadora:

– Oh, tenho certeza de que vai confirmar. É a lanchonete que você frequenta perto de casa. Deve ter ido lá muitas vezes esses anos todos. Afinal de contas, você morou aqui a vida inteira.

– Sim, mas o dono não estava trabalhando e não conheço os outros muito bem.

Kim seguiu Ruth até o canto em que ela tinha se encurralado.

– Ah, tudo bem. É só você me dar a descrição de quem te atendeu, aí a gente vai falar com a pessoa certa.

Kim observou a disposição para o combate esvair-se dela. Forneceu um álibi que não seria corroborado e qualquer mudança de opinião a essa altura seria altamente suspeita. Pessoas inocentes não precisavam inventar álibis.

Kim levantou-se e Ruth suspendeu o rosto, olhando para ela. Sua pele estava pálida, os olhos, amedrontados, o corpo desabou como uma barraca tombada pelo vento.

Kim falou suavemente:

– Estamos com a arma do crime, Ruth. Estava exatamente onde você a deixou.

Ruth afundou o rosto nas mãos. O choro compulsivo destroçava seu corpo. Kim virou-se para Bryant e seus olhos encontraram-se. Não trocaram triunfo nem prazer.

Kim sentou-se ao lado de Ruth no sofá.

– Ruth, o que Allan Harris fez com você foi horrendo, mas acho que deveria saber que ele estava arrependido. Todos nós temos esperança de que a prisão reabilite criminosos, mas nem sempre acreditamos nisso. Neste caso, houve reabilitação. Allan Harris sentia um remorso genuíno pelo que havia feito.

Bryant avançou:

– Ruth Willis, estou prendendo você...

– Eu não estava com medo – disse Ruth calmamente enquanto Kim movia-se para levantar. Voltou a se sentar.

– Srta. Willis, preciso informá-la...

– Eu estava nervosa, mas não sentia medo – repetiu ela.

– Srta. Willis, tudo que disser será... – Bryant continuou falando.

– Deixa pra lá – disse Kim, meneando a cabeça. – Isto é para ela, não para nós.

– Vigiei o Allan sair do parque. Eu estava em pé na faixa de pedestres. Me sentia poderosa, justa. Fiquei em pé à porta da loja, nas sombras. Ele se abaixou para amarrar o cadarço. O cachorro olhou direto para mim. Não latiu.

Ruth suspendeu a cabeça, o rosto estava molhado de lágrimas.

– Por que ele não latiu?

Kim balançou a cabeça.

– Fiquei tentada a cravar a faca nas costas dele bem ali, mas aquilo não teria sido certo. Eu queria a minha *luz*.

Kim olhou para Bryant, que encolheu os ombros.

– Estava confiante e no controle. Eu o segui e perguntei que horas eram.

– Ruth, precisamos...

– Mergulhei a faca na barriga dele. Senti a carne dele na minha, mas dessa vez era eu quem ditava as regras. As pernas dele bambearam quando agarrou a ferida com a mão direita. Escorreu sangue entre seus dedos. Ele olhou para baixo e depois para mim de novo. E eu esperei.

– Esperou? – perguntou Kim.

– Retirei a faca e apunhalei de novo. E esperei.

Kim queria perguntar o que ela estava esperando, mas não se atreveu a quebrar o transe.

– E de novo, e de novo. Ouvi o crânio dele bater no concreto. Os olhos começaram a fechar, então eu o chutei, mas ele não me devolvia.

– Devolvia o quê, Ruth? – perguntou Kim delicadamente.

– Eu queria fazer aquilo de novo. Alguma coisa tinha dado errado. Ele ainda estava com ela. Berrei para que me devolvesse, mas ele não se mexia.

– O que estava com ele que pertencia a você, Ruth?

Ruth a olhou como se aquilo fosse perfeitamente óbvio.

– A minha *luz*. Não recuperei a minha *luz*.

Instantaneamente o corpo dela se dobrou e os soluços passaram a rasgar sua garganta.

Kim uma vez mais olhou na direção de Bryant, que respondeu encolhendo os ombros. Ela permaneceu sentada silenciosamente durante um minuto inteiro antes de gesticular a cabeça para o colega.

Ele deu um passo na direção da mulher que tinha acabado de confessar um assassinato.

– Ruth Willis, estou prendendo você pelo assassinato de Allan Harris. Você não precisa dizer nada, mas tudo que disser...

Kim saiu da casa antes de Bryan terminar. Não se sentia triunfante nem vitoriosa, apenas satisfeita por ter pegado a pessoa que cometeu um crime e por ter feito seu trabalho.

Uma vítima mais um criminoso é igual a um caso encerrado.

CAPÍTULO
16

TINHA ACABADO DE PASSAR da meia-noite quando Kim entrou na garagem. A tranquila rua familiar já tinha encerrado as atividades e se preparado para o fim de semana que vinha pela frente, esta era, sinceramente, sua parte favorita do dia.

Ela ligou o iPod e escolheu "Nocturnes", de Chopin. As notas do piano a tranquilizariam ao longo das primeiras horas da madrugada até o corpo exigir dormir.

Woody não a tinha ajudado a melhorar o estado de espírito. Depois de mandar os outros para casa, Woody apareceu à sua mesa com presentes: um sanduíche e café.

– Do que é que eu não vou gostar, senhor? – questionou ela.

– A Promotoria Pública quer pegar leve com esse caso. Ainda não vão indiciar por assassinato. Querem algum histórico. Não querem dar brecha para um advogado de defesa espertinho tentar alegar semi-imputabilidade.

– Mas...

– Ele precisa ser bem amarrado.

– Vou colocar alguém nisso amanhã de manhã.

Woody negou com a cabeça e completou:

– Não, quero que você resolva essa parada, Stone.

– Ah, por favor, senhor.

– Não tem discussão. Faça isso e ponto final.

Kim deu um suspiro enorme, colocando todo pingo de desânimo que conseguiu reunir nessa exalação. Isso não mudou nada, mas ela achou que serviu para dar seu recado.

Woody sorriu:

– Agora, pelo amor de Deus, vá para casa e... vá fazer o que quer que você faça quando não está aqui.

Ela obedeceu.

Ao se abaixar até o chão ao lado das peças da motocicleta, ela resmungou indignada.

Odiava fazer a faxina. O caso estava fechado. Tinha pegado o criminoso, criminosa nesse caso, em 48 horas. Uma confissão completa tinha sido gravada e agora a Promotoria Pública queria que ela limpasse a bunda deles também.

Ela cruzou as pernas e começou a analisar as peças ao redor. Todas as partes da moto estavam ali e se encaixariam para gerar uma clássica e bela máquina britânica. Ela só precisava descobrir como.

Uma hora depois, todas as peças do quebra-cabeças permaneciam no mesmo lugar. Havia algo em seu estômago que se recusava a ser digerido.

Uma ideia repentina lhe ocorreu. Levantou e estendeu o braço na direção à sua bota. Talvez sua insônia não estivesse sendo causada por esse caso, afinal.

CAPÍTULO
17

KIM DESCEU DA NINJA e abriu o portão na altura da cintura. A estradinha curta para estacionar o carro em frente às casas e o pedacinho de gramado pareciam ter contagiado a rua inteira. Vários moradores do pequeno conjunto de habitações sociais na fronteira de Dudley com Netherton tinham tirado proveito da lei do direito de compra e assegurado para eles uma propriedade espaçosa por uma fração do preço. A família Dunn era um desses proprietários.

Dessa vez, não houve atividades apressadas, trovejar de botas, nem entrada barulhenta à força na propriedade. Apenas ela e um molho de chaves.

Caminhou pela casa mais lentamente do que da primeira vez. Já não havia mais urgência. A casa tinha sido vasculhada, esquadrinhada e despojada para que retirassem tudo que pudesse ajudar no caso. Havia um clima de abandono no ar. Como se tivessem coberto de tinta os personagens de um quadro. Livros infantis e brinquedos estavam agrupados em vários cantos. Uma caixa de cereal e tigelas encontravam-se prontos para uso na cozinha. Além do abuso, a vida normal também tinha espaço naquela casa. De vez em quando, elas eram apenas duas garotas.

Por fim, ela chegou à porta de madeira no alto da escada. Kim ficou abismada pelo fato de que todos descreveram o lugar como um simples cômodo no subsolo. Não era. Kim tinha visto cômodos de subsolo decadentes em alguns de seus lares adotivos temporários pelas Midlands. Chamavam as casas que os tinham de *back-to-backs*[*] e estendiam-se em fileiras de vinte residências. Foram construídas por proprietários de fábricas e minas durante a revolução industrial e hospedavam até seis famílias. Os cômodos no subsolo eram espaços minúsculos, praticamente da largura de uma pessoa, situados no fundo de alguns degraus de pedra e criados para armazenamento de carvão.

Mas não aquele ali. Aquela casa havia sido reformada com a finalidade de se criar aquele espaço enterrado no solo.

---

[*] Casas minúsculas construídas para abrigar a população de trabalhadores que crescia rapidamente nas cidades industriais britânicas no final do século XVIII e início do XIX. (N.T.)

Muito homens ansiavam por um recanto masculino, um local que pudessem chamar de seu. Um barracão no quintal, um quarto extra para montar suas miniaturas e jogarem no computador, mas Leonard Dunn queria um local para abusar das filhas. Ter passado tantas horas reformando um porão especialmente para aquele prazer adicionava uma repugnância à depravação dele que chegava a dar ânsia de vômito em Kim.

O espaço físico estava quase vazio, inofensivo desde a remoção das provas. No entanto, Kim ainda o enxergava como no dia da batida. O colchonete de academia, a lâmpada, a câmera digital. Porém mais do que isso, os atos pútridos que haviam ocorrido continuavam incrustados na estrutura do cômodo e jamais desapareceriam.

Restava agora, no outro canto, apenas a mesa. O computador e os discos estavam na delegacia. A área podia ter sido propriedade de um arquiteto, um contador, qualquer pessoa que quisesse um pouco de privacidade para pensar, se concentrar ou criar.

Ela atravessou o cômodo e se aproximou do guarda-roupa, agora sem os figurinos usados nos jogos repulsivos de Dunn. A lâmpada tinha sido empurrada para a parede durante a coleta de vestígios. Porém ela não precisava de lembrete a respeito de onde estava. Sua posição era atrás da câmera, arremessando luz no colchonete de academia.

A mente de Kim automaticamente retrocedeu à visão de Daisy em pé no centro do colchonete, com a vozinha trêmula perguntando ao pai o que deveria fazer em seguida.

Ela balançou a cabeça para retirar a imagem da mente. Frequentemente desejava que houvesse a possibilidade de não ver nem ouvir certas coisas, mas não existia um botão de apagar na lateral da cabeça.

Kim foi para a escada, ainda sem saber o que tinha lhe atraído de volta àquele cômodo.

Respirou fundo:

– Queria ter acabado com isso antes, Daisy – disse ela, ao forjar uma sombra com as mãos sobre o interruptor.

Seus dedos pararam abruptamente e tremeram.

Sua cabeça virou e ela olhou para a lâmpada. Alguma coisa não fazia sentido.

Kim deu um passo atrás, se concentrou muito e a suspeita que não parava de rosnar finalmente deu o bote.

– Ai, não – disse ela, disparando escada acima.

CAPÍTULO
18

KIM ATRAVESSOU A ÁREA em que trabalhava e igualou seu movimento com o da moto que agora resfriava do lado de fora.

A sala de observação ficava no terceiro andar da delegacia.

Não havia uma maneira simples de entrar nessa parte do prédio. Ela apertou o botão do interfone, deixou os dedos apoiados na parede e ficou olhando para a câmera que capturava os traços de seu rosto.

Levantou o dedo para apertar o botão novamente, mas ouviu o clique familiar. Puxou a porta e entrou na câmara de vácuo. A primeira porta fechou depois que ela entrou, o que lhe deu permissão para digitar a senha e entrar na sala de observação.

Quatro conjuntos de duas mesas ocupavam o lugar sem janelas. Uma diferença perceptível entre esse local e as outras salas no prédio era a falta de papel.

Naquele cômodo ficavam as pessoas que estudavam minuciosamente todos os segundos dos vídeos recolhidos como possíveis provas e, no caso de uma investigação como a de Dunn, Kim não teria feito esse tipo de serviço nem por todas as motos do Japão.

– Oi, Eddie, trabalhando até tarde? – perguntou ela, aproximando-se da única mesa ocupada. Ele se endireitou e alongou o torso que havia passado horas demais arqueado sobre o teclado. Kim teve certeza de que ouviu algo estalar.

– A senhora também?

Kim tinha visto Eddie no trabalho em várias ocasiões. E tudo nele era mediano: altura, peso, pele e a foto em sua mesa. Não era um homem que se destacava.

Mas, quando sua mão esquerda comandava o teclado e a direita conduzia o mouse, ocorria um encontro, uma conexão que era prazerosa de se observar.

– Ed, preciso que você dê uma olhada em algumas filmagens do Dunn...

Kim foi interrompida pelo barulho do interruptor.

– Isto aqui está igual à Estação New Street esta noite – disse Eddie, virando-se para a câmera.

– É o Bryant – afirmou Kim.

Eddie deu uma olhada de lado e perguntou:

– O quê... agora você também é paranormal?

– Hum... não, eu liguei pra ele.

Eddie deu uma resmungada e apertou o botão.

Bryant já estava tirando o casaco.

– Olha, chefe, sei que não aguenta ficar longe de mim, mas...

– Não fica se achando. Você morava mais perto, só isso.

– Faz sentido – disse ele, largando o casaco em uma das mesas.

Eddie afastou-se da mesa com um empurrão e virou a cadeira. Tirou um momento para flexionar os dedos da mão direita.

– Por mais legal que seja ter um pouquinho de companhia no turno da noite, não tem cerveja nem pizza, então não acho que seja uma festa.

Kim virou-se para Bryant.

– Viu como ele desvendou tudo rapidinho? Você podia aprender...

– Beleza, chefe, agora pode me dizer porque o meu jantar com queijo e picles está de volta na geladeira?

– Eddie, pode pôr o vídeo com título *Daisy vai nadar*?

Eddie deslizou de volta para a mesa e em segundos a tela estava cheia de pastas com nomes, datas e números de referência.

Kim se entristeceu instantaneamente pela quantidade enorme de pastas.

Ele clicava mais rápido do que ela conseguia acompanhar e repentinamente a tela foi preenchida pela trêmula menina de 8 anos.

– Tira o som – pediu Kim depressa. Bryant ficou olhando ao redor da sala, para qualquer coisa, menos para a tela. Os olhos dela afastaram-se da menininha quando a câmera reduziu o zoom e deixou exposta uma parte maior do cômodo. O lugar era exatamente como se lembrava dele.

Kim sentiu o estômago revirar.

– Eddie, me mostra as fotos que tiramos no dia da batida.

Alguns segundos depois, um diretório apareceu. Ele clicou na primeira foto e começou a passá-las.

– Para – falou ela, na foto número nove.

A imagem foi tirada no mesmo ângulo da câmera de vídeo.

– Dá pra colocar as duas lado a lado?

Eddie preencheu a tela com duas imagens separadas: a foto e a cena do vídeo pausada.

– Que iluminação usamos naquela manhã, Bryant?

Ele ainda não tinha olhado para a tela.

– O refletor, porque o Dawson não conseguiu acha o interruptor.

– Então eram exatamente as mesmas condições – disse ela. – Nenhuma luz natural, nenhum movimento da lâmpada?

– Creio que sim.

– Ok, olhe isto – falou ela, acenando para que se aproximasse.

– Está vendo essa massa negra rastejando guarda-roupa acima?

Ele fez que sim.

– Onde ela está na foto?

Ele se aproximou mais e ficou olhando de uma imagem para a outra. Endireitou o corpo e olhou para ela.

– Chefe, está afirmando o que eu acho que está?

Ela respirou fundo antes de falar:

– Estou, Bryant, havia mais alguém lá embaixo, no porão.

CAPÍTULO
19

– **VOCÊ TÁ FALANDO SÉRIO,** chefe? – perguntou Stacey, em voz baixa.

Kim fez que sim para ela.

– Conferi o vídeo ontem à noite. Com certeza é a sombra de um corpo.

A detetive inclinou a cabeça na direção de Bryant e completou:

– Eu e Columbo voltamos à propriedade para recriar as imagens com o mesmo posicionamento da lâmpada e da câmera de vídeo. Com certeza é uma pessoa.

Dawson arrastou uma pasta de qualquer jeito por sua mesa.

– Amadureça, Kevin – ralhou Kim. Ele corou e desviou o olhar.

– Desculpa, chefe.

Ela virou de novo para Stacey, que continuava encarando Dawson com raiva.

– Descubra tudo sobre os vizinhos do Leonard Dunn, membros da família, todo mundo com que já trabalhou, falou ou esbarrou no ônibus. Quero saber se alguma dessas pessoas está n'A Lista. Era o nome que todos davam para o registro de criminosos sexuais.

A pista inicial do abuso tinha chegado a eles por intermédio de uma professora do colégio observadora e atenda. Porém, o foco da investigação tinha sido apenas em Leonard. E, quando o pegaram, acharam que o caso estivesse encerrado. Droga, precisavam começar a procurar outro tarado envolvido no caso.

– Kevin, quero que interrogue todo mundo de novo, principalmente os vizinhos. Se essa pessoa o visitava com frequência, alguém deve tê-la visto. Ok?

– E a Wendy Dunn? – perguntou Bryant.

Ela balançou a cabeça. Ainda não, mas a hora dela chegaria.

– Tem alguma suspeita, chefe? – perguntou Stacey.

Com certeza, mas não a compartilharia ainda.

Kim olhou para Bryant.

– Anda, parceiro. Vamos esclarecer umas coisas.

CAPÍTULO
20

ALEX APERTOU O BOTÃO para atualizar todos os canais de notícias on-line que tinha colocado nos favoritos. Nesse momento ela devia estar se encontrando com Ruth e coletando os dados vitais para o seu experimento, mas a vadia idiota foi capturada em 48 horas.

Alex sabia que a incompetente polícia acabaria tropeçando em Ruth como suspeita, mas tinha feito um cálculo errado. Ou um policial com alguma inteligência ficou responsável pelo caso, ou Ruth deixou o nome e o endereço na cena com uma placa escrito: "Fui eu".

Mas ela achava que demoraria alguns dias, tempo suficiente para extrair a informação de que necessitava. Precisava fazer um desenho para a imbecil? Tinha dado a ela a motivação, o método e a oportunidade na visualização. Alex queria que a única contribuição de Ruth ao processo tivesse sido uma pitadinha de autopreservação.

Alex apertou atualizar novamente. Nenhuma alteração. Voltou a atenção para as habituais verificações matinais. Entrou no Facebook e digitou o nome "Sarah Lewis". Vinte minutos depois, após acessar e sair de todas as redes sociais em sua lista, suspirou. Sarah continuava a se esconder do mundo virtual, mas isso não importava.

Ter Sarah de volta à sua mira deixava a vida de Alex completa. Ah, ter visto a reação no rosto dela teria sido impagável. Ela se perguntou se o decadente chalezinho no meio de Hicksville já estava no mercado. Clicou no Rightmove.com* e o acrescentou aos seus favoritos. Não demoraria muito.

Agradeceu a Deus por esta ser de acesso eletrônico que impedia o anonimato total. Era sempre possível encontrar as pessoas, caso se soubesse procurar. Cantos escuros não existiam no ciberespaço. A campainha tocou, estimulando Alex a olhar o relógio. Não tinha agendado outro paciente. Ruth seria sua única consulta do dia.

---

* Importante site britânico de aluguel e venda de imóveis. (N.T.)

Ela abriu a porta para um homem e uma mulher de pé em frente a ela. O homem sorriu. Alex não devolveu ao sorriso. Droga, isso era exatamente o que queria evitar.

– Dra. Thorne, meu nome é Detetive Sargento Bryant e esta é a Detetive Inspetora Stone. Podemos entrar?

Alex segurou com força a maçaneta da porta enquanto conferia a identificação dele. Olhou de um para o outro.

– Do que se trata?

– Não tomaremos muito do seu tempo. Só queremos ter uma palavrinha sobre um de seus pacientes.

– É claro, por aqui.

Alex os levou ao consultório. Depois de entrarem, os avaliou rapidamente. Calculou que o homem tinha entre 45 e 50 anos, era óbvio que gostava de manter a forma, mas lutava contra a inevitável barriga da meia-idade. O cabelo castanho agrisalhava nas têmporas, porém o corte era eficiente e profissional.

O rosto estava suave e era amigável.

A expressão da mulher era taciturna e sombria. O volumoso cabelo curto beirava o preto. Foram os olhos que quase deixaram Alex sem fôlego. Uma intensidade escura brotava de dentro do rosto sério e de comportamento firme. De longe, só era possível enxergar a separação entre a íris e a pupila.

Esforçou-se para desviar o olhar e se concentrar no homem, cuja linguagem corporal era um livro aberto.

– Então, detetive Bryant, em que posso ajudá-lo?

– Ruth Willis é uma de suas pacientes, correto?

Alex tinha recuperado a compostura perdida diante da visita surpresa e, com ela, o controle.

– Vou repetir a pergunta: do que se trata? – ela respondeu, sem confirmar nem negar.

– A sua paciente está em custódia na polícia neste momento. Foi presa por assassinato. Os pais dela nos deram o seu nome.

A mão de Alex esvoaçou até sua boca aberta. Um maneirismo que havia treinado no espelho muitas vezes. Tinha levado tempo para conseguir um equilíbrio entre o exagero da novela e o primeiro ano da escola de teatro, mas, como todas as expressões em seu repertório, ela foi observada, praticada, esmerada e aperfeiçoada.

Uma das primeiras lições aconteceu no funeral de sua avó materna. Ela tinha 5 anos e ficou em pé entre os pais em uma tarde cinzenta de outubro. Alex paralisou diante da emoção explícita das pessoas de luto. A velha fedia terrivelmente e tinha horríveis manchas nojentas por todo o corpo. Alex sentia-se feliz que a cabra velha tinha partido.

Ao lado da cova, ela observou as expressões dos enlutados. Os olhos cabisbaixos, o esforço na contenção das emoções, as mordidas nos lábios e, o que mais a enfureceu, as lágrimas.

Alex fitava o caixão sem piscar, olhando fixamente para um galho de lírio que estava no topo deste. Com certeza, seus olhos começaram a marejar. Percebeu que as pessoas com mais lágrimas tremiam os ombros. Acrescentou o movimento e conseguiu fazer as duas coisas juntas.

Sentiu a mão do pai apertar seu ombro e, embora não gostasse do contato físico, gostou do que havia aprendido e passou a usar suas novas habilidades em todas as oportunidades.

Agora, o banco de dados de Alex informou-lhe que a resposta correta para a situação atual era o choque.

Ela agarrou a beirada da mesa para se apoiar.

– Não, desculpem. Vocês devem estar enganados.

– Infelizmente, não. A srta. Willis admitiu o crime.

É claro que admitiu, a vadia idiota.

– Mas... quem... onde?

Ela notou que o homem deu uma olhada para a inspetora. Um leve movimento de cabeça foi a resposta, quase imperceptível. A expressão da mulher, observou Alex, não tinha mudado. Ela seria uma jogadora de pôquer formidável.

– Ela esfaqueou um homem chamado Allan Harris.

Bryant não falou mais, ciente de que ela reconheceria o nome imediatamente.

Alex abanou a cabeça e baixou o rosto para o chão.

– Desculpem, mas isso é muita coisa para eu assimilar.

– É claro, doutora. Por favor, não tenha pressa.

Alex ficou um minuto em silêncio, para organizar os pensamentos. Como poderia reverter aquele encontro em benefício próprio? Para começar, precisava de mais informação. Olhou para o Detetive Sargento Bryant, de modo suplicante, com a dúvida entalhando seu semblante.

– Vocês podem me contar o que aconteceu?

Bryant hesitou, mas não olhou a superior antes de fazer que sim com um gesto de cabeça. Como esperava, a tinham procurado em busca de informações e cooperação.

– A srta. Willis aguardou Harris ou dentro ou perto de um beco escuro, depois o apunhalou com uma faca de cozinha. É muito provável que o primeiro ferimento foi o fatal.

Havia mais de um ferimento. Alex fechou os olhos um segundo, para selecionar um matiz mais branda de descrença.

– Ai, meu Deus, ainda não consigo acreditar.

As coisas não tinham acontecido exatamente de acordo com o planejado, mas tudo que precisava para mesurar seu sucesso era de um encontro cara a cara com Ruth. Pôs o cabelo atrás de uma orelha com dedos levemente trêmulos.

– Eu achava que tínhamos feito tanto progresso. – Ela olhou de um para o outro. – Posso vê-la? Deve estar desesperada.

– Isso não será possível, doutora – a mulher falou com determinação.

Droga, pensou Alex. Isso teria resolvido todos os seus problemas. Se tivesse tempo suficiente, provavelmente convenceria o Sargento Bryant, mas a Inspetora Stone, claramente, era a chefe. Alex apostaria o BMW estacionado lá fora que a intensa detetive inspetora tinha sido responsável pela rápida apreensão de sua cobaia.

– Será que podemos lhe fazer algumas perguntas?

Alex voltou sua atenção para o homem.

– Por favor, fiquem à vontade para fazer as perguntas que quiserem, entretanto só responderei àquelas que acreditar serem eticamente admissíveis.

Ela amaciou suas palavras com a insinuação de um sorriso, destinado apenas a ele.

O detetive pegou seu caderninho.

– Pode nos dizer há quanto tempo a srta. Willis é sua paciente?

– Ruth tem se consultado comigo há três meses.

A testa do detetive franziu.

– Oh, é muito tempo depois do estupro. O que a fez procurar ajuda a essa altura?

– Ordem judicial depois de uma tentativa de suicídio. Muito comum com vítimas de estupro.

– Ela estava usando algum medicamento?

Alex negou com um gesto de cabeça. Ela preferia suas cobaias limpas.

– Não, a Ruth foi medicada pelo clínico geral dela durante anos com diferentes antidepressivos que às vezes entorpecem os sentimentos, porém nunca funcionam por muito tempo, e nós a retiramos dessa dependência juntas. Acredito que outros métodos são mais eficientes no tratamento de vítimas de estupro.

– Por exemplo?

– Reestruturação cognitiva.

– E como ela reagiu ao tratamento?

– Não vou passar pormenores sobre a minha paciente. Essa informação é confidencial, no entanto posso lhes contar sobre a psicologia de uma vítima de estupro, pode ser?

O Detetive Sargento Bryant aceitou a sugestão com um movimento de cabeça. A detetive tinha sentado na cadeira dos pacientes e cruzado as compridas pernas. Aparentava estar totalmente relaxada ou morta de tédio.

– Vocês obviamente conhecem os detalhes desse caso, então compreendem o quanto a agressão foi horrenda. Vítimas de estupro podem sofrer muitos efeitos secundários, principalmente autorrecriminação. Vítimas de estupro podem achar que mereceram a agressão ou porque seu comportamento provocou aquilo ou porque há algo na personalidade delas que atraiu aquilo. Podem sentir que deviam ter feito alguma coisa diferente. Vítimas de estupro sempre se culpam. A autorrecriminação traz consigo vergonha sobre o incidente. A vergonha é mais destrutiva do que as pessoas imaginam. Essas vítimas às vezes se isolam da vida passada, de amigos, familiares, mas o mais destrutivo é a vergonha, a qual gera raiva e agressividade.

Alex fez uma pausa para dar a ambos os visitantes uma oportunidade de fazer alguma pergunta.

– A vergonha tem uma ligação especial com a raiva. Quando as vítimas estão envergonhadas e com raiva, sentem-se motivadas a se vingarem.

– Ruth aceitou que não tinha sido culpa dela?

– Ruth estava preparada para aceitar que não tinha sido inteiramente culpa dela.

Alex gostava de falar sobre uma cobaia da qual tinha conhecimento, no entanto, percebia a atenção da Inspetora Stone vagando pela sala: avaliava os certificados, olhava para a fotografia que estava bem ao alcance de sua vista.

– Pode me dizer o que o tratamento envolvia?

– A Reestruturação Cognitiva envolve quatro passos. O primeiro é a identificação de cognições problemáticas, conhecidas como pensamentos automáticos, que são visões negativas ou disfuncionais de si mesmo, do mundo ou do futuro. O seguinte é a identificação de distorções cognitivas nos pensamentos automáticos. O que se segue é uma contestação racional dos pensamentos automáticos, e, por fim, isso leva ao desenvolvimento da refutação dos pensamentos automáticos.

– Poxa! Parece complicado.

Alex sorriu, selecionando o charme como a arma mais apropriada.

– Na verdade, não, só usei umas palavras difíceis para impressionar vocês. Simplificadamente, é um método de retreinar a reação da mente aos pensamentos destrutivos.

Não houve reação da mulher, porém o Detetive Sargento Bryant ficou levemente corado.

– Foi útil para ela?

Teria sido se eu tivesse realmente usado a técnica, pensou Alex. Isso teria ajudado a moça a superar a agressão e seguir em frente com a vida, mas para Alex isso teria sido contraproducente.

– Eu achava que ela vinha respondendo bem ao tratamento.

Alex voltou a atenção para a detetive, que olhava algo no telefone celular. A mulher não tinha a decência de escutar enquanto ela estava sendo generosa com sua *expertise*.

– Há alguma coisa nesse método de tratamento que possa ter influenciado Ruth a fazer aquilo?

Alex fez que não.

– O tratamento se concentra nos pensamentos da vítima e na tentativa de mudar os padrões deles, e não na agressão propriamente dita.

– Ruth falou alguma coisa que indicasse as intenções dela?

Alex decidiu que já tinha dado informação suficiente. Se quisessem mais alguma coisa, teriam que estudar dez anos ou pagar por seu conhecimento.

– Infelizmente, não posso compartilhar nenhum detalhe do que foi discutido nas sessões.

– Mas isto é um inquérito de assassinato.

– E vocês têm uma confissão, portanto, não estou obstruindo a investigação do crime.

Bryant sorriu, validando a alegação dela.

Alex devolveu o sorriso.

– E tem uma última coisa. Se eu entrasse em contato com vocês toda vez que meus pacientes explorassem uma fantasia, as pessoas começariam a fofocar.

Bryant limpou a garganta. Aí sim, agora ela estava se divertindo. Os homens eram tão mais fáceis de se manipular, criaturas tão simples e vãs.

Alex baixou a voz e a transformou praticamente em um sussurro, como se estivessem apenas os dois na sala. Até então, aquele relacionamento tinha sido de uma via apenas, e agora Alex queria o pagamento por seus serviços.

– Vocês podem me falar só como a pobrezinha está?

Bryant hesitou, mas respondeu:

– Não muito bem, infelizmente. Parece que a vítima estava arrependida do que havia feito.

Alex se preparou para o que estava por vir.

– Ah não, isso deve ser horrível para ela.

Bryant fez que sim:

– Ela está destroçada pela culpa. Parece que nunca considerou essa possibilidade. Na mente dela, Allan ainda era o monstro que a estuprou, não um homem com remorso e arrependimento pelo que fez, e ela tirou a vida dele.

A fúria queimava pelas veias de Alex. Se ela estivesse sozinha, enfeites estariam voando e mobília flutuando. A idiota sentia-se culpada por ter matado o filho da mãe. Estava com remorso por ter acabado com a vida do monstro que havia a estuprado e espancado brutalmente antes de largá-la para a morte.

Alex escondeu sua raiva atrás de um sorriso. Ruth a decepcionou profundamente. Tinha muita esperança naquela cobaia, que acabou demonstrando possuir um patético espiritozinho medíocre. Alex a queria ali naquele exato momento para que pudesse, com satisfação, torcer seu pescoço.

– Doutora, gostaríamos de saber um pouco mais sobre o estado mental de Ruth no momento da agressão.

Então era esta a razão da visita e da demora para a indiciarem pelo crime. Os detetives estavam investigando o histórico de Ruth para o caso de a defesa tentar alegar insanidade. Não queriam fazer uma acusação de assassinato que não vingasse.

– Isso é algo difícil de afirmar. Não estava com ela na noite em questão, então...

– Mas você testemunharia em defesa de Ruth Willis afirmando que ela não estava na plenitude de suas faculdades mentais quando cometeu a agressão?

– Seria uma insensatez afirmar que ela é insana por estar se consultando com uma psiquiatra.

– Isso, na verdade, não responde à pergunta, doutora.

É claro que não. Mas estava ampliando a tensão e mostrando-lhes que se tratava de uma situação difícil para ela. Ainda assim, a detetive não olhou na direção de Alex.

– Essa foi a intenção. Vocês precisam entender que conheço Ruth há algum tempo e que construímos um laço nas nossas sessões. Ela confia em mim.

– Mas temos que entendê-la um pouco melhor antes de prosseguirmos.

Alex sabia que sua próxima declaração podia mudar o curso da vida de Ruth. Se sua opinião profissional fosse de que ela estava sofrendo de semi-imputabilidade ou algum tipo de psicose, haveria uma boa chance de a Promotoria Pública indiciá-la por homicídio com grau atenuado de culpa para garantir a condenação.

O que dissesse em seguida podia fazer a diferença entre prisão perpétua e uma pena de cinco a oito anos.

– Não, não posso em sã consciência testemunhar que Ruth Willis é insana.

Nossa, odiava quando as pessoas a desapontavam.

Agora tinha a atenção deles. Dos dois. Bryant em particular ficou mais animado.

– Doutora, a senhora estaria disposta a testemunhar pela promotoria?

Alex permaneceu em silêncio alguns minutos, aparentando torturar-se entre a lealdade à paciente e o dever bom, honesto e cívico.

Respirou bem fundo.

– Apenas se for absolutamente necessário.

Toma essa, Ruth. A vingança é ótima.

Bryant disparou um olhar na direção de sua superior antes de estender a mão.

– Obrigado pelo seu tempo, dra. Thorne. Você nos ajudou muitíssimo.

Alex gesticulou a cabeça silenciosamente, ainda lidando com a batalha interna.

Bryant seguiu na direção da saída e a inspetora o seguiu. Ela parou à porta e se virou. Falou durante um segundo apenas. Com a voz baixa, suave e confiante.

– Só mais uma coisa, dra. Thorne. Me surpreende um pouco que com a sua formação, os anos de prática e o tempo que passou com a sua paciente, você não tenha conseguido enxergar o que estava por vir.

Alex olhou a expressão inflexível da mulher e enxergou ali uma frieza que gerou um arrepio de empolgação por sua espinha. Encararam-se olho no olho alguns segundos antes de a detetive dar de ombros e sair da sala.

Alex ficou observando a porta fechada. Embora a raiva ainda percorresse quente por suas veias, estava temperada com a intriga. Uma coisa da qual jamais se esquivava era de um desafio.

No momento em que um plano começou a se formar em sua cabeça, Alex sorriu. Quando uma porta se fechava, outra se abria.

CAPÍTULO
21

SHANE PRICE MANTEVE-SE distante quando a porta abriu. Um homem e uma mulher saíram e entraram em um Golf.

Apesar do ódio, o coração de Shane acelerou levemente ao vislumbrá-la fechando a porta. Sua raiva deu uma trégua quando contemplou a perfeição da mulher.

Sentiu a emoção irromper por dentro. Shane a odiava, a amava, precisava dela.

Não era desejo sexual. Não sentia desejo sexual por ninguém. Sua habilidade para isso havia sido destruída anos atrás.

O que ansiava era a perfeição dela, a pureza. Tão limpa. Sabia, devido ao tempo que passaram juntos, que seu cabelo cheirava a coco e que ela usava um sabonete líquido com perfume de jasmim. As unhas eram muito bem cuidadas por manicures, mas não tinham esmalte, e as roupas, limpas e impecáveis.

Já Shane estava com as mesmas roupas de quando deixou a Hardwick House no meio da noite. A calça jeans azul-clara estava dura e suja. Os joelhos imundos por causa do "trabalho" atrás do bingo arruinado em Cradley Heath. A cada vez que o aceitava, recebia cinco pratas como pagamento, o suficiente apenas para comer.

Não era a sujeira no lado de fora que o incomodava, e sim a imundice no lado de dentro. Todas as células do seu corpo estavam impregnadas com seu passado. Shane frequentemente se visualizava removendo partes do próprio corpo, uma de cada vez, e lavando-as com água quente e sabão. Se as esfregasse com força suficiente, poderia colocar todas de volta, brilhantes e novas.

Mas Alex tinha lhe tirado essa esperança. Nunca se libertaria da memória do órgão de seu tio pulsando dentro de si. Nem da náusea que sentia ao se recordar da carícia suave em seu cabelo e dos murmúrios íntimos de incentivo que acompanhavam os atos. As palavras carinhosas eram piores dos que os estupros.

Shane sentiu a bile subir-lhe à garganta enquanto as memórias o engoliam. Disparou até uma ruazinha e se abaixou. Seu McDonald's adquirido com muita dificuldade atingiu a calçada.

O ódio retornou tão vigorosamente que ele dobrou-se quase até o chão. Até seu último encontro com Alex, sempre havia aquela pontinha de esperança de que conseguiria se limpar. De que, de alguma forma, alguém acabaria encontrando um jeito de remover sua imundice.

Porém, naquela última conversa, Alex tomou esse sonho dele. Tomou tudo, e agora teria que pagar.

Shane limpou o cuspe da boca na manga do casaco. Já sabia como entraria. Uma janelinha do banheiro ficava sempre aberta.

Sabia que cabia na pequena fresta. Quando criança, adquiriu excelência em encaixar-se em lugares pequenos para se esconder.

Na próxima vez em que ela saísse, Shane entraria na casa, o lugar em que se sentia seguro, e aguardaria.

CAPÍTULO
22

– AH, QUAL É, BRYANT. Por que ela concordaria em testemunhar contra a própria paciente? – perguntou Kim, de volta à delegacia.

Bryant deu de ombros ao abrir sua lancheira. Avaliou o conteúdo, embora ele jamais mudasse: uma maçã, um sanduíche de presunto com queijo e um iogurte Actimel.

– Consciência.

Kim permaneceu em silêncio. Bryant, supôs ela, tinha sido dominado pela descolada mulher atraente de sorriso galanteador, e até Kim admitia que a persona dela exercia certa fascinação, contudo algumas coisas não estavam se encaixando direito para a inspetora. Foram à psiquiatra para colher informações e saíram de lá bem-sucedidos, porém Kim não conseguia se livrar da inquietante sensação de que tinham retornado com mais do que pediram.

Kim também sentiu que seu instinto natural para detectar emoção tinha sido desligado no segundo em que entraram pela porta. Perversamente, apesar de seu próprio desapego emocional, ela percebia as emoções das outras pessoas, entretanto com Alex não havia sentido nada.

– Nossa Senhora, chefe, qual é o seu problema? Ela respondeu às nossas perguntas e concordou em testemunhar. Parabéns pra gente.

– E você não ficou nem um pouquinho balançado pelos olhares e flertes dela?

– Nem um pouco. – Bryant segurou um sanduíche em uma mão e a caneta na outra. – Concordo, é uma mulher muito atraente, meio magrinha demais pra mim, mas, pelo que sei, ser linda não é contra a lei. Além do mais, ela sabia do que estava falando. Aqueles certificados não foram feitos com Photoshop.

– Não estou falando que ela é uma fraude...

Bryant soltou a caneta.

– Então do que é que está falando, chefe? A doutora nos disse tudo que queríamos ouvir. Sabemos que Ruth Willis não é insana e a Promotoria Pública vai ser nossa melhor amiga para sempre. Podem julgar esse caso no Rio Severn que ele vai sair de lá seco. É impermeável, não vejo problema.

Kim esfregou o queixo. Tudo o que ele disse era verdade, mas não fez parar as pontadas em sua barriga.

– E aquela cutucada na hora em que a gente estava indo embora, o que foi aquilo? – perguntou Bryant.

– Só uma observação.

– Ela é médica, não Deus. Como podia saber o que a Ruth ia fazer?

A aparência de Bryant refletia sua frustração. Tinha descartado o blazer, afrouxado o nó da gravata e soltado o botão da camisa.

Kim prosseguiu:

– Ela é psiquiatra. É especializada no funcionamento da mente. Não acha que deveria saber que aquilo era uma possibilidade?

Bryant terminou o primeiro sanduíche e limpou a boca.

– Não acho, não. Pediram que reuníssemos informações para indiciá-la. Você estava convencida de que foi assassinato e tudo que fizemos confirma que você estava certa, mas mesmo assim você enxerga escuridão em tudo, uma motivação velada se alguém tenta ajudar. Nem todo mundo é calculista e mau, chefe. – Ele soltou um comprido suspiro. – E com isso, me despeço e vou à cantina pegar alguma coisa para beber.

Quando retornasse, as coisas estariam bem entre eles. Sempre estavam.

Nesse meio tempo, ela se satisfaria com uma pesquisa no Google. Digitou o nome completo da médica e a página exibiu doze resultados. Começou pelo do alto.

Dez minutos depois, Kim tinha entrado no site do consultório de Alexandra Thorne, lido sobre os artigos que publicou, tomado conhecimento do trabalho de caridade dela e sido redirecionada para algumas páginas as quais ofereciam orientação psicológica como voluntária.

Quando Bryant retornou com café, ela se deu conta de que estava certo. A pesquisa dela não tinha dado em nada. Estava na hora de deixar aquilo pra lá.

Por enquanto.

CAPÍTULO
23

KIM DESCEU DA MOTO e tentou deixar as palavras de Woody no tecido do capacete, mas elas continuavam penduradas em suas orelhas. Sob circunstância alguma ela deveria abordar as filhas de Dunn nem falar com elas. Se a informação que sua memória lhe fornecia estava correta, Kim não tinha concordado. Bom, não explicitamente. Ou seja, na realidade, não existia contrato algum.

Não tinha dito nem a Bryant aonde estava indo. Tiveram bate-bocas suficientes para um dia.

Fordham House era uma instituição nova construída no lado oeste do Victoria Park em Tipton. Listada no Doomsday Book como Tibintone, a área havia sido uma das cidades mais industrializadas de Black Country. Já tinha sido conhecida como a "Veneza das Midlands" por sua abundância de canais. Porém, como muitas outras cidadezinhas da região, nos anos 1980, presenciaram o fechamento de muitas fábricas, e conjuntos habitacionais foram construídos no lugar delas.

A entrada da Fordham House era uma varanda ampla de vidro e tijolos, onde havia uma placa dourada com o nome da propriedade gravado de preto. Kim sabia que ela abrigava vítimas de abuso sexual aguardando decisões sobre o futuro. As crianças ou eram transferidas para um orfanato, onde permaneciam por mais tempo, ou retornavam para um parente ou familiar. Era uma acomodação transitória e a duração de cada estadia variava entre alguns dias ou alguns meses. O serviço social decidiria quando ou se as garotas retornariam para a mãe.

Ao entrar no estabelecimento, Kim ficou instantaneamente surpresa pela diferença em relação a outras instituições de assistência social. O vidro da varanda da frente acolhia toda a luz disponível do lado de fora.

As pinturas das crianças presas no quadro de avisos transbordavam pelas paredes nuas.

Um vidro na altura da cintura deixava à mostra um escritório atrás da recepção. Uma mulher estava inclinada sobre a gaveta de arquivo de baixo.

Kim apertou a campainha, um botão vermelho que era o nariz de um palhaço sorridente.

A mulher deu um pulo para trás, afastando-se do arquivo e olhou na direção dela.

Kim segurou o distintivo contra o vidro.

Calculou que a mulher tinha uns 30 e poucos anos. Devia ter começado o turno com o coque firme, mas o dia parecia ter sido difícil. Seu corpo magro estava coberto por uma calça jeans azul-clara, uma camisa de malha verde e um cardigã caído no ombro esquerdo.

Após conferir a identificação, a mulher saiu do escritório. Algumas portas destrancadas depois, ela estava de pé diante de Kim.

– Posso ajudar?

– Detetive Inspetora Kim Stone. Gostaria de falar com as filhas dos Dunn.

– Sou Elaine, sinto muito, mas isso não é possível.

O tom não era desagradável, porém firme.

Kim devia lembrar-se de que Bryant não estava ao lado dela com seu inesgotável estoque de polidez. Tentou pensar em como ele lidaria com a situação.

– Compreendo que isso possa parecer um pouco ortodoxo, mas precisava muito dar uma palavrinha rápida... por favor.

Elaine negou com a cabeça.

– Sinto muito, mas não posso permitir que você...

– Há outra pessoa com quem eu possa falar? – perguntou Kim, cortando a moça. Droga, pelo menos tinha tentado.

Elaine olhou para um homem sentado no escritório.

Pôs dois dedos da mão direita nos lábios. Ele consentiu com um movimento de cabeça ao gesto de que ela ia fumar.

– Venha comigo – falou Elaine, caminhando na direção da saída. Kim a seguiu até chegarem à lateral do prédio e ficarem fora de vista.

Elaine pegou um maço de cigarros e um isqueiro no bolso do cardigã. Pôs um na boca e o acendeu.

Kim apoiou-se de costas na parede.

– Olha só, sei que isso é muito irregular, mas houve um desdobramento no caso. Preciso mesmo falar com elas... ou pelo menos com uma delas.

– As duas estão muito vulneráveis. Você não é preparada...

– Qual é, Elaine, me ajuda. Não me force a passar por um processo que vai acabar em algum psicólogo burocrata metido a besta me dizendo que não posso conversar com elas.

Elaine sorriu.

– Não precisa de processo nenhum. *Eu* sou esse psicólogo burocrata metido a besta e estou te falando neste exato momento que não pode conversar com elas.

Que merda, pensou Kim, aquilo tinha funcionado que era uma beleza.

Kim decidiu usar a única tática que conhecia. Honestidade.

– Ok, vamos lá. Não acredito que o Leonard Dunn estava agindo sozinho. Acho que havia mais uma pessoa naquele quarto em pelo menos um dos filmes.

Elaine fechou os olhos.

– Que merda...

– Quero pegar esse pessoal, Elaine. Quero pegar quem fez aquilo; quem, na melhor das hipóteses, especulou ou, na pior, participou.

Elaine deu outro trago no cigarro.

– Nenhuma das meninas está se voluntariando a dar muita informação ainda. Estou conseguindo um sim e um não ocasionais, mas as perguntas têm que ser formuladas adequadamente para que se consiga uma resposta, qualquer que seja.

É, Kim sabia. Os agressores acham o ponto mais vulnerável das vítimas e o usam como ameaça para manter o silêncio. A remoção física do agressor não removia o medo. Qualquer ameaça que ele tenha feito permaneceria com elas durante muito tempo.

Respostas que envolvessem apenas sim e não eram tão ruins quanto uma descrição completa. Em uma mente jovem e inocente, essa era uma maneira de evitar o perigo de se dizer a verdade.

– Então, posso falar com elas?

Elaine deu um último trago no cigarro e negou com um enfático movimento de cabeça.

– A não ser que tenha estudado quatro anos durante a minha pausa para fumar, a resposta ainda é não.

– Jesus, você não escutou...

– Escutei tudo que você falou e quero tanto quanto você que todos os envolvidos sejam presos.

Kim deu uma olhada no rosto dela e acreditou. O trabalho da detetive era bem ruim, mas o de Elaine estava em um nível completamente diferente. Era paga para provocar jovens mentes perturbadas e extrair informações delas. Se fizesse bem o seu trabalho, seria recompensada com as mais horrendas histórias que se pode imaginar. Era uma espécie de prêmio que ganhava.

Dessa vez, Kim lutou contra seu instinto natural e ficou quieta.

– Vou falar com as meninas e você pode estar presente, mas, se interagir de alguma maneira, paro na hora. Combinado?

Não era o ideal. Kim queria fazer as próprias perguntas e do seu jeito, mas estava com a sensação de que era isso ou nada.

– Ok, combinado.

– Certo. Há alguma coisa em particular que queira que eu pergunte?

Kim fez que sim e falou sem hesitação:

– Tem, quero saber se a outra pessoa no porão era a mãe.

CAPÍTULO
24

KIM FICOU SATISFEITA ao ver que as meninas tinham ficado juntas. Suspeitava que seria uma questão de dias até voltarem para a mãe. Inocentada de qualquer envolvimento, a decisão de reunir a família era iminente.

Apesar de pequeno, o quarto continha duas camas de solteiro separadas por uma mesinha de cabeceira. Um pequeno guarda-roupa e uma penteadeira completavam a mobília. Kim achou o cômodo bem menos melancólico do que os que havia ocupado quando criança. Uma única palavra tinha conduzido toda a decisão em relação à mobília do quarto: funcional.

As paredes brancas eram decoradas com uma videira vermelha e verde que dava a volta no quarto. Os personagens da Disney na roupa de cama e no travesseiro não eram os mesmos.

As garotas estavam sentadas no chão entre as camas. Daisy vestia um pijaminha de dálmata e Louisa, um de coruja. O cheiro de sabonete e xampu de seus cabelos recém-lavados permeavam o ar.

Kim sentiu uma repentina fisgada no coração. Uma fração de segundo antes de notá-las, Daisy, de boca aberta e com o rosto alegre, entretinha a irmã com um ursinho que usava shorts.

Mas agora estava de cara fechada e Kim compreendia. Por mais hedionda que a vida de Daisy tivesse sido, era familiar. E, embora apavorante, ela conhecia as pessoas ao seu redor. Algumas coisas eram estáveis: a mãe, os amigos, os pertences. E agora tudo aquilo tinha sido substituído por estranhos e perguntas constantes que reiteradamente a faziam retornar às memórias.

Kim odiava ser a responsável por infligir mais dor.

– Oi, meninas, do que estão brincando? – perguntou Elaine, sentada no chão.

Kim percebeu que ela sentou perto das garotas, porém não muito próxima. Certificou-se de que houvesse menos espaço entre as duas meninas do que entre as garotas e ela, colocando-se firmemente fora do círculo delas, sem ameaça.

– Essa moça é minha amiga. Finjam que nem está aqui. Ela não vai falar com vocês nem fazer nada para que se sintam desconfortáveis, ok?

Daisy desviou o olhar, desconfiada, e Kim não a culpou.

– Daisy, quero fazer algumas perguntas, se estiver tudo bem pra vocês.

Daisy deu uma olhada para a irmã, que observava todos no quarto.

– Querida, quero que pense em quando você estava lá embaixo.

Kim percebeu que a psicóloga não nomeou o cômodo nem usou palavras que forçassem a memória da criança. Daisy tinha a liberdade de viajar até lá sozinha.

A criança piscava furiosamente, mas não deu resposta alguma. O ursinho permaneceu agarrado na mão dela.

– Amor, havia mais alguém lá embaixo?

Daisy deu uma olhada para a irmã, mas não deu resposta alguma.

– Amor, a sua mãe costumava ir ao porão?

Novamente, a olhada para a irmã.

Que merda, percebeu Kim, esta era a ameaça. O filho da mãe tinha dito a ela que, se algum dia contasse a verdade, algo ruim aconteceria com irmã. E ela continuava apavorada com isso. A irmã mais velha protegendo a caçula. Kim compreendia. Ela foi a irmã mais velha, apenas por algum tempo, mas teria protegido Mikey com a própria vida.

Kim sentiu a esperança esvair-se. Não era de se surpreender que ela não falava, e a inspetora não forçaria mais. Deu um passo adiante para cutucar o ombro de Elaine. Tinha terminado. Não causaria mais dor àquela menina.

Ao pairar sua mão sobre o ombro de Elaine, Daisy virou-se e a olhou, Kim parou abruptamente. Seus olhos estavam suplicantes, a boca, tensa. Daisy tentava dizer-lhe alguma coisa.

Ela avaliou a menina da cabeça aos pés e a simplicidade da verdade olhava fixamente para o seu rosto.

Kim sorriu para a menina e gesticulou a cabeça. Ela compreendeu.

Suas palavras foram gentis quando falou:

– Elaine, pergunte de novo.

Elaine virou-se para encará-la.

– Por favor.

Elaine virou-se novamente para Daisy, que agora olhava para a frente.

– Daisy, a sua mãe costumava ir ao porão?

A cabeça do ursinho virava de um lado para o outro.

– Daisy, havia um homem no cômodo com você e o seu pai?

A cabeça do ursinho moveu-se para a trás e para a frente.

– Daisy, era um homem que você conhecia?

Kim prendeu a respiração.

O ursinho respondeu que sim.

CAPÍTULO
25

ALEX LIGOU O BMW quando viu o Golf preto arrancar da rua que levava à Wordsley Road. Suas observações furtivas haviam revelado que a detetive não era casada nem tinha filho. Ela tinha percebido na primeira vez em que se encontraram o fato de a mulher ser psicologicamente perturbada, mas, apesar de essa informação por si só ser o suficiente para despertar seu interesse, precisava de mais.

A detetive inspetora servia como uma distração bem-vinda enquanto ela aguardava notícias de Barry. E tinha certeza de que as receberia.

Permitiu que dois carros entrassem na sua frente para deixar uma distância entre as duas.

Havia descoberto tudo de que precisava a respeito da vida profissional da detetive. Kimberley Stone sobressaia-se no trabalho e foi promovida com rapidez. Tinha um índice desproporcional de soluções de casos e, apesar de sua falta de habilidades sociais, era bem respeitada.

Alex precisava de outra pista e, ciente de que o alvo não iria até ela voluntariamente, foi obrigada a ser um pouco mais criativa. A única maneira de avançar em sua pesquisa era seguir a mulher em uma tarde de sábado para descobrir o que fazia quando não estava sendo a detetive inspetora de alto desempenho, e essa perseguição acabou levando-a a uma floricultura em Old Hill.

Alex ficou intrigada quando Kim saiu da loja com um buquê de lírios e cravos. A detetive não lhe parecia do tipo que dava flores.

Alex engatou a marcha devagar e permaneceu alguns carros atrás, seguindo o Golf, passando por alguns cruzamentos na direção dos arredores de Rowley Regis.

Os dois únicos locais significativos eram um pequeno hospital e o cemitério Powke Lane. Era muito mais fácil engendrar um encontro acidental neste último.

Como se atendendo ao desejo de Alex, o Golf foi para o cemitério pela entrada exatamente em frente ao retorno no canteiro central. Alex pegou a saída mais próxima e seguiu na direção do hospital para manter certa distância entre si e a detetive.

Deu a volta no estacionamento do hospital e saiu. Enquanto voltava lentamente pela rua que se estendia ao longo do cemitério, localizou a vaga em que o Golf encontrava-se estacionado.

Parou diante dos portões do lado de fora, entrou e, imediatamente, viu a silhueta vestida de preto avançando pela subida. Alex avaliou a área e escolheu uma fileira de lápides entre o local ao qual se dirigia a detetive e o lugar em que o Golf estava estacionado. Perfeito. A mulher teria que passar por Alex para retornar ao carro.

Escolheu uma sepultura e parou diante dela. O mármore preto estava desprovido de flores e ornamentos, um bom indicativo de que não seria incomodada por parentes em luto.

Não conseguia evitar o fascínio que Kimberley Stone lhe despertava. Havia um distanciamento naqueles escuros olhos vampíricos. Quase sempre Alex era capaz de ter a visão geral de uma personalidade em segundos. Ela averiguava os mínimos detalhes da comunicação não verbal, o que era bom, já que a mulher mal falou durante o primeiro encontro que tiveram. Não deduziu muita coisa, mas uma pessoa tão reservada vivenciou trauma e dor, e isso tornava aquela mulher interessante.

Alex sabia que precisaria usar toda a sua capacidade manipulativa contra a inteligência calculada que percebia na detetive, contudo, também sabia que venceria no final. Sempre vencia.

Kim começou a se mover, e Alex pôs seu plano em ação. Agachou-se e colocou uma pedrinha dentro do sapato direito. Calculou o momento exato de sair da fileira de lápides, começou a mancar subida acima e se encontrou com a detetive na metade do caminho. Alex arriscou e manteve a cabeça abaixada.

– Doutora Thorne?

Alex levantou a cabeça e hesitou por um instante, fingindo estar tentando identificar a mulher que interrompeu seus pensamentos profundos.

– Detetive Inspetora, é claro – disse ela, estendendo a mão.

A outra mulher apertou sua mão pelo mais curto dos segundos.

– Como está a Ruth? Posso perguntar isso?

A detetive guardou as mãos no fundo dos bolsos da calça jeans e Alex teve a impressão de que ela estava limpando o contato físico no forro interno.

– Ela foi indiciada por assassinato, sem direito a fiança.

Alex deu um sorriso triste.

– É, soube pelos jornais. Mas eu queria saber como ela está.

– Com medo.

Alex se deu conta de que aquilo seria difícil. A mulher era mais fechada do que esperava.

– Sabe de uma coisa, pensei no que você me disse quando estava saindo do meu consultório.

– E?

Não se desculpou, não voltou atrás. Não tentou explicar as duras palavras nem fingiu que foram malformuladas. Gostava do estilo daquela mulher.

Alex apoiava-se de pé em pé, com dor. Ela olhou ao redor e viu um banco a trinta metros.

– Vamos sentar um pouquinho? – convidou ela, mancando na direção dele. – Torci meu tornozelo ontem.

A detetive a seguiu e se sentou na outra ponta do banco. Sua linguagem corporal berrava "desembucha logo", como Alex suspeitava. As pessoas permaneciam mais tempo quando sentadas. A razão pela qual todos os locais imagináveis disponibilizavam espaço para uma cafeteria.

– Eu revi minhas anotações em busca de alguma pista que pudesse ter me escapado durante as sessões. Procurei alguma indicação da intenção dela, mas não havia nada. A não ser...

Alex hesitou, e, pela primeira vez, viu uma centelha de interesse

– A não ser que eu devesse ter percebido que ela não vinha respondendo com a rapidez que deveria, Ruth estava fazendo pouco esforço para avançar, e, embora essa forma de tratamento não possa ser trabalhada dentro de um prazo preestabelecido, olhando em retrospecto, acho que ela talvez pudesse estar lutando um pouco contra o processo.

– Oh.

Mas que inferno. Essa mulher era osso duro de roer. Alex inclinou a cabeça.

– Você acha que eu fracassei, não acha?

A detetive ficou calada.

– Posso explicar o meu posicionamento ou esse assunto está totalmente encerrado para você?

A mulher deu de ombros e continuou a olhar para a frente. O fato de a detetive ainda não estar de volta em seu carro dizia a Alex que havia uma curiosidade residual. A mulher continuava ali por alguma razão.

– A comunidade dos profissionais da saúde mental não enxerga as psiques perturbadas da mesma maneira que as outras pessoas. Você, por exemplo, acha que uma pessoa como a Ruth pode entrar na terapia e ser completamente restituída à normalidade em um período específico e predeterminado: uma vítima de estupro leva quatro meses, um bipolar sofre dez meses, uma vítima de abuso sexual, dois anos. Não é uma lista de compras.

Alex procurou uma reação às provocações, mas não enxergou nenhuma. O trauma de Kim encontrava-se em outro lugar.

— Como psiquiatra, aceito que as pessoas estão desajustadas. Psicologicamente, alguns de nós ficam perturbados durante um curto período após uma perda. — Ela olhou para a lápide do bom e velho Arthur, antes de engolir em seco corajosamente. — E encontram um caminho de volta, jamais à normalidade, mas reparados da melhor maneira possível.

— Quem está lá? — perguntou a detetive, sem sutileza nem desculpa pela retidão da pergunta.

Alex respirou fundo.

— Você viu as fotos na mesa do consultório. Minha família, morta há três anos em um acidente de carro. — A voz de Alex falhou nas três últimas palavras. Sentiu o desconforto da mulher. Suspendeu a cabeça e olhou para a frente. — O luto faz coisas esquisitas com a gente. — Alex teve a impressão de ver uma reação e pressionou. Qualquer reação servia para aguçar seu apetite e ela tinha muitos mísseis guiados por calor no bolso. — Não acredito que as pessoas superam uma perda.

A mulher não ofereceu estímulo algum para que Alex continuasse, mas ela prosseguiu mesmo assim.

— Perdi uma irmã muito nova.

Aah, um arrepio perceptível. Agora estavam chegando a algum lugar.

— Éramos muito próximas, quase melhores amigas. A diferença entre nós era de dois anos só.

A falta de reação e de estímulo para prosseguir enfureciam-na. Alex decidiu que precisava dar algo comum às duas.

— Depois que ela se afogou, meus padrões de sono mudaram drasticamente. Desde então, nunca dormi mais de três ou quatro horas por noite. Fizeram testes, exames, me deram injeções, me monitoraram. O problema é que deram um nome legal para a minha condição, mas nenhuma cura.

Na realidade, Alex dormia sete horas ininterruptas toda noite, mas as horas que passou estacionada em frente à casa daquela mulher informaram-na que o mesmo não acontecia com a detetive.

— Sinto muito. Não devia estar falando assim. Tenho certeza de que quer voltar para a sua família.

A mulher ao lado dela deu de ombros. Não interagia verbalmente, mesmo assim permanecia no banco.

Alex deu uma risada melancólica e ficou mexendo no cinto do casaco de um jeito nervoso.

– Até os psiquiatras às vezes precisam de alguém com quem falar. A perda muda todos nós. Aprendi a preencher as longas horas do dia produtivamente. Faço anotações, pesquiso, entro na internet, mas às vezes parece que a noite nunca vai terminar.

Ela concordou com um leve movimento de cabeça. Toda reação, por menor que fosse, dizia algo a Alex.

A psiquiatra percebeu uma pequena mudança no comportamento de Kim. O corpo envergou ligeiramente para dentro de si mesmo, como um sanduíche que ficou descoberto. Podia ser um esforço para se proteger do vento cortante, mas Alex sabia que o motivo era outro.

Decidiu apostar para ganhar.

– Posso perguntar quem...?

– Conversa boa, doutora. A gente se vê.

Alex ficou observando a detetive voltar para o carro a passos largos.

Ela sorria enquanto tirava a pedra do sapato e percorria a ladeira. A decisão da mulher de ir embora às pressas era tão significativa quanto uma conversa demorada. Alex tinha descoberto muita coisa e começava a ter uma ideia de sua oponente.

A Detetive Inspetora Stone era socialmente inapta. Faltavam-lhe os modos que, se não estão presentes naturalmente, podiam ser aprendidos com facilidade, se assim a pessoa desejasse. Ela era determinada e inteligente. Possivelmente sofreu abuso sexual, mas com certeza vivenciou tragédia e perda. Não gostava de contato físico e não se importava que soubessem disso.

Alex chegou à lápide que estava procurando. Leu a inscrição simples e não fez esforço para esconder seu prazer.

Resolver qualquer quebra-cabeça envolvia estágios metódicos e lógicos. Primeiro vinha a ânsia para começar, seguida pela compreensão da enormidade do desafio à frente. Posteriormente, vinha a concentração requerida para se fazer progresso e o compromisso para se atingir o objetivo final.

Por fim, a parte mais empolgante: o momento em que a próxima peça a ser encaixada será oportuna para finalizar o quebra-cabeça inteiro.

Alex releu a informação gravada de dourado e vermelho e soube que tinha encontrado uma peça-chave do quebra-cabeça.

CAPÍTULO
26

A CAMPAINHA TOCOU e Kim não precisou perguntar quem era enquanto tirava a corrente da porta.

– A patroa fez lasanha demais – disse, dando de ombros. – Ela insistiu.

Kim sorriu.

"A patroa" mandava-lhe comida caseira a cada duas semanas e tinha uma natureza tão caridosa quanto a do marido.

Kim lembrava-se de alguns meses antes, quando Bryant resgatou um staffordshire bull terrier e seus filhotes de um apartamento no famigerado conjunto habitacional Hollytree. Os filhotinhos foram salvos de uma vida de brigas de cães, e a mãe, de ninhadas constantes até seu destino final.

Os Bryant ficaram com os filhotes e encontraram lares para eles nos círculos familiar e de amigos.

– Então, o que você realmente está querendo? – perguntou ela, estendendo o braço para pegar outra caneca.

– Bom, estive pensando...

Ela deu um tapa na testa.

– Bryant, já conversei com você sobre essas atividades perigosas.

Ele semicerrou os olhos.

– Kim, você tentou fazer uma piada?

Ela deu de ombros.

– Acho que precisa deixar o caso da Ruth Willis pra lá. Você parece obcecada pela Dra. Thorne e isso não vai te fazer nenhum bem.

– É mesmo? Então adivinha com quem eu trombei hoje? – Kim tomou cuidado para não dizer onde. Por alguma razão, repassou a conversa que teve mais cedo com a doutora uma vez atrás da outra na cabeça, porém não sabia por quê.

– Me surpreenda.

– Dra. Thorne. Ela perguntou como a Ruth está.

Bryant deu de ombros.

– Era de se esperar, creio eu.

– Hummm...

– O quê?

– Não sei.

– Não sabe o quê?

– Ela tinha muita coisa para falar.

– Sobre a Ruth?

– Na verdade, mais sobre ela mesma.

– Que tipo de coisa?

– Que a família dela morreu, que não dorme muito, que tem poucos amigos...

– Vocês são melhores amigas agora?

– É que tem alguma coisa... estranha.

Bryant deu uma risada dissimulada.

– Que novidade, vindo de você.

– Ok, esquece.

– Desculpa, continua, estranha como?

Era isso que Kim estava tentando descobrir. Usar Bryant como caixa de ressonância talvez desse um sentido para tudo aquilo e ela pudesse esquecer a história.

– As coisas que ela falou, o jeito que falou. Declarações sobre ela que deram a impressão de que estava tentando arrancar algo de mim. Entende o que estou querendo dizer?

– Não.

– Pra que falar tanta coisa sobre ela mesma?

– Você pode ter se encontrado com a Alex em um momento de fraqueza e ela sentiu necessidade de se abrir.

Kim poderia considerar isso verdade. A conversa tinha acontecido em um cemitério.

– É, mas eu tive a impressão de que a conversa era mais sobre mim do que ela.

– Ela te fez alguma pergunta para bisbilhotar a sua vida?

– Não diretamente, mas...

– É possível que estivesse se sentindo vulnerável ou que simplesmente quisesse puxar conversa?

– Talvez, mas...

– Olha, Kim, as pessoas se encontraram e conversam. Falam sobre elas e depois a gente fala sobre nós. O nome disso é fazer um conhecido.

É verdade que os cachorros fazem isso com mais facilidade. Eles simplesmente trocam cheiradas no...

– Já chega.

Ok, ela sabia que não era boa em fazer amigos, mas sentia que alguma coisa não estava certa.

– É sério. Você pode não saber disso, mas é assim que as pessoas geralmente se conhecem. Elas conversam. Em alguns casos raros, ouvi falar que elas chegam até a virar amigas.

Kim dispensou o comentário.

– Tem mais uma coisa.

– É claro que tem.

– Tem alguma coisa nela que não é... real.

– Como assim?

Kim vasculhou a memória em busca de um exemplo.

– Você já viu o programa *Faking it*.

– Em que dão um cursinho rápido de alguma coisa, tipo neurocirurgia, e depois a pessoa tem que tentar enganar especialistas no final do programa?

Kim fez que sim.

– Foi o que senti. É como se as emoções da Alex fossem encenadas. Elas estão registradas apenas no corpo, e em mais nenhum outro lugar. Ela as expressa uma de cada vez e a pausa entre elas fica vazia. É esquisito.

– Kim, vou falar isso com respeito já que você é minha chefe e sou o que mais se aproxima de um amigo para você... – Bryant fez uma pausa, aguardando a permissão para continuar.

A falta de reação da inspetora foi a resposta.

– ... não tenho tanta certeza assim de que você seja a melhor pessoa para julgar as reações emocionais de alguém.

Kim não ficou magoada com as palavras. A verdade não a aborrecia e ela era obrigada a concordar que Bryant tinha razão.

– Por que a conversa ainda está te incomodando?

Kim pensou por um momento.

– Sinceramente, eu não sei.

– Deixa isso pra lá. Nunca mais vai ver essa mulher, ou seja, isso não vai ter impacto algum na sua vida.

As justificativas de Bryant não funcionaram. Algo lhe dizia que aquela não era a última vez veria Alexandra Thorne.

CAPÍTULO
27

ERAM QUASE NOVE horas quando Alex fechou a porta depois de entrar. A casa estava totalmente escura.

Ela foi à cozinha. Após sair do cemitério, tinha dado um pulo no Marks & Spencer e comprado um Chateau Lascombes 1996. Ela merecia.

Alex pôs a garrafa na bancada de mármore e ficou parada. Algo não estava certo. Foi imediatamente atingida pelo cheiro. Olhou ao redor. Um odor desagradável preenchia o cômodo. Deu mais uma fungada, mas não conseguiu identificar nenhum elemento em particular. Era nojento e estava por todo lado.

– Meu Deus, o que foi que morreu aqui dentro? – murmurou ela, ao abrir a porta da geladeira de um metro e oitenta.

A prateleira do fundo tinha meio saco de salada mista aberto mais cedo naquele dia. Não havia leite, pois raramente usava, e todo o resto estava em potes lacrados.

Fechou a porta pesada. Seu coração veio à boca quando os olhos se encontraram com os do vulto em pé bem diante dela.

Perplexa, ela se afastou de costas.

– Shane... o q... o que...

Shane agarrou o braço dela para impedir que se afastasse.

– Oi, doutora. Sentiu minha falta?

Alex tentou controlar a respiração irregular e se reorientar. Shane estava ali. Em sua casa. Como isso tinha acontecido, porra? Shane não estava mais presente nem em seus pensamentos.

Ele segurava o braço dela com firmeza, estava com os olhos calmos e controlados.

Era uns bons 25 centímetros mais alto do que Alex. Ele aproximou-se e o fedor preencheu as narinas dela. A náusea revirava em seu estômago. Era uma mistura de odor corporal, umidade e comida estragada.

Alex sentia vontade de vomitar, mas manteve a comida no lado certo da garganta.

Deu um puxão para tentar livrar-se da mão de Shane, mas ele era forte e ele estava determinado.

– Shane, o que diabos você está fazendo aqui?

Alex se perguntou se o tremor em sua voz era tão claro para Shane quanto para ela. Não o conhecia o suficiente para calcular a extensão total daquilo que era capaz. Mas já o tinha manipulado uma vez, conseguiria fazer isso novamente?

– Vim te punir, Alex.

Alex engoliu em seco. O semblante dele era frio. Não parecia mais aquele garotinho vulnerável. Parecia um homem. Um homem de verdade.

Ficou calada. Não tinha ideia do que se passava na cabeça dele. Precisava pensar em uma estratégia. Se ao menos conseguisse alcançar o telefone celular...

Quando essa ideia lhe ocorreu, Shane estendeu o braço livre para trás e pegou a bolsa dela. Virou-a de cabeça para baixo na mesa de jantar, pegou o telefone e o colocou no bolso.

Shane usou a mão que a segurava para empurrá-la contra a bancada da cozinha. Soltou o braço dela e pôs as mãos nas laterais do corpo, aprisionando-a nessa posição.

Ela analisou as opções. Podia tentar lhe dar uma joelhada entre as pernas, na esperança de que caísse no chão. Isso daria tempo suficiente a ela para chegar à porta, destrancar as fechaduras e sair. Fantástico se funcionasse, mas apenas se conseguisse golpear com força suficiente. Ela viu o que fez com Malcolm, e sabe que Shane teria matado o tio que abusava dele com as próprias mãos.

Decidiu por uma abordagem diferente.

Engoliu o medo e deu um sorriso galanteador.

– Senti sua falta, Shane.

Ele arredou a cabeça um pouco para trás, com a boca começando a demonstrar um leve desprezo.

Má ideia. Ela recuou depressa e tentou manter o rosto sério.

– Senti mesmo.

Shane balançou a cabeça.

– Você é uma mentirosa e uma puta. Antes de te conhecer eu tinha uma chance na vida. O David pôs um teto sobre a minha cabeça e aqueles caras me entendiam. Eram amigos. E agora perdi todos eles. Perdi tudo por sua causa.

Ela tentou continuar a respirar equilibradamente. Abriu a boca.

– Não fala – ordenou ele. – Da sua boca só sai merda. Você me fez acreditar que eu podia ser normal. Me fez acreditar que podia me sentir limpo e completo, e sabia o tempo todo que eu não podia.

Rugas fundas demais para uma pessoa de 23 anos marcaram-lhe a testa.

– E você me usou pra machucar o Malcolm. Não sei porque fez isso, mas o machuquei demais por sua causa. Acho que você estraga as pessoas, Alex, depois sai intocável, só que não desta vez.

O coração de Alex descompassou. Não conseguia sequer começar a pensar no que Shane faria com ela. Em uma luta física, ele tinha todas as cartas, porém, no campo de jogo psicológico, a batalha era completamente diferente.

– Eu confiava em você de verdade, sabe disso. Achava que era minha amiga e agora perdi tudo por sua causa.

Ela tentou não encolher quando ele levantou a mão e lhe tocou a bochecha.

– Tão limpa, tão linda, tão perfeita.

A pele grossa de Shane na sua quase a sufocava, mas ela mantinha o semblante calmo. O rosto dele continha um anseio que Alex reconhecia em muitos de seus pacientes. Ainda havia algo que ele queria, almejava.

Precisava alcançar o menininho. Sua segurança dependia disso.

Arriscou e tocou-lhe levemente a mão esquerda. O maxilar de Shane tencionou, mas ele não retirou a mão.

E, finalmente, ela tinha sua estratégia. Baixou a voz e sussurrou:

– Estou tão feliz por você ter me encontrado, Shane.

Seus olhos perfuraram os dela.

Alex esforçou-se para arrancar o medo da voz e conseguir prosseguir:

– Eu estava te procurando por todo lado. Voltei à Hardwick House de manhã cedo no dia seguinte para ver se você estava bem e o David me contou que tinha ido embora. Eu queria pedir desculpa por ter sido tão má com você. Eu só estava com raiva por causa do que tinha feito com o Malcolm. – Ela balançou a cabeça. – Achei que tivéssemos uma ligação. Achei que pudesse te ajudar.

A breve sombra da indecisão reduziu o ritmo veloz do coração de Alex, que pressionou:

– Todas aquelas horas que passamos juntos, achei que estávamos fazendo progresso. Achei que você acreditasse em mim, mas quando vi o estado do Malcolm, foi como se o período que passamos juntos não tivesse significado nada.

Ele balançou a cabeça devagar e a mão direita caiu de lado, longe do rosto dela.

– Qual é, Shane. Você sentia também. Tínhamos uma amizade. Eu não devia ter dito aquilo. – Ela olhou para baixo e balançou a cabeça. – Fui cruel e aquilo nem era verdade.

– O que não era verdade?

– Que eu não podia te ajudar.

Uma confusão total distorcia o rosto dele agora.

– Mas você falou...

– Sei o que falei, Shane. Mas eu errei em falar aquilo. Foi só porque eu estava com raiva de você. É claro que consigo te ajudar. Foi por isso que fiquei andando pelas ruas na noite seguinte te procurando.

– Mas...

A balança tinha mudado de lado.

Alex se afastou um pouco, virou-se e estendeu a mão. Tinha assumido o controle novamente e aquilo terminaria do jeito dela.

– Vem comigo, vou começar a te ajudar agora.

Ele permaneceu onde estava.

O perigo já não existia. A confusão causada foi suficiente para distrair a fúria dele. O menininho tinha voltado à tona.

Alex o persuadiu a mover-se e o conduziu ao consultório.

– Vou deixar só a luz do abajur, é mais reconfortante.

Estendeu o braço até a lateral da mesa e o acendeu. Havia outro botão à direita dele. Ela o apertou duas vezes.

A sala foi banhada por uma luz baixa e íntima. Alex levou Shane à cadeira de pacientes. Ele se sentou.

Alguns minutos, era esse o tempo necessário. O socorro encontrava-se a menos de dois quilômetros. Ela precisava acabar com essa cobaia e o plano agora estava em sua cabeça.

Tirou a jaqueta e colocou-a na mesa entre eles.

– Quer que eu comece a ajudá-lo, Shane? – perguntou a psiquiatra, gentilmente.

Ele não respondeu, simplesmente a encarava.

– Se permitir, posso fazer tudo isso desaparecer. Podemos começar agora, aí daqui a pouco eu ligo para o David e você pode voltar para a Hardwick House. É isso que você quer?

Ele parecia duvidar disso e perguntou:

– Eu posso?

Ela fez que sim enfaticamente:

– É claro que pode. Foi você que optou por ir embora. O seu quarto continua lá.

Ele a olhou descrente.

– Você faria isso?

Ela deu um sorriso tranquilizador.

– Shane, eu faria qualquer coisa para te ajudar. Você é meu amigo.

O rosto de Shane desmoronou antes de ele pôr a cabeça nas mãos.

– Meu Deus, Alex. Sinto muito mesmo pelo que fiz. Achei que te odiasse. Achei que você me odiasse. Achei que eu fosse tão sujo que você não aguentava nem ficar perto de mim.

– Não seja bobo – disse Alex, como se ele tivesse 5 anos. – Agora feche os olhos e se concentre somente na minha voz.

Ele recostou-se na cadeira e fechou os olhos.

Ela dobrou a manga direita da blusa. Sem tirar os olhos das pálpebras dele, que estavam fechadas com determinação, ela começou a beliscar a pele do seu antebraço com a mão esquerda.

– Em primeiro lugar, relaxe e limpe a mente. Vou te ajudar a se livrar um pouco da dor.

O rosto dele relaxou e o maxilar afrouxou. Alex sorria dobrando a manga do braço esquerdo. Continuou a falar com Shane usando uma voz calma e alentadora enquanto cravava a unha na pele o mais forte que conseguia. Traçou uma linha até o pulso. Uma linha diagonal com a pele rasgada em alguns lugares. Já estava com uma aparência pior do que realmente era.

– Você tem que se desfazer do ódio, Shane. Posso te ajudar a deixar o passado para trás. Posso fazer você se sentir limpo de novo

E poderia mesmo se optasse por isso, mas, ao olhar o relógio, viu que não tinha tanto tempo assim.

– O que está fazendo com os braços, Alex?

Droga, tinha tirado os olhos dele um segundo para ver o relógio.

Shane olhou do rosto dela para os braços avermelhados e arranhados. Seus olhos começaram a transparecer a compressão.

Alguém bateu na porta. Alex estava preparada para isso. Ela já tinha pressionado o alarme uma vez e ele tinha funcionado perfeitamente. Shane ficou de pé num pulo e saiu na direção da porta que levava ao corredor.

– Está tudo bem, Shane. Ignora, eles vão embora.

Ela sabia muito bem que não iriam.

Shane ficou em pânico. Seus olhos grudaram no braço direito da psiquiatra.

Alex virou-se e se posicionou distante da porta.

– Está tudo bem, eles vão...

O barulho da porta estourando cortou suas palavras.

Shane olhou na direção de Alex. Ela rasgou a blusa, revelando os seios. Balançou a cabeça para bagunçar o cabelo e fez uma marca vermelha na bochecha com um beliscão.

Dois policiais entraram na sala depressa e viram a cena.

– Ele... ele... tentou me estuprar – gritou ela antes de bambear as pernas. Caiu contra a parede. O guarda mais alto estendeu os braços para segurá-la.

Shane arremessava os olhos entre os três, sem nenhuma ideia do que tinha acontecido. Ele era realmente patético. Foi tão facilmente enganado a acreditar que ela queria mesmo ajudá-lo. Jamais possuiria as habilidades necessárias para derrotá-la.

– Eu não... juro... eu não...

O guarda mais alto inspecionava os ferimentos nos braços dela.

– Algeme-o – disse ele, guiando-a a uma cadeira. Shane olhava fixamente para ela com o semblante que era a imagem da confusão.

Alex ofereceu-lhe um triunfante sorriso.

A compreensão de que iria direto para a prisão estava registrada no rosto de Shane. Ele deu um pinote para não ser algemado.

– Não, por favor, não posso... vocês não entendem... por favor... não posso voltar...

Qualquer tipo de violência por parte de Shane após o crime que havia cometido inquestionavelmente revogaria a condicional, e Alex precisava ter certeza de que aquela cobaia em particular nunca mais a importunaria.

– Fala pra eles, Alex – gritou ele com lágrimas correndo pelas bochechas. – Fala pra eles que não te machuquei. Por favor, fala pra eles que não posso voltar.

Alex esfregou os antebraços e desviou o olhar.

– Adeus, Shane – sussurrou ela enquanto o policial levava Shane para o carro.

CAPÍTULO
28

QUANDO KIM FECHOU a porta do carro, ainda não tinha certeza do porquê havia chegado àquele lugar. Só sabia que um rosto repleto de incertezas não parava de flutuar diante de seus olhos.

Passou pela porta dupla e parou à recepção. Uma garota jovem de cabeleira rosa cumprimentou-a com um sorriso.

– Posso ajudar?

Kim não tinha certeza de como responder.

– Só vou dar uma olhada.

A garota concordou com um movimento de cabeça e apontou para outra porta dupla. Kim a atravessou e seus sentidos foram agredidos. O cheiro era uma mistura de desinfetante, comida de cachorro e fezes. A cacofonia de latidos irrompeu ao som de um sino quando ela abriu as portas.

O primeiro cubículo continha dois filhotes de staffordshire bull terrier, pequenos, compactos e robustos. Kim não parou. Passou por uma variedade de tamanhos e raças ao avançar por cada um dos cercadinhos. Os outros únicos visitantes eram um casal jovem que, abaixados, murmuravam para um jack russell que fazia de tudo para impressioná-los. Continuou andando na direção do último cubículo; um cachorro de raça siberiana.

Ele estava deitado na cesta. Suspendeu os olhos, mas permaneceu no lugar. Kim podia jurar que viu uma pitada de reconhecimento.

– Oh, esse é o Barney – disse uma voz atrás dela. A inspetora virou-se e viu uma corpulenta mulher de meia-idade de cabelo agrisalhado bem encaracolado. O crachá informava que respondia pelo nome de Pam. Abaixo dele, estava escrito: "Voluntária".

Kim não respondeu e se deu conta de que a cestinha de Barney sequer tinha uma plaquinha com seu nome.

– Pobrezinho – comentou a mulher. – Ele nem se dá ao trabalho de levantar e cumprimentar as pessoas. É como se tivesse desistido.

Sem plaquinha com o nome, Kim não conseguiu deixar de pensar: quem será que desistiu de quem? A mulher continuou falando:

– Tivemos sorte de conseguir outro lar para ele da última vez, mas agora é praticamente impossível. Ele é um pouquinho difícil.

– Por quê? – questionou Kim, falando pela primeira vez. – Ele não gosta de lugar com muita gente. Confere. Ele não gosta de criança. Confere. Mas gosta de muito amor e mimo. Bom, até que dois probleminhas de três particularidades não era tão ruim assim.

– Coitadinho. Ele foi maltratado quando era filhote, e por que não brincava direito com criança nem com outros cachorros, o trouxeram de volta inúmeras vezes. Alguns dos donos tentaram fazer o coitadinho melhorar. Um deles contratou um encantador de cães para o ajudar.

Kim suspendeu uma sobrancelha. Uma droga de psiquiatra de cachorro?

– Nada funcionou. Em oito anos teve diversas casas. É um cachorro um pouco esquisito, as pessoas tentam fazer dele um animal melhor, mas acabam se desapontando. Ninguém o aceita pelo que....

– Vou ficar com ele – afirmou Kim, surpresa consigo mesma tanto quanto a tagarela ao seu lado.

Barney suspendeu a cabeça, como se a pergunta seguinte da mulher corpulenta ecoasse.

– Tem certeza?

Kim fez que sim e perguntou:

– E agora?

– Hum... venha comigo à recepção para preenchermos a papelada. Tenho certeza de que podemos dispensar a visita à casa neste caso.

Kim percorreu o caminho por onde tinha chegado. Supôs que estavam loucas por aquela cestinha. Barney era o único cachorro que tinha um cercadinho só para ele.

Dois formulários e um pagamento com cartão de débito depois e Barney estava sentado na traseira do carro com, podia jurar, uma expressão perplexa no rosto. Ainda não lhe passava pela cabeça o porquê tinha ido vê-lo, muito menos o levado para casa. Kim só sabia que a imagem dele indo embora para a incerteza tinha permanecido em sua memória e, quanto mais ouvia a voluntária falar da inaptidão social do cão, mais se identificava com as palavras. A oferta de um novo lar havia saído de sua boca antes que pudesse voltar atrás.

O pessoal do abrigo ficou tão impressionado que colocou no carro dela a cama, os brinquedos de couro e estoque de ração para duas semanas. Kim concluiu que estavam tão ansiosos para se livrarem dele que, se tivesse pressionado para fornecerem estoque vitalício de ração, eles teriam concordado.

– Pronto, rapaz, chegamos – disse ela ao estacionar em frente de casa. Ele permaneceu sentado até Kim abrir a porta do carro e segurar a coleira. Levou-o para dentro e soltou a coleira. Quando a porta já estava fechada, ele farejou todos os centímetros disponíveis do chão, sacudindo o rabo.

Kim ficou apoiada na porta.

– Ai, Jesus, o que foi que eu fiz?

O pânico manifestou-se imediatamente. Sua casa tinha sido invadida por outra criatura viva. Foi tomada pela enormidade de suas ações. Não dava conta das próprias necessidades básicas, não podia sequer pensar em assumir mais uma responsabilidade. Ela comia quando estava com fome, dormia quando o corpo ordenava e quase nunca se exercitava voluntariamente.

Lutou contra o instinto de enfiá-lo de volta no carro e devolvê-lo. Sabia o sentimento que isso causava. Respirou fundo, seguiu em frente e assumiu o controle.

– Ok, rapaz. – Barney parou o que estava fazendo ao ouvir a voz dela. – Para isso funcionar, vamos precisar de algumas regras. Hã... não sei quais são agora, mas a primeira é: sofá nem pensar, entendeu? Tem piso laminado, tapete e sua própria cama. O sofá é meu.

Era estranho, mas Kim sentia-se melhor agora que isso estava combinado. Ela deu a volta no cão e foi à cozinha. Barney continuou a exploração, porém menos fervoroso.

Com o café pronto, Kim sentou-se e ficou observando o cão perambular pelo espaço dela sacudindo o rabo com satisfação. Ficou um momento se perguntando no que o cachorro estava pensando. Era realmente tão fácil assim para ele ser transplantado ou sentia-se temeroso? Barney suspeitou que passaria apenas umas férias no abrigo para cachorros e que o retorno estava garantido?

Ele se aproximou, sentou ao lado da mesinha de centro e ficou olhando-a. Virou a cabeça, mirou a caneca e em seguida olhou para Kim novamente. A inspetora não fez nada e ele repetiu o movimento.

– Tá de brincadeira comigo, cachorro?

O rabo roçava o chão enquanto Kim falava.

A detetive inclinou-se para a frente e mergulhou o mindinho na bebida morna. Barney lambeu o líquido e ficou aguardando. Kim sorriu, quem mais teria um cachorro que gostava de café tanto quanto ela?

Pôs um pouco do líquido na tigela de água do cão e resfriou com leite. Sua língua estapeou a tigela até ela ficar seca como palha. Levantou a cabeça e mostrou um bigode cremoso.

Kim riu.

– Agora chega. Cachorro e café não combinam.

Levou o restante de sua bebida para o sofá. Parecia que Barney tinha entendido o recado, ele deitou perto dos pés dela, quase os tocando.

Kim recostou a cabeça no sofá e fechou os olhos. Tinha que fazer aquilo dar certo. Por mais desconfortável que fosse ter outro ser vivo compartilhando o espaço, *algo* a havia conduzido ao abrigo de cães. A ideia de descartá-lo novamente a fez sentir-se nauseada.

Kim sentiu um movimento no sofá. Abriu os olhos e ele estava sentado ao seu lado. Ainda sem encostar.

– Barney, eu te falei...

Com um movimento único que continha a velocidade e a destreza de um furão, ele pulou nos braços dela.

Ok, estava na hora de mostrar ao cachorro como aquele relacionamento funcionaria. Haveria comida, água, alguns brinquedos, um ou outro osso, caminhadas tarde da noite, mas com certeza não aquilo ali.

Quando Kim abriu a boca, ele se aconchegou ainda mais, deitou a cabeça em seu seio direito e olhou no fundo de seus olhos. A expressão do cão estava cheia de perguntas.

Ela acabou com mão na cabeça de Barney, movimentando os dedos para a frente e para trás no pelo fofo.

O cão suspirou e fechou os olhos, Kim fez o mesmo. Nossa, ela com certeza tinha lhe mostrado quem era o chefe.

O movimento rítmico da carícia no pelo macio levou-a a um estado de relaxamento.

Gradualmente, a sensação de um corpo pequeno e quente aninhado no seu evocava uma memória muito poderosa, de outra época, muitos anos atrás, de um pequeno corpo ao lado dela buscando proteção e tranquilidade.

Pela primeira vez em 28 anos, as lágrimas escapuliram e rolaram pelas bochechas.

CAPÍTULO
29

— JESUS, KEVIN, larga isso – disse Stacey, virando para a esquerda ao sair do estacionamento. – É como se fosse a palma da sua mão, você não larga isso.

Kevin ignorou-a, continuou com o telefone e disse:

— Vai se foder, Stacey.

Um lento sorriso espalhou-se por seu rosto antes de ele, com destreza, usar as duas mãos para digitar a mensagem.

Stacey tinha oferecido seus serviços de motorista designada até a casa dos Dunn. De jeito nenhum ela confiaria a direção a Kevin, com seu permanente estado de distração.

— Se eu tivesse pinto, ia botar o nome dele de Dawson.

— Stacey, não sei o que você acha que sabe, mas seja lá o que acha que sabe, não é da sua conta, sacou?

Stacey deu de ombros. Não se sentiu ofendida quando ele lhe disse para tomar conta da própria vida. Na verdade, nunca se sentia ofendida. Possuía uma opinião e não tinha medo de usá-la.

— Sei que você tá caçando confusão, moleque.

— Desde quando a minha vida social se tornou assunto público?

— Desde que você ficou perturbando a gente atrás de conselho na última vez em que ela te pegou.

Apesar de o telefone dele estar no silencioso, Stacey escutou a leve vibração da resposta.

— Vou continuar falando até seu telefone voltar pro bolso.

— Essa é a sua versão de "Um elefante incomoda muita gente"?

— Isso mesmo, eu a chamo de "Eu tenho uma opinião que vai grudar na sua cabeça".

Ele enviou outra mensagem de texto.

— Você vai ser pego. Ainda bem que ela não trabalha na nossa sala.

— Do que é que você está falando, Stacey? – perguntou ele pausando os dedos acima do teclado.

— Todo mundo sabe que você está pulando a cerca, Kevin. Você é um metido filho da mãe, isso quebrando muito o seu galho, mas normalmente até que consegue ser simpático. Só que não ultimamente. Não estou gostando nem um tiquinho de você. E a paciência da chefe com você já tá por aqui.

Relutantemente, ele pôs o telefone de lado.

– Aah, ficou sem conexão, Kevin?

Ele ficou olhando para a frente.

Stacey balançou a cabeça. Ele podia perceber ou não, porém tinha mais receio de a chefe descobrir do que a patroa.

– Me lembra de novo por que é que a gente está indo à casa dos Dunn – pediu ela.

– Finalizaram a segunda revista na cena do crime e a chefe quer que a gente dispense o pessoal.

Stacey sabia que os peritos estavam procurando provas desde que descobriram a possibilidade de haver uma segunda pessoa no cômodo enquanto Dunn abusava da filha.

– Então, sei que é o seu primeiro contato com o pessoal da perícia, mas você não vai me fazer passar vergonha, né? Não vai ser igual a um jogo de computador. Aquelas pessoas são reais, tá?

– Ai, Kevin, acho que prefiro você mexendo no telefone – reclamou ela. Seu vício pelo jogo *World of Warcraft* era uma constante fonte de zoeira para ele.

– Estacione aqui na esquerda – falou ele, soltando o cinto de segurança.

– Sou detetive, Kevin. Essa van grande meio que entregou o ouro.

– Fodona você, hein? – comentou o colega, saindo do carro.

Ela trancou as portas e o seguiu propriedade adentro. Seu batimento cardíaco tinha acelerado um pouco. Kevin não sabia o quanto tinha sido preciso.

Desde que se juntou à equipe de detetives dezoito meses antes, o lugar de Stacy era na delegacia. A chefe e o Bryant costumavam trabalhar juntos. Dawson geralmente saía sozinho, e ela fez amizade com o computador.

Durante um período curto, ressentiu aquilo, mas acabou adorando a investigação com tecnologia e a procura por fatos que contribuíam com o restante da equipe.

E agora a chefe tinha colocado uma batata quente em sua mão e a empurrado para fora da zona de conforto. Portanto, de certa maneira, Dawson estava certo. Ela não tinha muita certeza de como agir e, por mais penoso que fosse, teria que seguir as orientações dele. Por enquanto.

Não havia atividade na sala quando entraram na casa com passos determinados. Ela desceu os degraus que levavam ao porão. Ainda havia três peritos de macacão branco ali.

– Tudo pronto, Trish? – perguntou Dawson à pessoa do meio.

Stacey jamais adivinharia que era uma mulher. Ela puxou o capuz branco para trás, revelando a cabeça raspada e uma rosa tatuada atrás da orelha esquerda.

– Trish, Stacey, Stacey, Trish – apresentou Dawson. Trish sorriu. Stacey respondeu com um movimento de cabeça.

Dawson olhou para a perita.

– Então, o que acharam?

Trish se moveu para a esquerda.

– A sombra na filmagem estava aqui – disse ela, em pé ao lado do guarda-roupa. – A câmera estava montada aqui e o refletor, aqui.

Stacey seguia a mulher que se fazia de objeto cênico pelo cômodo.

– Então, de acordo com os cálculos e o senso comum, o sujeito estaria em pé bem ali. Bem onde você está agora, Stacey.

– Puta merda – gritou ela, como se pisando em carvão quente.

Trish sorriu na direção dela.

– Tudo bem, ele não está aí agora.

Stacey sentiu as bochechas corarem. Ficou agradecida por sua pele não transparecer isso.

– Me passa a luz, Mo – pediu Trish a outro perito.

A luz infravermelha foi colocada na mão estendida como um bisturi em uma sala de cirurgia.

Imediatamente, Mo foi ao interruptor e o lugar mergulhou na total escuridão. A luz azul estava apontada para o chão. Stacey sabia que a luz usada pela perita era mais bem-sucedida para capturar fluídos corporais: sêmen, fluídos vaginais e saliva, todos naturalmente fluorescentes. De acordo com seu conhecimento básico, também podia localizar impressões digitais latentes, cabelo, fibras e pegadas.

Trish avançou e iluminou uma área. Uma pequena mancha, invisível a olho nu, ficou nítida no concreto.

– Nossa... que merda – xingou Kevin com aversão. A marca não precisava de explicação extra. Stacey cambaleou para trás quando a realidade do que se encontrava ao seu redor tomou conta dela. Sim, tinha visto vídeos. Mas sempre estava um passo fora deles. Naquele momento, ocupava um cômodo onde arrancaram para sempre a infância de uma menina de 8 anos. Daisy Dunn tinha ficado no meio daquele espaço, aterrorizada, sozinha, trêmula e atordoada.

Stacey sentiu as lágrimas pinicarem seus olhos. Quando acenderam a luz, deu dois passos para trás e se abaixou no degrau da escada.

Uma pessoa apareceu acima dela.

– Primeira vez? – perguntou Trish, com tranquilidade.

Stacey fez que sim, pois não confiava em si mesma para falar.

– É difícil. Mas nunca perca essa conexão. É o que ajuda a fazer o trabalho.

– Obrigada – disse Stacey, engolindo as lágrimas.

Trish encostou de leve no ombro dela.

– Enfim, eu tenho um presentinho.

Ela pegou um saquinho na bandeja em cima da mesa. Ensacado, lacrado e muito bem etiquetado.

– Tenho um pelo pubiano.

CAPÍTULO
30

– É, CHEFE, VOCÊ MANDOU muito bem lá – disse Bryant, quando arrancaram da Dudley County Court.

Kim dispensou o elogio dando de ombros. Diferentemente de outros policiais, ela nunca temeu os inevitáveis dias de tribunal. Nunca mentiu no banco das testemunhas nem distorceu a verdade, portanto não tinha nada a temer.

O advogado de defesa tinha sido Justin Higgs-Clayton, um patife arrogante que pagou por sua propriedade de quatro quartos, três banheiros e garagem dupla defendendo casos de fraude muito bem remunerados.

Ela tinha recebido a queixa quase doze meses antes e montou muito bem o processo contra o cliente dele. O homem em questão solicitava cartões de créditos empresariais falsos para uma instituição de caridade dedicada à aids para a qual trabalhava e tinha acumulado belos duzentos mil libras.

Aquele advogado em particular sabia quando um caso era bem estruturado e concentrou-se nos procedimentos policiais na tentativa de encontrar uma brecha que pudesse descartar o caso por problemas técnicos.

– Está com o PACE no bolso de trás? – perguntou Bryant.

A Lei de Evidência Policial e Criminal, de 1984, estabelecia todas as regulamentações e códigos de conduta da Força Policial.

– Não, mas acho que ele estava.

– Você aposta em quê?

– Vai ser condenado. – Kim sabia quando tinha feito todo o possível para garantir que o infrator fosse para a cadeia. O quebra-cabeça que montou daquele caso de fraude estava completo. Quanto ao do caso Dunn, ela já não tinha tanta certeza.

– Pare aqui – disse ela quando passaram pelo Brewers Wharf Pub no limite do complexo comercial de Waterfront. Era um conjunto de bares, restaurantes e escritórios às margens do canal. Anteriormente, o local havia sido o famoso Round Oak Steelworks, que empregava três mil pessoas no auge e mil e duzentas quando fechou em 1982.

– O quê? Está querendo tomar uma cerveja, chefe?

– Vou tomar um café. Por sua conta.

Bryant soltou um gemido e estacionou o carro. O pub estava na calmaria do meio da tarde, entre o movimento da hora do almoço e a turma de depois do serviço. Kim sentou-se ao lado de uma janela com vista para uma ponte preta e branca de ferro forjado que se escarranchava sobre o canal.

Bryant pôs dois cafés na mesa.

– Sabe de uma coisa, chefe? Fico impressionado que depois de todo esse tempo eu nunca tenha te visto dando um golinho de álcool.

– Isso é porque eu não bebo, Bryant.

Ele inclinou-se para a frente, intrigado.

– Nem uma tacinha de vinho de vez em quando?

Ela fez que não.

– Nem um drinque no Natal?

Kim o olhou com cara feia. Ele sabia que a chefe odiava Natal.

– Ok, esquece isso. Então você nunca experimentou álcool?

– Não falei isso.

– Então você só não gosta do gosto?

– Não, também não é o caso. Agora deixa isso pra lá.

Ele puxou a cadeira para mais perto.

– Ah não, não consigo. Quando você me pede pra deixar alguma coisa pra lá, sei que tem alguma coisa pra deixar pra lá.

Fantástico, ela tinha caído direitinho.

– Na verdade, é a segunda pergunta. Não gosto do gosto.

Bryant esfregou o queixo.

– Não, não acreditei.

– Deixa pra isso lá, Bryant. – Às vezes o sargento simplesmente não desistia. Somente ele podia pressioná-la desse jeito.

– Talvez você faça papel de trouxa porque suas inibições vão pras cucuias. Pode ser alcóolatra. – Ele fez uma pausa. – Você é alcoólatra?

– Não.

– Então por que você nunca toma nem uma bebidinha?

Kim virou-se para ele e o forçou a olhar dentro de seus olhos.

– Porque se eu começar, é provável que nunca pare.

Puta merda, não queria ter dito aquilo.

Ela virou-se para a janela. Na noite em que a lápide de Mikey foi instalada, ela se deu de presente uma garrafa grande de vodca e uma pequena de Coca-Cola.

A ressaca resultante trazia consigo a memória do esquecimento induzido pelo álcool. Durante algumas horas, a dor e a perda foram dissolvidas, e sua mente ficou livre da culpa e do ódio. Kim não ousou visitar aquele lugar feliz novamente, por medo de jamais retornar.

– Sanduíches de baguete com frango? – questionou um homem segurando dois pratos no alto.

Bryant confirmou que eram deles com um movimento de cabeça e agradeceu.

– Bryant – rosnou Kim.

– Você não toma café da manhã e ficamos seis horas no tribunal, então eu sei que não comeu.

– É sério, você precisa parar de ficar bancando a minha mãe.

– Tá, comece a tomar conta de você aí não vou precisar mais fazer isso. Então, em que está pensando?

Kim observou Bryant dar uma mordida na ponta crocante da baguete e fez o mesmo, impressionada pela forma como a amizade deles funcionava. Era como um elástico, às vezes esticado ao limite, tensionado com intensidade, mas depois retornava vibrante ao lugar.

– Ainda tem uma coisa me incomodando sobre o caso da Ruth Willis.

– Cacete, não é possível. Isso é pessoal, chefe?

– Como assim?

– É óbvio que você não deu a devida atenção à Alex Thorne. Não gostou dela de cara, ou seja, está perpetuando sua visão negativa sobre ela, não é?

Kim tinha se feito a mesma pergunta, porém Bryant estava equivocado em relação a um ponto. Ela não desgostava da médica. Não havia reação emocional alguma.

– Meu instinto está me dizendo alguma coisa.

– Eu geralmente tenho muito respeito pelo seu instinto, mas dessa vez acho que ele pode estar sintonizando ruído branco.

Kim abriu a boca para falar, mas optou pelo contrário. Deu mais uma mordida na baguete, enquanto Bryant colocava a dele de volta no prato.

– Chefe, estou morrendo de vontade de perguntar uma coisa. Não me diga que isso aí no seu casaco é um pelo de cachorro, é?

A conversa anterior havia terminado. Kim sabia que se quisesse apurar mais profundamente aquilo que a perturbava em relação à dra. Thorne, teria que fazer isso por conta própria.

CAPÍTULO
31

– OK, CRIANÇAS, novidades sobre o caso dos Dunn. Dawson?

– Mandamos uma amostra de sêmen e pelo pubiano para análise. Ainda estamos aguardando o resultado.

Útil, porém não até terem um suspeito, pensou Kim.

– Até agora já falei com a maioria dos amigos dele. Só que está difícil cercar o gerente do Leonard. O último emprego dele foi numa franquia de peças de carro em Kidderminster. Já fui duas vezes lá e o camarada nunca está.

Kim virou-se para Bryant.

– Anote isso aí.

Dawson continuou:

– Falei com toda a família dele e com a maior parte da de Wendy. Nada além de aversão a Leonard Dunn. O irmão dela a protege fervorosamente e não permitiu minha entrada na casa. Mas deixou claro quais eram os sentimentos dele ali mesmo na porta.

Kim virou-se para Bryant. Ele tomou nota.

– Concentre-se nos vizinhos, Kevin. Quero saber tudo sobre as pessoas que visitavam a casa. Ache um morador bisbilhoteiro e tome um chazinho com ele.

– Stacey? – perguntou Kim.

– Nenhuma mensagem nova no Facebook desde a prisão. Mais 19 camaradas o excluíram e bloquearam. Vou dar uma olhada naqueles que sobraram e ver se tem alguma coisa que dê pra usar.

Pelo canto do olho, Kim viu Dawson tirar o telefone do bolso e dar as costas para ela. Bryant tossiu alto e Stacey chutou a madeira onde as mesas se encontravam entre eles.

Kim levantou a mão para silenciar os dois, cruzou os braços no peito... e aguardou.

O lugar ficou em silêncio durante quase um minuto antes de Dawson virar-se novamente para os colegas.

– Está com a gente, Dawson? – perguntou ela.

Com seis olhos olhando para ele, Dawson corou instantaneamente.

– Desculpa, chefe, é o meu sogro. Ele...

– Kevin, cala a boca. Não se constranja ainda mais. Nossa próxima conversa será muito diferente. Não vou avisar de novo. Entendido?

Ele fez que sim e ficou olhando para a frente.

– Ótimo, ok, todo mundo ao trabalho.

Dawson foi o primeiro a sair.

Kim permaneceu sentada e arremessou as chaves do carro para Bryant.

Ele olhou para a chefe e depois para Stacey.

– Ah. *Bryant, sai logo desta sala* – compreendeu ele.

Kim sorriu quando ele passou apressado ao seu lado.

– Stacey, não precisa ficar preocupada – disse Kim com um sorriso quando sobraram apenas as duas. – Você não fez nada errado.

E essa era a verdade. A detetive quase nunca fazia algo errado.

– Preciso que faça uma coisa para mim. Só para eu poder tirar uma coisa da cabeça. Consegue dar uma investigada na doutora?

– Você tá falando da Thorne?

Kim fez que sim. Não era um pedido oficial.

– Você tá procurado alguma coisa em particular?

Kim pensou um momento.

– Estou, quero saber como a irmã caçula dela morreu.

CAPÍTULO
32

KIM INTERROMPEU o movimento destrambelhado do Golf em frente à loja de peças de carro. Bryant ficou visivelmente mais relaxado e conferiu o corpo em busca de ferimentos.

– Jesus, chefe, odeio quando você dirige tentando equiparar a velocidade do carro com a do seu cérebro.

– Uma sacolejada de leve não machuca ninguém – disse ela, saindo do carro antes que ele pudesse responder.

A entrada do estabelecimento tinha uma pesada porta de vidro que dava em uma pequena recepção. O local era limpo, arrumado e possuía uma mesa que batia na cintura dela. À direita da mesa, havia um sofá de dois lugares.

– Eca... que cheiro – reclamou Bryant.

Kim reconheceu o cheiro. Óleo misturado com graxa e um toque de lubrificante. Para ela, delicioso.

Um homem saiu pela porta carregando um disco de freio dianteiro e o colocou em cima da mesa da recepção.

Kim calculou que devia estar na faixa dos 40 e poucos anos. Tinha entradas grandes e tentava escondê-las com um cabelo curto espetado mais adequado para um filho adolescente. Estava com uma camisa azul-clara limpa, apesar do ambiente. "Brett – Gerente" escrito no crachá indicava que tinham se deparado com o funcionário elusivo.

– Posso ajudar? – perguntou ele, olhando para os dois. O sorriso aprendido no treinamento de atendimento ao cliente apareceu um segundo depois das palavras, indicando que estava trabalhando com um checklist na cabeça. Cumprimento. Sorriso.

Bryant mostrou o distintivo e apresentou os dois.

Não mais necessário, o sorriso desapareceu.

– Um pessoal já veio aqui e conversou com os rapazes. Não sei o que posso falar para vocês.

– Talvez pudesse nos falar um pouco de Leonard Dunn.

Fazer uma pergunta aberta ao homem dava-lhes a oportunidade de avaliá-lo enquanto falava livremente.

– Ele chegou a nós por um programa do governo. Fomos pagos para contratá-lo. Começou na loja, mas estava fazendo muita coisa errada.

– Exigiram que você ficasse com ele durante um período preestabelecido? – perguntou Kim.

O governo tinha iniciado vários programas para reduzir a taxa de desemprego. E todos eles funcionaram. Durante um tempo.

Brett sorriu na direção dela.

– Sim, doze meses no mínimo, só que não estava dando certo.

– O que você fez a respeito? – perguntou Bryant.

– Conversei com ele, é óbvio. Só que não melhorou, aí o pusemos numa van.

– E?

– Recebi duas reclamações sobre o comportamento dele e uma sobre os odores corporais.

Kim escondeu um sorriso.

– E depois?

– Propus devolver o dinheiro ao governo.

– Você tentou devolver o produto? – perguntou Bryant.

Kim geralmente não gostava que se referissem às pessoas como uma posse, porém, no caso de Leonard Dunn, ficou satisfeita em abrir uma exceção.

– Algum hábito estranho? – perguntou Bryant.

Brett negou com um gesto de cabeça.

– Ele tinha sobrepeso e podia tomar um pouquinho mais de banho, mas não tinha nada que chamasse muita atenção.

E não tinha cara de ser alguém que abusava de crianças, pensou Kim, pois não existe esse tipo de obviedade.

– Ele tinha algum amigo aqui? – perguntou Kim.

– Não, e eu perdi alguns por empregá-lo.

– Por quê?

– Por causa do programa de emprego – respondeu ele, irritado.

Bryant olhou para Kim com a testa franzida.

– Achei que o governo o tinha empregado.

– Fui eu que sugeri... depois de conhecê-lo numa porcaria do clube do livro.

Bryant lançou um olhar na direção da chefe. Ela não respondeu.

– Ok, Brett, agradecemos pelo seu tempo.

Kim despediu-se com um movimento de cabeça e saiu na direção da porta.

Quando estavam no carro, Kim ficou tamborilando os dedos no volante.

– Foi uma perda de tempo total.

– Você acha?

– Ele não deu nada para nós.

– Discordo, Bryant – disse Kim ponderadamente. Acho melhor darmos uma olhada mais de perto nesse clube do livro.

CAPÍTULO
33

BARRY OBSERVAVA A ESPOSA, a filha e o irmão atravessarem o jardim, entrarem na casa *dele* e passarem pelo marco da porta que *ele* instalou debaixo do telhadinho que *ele* projetou.

Sua intenção era apenas ver, dar uma olhada rápida em Lisa e Amelia, para captar um sinal, uma pista do sofrimento delas, antes de tomar qualquer decisão. Porém, de pé ali, soube que não podia voltar atrás. Quem diabos Adam achava que era? Aquela família lhe pertencia, e o irmão não tinha o direito de tomá-la. Tudo que amava estava naquela casa e não podia desistir sem lutar. Ele devia muito a Lisa. Alex estava certa.

Barry bateu na porta, ligeiramente irritado por ser forçado a pedir permissão para entrar na própria casa, mas isso estava por mudar.

A porta foi aberta e o rosto com o qual sonhava havia quatro anos o cumprimentou horrorizado.

Durante apenas um segundo, ninguém falou.

– Barry, o que está fazendo aqui? Você sabe...

– Vim pra casa, Lisa – disse esbarrando nela ao entrar.

Com passos largos, dirigiu-se à sala sem deixar outra alternativa a Lisa a não ser fechar a porta e segui-lo.

Na cabeça de Barry, a casa tinha permanecido a mesma, e Adam em seu lugar representava a única diferença, mas ele viu que não era esse o caso. A sala tinha menos mobília do que antes. O sofá de canto que tinha levado três anos para pagar havia desaparecido. No lugar, estavam um sofá de dois lugares e um de três que se estendiam às paredes. Em frente à TV, na melhor posição, a posição *dele*, havia um enorme espaço vazio, pronto para uma cadeira de rodas.

Rapidamente Barry chegou à conclusão de que Lisa tinha precisado fazer mudanças de curto prazo para acomodar Adam, mas aquilo não era permanente. O lugar podia voltar a ser como antes. Em breve ele teria um emprego e poderia remobiliar a casa.

A borda de alvenaria da lareira e o equipamento a gás tinham sido substituídos por uma tela elétrica, no mesmo nível da parede, que exibia uma chama falsa.

Novamente, nada que fosse irreversível.

– Quem é, querida? – chamou Adam da cozinha.

Quando entrou na sala, Barry enxergou vagamente as superfícies rebaixadas da cozinha, mas seus olhos pousaram imediatamente na cabeleira desgrenhada de cachos loiros da filha. Ele perdeu o fôlego. Era ainda mais bonita do que se lembrava.

Um traço de medo atravessou os olhos de Adam, mas ele estendeu o braço diante de Amelia para protegê-la.

Oh, aquilo o magoou. Barry era o pai e não tinham que protegê-la dele.

Uma frente fria instalou-se nos olhos do irmão.

– O que diabos você está fazendo aqui?

– Estou aqui para ver a minha família, é claro – respondeu Barry, com simplicidade. Não tinha necessidade de ser hostil com o irmão. Estava prestes a tomar sua vida de volta e Adam ficaria desamparado. Merecia a compaixão *dele*.

– Amelia, vá para o seu quarto.

Ela olhou para as tigelas e a mistura para bolo na bancada rebaixada.

– Mas papai...

Tio, pensou Barry, mas não falou nada. Não importava. Ela em breve saberia quem era o pai.

– Amelia, por favor – pediu Adam, gentilmente.

Ela assentiu com um gesto de cabeça e saiu na direção da porta.

Quando ela passou ao seu lado, Barry roçou o cabelo macio da garota, que afastou-se do contato. Ele compreendeu aquilo e não culpou a criança. Não o conhecia. Mas conheceria.

– Você não devia estar aqui. Sabe disso.

A esposa permanecia com os braços cruzados diante do corpo.

Ele moveu-se na direção dela.

– Lisa, precisamos conversar.

Ela deu um passo atrás.

– Sobre o quê?

– Nós.

Barry ouviu a cadeira de rodas motorizada vindo da cozinha. Esse barulho já era o suficiente para confirmar que Alex estava certa em encorajá-lo a ir ali. Não era possível que Lisa estivesse feliz.

Ele tinha criado aquela prisão para a ex-esposa e agora precisava libertá-la.

– Barry, não existe nós.

– Querida, podemos tentar de novo...

– Não me chame assim – ralhou Lisa.

– Está na hora de você ir embora – determinou Adam.

Barry virou-se para o irmão.

– Isso não tem nada a ver com você. É entre nós dois.

Adam estendeu o braço para pegar o telefone ao lado direito do sofá. Barry virou, o agarrou e arrancou o fio da parede.

– Puta merda, Barry...

– É pedir demais um pouco de privacidade com a minha própria esposa?

– Ela não é sua...

– A gente se divorciou, Barry, lembra? – disse Lisa com suavidade.

Barry virou-se para ela novamente, com o telefone ainda na mão.

– E eu entendo que você teve que fazer isso, Lisa. Sei que o que fiz foi errado. Paguei o preço por aquilo.

Lisa ficou triste, desolada.

– Nem em um milhão de anos você pagou pelo que fez com a gente.

– Mas podemos voltar a ser "a gente". Me dê uma chance para mostrar...

Lisa moveu a cabeça na direção de Adam.

– Não, quando disse "a gente", me referi a eu e ele.

Barry se moveu na direção dela e agarrou seu braço.

– Você não pode ficar aprisionada a ele para sempre para compensar o que eu fiz. Não pode ficar com um homem por culpa.

Ela estremeceu, depois sacudiu o braço para se livrar dele.

– É isso o que você acha?

– Olha pra ele – vociferou Barry. – É uma porra de um aleijado e não vou deixar você desistir da sua vida sabendo que podemos ficar juntos.

– Seu escroto filho da mãe – enfureceu-se Adam.

– Fica fora disso seu ladrãozinho idiota.

Lisa afastou-se do alcance dele. Seu cheiro familiar era avassalador. Sempre usava Eternity.

Sua esposa ficou ao lado de seu irmão. Com a voz cortês e simpática, disse:

– Está na hora de seguir em frente. Não existe mais esse "a gente". Você precisa construir outra vida para você.

As palavras eram gentis, pacientes, um tom geralmente reservado para persuadir crianças a comer verduras.

Ele percebeu o semblante sério de Lisa.

De repente, virou-se e enxergou o que tinha passado despercebido ao entrar. Fotografias. Acima da lareira, havia uma imagem da família. O fotógrafo tinha feito o retrato habilmente para disfarçar a cadeira de rodas, mas o smoking e o buquê saltavam para fora com a clareza de um filme em 3D. Bem como o sorriso de Lisa. Ele conhecia aquele sorriso.

Barry olhou novamente.

Lisa ficou ao lado de Adam com a mão no ombro dele. Não havia dor, arrependimento, cabeça abaixada, desculpa. Apenas o fato.

Adam segurou a mão de Lisa e a apertou. Uma demonstração de proximidade, de unidade. Lisa pousou a outra mão, a com a aliança de ouro, na barriga, de forma protetora.

Naquele momento, o mundo de Barry acabou. Toda a esperança que Alex havia lhe dado morreu em sua alma. Sentiu o corpo transformar-se em uma casca, desprovida de ossos, músculos, órgãos. Não havia nada.

Alex estava errada.

Ele olhou para os dois, lado a lado. Seu irmão, que possuía tudo o que havia lhe pertencido: sua casa, sua esposa, sua filha. Seu irmão aleijado tinha lhe tomado a vida inteira... Ele o apagou. Barry podia imaginar os dois deitados na cama à noite, rindo dos sentimentos que ele ainda nutria pela ex-mulher.

A familiar névoa vermelha revestiu sua mente e ele deu-lhe as boas-vindas como a uma antiga amiga. Tinha aperfeiçoado técnicas ao longo dos anos para mantê-la afastada ou, na melhor das hipóteses, controlada. Nesse momento, abraçou-a.

Tudo fora daquelas quatro paredes dissolveu-se em um vácuo. Aquele exato lugar, aquele exato momento era tudo que existia. O holocausto tinha chegado e não sobrou mais nada.

Barry moveu-se na direção deles lentamente, estendeu a mão a Adam.

Viu a tensão deixar a parte superior do corpo do irmão. Adam sabia que tinha acabado. Barry sabia disso também. Adam levantou a mão para aceitar o aperto de mão.

Com um movimento fluido adquirido com seu implacável treinador no ringue de boxe, a mão direita de Barry puxou Adam da cadeira e o jogou no chão. Um chute certeiro na têmpora o submeteu à inconsciência.

– Seu escroto filho da mãe – vociferou Barry.

Lisa conseguiu dar uma respirada rápida antes de Barry agarrar sua garganta e silenciá-la.

– E você é uma puta fingida.

Empurrou-a contra a parede e olhou dentro de seus olhos. Como um homem se afogando, toda a vida que passaram juntos desenrolou-se na cabeça de Barry.

Os olhos dela transpareciam medo e ódio. Ótimo.

O terror da esposa alimentava a fúria que preenchia todas as células de seu corpo. Todas as terminações nervosas em seus dedos exigiam satisfação. Ambos deveriam sofrer aquilo que ele tinha sido obrigado a tolerar.

Suas mãos circundavam a carne que um dia ele tinha acariciado, beijado, mordido.

Cuspiu no rosto dela.

– Sua piranha nojenta e traidora. Você fez isso comigo.

Barry apertava a pele macia, comprimindo a passagem de ar que deu vida a ela e ao bebê que não nasceu.

Lisa abanava os braços enquanto seus pulmões berravam por ar. Desesperados.

Ele apertou com mais força, seus olhos queimavam dentro dos dela.

– B... arry...

O som de seu nome no sussurro dela lhe acertava em cheio o coração.

Era um suspiro de que se lembrava, mas não desse jeito.

As lágrimas brotaram em seus olhos, borrando sua já distorcida fisionomia. Ele soltou a mão esquerda da garganta no momento em que o punho direito trovejou na têmpora da ex-esposa.

– Vai se foder, sua puta...

Droga, ainda a amava.

Ela tossia e balbuciava, com a mãos enganchadas no pescoço.

– Ame...

Até mesmo nesse momento Barry teria perdoado qualquer coisa, aceitado os erros dela, mas então viu a direção em que se movimentava.

Enfiando as unhas no carpete, ela lutava para alcançar o corpo inerte do inconsciente marido aleijado.

– Você nunca mais vai ver a nossa filha – afirmou ele antes de dar-lhe um chute na nunca.

Barry fechou a porta da sala depois de passar por ela e gritou escada acima:

– Está tudo bem, Amelia. Já pode descer. Vem, desce aqui pro papai.

CAPÍTULO
34

O APARTAMENTO ERA SITUADO em um terreno nos arredores do shopping Merry Hill. A propriedade no terceiro andar era abençoada pela vista da entrada da praça de alimentação à oeste e da movimentada Pedmore Road, de pista dupla, à leste.

Kim não conseguia evitar sua curiosidade em relação à estratégia de marketing.

– Melhor do que alguns prédios a que fomos, hein? – comentou Bryant.

Qualquer coisa sem pichações obscenas e fedor de urina era melhor do que os prédios a que tinham ido.

Bryant bateu na porta e aguardou.

Kim ouviu o barulho de algo acertando a parede e um palavrão.

Alguém puxou uma corrente na porta e a abriu. Era um homem que ela mal reconheceu.

Chris Jenks estava com uma calça de moletom cor de barro. A camisa de universidade tinha uma mancha ao lado da logo. A barba por fazer estava escura e densa.

O rosto registrava surpresa pela presença deles.

Bryant inclinou-se para a frente.

– Podemos...

– Claro... claro – disse Jenks, andando para trás e abrindo mais a porta.

Kim entrou no pequeno corredor de entrada pelo qual duas pessoas não podiam passar sem se encostarem. A luz turva da lâmpada econômica não ajudava a falta de janela. Duas portas fechadas isolavam inteiramente o pequeno espaço.

Kim pisava com cuidado para evitar os brinquedos que pareciam desproporcionais em relação ao tamanho da propriedade. Seguiu na direção de um cômodo bem iluminado no final do túnel que ela supôs ser a sala.

– Por favor... sentem-se... – disse Jenks, retirando dois livros de colorir e uma caixa de canetinhas.

Kim sentou no local que ele limpou. Bryant ficou na outra ponta do sofá, mas se remexeu desconfortavelmente antes de tirar um controle remoto de algum lugar debaixo de si.

Jenks pegou o controle e permaneceu em pé.

– Você quererem alguma coisa... café... chá...?

Kim negou com um gesto de cabeça.

– Estão aqui por causo da sindicância? – perguntou ele, esfregando as mãos.

– Não, é por causa de outra coisa – respondeu Bryant.

Não tinham envolvimento algum com a sindicância disciplinar. Jenks e Whiley tinham sido suspensos enquanto faziam a investigação formal, que estava a cargo dos superiores deles.

– Você foi à casa de Leonard Dunn devido a uma queixa de abuso doméstico? – perguntou Bryant.

Jenks sentou-se na única cadeira ali, mas permaneceu na beirada dela. Fez que sim, ainda segurando o controle remoto.

– Fui, uns dois meses atrás. Por quê?

Kim estava satisfeita por deixar Bryant conduzir a conversa. Ela olhou ao redor da sala. Era uma casa que tinha sido pega de surpresa pela chegada de crianças. A lareira com detalhes em pedra estava protegida por uma tela de proteção. Vasos de chão que provavelmente adornavam a lareira encontravam-se desajeitadamente enfiados em uma estante embutida. Uma coleção de livros e discos estava intercalada por frascos de Calpol, uma mochila com fraldas e dois chocalhos.

– Havia mais alguém envolvido no abuso das meninas de Dunn.

O queixo de Jenks despencou e seus olhos ficaram saltitando entre Bryant e Kim.

Bryant continuou:

– Não sabemos a extensão do envolvimento ainda, mas sabemos que outra pessoa estava presente durante a filmagem do abuso.

Jenks passou a mão pelo cabelo e esfregou a testa.

– Puta merda.

– Precisamos saber se você percebeu alguma coisa naquela noite, qualquer coisa que possa ajudar a encontrar quem estava lá.

Os olhos de Jenks despencaram para o chão e ele começou a balançar a cabeça.

– Não tinha nada. Quer dizer, foi coisa de rotina... foi...

– Nos fale do incidente – sugeriu Kim.

– Recebemos o chamado lá pelas 7h30, era um vizinho reclamando do barulho. Quando chegamos, dava para ouvir do portão o Dunn gritando. A gente bateu na porta...

– Estava gritando o quê? – perguntou Kim. Jenks pensou.

– Não dava para entender do portão, mas acho que era alguma coisa sobre uma professora da escola.

Kim gesticulou para que continuasse. Devia ter sido a primeira tentativa da professora de falar com os pais sobre o comportamento da Daisy. De acordo com o que Kim se lembrava, a mulher tinha feito três tentativas distintas antes de entrar em contato com a polícia. A investigação resultante tinha sido realizada com a assistência do serviço social, mas ainda assim foram necessários quase dois meses para que a prisão pudesse ser feita.

– O Dunn deixou a gente entrar. Dava pra ver que ele ainda estava furioso. A sra. Dunn estava ao telefone na hora.

– Você sabe com quem ela estava falando?

Jenks fez que sim:

– Robin alguma coisa. O irmão dela, eu acho. Whiley levou Dunn para a cozinha e eu fui com a sra. Dunn para a sala. Eu a fiz desligar o telefone e conversar comigo.

– O que ela disse?

– Só que o marido estava com raiva por causa das atitudes de uma professora exageradamente zelosa. Ela não detalhou mais.

Estavam agindo conforme o protocolo até então. Os policiais separaram as partes para apaziguar a situação.

– Assim que chegamos lá, a situação se acalmou rápido. Perguntei à sra. Dunn se tinha ocorrido violência e ela insistiu que não. Perguntei se queria prestar queixa contra o marido e ela se recusou. Reafirmou que era só uma discussão que tinha saído do controle.

Kim recordou o depoimento da professora. Sabia que aquela devia ser a primeira vez em que tentou falar com os Dunn. Ela teve pouca chance de expor suas preocupações sobre a criança antes de Leonard Dunn pedir-lhe para ir embora, indignado por ela ter levado as meninas para casa.

Jenks continuou:

– Whiley estava tendo a mesma conversa no outro cômodo com Leonard Dunn. Ficamos lá não mais do que quinze minutos. Estava tudo tranquilo quando fomos embora.

– As meninas estavam lá?

Pela primeira vez, Jenks pareceu aflito ao confirmar com um gesto de cabeça.

– Estavam juntas no sofá. A Daisy com o braço em volta da pequenininha.

Ela ouviu o telefone de Bryant vibrar no bolso. Ele pôs a mão sobre o aparelho. O dela também sinalizou o recebimento de uma mensagem. Droga, sua equipe sabia onde ela estava.

O de Bryant tocou novamente. Ela inclinou a cabeça na direção do corredor de entrada.

Bryant saiu da sala.

– A senhora sabe. Quando penso naquilo de novo, lembro da menina sentada lá me encarando. Daisy. Foi intenso... como se ela estivesse tentando me dizer alguma coisa. E eu nem sei se estou certo ou se é só imaginação por causa do que sei agora.

Durante um segundo, Kim ficou tentada a dizer-lhe que estava certo. Ela já tinha sido a garotinha a disparar aquele olhar às pessoas.

Mas Jenks estava lutando por seu emprego, sua carreira e seu método de sustentar a jovem família. Suspensão remunerada não era férias. Ele tinha batido em um suspeito e haveria consequências. Cobri-lo de porrada enquanto estava caído não mudaria nada. Ele já sabia que devia ter lidado melhor com a situação e Kim não podia dizer o contrário a ele.

Ela escutou Bryant xingar do corredor de entrada. O sargento apareceu na visão periférica dela e gesticulou para que se aproximasse.

Ela assentiu com a cabeça para Jenks e levantou.

– O quê?

– Temos que ir.

– O que...?

– Incidente no estacionamento de vários andares em Brierley Hill.

Kim pegou o telefone. O que diabos o atendente da delegacia estava achando ao ligar para os dois?

Bryant pôs uma mão nas dela.

– A força inteira foi direcionada para a passeata em Dudley.

Ultimamente, vinham ocorrendo muitos surtos de violência entre a English Defence League* e os moradores islâmicos de Dudley devido aos planos de se construir uma mesquita nova.

_____
* Grupo de extrema direita inglês. (N.T.)

– A coisa está bem feia, pipocando em todas as redes sociais. Os dois lados estão convocando apoiadores para se juntarem ao tumulto. Já são sete feridos.

Kim resmungou.

Bryant arqueou uma sobrancelha.

– Não leve a mal, chefe, mas o nosso chamado é um possível suicídio. Acha mesmo que eles mandariam você se tivessem escolha?

Ela virou-se para Jenks, que estava parado atrás dela.

– Ok, Jenks, vamos ter que parar por aqui por enquanto. Se você acha...

– Eu não tinha como ter impedido aquilo, senhora, tinha? Não tinha nada que eu podia fazer, tinha?

CAPÍTULO
35

– EU DIRIJO – afirmou a inspetora, passando depressa por ele.

– Nesta ocasião, eu ia mesmo sugerir isso.

Kim ligou o carro e saiu em disparado do estacionamento da delegacia em uma viatura. Ela ultrapassou tudo em seu caminho com a sirene piscando e golpeando a buzina. Chegaram à fronteira de Brierley Hill em tempo recorde.

– Sai da frente, caralho – gritou ela para a Range Rover preta cuja ocupante falava ao celular.

– Sei que você ia adorar multá-la, chefe, mas uma coisa de cada vez, tá?

Kim manobrou ao redor do veículo e estacionou à fita de isolamento, guarnecida por dois policiais. Uma avaliação rápida informou a Kim que eles eram a única presença no local.

A estrutura de quatro andares não tinha mais do que seis meses e era parte da renovação da cidade, um esforço para atrair clientes que costumavam usar o estacionamento gratuito do shopping ali perto. O acesso dos veículos era pela frente, mas a fita de isolamento foi colocada no alto de uma via de acesso que se estendia à direita de todo o comprimento do estacionamento.

Com dificuldade, Kim atravessou a aglomeração de pessoas que não parava de crescer, correu pela via de acesso escura e parou mais ou menos no meio dela.

Ela ergueu a cabeça, olhou para a escuridão e, graças à luz do poste, pôde facilmente enxergar a pessoa que havia passado por cima do cercado de metal no último andar do estacionamento e estava se segurando na mureta pelo lado de fora.

Bryant a alcançou.

– Quatro PCSOs acabaram de chegar. Dois ficaram de guarda na entrada e dois estavam revistando o estacionamento para conferir se está evacuado. Uma testemunha ocular disse que ele está naquela posição há doze minutos.

– Ela sabe com essa precisão?

– Sabe, sim, está gravando com o celular.

É claro que estava.

– Ele pediu alguma coisa a alguém?

Bryant fez que não, mas foi impedido de falar quando um homem vestido casualmente começou a gritar para eles da fita de isolamento. Ótimo, era exatamente disso que estavam precisando.

– Vão ver o que aquele maluco quer.

Bryant correu até a fita de isolamento enquanto ela pensava em alguma estratégia que mantivesse o homem no lugar até a chegada de um negociador. Havia policiais treinados especificamente para, com o mínimo de alvoroço, convencer suicidas prestes a pular a desistir. Kim sabia que se abrisse a boca, ele perderia a vontade de viver e se jogaria imediatamente. Ela mal sabia conversar com pessoas que não estavam à beira do suicídio, ou seja, isso nem pensar.

– Chefe, este é David Hardwick, da Hardwick House. Ele conhece aquele cara.

O homem era cinco centímetros mais alto do que ela, estava pensativo e sem fôlego.

– Versão comprida ou curta?

– Bem, ele está lá há uns quinze minutos, então vou optar pela curta.

Bryant tocou no braço dela.

– Vou lá passar informações rápidas para o pessoal – disse ele, inclinando a cabeça na direção da fita de isolamento. Duas viaturas e uma ambulância tinham acabado de chegar.

– O nome dele é Barry Grant. Me ligou há mais ou menos uma hora para me informar que não voltaria e que era para eu distribuir as coisas dele. Falou que não merecia viver depois do que tinha feito.

– O que ele fez?

O homem deu de ombros.

– Não sei, mas um dos caras que mora lá na Hardwick House se lembrou de ele dizer que este era um lugar ideal para se suicidar, então vim para cá ver se conseguia encontrá-lo. Tentei ligar um monte de vezes, mas o telefone dele está desligado.

Kim olhou para cima.

– Não faz sentido tentar de novo, ele não tem como atender. Qual é a história do sujeito?

– Ele saiu da prisão alguns meses atrás. Estava preso por lesão corporal grave. Bateu no irmão por ter um caso com a esposa dele. Deixou o cara na cadeira de rodas.

– Que beleza.

– Ele é ex-boxeador, então sabe como causar dor. Cumpriu a pena sem se envolver em nenhuma rixa e parecia realmente arrependido do que fez. Foi por isso que o aceitamos na Hardwick House.

Kim não sabia direito o que era a Hardwick House, mas reconhecia o nome de algum lugar.

– Ele disse alguma coisa sobre querer morrer?

– Nada. Estava se adaptando bem à vida fora da prisão. Estávamos tentando conseguir um emprego novo de motorista e ele parecia aceitar que a vida anterior tinha acabado.

– Então o que mudou?

David balançou a cabeça, pasmo.

Kim virou-se e viu Bryant caminhando em sua direção com outra pessoa.

– Você só pode estar de brincadeira comigo – comentou Kim quando seus olhos recaíram sobre o familiar corpo da sra. Thorne.

A mulher a cumprimentou com um gesto de cabeça antes de dizer:

– Detetive Inspetora.

– Dra. Thorne – reconheceu Kim.

Bryant deu de ombros, ficou em pé ao lado de Kim e David começou a passar as informações à médica.

– A doutora falou que o cara ligou para ela. Ao que parece, ela faz serviço voluntário nesse abrigo, ou casa de reinserção social, ou coisa do tipo.

– Sério? – questionou Kim, surpresa.

Bryant fez que sim e deu de ombros.

Kim saiu caminhando. Bryant seguiu-a.

– Como estamos? – perguntou ela.

– Hummm... um negociador está lidando com uma situação do outro lado de Birmingham. Um alcoólatra com uma faca não está deixando a esposa sair de casa. – Bryant olhou para o relógio. – Mesmo que ele saia de lá agora, com o trânsito, vai demorar uns quarenta minutos, pelo menos.

– É, passar pelo centro da cidade às 5h30 não seria fácil.

– Droga. Mais alguma coisa?

– A imprensa não para de chegar. Estão entrevistando testemunhas, todas muito felizes de compartilhar a história até agora. A área está o mais esterilizada possível e temos uma empresa de limpeza a caminho para o caso de precisarmos limpá-lo.

Bryant não disse aquilo de maneira insensível. De fato, aquele homem podia cair ou propositalmente se jogar a qualquer momento.

Uma avaliação rápida confirmava que a imprensa e os curiosos fariam imagens ótimas do final da rua. E haveria um ar de desapontamento se isso não ocorresse.

Ela olhou para o mar de rostos ansiosos à fita de isolamento. Durante um breve momento, considerou permitir que ficassem ali e, se fossem afortunados o bastante para testemunharem o impacto dos ossos se quebrando como gravetos, teriam o prazer de reviver o momento em seus sonhos durante meses. Apenas as regras de conduta a impediram de tomar essa decisão.

– Bryant, precisamos de um segundo isolamento. Faça aquele pessoal ficar depois da esquina.

– Deixe-me ir falar com ele – pediu Alex, dirigindo-se a ela pela primeira vez.

– Você andou se automedicando com comprimidos de burrice?

Kim sabia que Bryant podia ter dado uma resposta mais profissional, mas ela não tinha tempo.

Alex olhou ao redor e sorriu.

– Não pude deixar de ouvir... me parece que estão ficando sem opções. Conheço o Barry. Ele vai me escutar.

Kim ignorou a doutora e se virou.

Bryant voltou a ficar ao lado dela e comentou:

– Precisamos de alguma coisa que interrompa a queda dele.

Kim concordou e teve uma ideia. Ela tinha lido um relatório recentemente em que policiais contrataram um castelo inflável e o encheram no local calculado para o impacto. Como ele estava na saliência que se prolongava por toda a extensão do estacionamento, só precisaria arredar alguns passos lateralmente para desviar de qualquer coisa que o amparasse.

– Mande alguns policiais às lojas. Comprem todos as tendas de lona de plástico que conseguirem encontrar. – Levantou o rosto para conferir a altura. – Se conseguirmos o suficiente, podemos enfileirá-los ao longo da beirada. Não é um prédio muito alto, se ele cair, as tendas podem reduzir o impacto.

– A diferença entre morrer ou não.

– Exatamente.

Bryant deu a instrução pelo rádio aos guardas que estavam na fita de isolamento.

– A Freud ali se ofereceu para ir lá falar com ele. Ela conhece o Barry e o histórico dele.

Bryant olhou ao redor.

– Não vejo muitas escolhas para nós, chefe. O tique-taque do relógio não para.

Kim não achava essa possibilidade atrativa, porém estrava ficando sem opções viáveis.

– Thorne sequer tem registro para prestar serviço à polícia, Bryant. Você consegue imaginar o que...

– Neste momento, estou imaginando você em uma sindicância se justificando que a dispensou.

De vez em quando, Bryant era exatamente aquilo de que ela precisava.

Kim virou-se.

– Doutora, você vai subir e eu vou com você.

– Inspetora, seria melhor...

– Pode tirar o cavalinho da chuva, agora vamos lá.

Kim passou por cima de uma cerca e disparou na direção da coluna que sustentava os elevadores e as escadas no centro do estacionamento. Alex corria ao lado dela. Haviam desligado a energia dos elevadores para impedir que alguém nos andares de baixo pudesse usá-los para chegar ao topo do prédio. O PCSO saiu do caminho de Kim.

Ela foi até a escada e subiu-a de dois em dois degraus.

– Qual é a sua estratégia? – perguntou Kim.

– Ainda não tenho. Nem sei o que motivou a isso, então vou ter que ver. Só te peço para não falar. Independentemente do que eu diga, não fale nada.

Kim rangeu os dentes. Não gostava que lhe dissessem o que fazer e aceitar isso daquela mulher era intolerável.

Quando saíram do lobby e ficaram ao ar livre no último andar do estacionamento, Kim foi golpeada por um ar gelado que carregava um pequeno vestígio de garoa congelada. Ela permitiu que a doutora avançasse e fosse ao local onde conseguia enxergar a parte de cima do corpo de Barry Grant. Ele estava olhando para fora do estacionamento, de pé em uma saliência de doze centímetros de largura, com os braços para trás segurando no metal que se estendia na horizontal. Kim se deu conta de que eram apenas os músculos de seus braços de boxeador que o mantinham no lugar.

– Oi, Barry, como você está? – perguntou Alex, colocando os braços na cerca por cima da qual ele tinha passado.

– Não encosta em mim.

Alex suspendeu as mãos.

– Eu prometo. Mas, veja bem, se queria tanto assim um momento sozinho comigo, era só falar que eu teria combinado alguma coisa.

Kim estava surpresa com a calma e a monotonia na voz da doutora. Não havia tremor algum, nenhum vestígio de que a vida daquele homem pudesse estar dependurada, literalmente, no controle dela.

Kim levou um momento para averiguar a fisicalidade da situação. A barreira sobre a qual ele havia passado chegava à altura de sua escápula. Mesmo que Kim tentasse pegá-lo, não seria capaz de reunir força suficiente para puxá-lo por cima de algo que era quase da altura dele. O melhor que podia fazer era agarrá-lo e torcer para que conseguisse aguentar, mas a gravidade não estaria do lado dela.

– Então, podemos falar do nosso dia até agora? Eu falaria primeiro, mas parece que o seu foi mais intenso do que o meu.

Barry permaneceu calado e continuou olhando para a frente.

– Qual é, Barry, não me diga que eu subi aquela escada correndo pra nada. Pelo menos me conta tudo que rolou antes de pular. Se a última imagem que terei de você é em pedaços lá embaixo, gostaria de pelo menos saber o que aconteceu.

Nenhuma resposta.

– Poxa, olha pra mim. Roupa surrada, sem maquiagem. Nunca saí de casa nesse estado por homem nenhum. Dá uma olhada.

Barry fez o que ela pediu e Kim percebeu que a doutora conseguiu contato visual, o que o fez tirar os olhos do chão duro lá embaixo. Esperta.

– Então, o que aconteceu desde a última vez em que conversamos?

Ele não respondeu, mas não desviou o olhar.

– Qual é. Mesmo nesta situação, eu prometo não começar com papo de psiquiatra.

Barry deu um sorriso débil e Kim supôs que aquela era uma piada particular.

– Fui à casa – revelou ele, com a voz baixa, e Kim permitiu-se um suspiro. Pelo menos ele estava falando.

– Você os viu?

Barry fez que sim e voltou a olhar para o chão.

– Acabou.

– O que você viu?

– Eu a vi. Ela estava arrumando o jardim, arrancando mato e tal. Estava tão bonita. Aí a Amelia saiu toda agasalhada. É uma menina tão bonita, tão linda. Fiquei observando do outro lado da rua um tempo... estavam lá, a minha família. Era como se estivessem esperando por mim. Me lembrei do que você falou sobre...

– Você não fez nenhuma bobagem, fez, Barry?

De acordo com a vaga informação que tinha pegado com David, Kim estava entendendo quem era o elenco de personagens, por isso concluiu que Barry tinha ido à casa dele tentar reconquistar a família. Mas, caramba, ninguém havia mencionado uma criança.

– Eu não podia deixar aquilo continuar, Alex. Destruí a minha família. Jesus, como eu pude...

Kim ouvia a emoção na voz dele enquanto o restante das palavras era carregado pelo vento. Parecia que Alex tinha segurado o corrimão com mais força. Kim desejou muito que a doutora soubesse o que estava fazendo. Ele parecia muito mais instável agora do que quando chegaram.

Kim escutou uma movimentação atrás de si e soube sem se virar que eram guardas chegando para dar apoio. Alex devia ter percebido, pois se virou e balançou levemente a cabeça. Kim estendeu a mão para o guardas que se aproximavam, dizendo para ficarem agachados atrás dela.

O homem ainda estava na beirada do terraço, portanto, tudo bem até então.

Alex olhou na direção dela. Kim deu um tapinha nos lábios, na esperança de que a psiquiatra entendesse que ela precisava mantê-lo falando.

– Barry, não precisa se sentir culpado. Tentar recuperar a sua vida é compreensível.

Barry balançou a cabeça:

– Não, você não entende. Não sabe o que eu fiz. Eles se foram.

A definitibilidade na voz dele fez os ossos de Kim estremecerem de medo. Ela discretamente saiu da posição de onde conseguiam escutá-la e entrou no corredor da escada. Pegou seu telefone.

Bryant atendeu no segundo toque.

– Bryant, você ouviu alguma coisa no rádio sobre outro incidente aqui perto?

– Ouvi, sim, mandaram alguns policiais que estavam no protesto para um incêndio em Sedgley. Um morto, o outro, quase.

– Só dois moradores?

– Só, por quê?

– Tenho certeza de que houve um assassinato e que este aqui é o cara. Descubra os detalhes e me ligue. Acho que vão encontrar um terceiro.

Kim posicionou-se novamente na linha de visão de Alex. A doutora virou a cabeça lentamente para o lado de modo que Barry continuasse a ter sua atenção, mas mantendo Kim na visão periférica.

Kim fez o único sinal que sentia que Alex entenderia: passou o dedo pela garganta para indicar que aquilo envolvia morte. Se a doutora tinha entendido, não deu sinal algum e virou a cabeça inteiramente de volta para Barry.

O telefone no bolso de Kim começou a vibrar. Ela voltou ao corredor.

– Definitivamente dois, chefe – confirmou Bryant.

– Então onde diabos está a criança?

CAPÍTULO
36

– QUE CRIANÇA? – perguntou Bryant.

– Estou no corredor do último andar, suba aqui.

Kim ouvia o som metálico das chaves e dos trocados soltos enquanto ele subia com destreza a escada.

– Que história é essa de criança?

– O cara ali foi procurar a ex-mulher que agora está casada com o irmão deficiente para tentar reconquistá-la. Não saiu como planejado... mas também tem uma menina que é filha biológica dele.

– Jesus...

– Procura o tal do David pra ver que tipo de carro o Barry usava e a idade da criança. Vou dar uma revistada rápida neste andar pra ver se encontro alguma coisa óbvia.

– Tipo uma menininha sentada sozinha num carro?

Kim sabia que era um tiro no escuro, mas não podia ficar parada sem fazer nada.

– Ei, eu é que sou a maldita pessimista nessa relação.

Kim saiu do corredor, virou à direita e começou a revistar primeiro a área mais distante do incidente. De onde estava, ela não via nenhum carro que correspondesse à descrição na área próxima a Barry. Não queria perturbar nem um pouco o equilíbrio entre a médica e o homem na beirada, mas, caso precisasse se aproximar para procurar uma criança perdida, ele que pulasse daquela porcaria.

Kim cobriu o lado direito inteiro em menos de três minutos e chegou ao corredor. O Detetive Inspetor Evans estava ao lado de Bryant, que falava ao telefone.

– Quer que eu conduza uma busca ou assuma aqui? – perguntou Evans.

Eles tinham a mesma patente, porém ela havia chegado primeiro ao local. A cena era dela.

– Assuma. Vou fazer a busca.

Ele apontou para os dois policiais agachados do outro lado do vidro.

– Vou tentar aproximar o Pinky e o Perky dele, acobertados pelo vento. Os dois podem conseguir puxá-lo por cima do corrimão. Acha que essa doutora é inteligente o suficiente para entender sinais de mão?

– Ah, sim, é inteligente o bastante.

Bryant desligou o telefone.

– Vamos procurar um Montego de cor escura e modelo antigo. Sedan. A criança tem 4 anos. Além disso, chefe, uma senhora com um telefone celular quase sofreu um acidente quando ele estava vindo para o estacionamento. Ela disse que não tinha criança no carro.

– Que merda. – Ou a criança estava em algum outro lugar ou no porta-malas do carro, com um estoque limitado de oxigênio. – Ok, passa a informação pra frente. O pessoal fica com o primeiro e o segundo andares, nós revistamos o terceiro.

– A irmã de Barry, Lynda, é quem David tem registrada como parente mais próxima. Ela está aqui.

– Deixe essa mulher onde ela está por enquanto. Não temos nada para ela.

Kim desceu para o andar inferior pela escada. Bryant alcançou-a após repassar a informação para o pessoal lá embaixo.

– Vou ficar com a direita, você fica com a esquerda – instruiu ela.

Kim corria pelos corredores, passando de sedan em sedan.

O tenebroso silêncio aguçava os sentidos dela. A criança estava ali em algum lugar. Sabia disso. Em qual estado, ela não tinha ideia.

Percorria os corredores quando avistou um veículo sedan escuro em um canto. Apertou o passo. Quando chegou perto, viu que era um Montego. Porém novo. Bosta, achou que o havia encontrado. Faltavam poucos carros naquele andar.

As portas do estacionamento foram abertas e quatro policiais irromperam. Dois foram no caminho dela, dois no sentido contrário.

– Os outros andares estão só metade ocupados, chefe. Nada – informou Bryant, aparecendo ao lado dela.

Droga, ela tinha que estar em algum lugar.

– Comecem no corredor e confiram de novo – instruiu ela.

– Senhora, aqui – gritou Hammond. Kim disparou para o canto oposto do estacionamento, para as sombras da rampa que dava acesso ao andar superior.

Ele estava ao lado de um Montego azul-marinho em uma vaga proibida. Bingo.

– Hammond, quais as opções? – Aquele policial conseguia entrar em qualquer coisa.

Ele pegou no bolso um estojo com ferramentas para abrir fechaduras, mas ignorou-o e tirou um minimartelo do outro antes de perguntar:

– Precisão ou rapidez?

Ela fez que sim olhando na direção do martelo e orientou:

– Pra trás todo mundo.

Dois golpes depois, a janela estourou e choveram cacos de vidro no banco do motorista. Hammond enfiou a mão lá dentro e abriu a porta. Em segundos, arrancou a capa da barra de direção e deu vida ao motor do carro usando dois fiozinhos.

Virou o rosto para trás e olhou para Kim. Ela autorizou com um gesto de cabeça e Hammond pressionou o botão.

O porta-malas abriu.

Kim viu os olhos de uma garotinha aterrorizada. O corpinho tremia de medo, encolhida em meio aos detritos no porta-malas imundo.

Kim deu um longo suspiro. Apavorada, porém viva. Menos mal.

Bryant aproximou-se. A criança choramingou. O terror em seus olhos se intensificou.

– Se afaste, Bryant. Deixe isso comigo.

Kim parou diante do porta-malas, protegendo a visão da menina de qualquer outra coisa ao redor.

– Oi, querida. Meu nome é Kim. Qual é o seu?

Os olhos da garota saltitavam, tentando enxergar ao redor da inspetora, à procura de algo familiar em que se ancorar. Suas bochechas estavam marcadas de lágrimas.

Kim virou-se para os dois policiais e Bryant. Gesticulou para que fossem embora. Abaixou-se de modo que seu rosto ficasse na altura do da menina.

Kim sorriu e falou com uma voz que era praticamente um sussurro.

– Olha pra mim, querida. Está tudo bem agora. Ninguém aqui vai te machucar, ok?

Kim manteve contato visual com a garota. Parte do terror deixou os olhos dela.

Estendendo a mão, Kim tirou um trapo impregnado de diesel do cabelo da menina. A garota não se esquivou, mas seus olhos acompanhavam todos os movimentos.

– Querida, a tia Lynda está a caminho pra te pegar. Você precisa me contar se está machucada.

Não havia sinais visíveis de ferimento, mas ela tinha que ter certeza antes de sequer pensar em tirá-la dali.

A menina negou com um curto movimento de cabeça, quase indiscernível pelo tremor, mas ainda assim uma comunicação.

– Boa menina. Consegue mexer todos os dedos das mãos e dos pés? Pode balançá-los para mim?

Kim olhou dentro do porta-malas e viu toas as extremidades dela movendo-se.

Retomou o contato visual. O terror dissipava-se.

– Pode me falar o seu nome, querida?

– Amelia – suspirou ela.

– Bom, Amelia, você está fazendo tudo direitinho. Quantos anos você tem?

– Quatro e meio.

Na idade de Amelia, o "meio" era crucial.

– Achei que tivesse pelo menos seis. Então, está tudo bem se eu te tirar do carro?

A imagem dela deitada ali em meio a ferramentas cheias de óleo e esponjas sujas era ofensiva para Kim.

Amelia assentiu com um lento movimento de cabeça.

Kim estendeu os braços, pôs as mãos gentilmente sob as axilas da garota, puxou o corpinho e o acomodou junto ao seu. Instintivamente, Amelia segurou a nuca de Kim com as duas mãos e rodeou as pernas ao redor da cintura dela. Enterrou a cabeça no pescoço da inspetora.

– Está tudo bem, Amelia. Não se preocupe. – Ela acariciou o cabelo da menina. E desejou que ela estivesse bem.

As lágrimas da garota molhavam seu pescoço. Ela se perguntou o quanto a menina havia escutado.

Kim ouviu destrancarem a porta do corredor. Dois policiais, o homem da casa de reinserção social e uma mulher loira correram na direção dela.

– Amelia, agora eu tenho que ir.

Amelia apertou-a como os músculos de uma jiboia.

– Está tudo bem, querida, a tia Lynda está aqui.

Kim usou toda a sua força para desgrudar a garota de 4 anos de seu torso e passá-la para os braços da parente que a aguardava.

Kim fez carinho no cabelo loiro uma única vez.

– Inspetora, obrigada por...

Kim já estava correndo pelo estacionamento. A busca e o resgate juntos haviam levado menos de onze minutos, mas a sensação era de que tinham demorado horas.

Subiu a escada de dois em dois degraus. O Detetive Inspetor Evans estava agachado no lugar que ela ocupava anteriormente.

– A criança está bem? – sussurrou ele.

Kim fez que sim.

– Arrumaram lá embaixo?

– Está parecendo uma porra de uma quermesse. Tem uns três metros sem as tendas em uma ponta. Os policiais menos úteis da minha equipe estão lá. Eles devem amortecer a queda dele.

– O que a doutora está segurando?

– A ponta do arnês de segurança. O Nugent o passou pelas pernas da doutora enquanto ela falava. Creio que saiba o que fazer com ele e que, ou ela está esperando por uma oportunidade para prendê-lo nele, ou não há nada em que possa fixá-lo.

– O que está preso na outra ponta?

– O cinto do Nugent. – Evans suspendeu os ombros. – Ou vai impedir que o cara caia, ou vai despencar com ele.

– Procedimento correto? – questionou Kim.

– Tendas de lona? Sério?

– Ok, ponto pra você.

Às vezes é preciso trabalhar com o que se tinha. Se der errado, o policial passa por uma sindicância disciplinar, se der certo, é um herói.

Kim conferiu o relógio. Pelos seus cálculos, ele estava na beirada havia quarenta minutos.

– Ele não vai aguentar muito mais – comentou ela.

– Vou voltar lá pra baixo e servir chá com *scones*.[*]

Ele desceu e Kim assumiu sua posição. Devido ao aumento da velocidade do vento, ela só conseguia ouvir parte da conversa entre os dois.

– Que bem... pular... Amelia?

Kim não conseguia mais ouvir as respostas de Barry.

– Uma vez... explicar... juiz... entender.

---

[*] Bolinho típico da culinária britânica. (N.T.)

Este seria um dia frio no inferno, pensou Kim.

– Você... Amelia... vida... juntos.

De repente, o vento deu uma trégua. O silêncio foi quebrado pelo gancho que escorregou da mão de Alex e caiu no chão.

Barry encolheu-se e suas mãos quase escorregaram do corrimão.

– O que foi isso? Quem está aí?

– Não é nada, Barry – tranquilizou Alex calmamente. – Deixei meu celular cair, só isso.

Enquanto falava, Alex gesticulou ansiosa para que os dois policiais retornassem ao local onde Kim estava agachada.

Os guardas olharam para ela em busca de confirmação. Kim fez que sim. O barulho tinha assustado Barry e ele deu a impressão de que podia soltar-se a qualquer segundo.

Os dois policiais retornaram para a posição original atrás de Kim.

Barry ainda estava tentando mexer os pés para se virar na beirada do telhado. Alex gesticulou para que recuassem ainda mais.

Barry se virou totalmente e olhou para Alex do outro lado do corrimão. Se não tivessem mudado de posição, ele teria facilmente visto os três agachados a três metros.

Kim desejava muito que a doutora soubesse o que estava fazendo. As habilidades dela estavam para ser testadas e, naquele momento, ela estava por conta própria.

CAPÍTULO
37

E AGORA ENCONTRAVAM-SE cara a cara. A segunda decepção de Alex estava íntimo dela. Hardwick House havia realmente se transformado em um pé no saco. Shane tinha acabado de ser muito bem trancafiado em Featherstone, e ela já tinha outra droga de fracassado tentando chamar sua atenção.

Alex estava ciente de que em três ocasiões distintas podia ter convencido Barry a pular o corrimão de volta, mas ela ainda não havia terminado. Queria respostas.

Atrás da parede, Kim estava escondida de Barry, porém Alex ainda conseguia fazer contato visual com a detetive, caso fosse necessário. Finalmente, a mulher encontrava-se fora do alcance da conversa e era isso que a psiquiatra queria. Não precisava de interferência alguma.

– Acharam a Amelia – disse ela.

Barry ficou confuso.

– Por que demoraram tanto? Eu te falei na mesma hora onde ela estava.

Ah é, tinha mesmo, não tinha? Isso devia ter escapulido da memória dela. É claro que ele tinha contado imediatamente, mas Alex gostou de ver todo mundo correndo atrás dos próprios rabos tentando encontrar a menininha. Ela possuía informações de que a Detetive Inspetora Stone precisava, mas optou por não compartilhá-las. Alex nunca tinha sido muito boa em compartilhar.

– Enfim, já estão com ela. – Alex não tinha como dar menos importância a isso.

– Ela está bem?

– Barry, acho que tem que se concentrar em você primeiro. Vamos falar da Amelia num minuto.

– Quero vê-la.

E lá se foi outra oportunidade de tirá-lo da beirada em segurança. Alex deu um tchauzinho para ela.

Essa era a primeira oportunidade que tinha de interrogar um estudo de caso após o ato. A patética confissão de Ruth havia lhe roubado essa oportunidade. Tinha exercitado cautela quando Kim estava perto. Era importante ganhar o respeito da detetive. Porém os dois agora estavam falando particularmente, o recolhimento de dados era sua maior prioridade.

– Como se sentiu, Barry?

Ele visivelmente empalideceu. Para Alex, os acontecimentos que haviam se desdobrado estavam além de seus sonhos mais selvagens. O fato de que suas manipulações tinham sido fortes o bastante para desencadear um nível tão alto de violência era um bônus para ela. O resultado perfeito teria sido a criança ter o mesmo fim dos pais e Barry não se expor tanto com esse drama suicida, mas ela trabalhou com o que tinha.

– Não me lembro de fazer aquilo – disse, balançando a cabeça. – Eu sei o que cometi, mas não me lembro do momento em que estava fazendo aquilo. Me lembro de arrastar Amelia para fora da casa. Ela estava chorando, então entrei em pânico e a coloquei no porta-malas do carro. Aí voltei e botei fogo na casa. Queria destruir todos os rastros do que tinha acontecido. Jesus, não sei o que eu estava pensando.

Os olhos deles se encontraram e ela viu uma ridícula sombra de esperança.

– Estão mortos, não estão?

– Ah, estão, sim, Barry. Estão mortos.

O sinal da detetive não tinha informado quem estava morto, mas alguém havia morrido. Alex preferia que ele não tivesse nada pelo que viver.

– Então, o que levou você a pensar em suicídio? Só o medo de ser pego e punido?

Por favor, diga que sim, rezou ela. O medo de ser pego era uma preocupação pelas consequências dos seus atos. A forma como isso o afetaria. Remorso de verdade era uma coisa inteiramente diferente.

Barry pensou um momento e ela lutou para esconder a expectativa. Sua vontade era arrancar a resposta de sua boca às sacudidas. Tudo que precisava era de um resultado positivo.

Ele fez que sim com a cabeça e Alex quase esticou as mãos e o beijou. Barry tinha conseguido. Ele provou a hipótese dela. Tinha praticado um crime atroz e feito isso sem culpa. Os fracassos, as decepções, tudo tinha valido a pena.

Barry continuou a falar:

– A princípio, sim. Eu ainda estava em pânico pelo que tinha feito e não suportava a ideia de voltar para a cadeia. Mas assim que subi aqui, as memórias começaram a voltar. Vi o rosto da Lisa cheio de medo e ódio, sufocando em busca de ar.

Uma lágrima escapuliu de seu olho esquerdo e escorreu pela boche-cha. Outras a seguiram e em segundos ele estava chorando como um bebezão.

Alex sentiu uma onda de repulsa percorrer seu corpo. Durante um momento apenas, ele tinha sido seu triunfo. O resultado que buscava. Durante um breve momento, Barry havia provado que ela estava correta, porém agora a culpa estava estampada em todos os traços de seu rosto.

– Oh, Barry que pena.

– Não sei como pude fazer aquilo com ela. Eu a amo. E o Adam é meu irmão. Como posso ter deixado os dois lá para morrerem? Que tipo de homem eu sou para fazer isso com as pessoas que amo? A Amelia vai crescer sem mãe por minha culpa.

O que Alex havia falado não era exatamente o que ele tinha enten-dido. A decepção dela era em relação ao fracasso dele, bem como às suas destruídas esperanças de um resultado positivo, mas deixou pra lá.

Pela segunda vez, sua pesquisa tinha sido dizimada pela sua maldita nêmesis: a culpa.

Meu Deus, como ela abominava a decepção.

– Não vai, não, Barry.

– O quê?

– A Amelia não vai crescer sem mãe.

Aquela esperança ridícula voltou e arregalou os olhos dele.

– Você está dizendo que a Lisa não...

Alex balançou a cabeça:

– Estou dizendo que a Amelia não vai crescer de jeito nenhum. Ela morreu no porta-malas do carro. Você matou a sua filha também, Barry. Todos eles se foram.

As palavras que pronunciou foram suaves e finais.

Um olhar de total desespero moldou o semblante de Barry.

Ele olhou dentro dos olhos da psiquiatra em busca da verdade. Um leve movimento de cabeça deu-lhe a resposta e Alex permitiu que a frieza em seus olhos refletisse a gravidade das ações dele.

O homem soltou o corrimão e caiu no chão.

– Barry, não! – berrou ela, esticando o braço na direção dele. Foi um gesto vazio. Estava satisfeita por ele ter se soltado.

Kim correu na direção de Alex.

– Que merda foi que aconteceu? – gritou ela, olhando por cima do corrimão.

Alex afastou-se da beirada do estacionamento e da imagem lá embaixo. Moldou uma expressão de choque no rosto.

Kim agarrou o braço dela bruscamente e a virou de modo que ficassem cara a cara. O corpo de Kim tremia de ódio.

– Me conta o que diabos aconteceu.

– Ai, meu Deus... ai meu... não acredito... oh, Jesus...

– O que ele estava falando? Por que ele pulou?

Alex torcia as mãos trêmulas.

– Não sei... não sei o que aconteceu. Acho que ele se deu conta do que fez e que não conseguia viver com aquilo.

Alex percebeu que a detetive não estava caindo na dela.

– Mas ele sabia o que tinha feito. Eu o ouvi dizendo que sabia o que tinha feito quase uma hora atrás. Por que ele pulou agora?

Alex respondeu com os olhos lacrimejados:

– Eu não sei.

Kim abriu a boca, mas o som do celular tocando a interrompeu.

– Oi, Bryant.

Ela escutou por alguns segundos e depois olhou por cima do corrimão.

– Você só pode estar de brincadeira. Funcionaram?

Ela escutou a resposta e desligou o telefone. E o pôs de volta no bolso.

– O toldo amorteceu a queda. Ele não está morto. Ainda.

– Graças a Deus – suspirou Alex, enquanto sua mente berrava: Puta Merda. Puta Merda. Puta Merda.

Kim agarrou-a pelo braço.

– Você vem comigo. Nós duas temos perguntas a responder.

Alex se permitiu ser conduzida pela detetive. Somente dessa vez.

CAPÍTULO
38

A RESIDÊNCIA DO POLICIAL Whiley era uma casa geminada, com três quartos, construída nos anos 1950. Uma varanda arrumada projetava-se da propriedade e um arranjo de flores secas sem cor a decorava.

O dia estava seco e o jardim emanava o cheiro do primeiro corte de grama do ano.

Kim suspeitou que a sra. Whiley estava fazendo bom uso do tempo livre do marido. Treinamento para a aposentadoria que estava por vir.

– É bom dar uma saída, hein? – Bryant disse, batendo na porta.

Kim concordou com um movimento de cabeça. O incidente com Barry tinha produzido uma pequena pilha de documentos que os manteve ocupados a maior parte do dia.

A porta foi aberta por uma mulher de calça azul-marinho e moletom. Havia algumas folhas de grama dependuradas na barra de sua calça folgada. Talvez ela não estivesse treinando o marido, no final das contas.

O rosto agradável era emoldurado por um cabelo castanho com mechas grisalhas pouco acima da altura dos ombros.

– Posso ajudar?

– Detetive Sargento Bryant. Detetive Inspetora Stone. Podemos falar com o seu marido?

Sua expressão deu uma leve alterada.

– Ele está de férias.

Bryant emendou sem pestanejar.

– Só queremos fazer algumas perguntas sobre o caso...

– Barbara... deixe os dois entrarem – a voz de Whiley chegou até eles do fundo do corredor.

Kim entrou e seguiu na direção de onde Whiley se encontrava, nos fundos da casa. Havia uma segunda sala posicionada ao lado da cozinha americana. O cômodo era pequeno, porém despojado, tinha uma poltrona de frente para a janela, que combinava com um sofá de dois lugares separando a sala da cozinha.

Ela e Bryant sentaram-se ao mesmo tempo. Era confortável.

– Não contou para ela que está suspenso? – perguntou Bryant assim que Whiley fechou a porta adjacente.

Whiley fez que não com a cabeça e sentou-se na poltrona de um lugar.

– Não tem motivo. Não quero preocupá-la.

Ele tirou os óculos para leitura e os colocou em uma mesinha ao lado esquerdo da poltrona.

– A Barbara trabalha de faxineira há 42 anos. Está contando os dias para a minha aposentadoria. O financiamento da casa está pago. Com isso mais a minha pensão e um dinheiro que a gente guardou deve ser o suficiente pra ficarmos tranquilos.

– Quanto tempo você consegue sustentar essa história? – perguntou Bryant.

– Sei lá. Espero que a polícia perceba em breve que eu não tive nada a ver com aquilo. Eu não tinha como ter impedido o rapaz.

Kim ficou maravilhada com a calma dele. Whiley estava bem mais preocupado com a reação da esposa do que com o resultado da sindicância disciplinar.

Bryant inclinou-se para a frente quando a porta abriu.

Barbara entrou.

– Chá... café...?

Bryant negou com a cabeça.

– Café com leite, sem açúcar, por favor – aceitou Kim. Whiley ia querer a esposa ocupada enquanto aquela conversa acontecia.

Estava com pena daquele policial. Ele havia dedicado toda a vida útil à força policial e a aposentadoria estava em risco por causa das atitudes de outra pessoa.

Barbara deixou a porta adjacente aberta. Whiley levantou para fechá-la. Uma sombra passou pela porta.

– Ah, mocinha, você não vai sair desse jeito – afirmou Whiley, olhando para a moça de cima abaixo.

Kim esticou o pescoço e viu uma garota de aproximadamente 18 anos descendo a escada. A saia preta apertada mal tinha o comprimento de um pano de prato. Meia-calça preta, jaqueta de couro e um alargador de orelha no lóbulo completavam o visual.

Kim já tinha visto piores, e pelo mortífero olhar de desgosto que a garota lançou ao pai, ela também tinha.

Whiley suspirou antes de fechar a porta e sentar na poltrona.

Kim ficou maravilhada ao saber que lá fora nas ruas de Black Country Whiley era demandado respeito e obediência. Como oficial da lei, ele era demanda uma figura que impunha autoridade imediatamente. Mas na sua própria casa, mentia para a mulher e não tinha controle algum sobre a filha.

— Então, precisamos saber mais sobre a noite em que vocês foram à casa do Dunn – disse Kim, dando prosseguimento à conversa.

Ele franziu o nariz.

— Não há o que dizer, na verdade. Rotina doméstica, só isso.

Kim aguardou mais. Nada.

— Havia mais alguém envolvido e precisamos...

— O que quer dizer com mais alguém? – perguntou Whiley, inclinando o corpo para a frente.

— No porão. Quando o Dunn abusou da Daisy.

Ele soltou um assovio antes de dizer:

— Jesus.

Bryant inclinou o corpo para a frente no sofá.

— Conta pra gente com detalhes sobre a noite, dois meses atrás, em que foi à residência do Dunn. Já falamos com o Jenks. Ele disse que os dois estavam discutindo por causa de uma professora. Você pode nos contar mais alguma coisa?

Whiley olhou para o teto e Barbara entrou com a caneca de café para Kim. Ela agradeceu com um gesto de cabeça antes de a mulher sair da sala e fechar a porta.

— Recebemos o chamado próximo ao horário do chá da tarde. Jenks estava dirigindo. Ele sabia onde ficava e chegamos lá em alguns minutos. Sei que o Dunn ainda estava girando quando chegamos.

— Você o levou para a cozinha?

— Levei, conduta normal – disse ele, na defensiva.

— É claro – concordou Bryant. – Ele falou alguma coisa quando vocês estavam lá?

— Ficou só xingando, furioso, a professora que tentou falar que havia alguma coisa errada com a Daisy. Eu me identifiquei com o camarada. Disseram pra gente que a nossa filha Laura tinha dificuldade de aprendizado, o que era pura bobagem. Alguns professores se intrometem demais no que não é da conta deles. Então eu só acalmei o sujeito, disse que concordava com ele.

— Jenks falou que a sra. Dunn estava no telefone quando vocês chegaram – comentou Bryant.

– Isso mesmo, não sei com quem estrava falando. O Jenks ficou com a mulher e as crianças até eu levar o Dunn de volta para a sala.

– Jenks mencionou algo sobre um olhar da Daisy. Achou que ela estava tentando dizer alguma coisa. Você percebeu algo?

Whiley revirou os olhos.

– Ele está imaginando isso. Fui eu que as levei para a cama e não vi olhar nenhum – sorriu ele, indulgentemente. – Ele é um garoto, acha que vê tudo em todo lugar. As meninas estavam um pouquinho nervosas por causa dos gritos, mas nada fora do comum.

Kim levantou-se. Não estavam descobrindo nada.

Bryant fez o mesmo.

– Bom, se mais alguma coisa vier à cabeça...

– Olha só, acabei de me lembrar de uma coisa. O motivo pelo qual o Dunn estava tão agitado. Era porque a professora tinha ido à casa. É, foi isso mesmo. Ele tinha ficado com raiva porque a professora tinha levado as meninas para casa.

Do lado de fora, Kim virou-se para Bryant.

– O Dawson interrogou a professora durante a investigação, certo?

– É claro.

– Acho que seria bom interrogar a mulher de novo – disse Kim, sentindo-se mais animada.

Tinham descoberto algo, no final das contas.

Kim já sabia que Wendy não era a outra pessoa no porão, mas, se a professora conseguiu expor suas preocupações naquela primeira visita, a mulher encobriu o marido? Caso tenha feito isso, ela sabia a identidade da pessoa que estava no cômodo?

Era uma pergunta que precisava de resposta.

CAPÍTULO
39

KIM ESTACIONOU O CARRO e ficou sentada um momento preparando-se para encarar o vento que balançava o veículo de um lado para o outro.

Desde seu primeiro dia de treinamento, Kim acreditava firmemente que as pessoas deviam pagar pelos crimes que cometeram. Todos os casos sem solução em sua carreira eram como uma ferida aberta. Não acreditava em circunstâncias atenuantes. Era preto no branco, a pessoa paga pelo que faz.

Sabia que Bryant a achava louca por desconfiar do envolvimento da dra. Thorne no assassinato de Allan Harris, e em parte Kim tinha que concordar com ele, mas os acontecimentos envolvendo Barry Grant não faziam sentido em sua mente.

Para ela, não haveria inquérito, pois concluíram que ela tinha tomado "todos os passos lógicos viáveis para garantir um resultado positivo". Basicamente, a ideia de erguer as tendas havia salvado a pele tanto dela quanto de Bryant. Encontrar Amelia também não tinha sido nada mal para o caso.

A doutora ganhou pontos por ter habilmente mantido Barry na beirada tempo suficiente para montarem as tendas.

Objetivamente, Kim entendia isso. Mas também esteve lá em cima e mais no final da conversa entre Barry e a doutora, ele ficou comunicativo, animado. Aquele não parecia ser o comportamento de uma pessoa prestes a acabar com a própria vida. Já tinha estado com outros suicidas e cada minuto era importante. Nunca tinha visto alguém que se desse ao trabalho de ficar quase uma hora conversando e ainda assim pular.

Virou-se para o cão no banco de trás.

– Okay, Barney, vamos lá. Late uma vez se vir alguma coisa vindo.

Ela saiu do carro, pulou o portão de metal e entrou no cemitério. À medida que subia a ladeira, a iluminação dos postes da rua se desvanecia. Permaneceu na estradinha até chegar ao banco em que tinha se sentado com Alex uma semana antes. Elas haviam subido alguns passos, então

Kim começou a procurar ali. Tirou a lanterna do bolso e movimentou-se em meio às lápides, entristecida pelas vidas interrompidas.

Desceu até o fim da ladeira, depois a subiu de novo, mais lentamente, para que não deixasse nada passar despercebido. Quando chegou outra vez à fileira emparelhada com o banco, tinha certeza de que não havia inscrições em lápides com menos de dez anos e com certeza nenhum local de descanso acomodava um homem e dois meninos.

Kim mandou um beijo para o alto da ladeira, local em que ficava a sepultura do irmão.

CAPÍTULO
40

O ATRATIVO DE COTSWOLDS não convenceu Alex. Rotulada como "uma região de beleza estonteante", ela tinha substituído a penúltima palavra por monotonia, depois de passar por um vilarejo monótono atrás do outro. Sua jornada terminou em Bourton-on-the-Water. Alex lembrou-se de ler que a área era rica em fósseis. E a maioria deles parecia ainda viver ali, pensou ela, ao dar uma olhada geral no centro do vilarejo.

Enfileiravam-se dos dois lados da rua construções de pedra, todas ocupadas por lojas que provavelmente faziam comércio ali havia duzentos anos. Sua breve avaliação confirmou que não existia nenhuma franquia à vista, nem mesmo uma Costa ou um Starbucks. Para Alex, isso dizia tudo. Como diabos aquele pessoal sobrevivia?

Ainda que não tivesse servido para mais nada, a viagem de oitenta quilômetros pelo menos dissipou sua decepção com Barry Grant. Inicialmente, ao receber a notícia de que ele havia tentado assassinar a amada esposa e o irmão, Alex criou uma expectativa enorme.

Durante um período, em pé no alto do estacionamento, ao vento cortante, Alex achou que ele podia ser quem ela estava procurando. O verdadeiro sociopata jamais se deparava com um senso de responsabilidade moral, jamais desafiava sua natureza inata e sentia-se culpado. E seu experimento requeria apenas um sucesso. Uma pessoa a desafiar sua verdadeira natureza e, por um breve momento, Barry tinha sido seu triunfo.

Então ele abriu a boca novamente.

O choramingar patético sobre a "névoa vermelha" e a culpa esmagadora que sentia tinham lhe dado vontade de empurrá-lo com as próprias mãos. Felizmente, a mentira de Alex sobre a filha de Barry tinha sido o suficiente para provocar a ação desejada.

Ficou surpresa por ele ter sobrevivido à queda, mas muito brevemente. Ele estava ligado a aparelhos, continuava vivo devido a máquinas. E, embora não tivesse morrido, não estava longe disso. Os médicos não davam esperança alguma de recuperação. Ainda bem.

A decepção com Barry era amenizada pelo entusiasmo com Kim. A detetive tornou-se um projeto tentador e ela sentia-se compelida a examiná-lo mais profundamente. Foi seu interesse por Kim que a levou àquele fim de mundo abandonado por Deus.

Alex seguiu até local designado para a encontro, um estabelecimento que oferecia pensão completa: café da manhã, *brunch*, almoço, chá da tarde, café e, para eles, imaginou ela, as exóticas invenções novas de cappuccinos e paninis.

Entrou por um portão na altura da cintura e notou que do lado de fora apenas uma mesa estava ocupada por um homem corpulento, completamente careca, com exceção de uma tira de cabelo que se estendia de orelha a orelha. Tinha um óculos na ponta do nariz e parecia atônito pelo Kindle. Segurava um cigarro na mão esquerda, o que explicava sua permanência ali fora.

Alex sentiu que ele era uma aposta certeira e se aproximou da mesa.

– Henry Reed?

O homem levantou o rosto e sorriu. Levantou-se e estendeu a mão.

– Doutora Thorne?

Ela respondeu com um sorriso.

Ele voltou a sentar-se.

– Espero que não se importe de conversarmos aqui fora. Sou irremediavelmente viciado em nicotina, o que agora me transforma num marginal social.

Alex se importava, sim. Apesar do vento estar temperado pelos esporádicos raios de sol, ainda fazia um frio de rachar. Contudo, ela queria algo daquele homem, então seguiu encenando.

– É claro. Quer beber mais alguma coisa?

– Um *latte*, obrigado.

Alex entrou e pediu dois *lattes*. Pagou e disseram que levariam as bebidas lá fora. Sentou-se e sua companhia pôs o equipamento de leitura na mesa.

– Dickens em *e-book*, quem imaginaria uma coisa dessas?

Alex sorriu, sem dar a mínima para uma coisa nem para a outra.

– Então dra. Thorne, como exatamente posso ajudá-la?

Alex havia decidido que a bajulação funcionaria bem naquela situação.

– Tenho feito uma pesquisa com uma paciente específica e me deparei com o seu livro, apontado como uma grande contribuição para a área. Todas as resenhas que li alegavam que o seu livro abriu um novo caminho na época.

Apenas parte disso era verdade. Ela não encontrou resenha alguma. Alex tinha pesquisado o nome Michael Stone e descoberto muita coisa por meio de matérias de jornal. Um pequeno artigo na Wikipédia informava que um jovem repórter havia publicado um livro de forma independente sobre os acontecimentos, mas ela não conseguiu encontrar um exemplar em lugar algum. Na falta do livro, Alex decidiu abordar o autor. Clipagem da imprensa era uma coisa, mas, 28 anos atrás, o homem diante dela tinha entrevistado pessoas próximas ao caso quando os acontecimentos ainda eram recentes.

Ele pareceu satisfeito com as palavras dela e deu de ombros:

— Na minha opinião, era uma história que precisava ser contada, apesar de o público leitor discordar e o livro só ter vendido setecentos exemplares.

Alex agradeceu com um movimento de cabeça quando a garçonete pôs duas xícaras altas na mesa de ferro forjado.

— Então, como posso ajudá-la, doutora?

— Pode me chamar de Alex, por favor — disse ela, com um sorriso. Queria colher o máximo possível de informações daquele homem. — Tenho uma paciente... obviamente não posso entrar em detalhes, mas ela foi submetida a um trauma similar ao relatado no seu livro e, embora ele tenha sido escrito 20 anos atrás, acho que você talvez possa me ajudar.

— É claro, se houver algo que eu possa fazer.

Alex percebeu que as bochechas avermelhadas dele coraram ainda mais. Ótimo, estava se sentindo bajulado.

— Por onde quer que eu comece?

— Por onde você se sentir à vontade. — Alex o direcionaria caso se desviasse do curso que ela havia maquinado.

— Eu tinha 23 anos na época, trabalhava na agência do *Express and Star* em Dudley. No dia 2 de junho, um domingo, eu estava escrevendo sobre uma pessoa que tinha ganhado na tômbola na festa de uma escola em Netherton, e no dia seguinte estava cobrindo o caso mais horrendo de negligência infantil a que Black Country já assistiu. Dois dias depois, a notícia foi arrancada do ciclo midiático por um incêndio numa fábrica de Pensnett que ceifou a vida de três bombeiros.

— Mas você não largou o caso de negligência tão depressa.

Ele fez que não.

– Eu era jovem o bastante para estar cheio de ideais jornalísticas. Achava que muitas perguntas precisavam ser respondidas. Queria saber como tinham permitido que aquilo acontecesse: de quem ou de quê era a culpa. Então, quando podia, falava com vizinhos, amigos e assistentes sociais que aceitavam conversar comigo. Recolhi depoimentos de psiquiatras e montei a história toda. O julgamento não foi sensacionalista, teve pouca atenção da imprensa, e depois dele pouca gente ficou particularmente interessada no caso. Não houve clamor público por um inquérito e isso serviu muito bem às autoridades. Achei que o material todo que eu havia recolhido podia dar um livro. Nenhum editor se interessou, então eu mesmo publiquei a história de forma independente.

Alex achou que já havia sido indulgente demais.

– Você pode me falar do caso?

Ele finalizou a bebida e começou a falar de novo.

– Patricia Stone foi uma criança problemática. O pai dela possuía descendência romani e se casou com uma mulher *gorja*. Quando Patty tinha 5 anos, o pai abandonou a família e voltou para a comunidade cigana. Aos 17 anos, Patty foi enviada a um orfanato perto de Bromsgrove por bater aleatoriamente em pessoas na rua. Quem a levou foi a mãe, que simplesmente a deixou lá, aliviada por ter uma boca a menos para alimentar. Quando os médicos finalmente conseguiram examiná-la, a diagnosticaram com esquizofrenia. Foram necessários cinco anos para estabilizarem a sua condição, o que aconteceu ao encontrarem o coquetel de medicamentos mais eficiente para ela. Nessa época, Patty tinha 22 anos.

– Pouco depois do diagnóstico, ocorreu um evento lastimável sob o regime de Margaret Thatcher. O programa *Care in Community*, que vinha circulando havia uns vinte anos, foi impulsionado. Várias instituições foram fechadas e algumas pessoas muito doentes foram descartadas para as comunidades, que estavam mal preparadas para recebê-las.

Alex não falou. Era agradecida ao regime. Ele lhe garantira um inesgotável estoque de mentes desequilibradas, no entanto, as antigas instituições tinham sido úteis no fornecimento de cobaias aprisionadas para propósitos de pesquisa.

Enquanto Henry lastimava a estratégia do governo, ela lembrou-se de um experimento conduzido nesse tipo de instituição nos anos 1950, nos Estados Unidos. O dr. Ewan Cameron recebeu verbas da CIA para pesquisar a teoria da despadronização. O objetivo dele era apagar as mentes e as memórias dos indivíduos, revertendo-as ao nível da infância para, em seguida, reconstruir a personalidade da maneira que bem entendesse. Seus métodos incluíam coma induzido por medicamentos e choques elétricos de alta voltagem. Que chegavam a 360 por pessoa.

Além disso, ele implementou o "condicionamento psíquico", que consistia em prender na cobaia um capacete escuro, para privá-la dos sentidos, e tocar uma mensagem gravada nos alto-falantes embutidos dezesseis horas por dia, até 100 dias.

Apesar de todas as cobaias terem ficado permanentemente perturbadas pela pesquisa, a psiquiatra achava que essas instituições haviam prestado um serviço inestimável ao longo dos anos.

Alex virou-se novamente para sua companhia, que seguia falando abobrinha.

– ... que o benefício não superou o custo. Alguns pacientes seguiram em frente e viveram vidas "relativamente" normais, enquanto outros partiram para assassinato, estupro e cometeram atos de crueldade. – Ele movimentou a cabeça na direção dela. – Mas isso é uma discussão para outra hora. Liberaram Patty para a vida em comunidade, pois avaliaram que ela não representava perigo para si mesma nem para os outros. Colocaram-na no apartamento de um arranha-céu no conjunto habitacional Colley Gate, e ela simplesmente sumiu do mapa. Todos os pacientes deveriam *ser* monitorados, mas os assistentes sociais não tinham a menor condição de avaliar todo mundo, então os mais calmos e menos problemáticos foram ficando desamparados. Depois de um ano, Patty estava grávida. Nunca descobriram o pai. Patty era conhecida com a despirocada, ou "a doida do bairro", se preferir. Uma vizinha se interessou por Patty e garantiu que ninguém a perturbasse. Ela era a coisa mais próxima de um amigo que Patty tinha, foi a única a visitá-la quando deu à luz gêmeos. Teve um menino e uma menina... Michael e Kimberley. Por causa de seu histórico, colocaram-na sob supervisão. Ela saiu do hospital e as informações sobre os anos seguintes são vagas, mas sabe-se que as crianças foram categorizadas algumas vezes como "em risco". A falta de contato físico entre mãe e filhos foi percebida devido à lenta taxa de desenvolvimento do menino, tanto psicológica quanto fisicamente. Acabaram passando despercebidos durante alguns anos até descobrirem que não tinham começado a estudar. As autoridades se envolveram de novo e as crianças começaram a estudar dois anos atrasadas em relação a todo o restante. A menina rapidamente alcançou as outras crianças e, apesar de introvertida, era inteligente. Colocaram o menino no programa de recuperação de alunos atrasados. Fizeram denúncias sobre as crianças: peso, limpeza, recusa em interagir. Questionavam a menina, mas ela não respondia. Simplesmente ficava parada segurando a mão do irmão.

– Você tem uma memória impressionante de tudo aquilo – comentou Alex. Os fatos tinham mais de trinta anos.

Ele validou o comentário dela com um sorriso.

– Vivi e respirei esse caso quando estava fazendo a pesquisa para o livro. A história daquelas duas crianças nunca me deixou.

– As autoridades não fizeram nada? – perguntou Alex.

– A menina não falava. Entrevistei uma tal de srta. Welch, uma das professoras da escola que tinha lecionado para a Kimberley. Ela se lembrou de uma aula em que a manga do vestido da garota estava levantada, revelando um vergão vermelho ao redor do pulso. A menina olhou para os olhos da professora por alguns segundos como se tentasse passar uma mensagem, antes de tranquilamente abaixar a manga de novo.

– Na hora do recreio, a srta. Welch procurou Kimberley e tentou perguntar a ela porque o pulso dela estava machucado, mas, como de costume, a criança ficou calada.

– A menina não tinha nenhum amigo? – perguntou Alex com interesse.

– Aparentemente não. Em todos os recreios, ela encontrava o irmão e segurava a mão dele. Ficavam sentados ou de pé em algum lugar do parquinho. As crianças podem ser excepcionalmente cruéis, e eles sofriam bullying sem dó nem piedade por muitas razões: eram desmazelados, fediam, o menino era subdesenvolvido e bem mais baixo do que as outras crianças, e era uma atrocidade o quanto as roupas deles caíam muitíssimo mal. Prato cheio para uma escola de ensino fundamental.

Ele olhou para Alex com um sentimento real nos olhos.

Ai, meu Deus, me poupe de gente boazinha que se preocupa com as pessoas, Alex pensou.

– E, quer saber, aquela menina não retaliou nem uma vez. Ela simplesmente segurava a mão do irmão com mais força e saía, deixando a criançada com cara de idiota.

Então foi assim que as barreiras da Detetive Inspetora Stone tinham sido formadas muito tempo atrás. O interesse de Alex não parava de crescer. Ela observou Henry respirar fundo, ansiosa para que continuasse.

– O primeiro semestre de 1987 chegou e foi embora. As crianças não voltaram para a escola. Tentaram entrar em contato com Patty, em vão. Uma assistente social que não dava a mínima para o protocolo persuadiu um vizinho a ajudá-la a derrubar a porta.

Ele abaixou a cabeça, mas continuou:

– Consegui entrevistar esse vizinho: um traficante nigeriano de um metro e oitenta e dois que chorou quando me contou o que viu. Em um quarto atrás de outra porta trancada havia duas crianças acorrentadas ao cano do aquecedor. Michael estava acorrentado diretamente no cano, e Kimberley, a ele. Foi uma semana muito quente e o aquecedor tinha ficado ligado. No chão havia um pacote de cream crackers vazio e uma garrafa de Coca-Cola seca como palha. O menino estava morto e a garota, quase inconsciente. Havia ficado deitada ao lado do corpo morto do irmão por dois dias inteiros. Ela tinha 6 anos de idade.

Alex mascarou seu rosto com uma expressão de horror, embora o que realmente sentia era empolgação.

– Você acompanhou o caso depois disso?

– Tentei, mas as pessoas com quem eu queria realmente conversar não estavam falando muita coisa nesse período. A câmara municipal conduziu uma investigação interna que não passou de um exercício de botar a culpa em alguém que não chegou a nenhuma conclusão de verdade. Não se esqueça de que as notícias não circulavam como hoje. As pessoas compravam os jornais, liam, jogavam-no no lixo e se esqueciam daquilo. Não havia comoção pública para que se chegasse a respostas, e isso foi muito conveniente para o serviço social. Compare isso com o caso da Victoria Climbie, que gerou um inquérito público e foi o catalisador para grandes mudanças nas políticas de proteção à criança no país inteiro.

– O que aconteceu com a Kimberley Stone depois do julgamento?

– Pelo que sei, ela ficou pulando de um lar adotivo temporário para outro. Como pode imaginar, a pobrezinha da garota deve ter ficado significativamente perturbada e seria necessária uma família muito especial para saber como ajudá-la. Não tenho ideia de onde está agora, mas ainda penso nela e espero que tenha encontrado alguma felicidade.

Alex sabia onde ela estava e duvidava muito de que alguma felicidade verdadeira tivesse recaído sobre ela. Lembrou-se de uma passagem do *Paraíso Perdido*, de Milton: "A mente é seu próprio lugar e, em si mesma, pode fazer um Céu do Inferno e um Inferno do Céu." Alex se perguntou o que a mente de Kim tinha feito de si mesma.

Sentindo que não conseguiria mais nada ali além de lamentação emocional, Alex pegou a bolsa. Levantou-se e estendeu a mão.

– Muito obrigado pelo seu tempo, ele foi muito útil.

Henry se abaixou e pegou um livro.

– Toma aqui, querida, ainda tenho alguns sobrando. Aceite um exemplar, se for ajudar no caso.

Alex agradeceu novamente e livrou-se da companhia dele. O homem não tinha a menor ideia de que o ânimo nos passos dela era devido às informações oriundas de suas memórias. Ele tinha lhe fornecido um arsenal de munição e Alex não via a hora de começar a trabalhar no maior desafio de todos.

CAPÍTULO
41

– **TUDO BEM AÍ, CHEFE?** – perguntou Bryant, estacionando ao portão da escola.

Mesmo dentro do carro, dava para escutar o barulho do parquinho da escola. Era uma sinfonia universal conduzida ao redor do mundo. Uma tagarelice alta e entusiasmada de grupos que se moviam e se deslocavam como a maré. Brincando, gritando e perseguindo nos últimos minutos de liberdade antes do início do dia.

Já estavam soltando amarras e abandonando as mochilas pelos cantos, as quais eles pegariam quando estivessem entrando.

Ela conhecia bem aquele parquinho. Olhou para o carvalho que ainda dominava o canto superior direito. Meio que esperava se ver ali, brincando de pega-pega com Mikey ao redor da árvore. Somente os dois.

Bem na hora, o sinal tocou e a assustou. A porta agia como um aspirador que sugava todos os corpinhos para dentro.

– Nossa, parece que você viu um fantasma – disse Bryant.

Não precisava ver o fantasma. Ele vivia dentro dela o tempo todo. Só o que não precisava era da familiaridade daquele lugar. Foi por isso que tinha pedido a Dawson para interrogar a professora. Também foi por isso que haviam pedido à srta. Browning para se encontrar com eles no portão. E também porque assim eles não distrairiam as crianças.

– Chefe, você...

– Parece que é aquela garota ali – disse Kim, abrindo a porta do carro. E, enquanto caminhava na direção daquela pessoa, se deu conta de que a descrição dela como uma garota era assustadoramente precisa.

A professora usava uma saia evasê que batia pouco abaixo do joelho. Meia-calça preta envolvia as pernas bem-torneadas e uma jaqueta North Face com o zíper fechado até o pescoço cobria a metade superior do corpo. O cabelo loiro estava preso num rabo de cavalo e uma pequena quantidade de maquiagem adornava seu rosto. Apesar da aparência contida, nada podia esconder a beleza de seus traços.

– Sra. Browning? – perguntou Kim.

A mulher sorriu e a expressão suspendeu seu rosto inteiro.

– Não se preocupe, sou mais velha do que aparento.

Kim riu. Ficaria agradecida se tivesse esse inconveniente no futuro.

A inspetora apresentou a si e Bryant, que estava ao lado dela com as mãos enfiadas no bolso do casaco.

Ao fazer isso, deixou claro para o parceiro que conduziria aquela conversa. Melhor do que sucumbir às memórias que tentavam alcançar suas mãos para agarrá-la.

– Sabemos que o Detetive Dawson falou com você há um tempo quando começamos a investigação sobre o abuso na residência dos Dunn.

Ela confirmou com um gesto de cabeça.

– Pode me dizer o que despertou sua suspeita?

– Ela ficava se remexendo na cadeira. No início, achei que a Daisy era agitada, mas aquilo parecia estar acontecendo muito, especialmente quando as duas mãos estavam sobre a carteira.

Kim franziu a testa.

– Não entendi a relação...

– Coceira, inspetora. Um dos sintomas físicos de abuso, além de dor, sangramento, inchaço, etc. Sem se dar conta, a Daisy estava tentando esfregar suas partes íntimas na cadeira para aliviar a coceira.

Bela sacada, pensou Kim.

– Depois comecei a observá-la com mais atenção para ver se havia mudanças de comportamento. Houve uma queda no comprometimento com a escola e no desempenho. Ela interagia menos com os colegas e as notas despencaram de A- para C+.

– Mais algum sinal?

A srta. Browning fez que sim.

– Outro indicador comum de abuso é a regressão para um estado mais infantil. Durante três dias seguidos, eu a vi chupando o dedo.

Kim ficou impressionada com a vigilância da mulher.

– Você tentou falar com ela?

– Nossa, sim, tentei muitas vezes. Mas ela se fechou tanto que não consegui arrancar quase palavra nenhuma.

– Ela alguma vez mencionou outra pessoa? Mesmo antes de se fechar?

Dawson não tinha feito essa pergunta antes. Estavam concentrados apenas em Dunn.

Na mesma hora, a professora traçou a linha entre os pontos.

– Tinha mais alguém envolvido no abuso?

Kim fez que sim.

A srta. Browning fechou os olhos e balançou a cabeça, absorvendo a informação.

– Toda vez que eu tentava conversar, ela ficava incomunicável. Quando a pressionava, ela erguia um muro e eu não conseguia transpô-lo. Certa vez, encostei de leve em seu ombro e ela deu o maior pulo. Depois, tentei falar com a irmã, mas a Daisy não me deixou chegar nem perto dela. – A mulher balançou um pouco mais a cabeça. – Pobrezinhas daquelas meninas.

Kim chegou à pergunta para a qual realmente queria resposta:

– Quando você levou as meninas em casa, conseguiu expor as suas preocupações para algum dos pais?

– Nem uma frase. Assim que o sr. Dunn abriu a porta e me viu, ele puxou as meninas para dentro e fechou a porta na minha cara.

– E a sra. Dunn?

Ela deu de ombros.

– Não sei nem se ela estava em casa.

Então sua teoria estava destruída. Devido ao que haviam descoberto, Kim suspeitava que Wendy Dunn estava nervosa por ele ter tratado a professora com ignorância.

Kim teve uma ideia repentina.

– Por que você levou as meninas para casa aquele dia? Não é uma prática normal, é?

A mulher sorriu.

– Não, mas eu queria conversar com os pais. Parecia que o bilhete que mandei sobre minha preocupação não tinha chegado a eles.

– Para quem você entregou o bilhete?

– Para o irmão da sra. Dunn, o Robin.

– O irmão dela pegava a Daisy na escola?

– Pegava, sim, ele buscava as meninas com frequência.

Kim deu uma olhada para Bryant, que respondeu suspendendo as sobrancelhas. Não tinham conhecimento dessa informação, que era muito esclarecedora.

CAPÍTULO
42

KIM SOLTOU A COLEIRA. Barney foi à tigela de água e deu duas goladas barulhentas.

Já tinha passado da meia-noite, e eles haviam acabado de voltar de sua longa caminhada. Kim variava o exercício, algumas noites eles caminhavam pelas ruas, outras vezes ela o levava ao parque e soltava a coleira.

A solidão noturna a acalmava. Ela aprendeu logo no início que Barney não gostava muito de brincadeiras. Tinha jogado uma bola de tênis para o cão, que a olhou como se dissesse: "Ei, qual é o objetivo disso?". Ela mesma buscou a bola e tentou mais algumas vezes. Acabou se tornando um ótimo exercício para ela, não tanto para ele. Por fim, concluiu que Barney era um seguidor. Se ela caminhasse, ele caminhava. Se ela corresse, ele corria.

Nessa noite, tinham caminhado por quase uma hora e meia. Kim achou que ele devia estar com fome.

– Vamos lá, garoto, experimenta um, só um.

Ela ofereceu uma das miniquiches que tinha assado mais cedo. O cachorro se afastou, pulou no sofá e recostou a cabeça na almofada.

– Anda, experimenta só um pedacinho.

Ele enterrou a cabeça no sofá.

Ela suspirou.

– Sabe de uma coisa, Barney? Você é o único homem na minha vida que não faz o que eu mando. E por isso eu te respeito.

As quiches fizeram um barulho abafado ao acertarem o fundo da lixeira.

– Tá bom, pode comer uma dessa aqui.

Esqueceu de todo o medo, pulou do sofá e pegou a crocante maçã na mão dela.

Era perturbadora a facilidade com que ele havia se encaixado no estilo de vida de Kim. Provavelmente mais desconcertante era o tempo que passava falando com ele.

Aquela primeira noite a levou a um lugar que ela raramente visitava. A sensação do corpo pequeno e quente aninhado no seu tinha trazido de volta emoções que a inundavam, a culpa por não ter morrido com o irmão, a raiva por não ter impedido a morte dele, o ódio da mãe por ter feito aquilo com eles.

Momentaneamente, tinha sido transportada de volta para aquele apartamento e para a lembrança do último suspiro do irmão, mas ela se arrastou de volta à realidade. O passado era um lugar que só podia visitar brevemente para se lembrar do rosto aberto e confiante de Mikey. Tentava lembrar-se apenas do sorriso dele ou do toque de sua mãozinha na dela, porém inevitavelmente sua mente pressionava o botão de passar para a frente e a levava àqueles últimos dias.

Nunca tinha falado sobre aquilo e jamais faria isso. O mundo inteiro de Kim dependia disso.

Levou um café para a garagem e sentou-se em meio aos detritos espalhados de seu novo projeto. As flautas da "Segunda sinfonia" de Beethoven ressoavam ao fundo.

Essa noite era o prazo que havia se dado para decidir se continuaria a perseguir a doutora.

Kim tinha noção de que o encontro delas no cemitério fora forjado, mas com qual propósito? E como ela sabia que Kim estava lá? A não ser que a estivesse seguindo.

Jesus, ela repreendeu-se. Se continuasse com isso por muito mais tempo acabaria enquadrando Alexandra Thorne pelo assassinato de Kennedy.

Sorriu para si mesma quando o telefone vibrou na bancada. Era quase uma da manhã.

O telefone se iluminou com uma mensagem de Stacey. Ela leu as palavras com interesse.

Se estiver acordada, me ligue.

Kim ficou imediatamente preocupada. Stacey jamais entraria em contato com ela àquela hora se não fosse urgente.

Imediatamente pressionou o botão de ligar. Stacey atendeu no segundo toque.

– Você está bem, Stacey?

– Tô ótima, chefe. Escuta só, aquele negócio da doutora que você pediu pra eu dar uma olhada. Estava fazendo isso aqui de casa. Sabe como é, só por garantia...

– Parabéns, Stacey. – Na delegacia havia cães de guarda do TI por todo lado.

– A irmã da doutora, a Sarah. Encontrei a certidão de nascimento, mas não o atestado de óbito.

– Mas ela existe?

Kim ficou ligeiramente surpresa pelo fato.

– Ah, sim, existe sim, está viva e muito bem no País de Gales.

Kim firmou o corpo na bancada.

– Tem certeza?

– Tenho, sim. É casada e tem um filho. Filha, na verdade. Putz... ela se muda mais do que esposa de militar. Deu o maior trabalhão achar essa mulher.

– Stacey, você é um anjo. Estou muito agradecida. – Kim conferiu seu relógio. – Agora vai dormir um pouco.

– Vou fazer isso, chefe – falou Stacey antes de finalizar a ligação.

Kim ficou parada ali durante um momento, girando o telefone na mão.

Ser bonita e inteligente não era infringir nenhuma lei, e Kim se deu conta de que precisaria pensar cuidadosamente no próximo passo. Sua própria fachada tinha sido construída de maneira cuidadosa, camada por camada, ao longo de muitos anos, mas nunca havia conhecido ninguém como Alexandra Thorne.

O telefone caiu de sua mão.

No final das contas, tudo se resumia a uma única questão. Estava preparada para entrar nessa arena e arriscar sua frágil psique para descobrir toda a verdade?

Mas, afinal, será mesmo que ela tinha opção?

CAPÍTULO
43

KIM DESLIGOU O MOTOR e retirou o capacete. Na fileira de propriedades geminadas, a casa não se destacava. A única coisa que a distinguia era a placa de "À Venda" que se projetava da parede no meio da propriedade.

O que mais chamava a atenção era o lugar em que se localizava. Llangollen ficava ao longo da A5, na metade do caminho entre Black Country e Snowdonia. A cidadezinha era aninhada ao sopé da Llantysilio Mountain. Do lugar em que Kim estava, a vista do Dee Valley, da Clwydian Range e da Berwyns Range ao longe era deslumbrante.

Ela apreciou a vista durante trinta segundos antes de virar-se e bater na porta.

Seus olhos foram atraídos para a esquerda quando duas pessoas apareceram e separaram a persiana.

Abriram apenas uma fresta da porta:

– Sim?

– Sarah Lewis? – perguntou Kim, tentando dar uma espiada além da abertura de cinco centímetros.

– Você é?

Jesus, ela estava falando com uma porta.

– Detetive Inspetora Kim...

A pessoa terminou de abrir a porta e Kim quase deu um passo atrás tamanha a surpresa. Diante dela encontrava-se uma mulher que carregava uma extraordinária semelhança com Alex Thorne. Não era uma vaga similaridade familiar. Kim a teria apontado em uma fila de identificação de criminosos.

Kim suspendeu as mãos para conter o pânico que havia tensionado a boca da mulher.

– Não há nada errado. Não sou daqui, sou de Midlands, de uma região chamada...

– Como você me achou? – perguntou ela.

– Humm... isso tem importância?

A mulher relaxou um pouco os ombros.

– Não mais. Como posso te ajudar?

– É sobre a sua irmã.

– É claro que é – disse ela, sem emoção.

Kim deu uma olhada em volta.

– Posso entrar?

– Precisa?

– Acho que sim – respondeu Kim com honestidade.

Sarah Lewis deu um passo para trás e permitiu que ela entrasse. Kim aguardou a mulher fechar a porta e a seguiu. A casa já tinha sido um pequeno chalé de dois andares, mas, ao segui-la, Kim viu que tinham feito uma cozinha completa e estendido a propriedade pelo quintal de tamanho considerável.

– Sente-se, se precisar – disse Sarah, inclinando-se sobre a bancada.

Uma mesa de jantar ficava de frente para um espaço que continha um escorregador, um balanço e um pátio com churrasqueira. Algumas partes de bonecas haviam sido arremessadas na grama. Aqueles membros descartados deram a Kim a comparação que estava procurando.

Sarah tinha aproximadamente cinco centímetros a menos que a irmã e uns quilinhos a mais. E por mais rude que estivesse sendo nesse momento, havia emoção verdadeira registrada em seus traços formidáveis. Se elas fossem brinquedos, Alex seria a boneca feita com a perfeição do plástico, protegida por uma caixa. Sarah seria o ursinho de pelúcia com macacão de bolinhas que recebia o amor e os afagos.

Kim sentiu sua fascinação aumentar. Não conseguiu deixar de se perguntar quanto tempo levou para ficar evidente que as irmãs eram polos opostos.

– Suponho que seja muito esperar que ela esteja morta.

Kim foi impedida de responder porque uma garotinha surgiu sala adentro. Seu cabelo cacheado saltava de dentro de uma touca de lã e protetores de orelha imitando pelo de tigre. Tinha um cachecol tricotado à mão bagunçado ao redor do pescoço e luvas balançavam nas mangas do casaco.

A menina parou abruptamente e olhou para a mãe. Kim ficou surpresa ao ver uma expressão de pânico nos olhos da criança.

O semblante de Sarah suavizou ao ver a filha. Esqueceu-se de todo o resto.

– Boa menina – elogiou Sarah, dando duas voltas no cachecol ao redor do pescoço da criança. – Está linda agasalhada assim.

Sarah segurou o rosto da menina com as mãos e a sufocou de beijos.

– E eu, estou lindo agasalhado assim? – Um homem surgiu atrás da criança. Kim viu a touca de lã e o protetor de orelha de bolinhas antes de ele enxergá-la.

Quando isso aconteceu, franziu a testa e olhou para Sarah.

Ela deu uma leve balançada de cabaça e levou-os na direção da porta.

– Façam uma bela caminhada e não se esqueçam dos *oggies* de carne.

Kim não tinha ideia do que era *oggie*, mas conseguiu ouvir uma troca de sussurros à porta da casa. O rosto de Sarah ficou sério novamente, mas Kim tinha capturado uma imagem da família dela. A surpresa nos olhos da criança. A preocupação que moldou a boca do marido.

Eles tinham ficado no meio da sala não mais do que dez segundos e Kim podia afirmar que eram uma unidade, um time, e que eram felizes.

Contudo, havia um elemento de medo no núcleo daquela família.

– Então... ela está morta? – retornou Sarah para a pergunta anterior.

Kim negou com um movimento de cabeça.

– Então como posso te ajudar?

– Preciso de mais informações sobre ela.

– O que isso tem a ver comigo? – perguntou Sarah, mordendo o lábio.

– Você é irmã dela. Com certeza a conhece melhor do que qualquer um.

Sarah sorriu.

– Não vejo minha irmã desde que ela esvaziou o quarto e foi para a universidade. Nenhum de nós viu. O meu mais estimado desejo é nunca mais vê-la.

– Vocês não têm contato nenhum?

Os braços de Sarah despencaram e suas mãos imediatamente encontraram os bolsos da frente da calça jeans.

– Não somos próximas.

– Mas com certeza vocês...

– Olha só, não sei por que está aqui, mas eu realmente não tenho como ajudá-la. Acho que você devia...

– Do que é que você tem medo? – perguntou Kim sem se mover um centímetro.

– Oi?

Kim não tinha a intenção de que a pergunta soasse tão direta, mas já que havia saído assim, precisava se virar com ela.

– A sua filha não está acostumada com visitas, está?

Sarah praticamente não conseguia olhá-la no rosto.

– Somos reservados, só isso. Agora, se você não se importa...

Kim empurrou a cadeira e olhou as fotos ao redor. Os três de pé na ponte que transpunha o rio Dee pela qual ela tinha passado. A menina em um barco puxado por um cavalo. A criança e o pai na estrada de ferro que se estendia às margens do rio.

Kim decidiu que faria uma abordagem diferente.

– É, não vejo a hora de ir embora. Porcaria de lugar horroroso...

– É um lugar bonito...

– Então por que você está se mudando, sra. Lewis?

Sarah fechou as mãos com força nos bolsos.

– É o trabalho do Nick, ele é...

Kim aguardou a resposta, mas ficou claro que Sarah tinha percebido sua mancada. Não tinha pensado rápido em uma profissão e acabou parecendo ser uma mulher que não sabia o que o marido fazia para viver.

– Sra. Lewis... Sarah, uma policial da minha equipe comentou que nem esposa de militar se muda tanto quanto você. Do que está fugindo?

Sarah caminhou na direção da porta da frente, mas seus passos estavam longe de ficarem firmes.

– Eu realmente gostaria que você fosse embora agora. Não tenho informação nenhuma que possa te ajudar.

Kim seguiu-a pela sala.

– Não acredito. Você está aterrorizada e toda a sua família tem medo de alguma coisa. A sua primeira pergunta foi se ela estava morta. Vi sua ansiedade quando respondi que não. Por que não me conta...?

– Por favor, vá embora.

A mão da mulher tremia na porta.

– Sarah, do que é que você está com medo?

– Vai embora.

– Por que você não fala...

– Porque se eu falar com você, ela vai saber.

O silêncio se abateu entre elas.

Kim percebeu que essa não era a mesma Sarah que tinha aberto a porta. Aquela mulher tinha sido hostil, depois passou de esperançosa a ansiosa, e a conversa relativa à irmã a transformou em um escudo esgotado de tanto batalhar.

– Sarah...

– Não posso – disse ela olhando para o chão. – Você não entende.

– Tem razão. Mas gostaria de entender. Quero entrar na cabeça da sua irmã.

Sarah balançou a cabeça:

– Não queira isso. Não é um bom lugar para se entrar.

– Não sei qual poder ela tem sobre você, mas é isso o que realmente quer? Quer ensinar a sua filha a fugir?

Sarah a encarou, seus olhos flamejaram à menção da criança.

– Nem amigos ela tem, não é? Vocês não ficam tempo suficiente em lugar algum para que ela crie laços. Quantos anos ela tem... seis... sete?

– Seis.

– Ela precisa se fixar em algum lugar. Por que vocês não podem ficar?

– Por que ela achou a gente.

– Sarah, quero ajudá-la, mas você tem que me dar alguma coisa.

Sarah sorriu.

– Ninguém pode me ajudar, nunca falei com alguém que...

– Você nunca falou comigo – disse Kim, afastando-se da porta. – Tenho suspeitas sobre o comportamento dela e, se estiver certa, não vou descansar enquanto não pegá-la.

Sarah a encarou com interesse.

– O que está acontecendo entre vocês duas?

Kim sorriu.

– Ei, eu perguntei primeiro.

Sarah pensou durante um longo momento. Respirou fundo e fechou a porta.

– Se eu mostrar uma coisa, você me deixa em paz?

Kim assentiu e a seguiu de volta à cozinha. Sarah gesticulou para que ela se sentasse.

Sarah enfiou a mão na gaveta de talheres e pegou um envelope.

– É por causa disto.

Entregou a carta a Kim.

– Leia.

A inspetora desdobrou a folha de papel, a leu, depois releu, antes de dar de ombros. Se aquilo fosse o máximo que ela descobriria sobre Alexandra Thorne, se daria por satisfeita e desistiria totalmente dela.

– Parece uma carta perfeitamente natural da irmã mais velha.

– Moro aqui com o meu marido e a minha filha há nove meses. Foi o tempo que ela demorou para me encontrar desta vez.

– Desta vez?

– Fiz minha família se mudar cinco vezes nos últimos sete anos para esconder minha filha dessa mulher, e toda vez ela me acha. Leia a carta de novo. Veja que ela menciona exatamente onde a casa fica, o endereço da escola da Maddie e até o corte de cabelo novo da minha filha. Ela está me provocando. Brincando com os meus medos... porque sabe exatamente o que vou fazer em seguida.

Kim leu a carta pela terceira vez, colocando a Alex de quem suspeitava atrás das palavras. Havia ameaça em cada uma das sentenças.

– Mas por que você foge? – perguntou Kim.

– Você não a conhece da maneira como eu esperava.

Sarah pegou a carta de volta e respirou fundo.

– A minha irmã é uma sociopata. Você já sabe que ela é uma pessoa muito atraente e enigmática. É inteligente e charmosa. Mas também é implacável e não tem consciência nenhuma. É uma pessoa perigosa, que não vai parar por nada até conseguir o que quer.

Sarah dobrou a carta e ficou olhando para ela.

– É muito simples, ela não tem a habilidade de sentir ligação alguma com outro ser vivo.

– O que faz você achar que a sua irmã é uma sociopata?

– Ela nunca teve nenhuma ligação emocional com nada nem ninguém na vida.

– E o marido e os dois meninos? – questionou Kim.

Sarah franziu a testa.

– Ela nunca foi casada e com certeza não tem filhos. Os sociopatas se casam e têm filhos, mas a família serve como troféu e disfarce, não existe conexão emocional.

Kim suspendeu uma sobrancelha.

Sarah sorriu:

– Viu? Você não consegue acreditar que alguém possa tratar crianças como símbolo de status igual a um carro novo ou a uma casa maior, e é com isso que o sociopata conta. Pessoas como nós não conseguem compreender as motivações deles, por isso inventamos desculpas para elas. É como se escondem.

Sarah balançou a cabeça com tristeza.

– E é por isso que nunca vão pará-la.

– Ela me falou que você estava morta – revelou Kim.

Sarah não demonstrou surpresa.

– Gostaria que, para ela, eu estivesse mesmo. Talvez assim ela me deixasse em paz.

A mulher lançou a Kim um olhar carregado com uma triste resignação. Aquela era a sua vida e ninguém a podia mudar. Tinha passado anos tentando correr mais rápido do que a irmã e assim continuaria.

Sarah olhou para a porta da frente da casa. Tinha compartilhado a carta e era hora de Kim ir embora.

– Sarah, acho que ela está usando os pacientes com propósitos experimentais. – Kim deixou escapar. – E quero impedi-la. Quero colocar a sua irmã atrás das grades.

Sarah inclinou a cabeça de lado e Kim detectou um vislumbre de interesse.

– Qual é, Sarah – suplicou Kim. – Me ajude a devolver sua vida.

Kim observou a luta dela com a indecisão de depositar sua confiança em alguém que sequer conhecia.

Ela desejou ter dito o suficiente.

Sarah deu um sorriso minguado.

– Detetive inspetora, acho que precisamos de um café.

CAPÍTULO
44

DUAS CANECAS DE CAFÉ fumegavam na mesa entre elas.

– Você tem que entender que isso não é fácil para mim – disse Sarah, colocando os cotovelos na mesa. – Durante a vida inteira eu soube que faltava alguma coisa à minha irmã, mas nunca alguém acreditou. – Ela deu de ombros. – É por isso que eu fujo.

Kim entendia. Suas suspeitas estavam sendo desprezadas pelos colegas e pelo chefe.

– Você é a única pessoa que não acha que sou completamente insana – observou Kim.

– Idem – acrescentou Sarah com sarcasmo.

– Então, você acha que é possível... o que eu disse?

– Não, acho que é provável. – Sarah pôs as mãos ao redor da caneca de café e deu de ombros. – Me lembro de quando eu tinha acabado de fazer 5 anos e percebi que a Alex estava passando muito tempo no quarto, só saía para comer e ir à escola. Uma noite, Alex me acordou toda empolgada, batendo palmas. Ela me arrancou da cama e me levou até o quarto dela, me sentou na ponta da cama e tirou uma grande enciclopédia da frente da gaiola do hamster. O animalzinho estava preso entre as barras verticais da gaiola, morto. Ao lado dela, fora do alcance do animal, mas à vista, havia comida e água. Ele tinha sofrido uma morte dolorosa se esforçando para não morrer de fome.

– Jesus! – exclamou Kim, horrorizada.

– Eu não entendi direito no início. Achei que ela estava fazendo algum tipo de brincadeira, mas aí ela começou a explicar o progresso do hamster depois que tinha aberto um pouco mais as barras. Ela tinha feito gráficos e tudo mais.

Kim ficou calada.

– Ela ficou observando o bichinho durante dois dias, vendo-o cada vez mais fraco e com mais fome, até ver a fresta mais larga.

– Mas por quê? – perguntou Kim.

– Para ver até onde ele iria para conseguir o que queria – respondeu Sarah, fechando os olhos. – Eu chorei muito. A cara desesperada e torturada do hamster me fez ter pesadelos durante meses.

Kim sentiu-se enojada com a lembrança que Sarah tinha compartilhado, mas havia outra coisa que queria saber.

– Ela era próxima de algum dos seus pais?

Sarah fez que não.

– Minha mãe não encostava muito na Alex. Havia uma polidez, uma cordialidade entre elas, como se o relacionamento fosse dois passos afastados entre mãe e filha. Desde então, eu acho que minha mãe soube, antes de todo mundo, exatamente o tipo de pessoa que a Alex se tornaria. Eu me lembro de uma vez em que a mamãe estava me fazendo cosquinha e soprando a minha barriga. A gente ria tanto que chegávamos a gritar, aí vi a Alex na porta. Juro que vi lágrimas nos seus olhos, mas ela virou e saiu da sala antes da minha mãe vê-la. Ela não devia ter mais de 6 ou 7 anos e nunca mais vi aquela expressão.

– Mas o que ela quer de você? – perguntou Kim.

– Me atormentar. Ela sabe do medo que tenho dela e se diverte brincando comigo. Só sei que até agora ela se satisfez em ficar me fazendo de marionete por causa do medo que sinto dela. Os avisos sempre foram o suficiente.

– Você acha que ela iria além disso?

– Não sei, mas não quero dar sopa para o azar. Ela me odeia, gosta de ficar me caçando pelo país e tudo bem, porque, enquanto nos mantemos em movimento, estamos bem.

Sarah encarou-a. Um sorriso infeliz moldou sua boca.

– Patético, né?

Kim fez que não.

– Acho que você é mais forte do que imagina. Faz tudo que pode para manter sua família a salvo. Apesar de sua irmã, você tem uma casa linda, um marido e uma filha. Ela pode estar ganhando pequenas batalhas, mas você está vencendo a guerra.

O primeiro sorriso genuíno que ela viu surgiu nos lábios de Sarah.

– Obrigada.

– Uma última pergunta. Sarah, por que ela te odeia tanto? – perguntou Kim bebendo o resto do café.

– Porque ela me quer a bordo. Quer que eu seja como ela. Resumindo, eu acho que ela queria um amigo.

CAPÍTULO
45

– OK, PESSOAL, recapitulada básica no caso Dunn antes de a gente voltar à ativa.

Ela virou-se para Dawson:

– Conseguiu alguma coisa com os vizinhos?

Ele negou com a cabeça e completou:

– Nada. A porcaria daquela rua inteira fica sufocada atrás de cortinas e estou enjoado de tomar chá.

Soava como um menino de 6 anos a quem disseram pra guardar o Lego, mas dessa vez ela tinha que concordar. Existiam poucos trabalhos que pagavam para a pessoa tomar chá durante horas, mas poucos detetives se candidatariam a eles.

– A propriedade dos Dunn. Descobriram mais alguma coisa além das fibras e dos fluidos?

– Sim, descobri que o Kevin continua sendo um cuzão.

Ninguém falou.

Dawson olhou para ambos, Bryant e ela.

– Ah, qual é, pelo menos um de vocês podia discordar.

Kim reprimiu um sorriso. Ela se perguntou se os dois tinham ideia de que formavam uma ótima equipe.

– O laboratório não mandou nada ainda, chefe – disse Stacey.

Kim não ficou surpresa. Daria qualquer coisa pela tecnologia que usavam na televisão, com a qual se identificava a quem pertenciam cabelos, fibras e fluidos em horas, e até mesmo minutos, tudo isso para a conveniência dos programas de 44 minutos.

– O que descobriram sobre esse clube do livro, Stacey?

– Ele é organizado pelo dono de uma loja na Rowley Regis: Charles Cook. Eles se encontram toda primeira terça-feira do mês na Druckers do Merry Hill. Tentaram fazer uma página no Facebook que foi um fracasso, só tem três *likes*, dois *posts* e mais nenhuma atualização últimos quatro meses. Mandei mensagem para as duas pessoas que postaram.

– Alguma resposta?

Stacey fez que sim.

– Um cara foi a um encontro, mas depois mudou de emprego e não pôde mais participar. O outro foi um pouco mais interessante, disse que tinha alguma coisa errada com um tal de Cook. Não gostou e parou de ir depois de três encontros.

Kim abriu a boca, mas Stacey continuou:

– Já mandei mensagem de novo pra investigar mais um pouquinho. Ele leu minha mensagem duas horas atrás, mas não retornou ainda. Falei com o Cook e descobri que o grupo tem menos de uma dúzia de membros. E eu não posso participar porque sou mulher.

– Nossa, Stacey – expressou Dawson. – Você tinha que ter falado pra ele que nem dá pra notar.

Stacey olhou com a cara fechada na direção dele, que sorria maliciosamente da própria piada.

– E se o escroto ambulante calar a boca, vou poder acrescentar que o livro do mês deles é *The Longest Road*.

Kim franziu a testa. O título lhe era familiar, mas não conseguia saber por quê.

– É um livro famoso, Stacey? – perguntou ela.

– É, ficou entre os dez mais vendidos da Amazon durante sete meses.

Era isso, então. Provavelmente o tinha visto em algum outdoor ou coisa assim.

– O Jenks e o Whiley não nos deram muita coisa. Sabemos que a professora levou as meninas para casa no dia do incidente doméstico e que o irmão da Wendy costumava pegar as meninas na escola.

Dawson arqueou uma sobrancelha. Todos os homens com quem as meninas tiveram contato eram suspeitos em potencial.

– Consiga os endereços da casa e do trabalho dele – disse ela à Stacey.

– Dawson, revise os relatórios antigos de novo. Procure qualquer coisa que possamos ter deixado passar. E, Bryant... – Kim hesitou. O que fazer com Bryant, já que ele normalmente estava com ela? Mas não desta vez. – Ajude o Dawson. Tenho consulta no dentista.

Ela foi ao Aquário pegar o casaco antes que seu rosto pudesse entregá-la.

Esse encontro em particular, ela faria por conta própria.

CAPÍTULO
46

Às 9H30 DA MANHÃ, Kim estacionou em uma vaga depois da esquina do consultório, sentindo-se um pouco como uma aluna matando aula pela primeira vez. Falar para Bryant que tinha dentista foi a primeira mentira que lhe contou e esperava que a última, mas, nesse caso especificamente, ela faria um voo solo.

A porta foi atendida rapidamente.

Como foi Kim quem solicitou o encontro, achou apropriado demonstrar boas maneiras.

— Obrigada por me receber, doutora Thorne.

— Não precisa agradecer, Detetive Inspetora Stone — respondeu Alex abrindo um sorrisão. — No entanto, como você deseja que esta visita não seja profissional, insisto que me chame de Alex.

Kim concordou com um gesto de cabeça e seguiu Alex até o consultório. A doutora estava impecável de calça creme sob medida e camisa azul-piscina de seda. Não usava joias e seu cabelo estava arrumado com perfeição.

— Por favor, sente-se onde quiser.

— Não tem paciente agora de manhã? — disse Kim, se dando conta de que suas palavras soavam como uma pergunta de interrogatório. Em sua cabeça, queria ter dito: "Espero não estar atrapalhando", mas parecia que sua reserva de boas maneiras já tinha secado.

— Não, este é um período que normalmente uso para cuidar das minhas contas. — Uma leve expressão de desgosto atravessou seu rosto. — Não é a minha parte preferida do trabalho, mas todos temos que viver.

E muito bem, pensou Kim, ciente de que a doutora tinha alugado a propriedade inteira. Supunha que aquilo não saía barato.

Kim sabia que devia falar algo sobre o último encontro que tiveram, quando não foi nada educada relativo ao sucesso de Alex em manter Barry Grant na beirada do estacionamento.

— Escuta só, sobre aquela noite...

Alex suspendeu a mão e riu.

– Por favor, não diga nada. Tenho certeza absoluta de que não posso aceitar nenhum elogio seu.

Kim ficou maravilhada pela certeza de Alex de que ela estava prestes a elogiá-la. É claro, o que mais Kim teria para falar?

Aquela era uma Alex diferente das que tinha visto. No primeiro encontro, ela foi profissional e séria, com uma pitada de falso acanhamento direcionado a Bryant. No cemitério, foi introspectiva e vulnerável. Com Barry, Alex foi proativa e determinada. Agora estava quase brincalhona e galanteadora.

– Preciso me certificar de que esta conversa fique entre nós – falou a inspetora.

Para instigar a curiosidade da doutora, Kim contou a Alex que queria discutir alguns assuntos, mas que não podia haver registro algum daquela consulta. Qualquer outro psiquiatra teria lhe dito uma ofensa, mas ela não ficou surpresa com a generosa doação de tempo de Alex. A psiquiatra queria alguma coisa dela, porém Kim ainda não sabia o quê.

– É claro, Kim. Pelo que sei, isso não passa de duas colegas batendo um papo e tomando um café e, por falar nisso, suponho que queira com leite e sem açúcar.

Kim fez que sim. Ela percebeu que Alex tinha passado a chamá-la só pelo nome sem sequer pedir permissão. Poucas pessoas a chamavam de Kim. Isso a deixava um pouco desconfortável, mas diante do pretexto da visita, não podia reclamar.

No momento em que Alex pôs o café na mesa entre elas, Kim percebeu que, quando a psiquiatra lhe disse para sentar, estava de pé diante da única outra cadeira disponível, forçando Kim a ficar na do paciente. Kim sabia que teria que tomar cuidado.

– Então, em que posso ajudá-la?

Kim escolheu as palavras cuidadosamente:

– Quando estávamos conversando no cemitério, você disse algumas coisas que me deixaram pensando.

Alex arregalou os olhos. Alguém menos astuto provavelmente teria deixado passar despercebido o triunfo que emergiu momentaneamente na expressão de Alex, rapidamente substituído por um apologético movimento de cabeça. Mas Kim notou tudo isso.

– Sinto muitíssimo. Não devia ter falado daquele jeito. Não quis te deixar constrangida. Tenho poucos amigos e suponho que um lugar como aquele amplifica as vulnerabilidades das pessoas. – Alex sorriu e inclinou a cabeça para trás. – Além disso, acho muito fácil conversar com você.

Lá vem com a bajulação de novo, pensou Kim. Felizmente, ela era impermeável a isso, especialmente por saber que possuía a cordialidade e o charme de um ditador do Oriente Médio.

Kim respondeu com um mero movimento de cabeça e permaneceu em silêncio, forçando Alex a continuar.

– Nenhum de nós é perfeito. Todos temos inseguranças, mas geralmente escondemos nossas fraquezas daqueles ao nosso redor por medo de que isso diminua o respeito que eles têm por nós. Veja você, por exemplo, o que está querendo discutir é algo que provavelmente não compartilharia com seus colegas de trabalho.

Alex estava certa. Ela tinha marcado o encontro sob o pretexto de discutir distúrbios de sono e, embora aquilo não passasse de uma desculpa, era um problema que não compartilhava com ninguém.

Kim bebericou o café, forçando Alex a continuar falando.

– Uma mulher na sua posição, com autoridade sobre uma equipe formada em grande parte por homens, não pode arcar com a exposição de vulnerabilidades. Você provavelmente acha que a sua equipe a respeitaria menos, então trabalha pesado para esconder qualquer fraqueza. A opinião deles a seu respeito pode não afetar o seu desempenho em fazer o trabalho, porém a validação e o respeito são imperativos para você por mais razões do que estaria disposta a admitir.

Kim decidiu que era uma boa ideia fazer a doutora parar de falar nesse momento. A teoria dela era tão próxima da verdade que chegava a desconcertá-la.

– Você comentou sobre distúrbios do sono. Alguns conselhos a respeito disso me viriam a calhar.

– Oh, Kim, sinto muito. Fiz você ficar constrangida. Peço desculpas. Risco ocupacional, infelizmente.

Kim detectou mais divertimento do que sinceridade nas palavras e reconheceu que a alfinetada era uma leve repreensão: *Viu o que acontece quando você me deixa falando?*

– De jeito nenhum – disse Kim, sorrindo. A expressão forçada parecia alheia em seu rosto e acabou desistindo dela.

– Você alguma vez procurou ajuda para esse problema?

Kim balançou a cabeça. Não estava procurando cura. Tinha desistido disso muitos anos atrás. Não, estava ali por uma razão: apurar a culpa ou o envolvimento de Alex Thorne em um crime.

Alex recostou-se na cadeira, cruzou as pernas e sorriu.

– Então, a boa notícia é que as pessoas que sofrem de insônia têm uma taxa metabólica mais alta e tendem a viver mais do que as que dormem de sete a oito horas por noite.

– Essa aí sou eu.

– Você já tentou algum tratamento, como *dark therapy* ou terapia comportamental? Fez higiene do sono?

Kim negou com a cabeça. Tinha lido sobre tudo aquilo, mas nunca se deu ao trabalho de tentar. Conseguir ajuda para seu distúrbio de sono não era o motivo pelo qual estava ali.

– Veja bem, há diferentes tipos de insônia. Dificuldade de pegar no sono frequentemente vem de ansiedade. Algumas pessoas dormem bem, mas ficam acordando durante a noite, e outras levantam muito cedo por causa da hora que vão dormir.

– Não consigo ir dormir – disse Kim honestamente. Não tinha problema em dar uma pequena quantidade de informação.

– É possível que seja um sintoma de Transtorno de Estresse Pós-Traumático. Pode existir uma intenção paradoxal de querer ficar acordada.

– Acredite em mim, eu quero dormir.

Alex ficou com o semblante reflexivo.

– Há quanto tempo o problema começou?

– Anos atrás – respondeu vagamente. A verdade sem a cronologia.

– Já ouviu falar de sonofobia?

Kim negou e tentou manter a respiração controlada. No final das contas, aquela podia não ter sido uma boa ideia.

– É um medo anormal de dormir, que geralmente tem início na infância, após um trauma.

Kim podia jurar que a voz da doutora estava levemente mais baixa, gentil. Ou poderia estar totalmente paranoica. As palavras *infância* e *trauma* foram ditas mais como um sussurro.

– Não, foi na faculdade, eu acho.

A doutora ficou calada.

Kim falou com um meio sorriso:

– Minha infância foi bem normal, adorava doce, odiava repolho, discussões normais com os pais sobre ficar fora até tarde.

Alex sorriu para ela, movimentando a cabeça.

– Acho que pode ter sido o estresse das provas.

Bem a tempo, Kim se deu conta de que a psiquiatra tinha usado a sua técnica de permanecer calada. Felizmente, percebeu antes de revelar qualquer verdade sobre sua infância.

– Sabe, Kim, é surpreendente a quantidade de vezes que você usou a palavra "normal". A maioria das pessoas diz isso sobre a infância, apesar de algo assim não existir, a não ser que se viva em um comercial de televisão. O que seus pais faziam?

Kim pensou depressa e escolheu os pais do sexto lar temporário.

– Minha mãe trabalhava meio-horário no Sainsbury e o meu pai era motorista de ônibus.

– Irmãos?

A boca de Kim secou e ela só teve coragem de responder que não com um gesto de cabeça.

– Nenhuma perda grande ou evento traumático antes dos dez anos?

De novo, Kim negou com a cabeça.

Alex riu.

– Então você realmente teve uma infância encantada.

– Quanto tempo depois da perda da sua família os seus problemas para dormir começaram? – perguntou Kim, para que não fosse mais o assunto da conversa.

Alex deu a impressão de ficar momentaneamente surpresa, mas se recuperou bem. Seus olhos voltaram-se para a foto na mesa e sua voz ficou quase inaudível. Kim observava com renovado interesse, pois já sabia que a família não existia.

– Perder Robert e os meninos quase me destruiu. O Robert era a minha alma gêmea. Diferentemente de você, nós dois tivemos infâncias problemáticas e éramos atraídos um pelo outro. Tentamos durante dois anos antes do Mitchell nascer. Ele era tranquilo e sensível. Dezenove meses depois, tivemos o Harry, que era o completo oposto do irmão. – Alex olhou para ela, com lágrimas nos olhos. – Minha família era completa e um dia ela foi exterminada por um motorista de caminhão cansado que se safou com um pulso quebrado.

Apesar do que sabia, Kim estava arrebatada por Alex e não conseguia deixar de duvidar de tudo que a tinha levado a marcar aquele encontro. A encenação dela ofuscava Paltrow, Berry e Streep juntas. Mesmo assim, ainda faltava alguma coisa. E Kim agora tinha mais certeza do que nunca.

– Você não tinha família para te dar apoio?

Alex negou com um gesto de cabeça e se recompôs.

– Meus pais tinham falecido e acho que já contei que minha irmã morreu com 9 anos.

Se não estivesse ciente dos fatos, Kim teria acreditado em todas as palavras. Mas ela sabia a verdade – o que deixava a encenação de Alex ainda mais assustadora.

– Isso é terrível, sinto muito. Você era próxima da...

– Sarah. O nome dela era Sarah. Mais nova, me seguia por todo lado. Um dia eu falei para ela dar o fora. A pobrezinha foi para o lago e caiu nele. Minha mãe era, humm, digamos, *esquecida*, e não estava tomando conta dela. É algo profundo perder um irmão tão jovem, principalmente quando parte de você sente que podia ter sido capaz de salvá-lo.

Kim travou o maxilar e tentou ignorar a tontura que a ameaçava. Tinha que sair daquela sala antes que perdesse a capacidade de respirar.

– Mas você não tem como entender isso, já que sua infância foi normal.

Kim foi salva pelo barulho do interfone. Um aborrecimento resplandeceu no rosto de Alex quando Kim levantou-se de supetão.

– Eu tenho mesmo que...

– Desculpe, Kim. O meu paciente das 10h30 deve ter chegado cedo.

– Obrigada pelo seu tempo, doutora. Acho que vou dar uma pesquisada nessas técnicas de que falou.

– Por favor, fique à vontade para me procurar de novo. Gostei muito do nosso papo.

Kim agradeceu com um gesto de cabeça e seguiu a doutora até a porta. Deu uma olhada rápida para a mulher ao passar, mas estava concentrada em chegar à segurança do Golf antes de desabar.

Kim foi bem-sucedida na transposição do percurso até o veículo, mas enfiar a chave na ignição provou-se um desafio grande demais, e as chaves caíram no assoalho.

Não havia dúvida de que, embora Kim tivesse solicitado o encontro, definitivamente foi a agenda de Alex que elas seguiram.

Kim socou o volante. Droga, aquele não era o encontro que havia planejado.

A doutora tinha mentido novamente sobre a família que não existia e fabricado toda a história da irmã morta. Kim sentiu o estômago revirar.

Sabia que Alex seria uma adversária formidável. Sua inteligência e falta de reação emocional já lhe garantiam vantagem. Ainda assim, Kim estava preparada para entrar na batalha com as ferramentas que elas tinham ali e agora. Uma batalha justa seria travada no presente.

Se Kim tivesse, pelo menos em parte, certa sobre as manipulações de Alex, as informações que conseguiu sobre o passado dela apresentavam um cenário totalmente diferente.

Era óbvio que Alex tinha descoberto sua história por alguma razão. Agora restava saber o que lhe custaria para descobrir o porquê.

CAPÍTULO
47

ALEX PEDIU A SEU PRÓXIMO paciente para aguardar alguns minutos na pequena sala de espera enquanto se recompunha. Estava ao mesmo tempo irritada e eufórica. Jessica Ross não podia ter marcado pior hora para sua chegada nem se quisesse.

A ligação de Kim no dia anterior tinha sido uma surpresa e aconteceu bem no momento em que ela tentava maquinar o próximo encontro. Alex tinha levantado muito cedo para se preparar, sentindo uma mistura de entusiasmo e nervosismo semelhante a de um primeiro encontro. O fato de Kim ter feito contato sem nenhum tipo de intervenção havia convencido Alex ainda mais da afinidade que existia entre as duas.

Ela sabia que cada encontro com Kim lhe daria mais munição, e nesse encontro ela tinha descoberto muita coisa. Uma ideia estava começando a se formar sobre de que forma a detetive inspetora podia se encaixar em seus planos.

Alex estava empolgada com a negação de Kim sobre sua obscura infância e a nitidez da dor que aqueles acontecimentos tinham causado. Estava claro que ela não havia procurado ajuda para deter os demônios que a assombravam e, por mais que a inspetora acreditasse manter as emoções atrás de seu rígido escudo, não conseguia escondê-las de alguém que passou a vida estudando as pessoas e suas emoções.

Como Kim não tinha lidado com a dor de sua infância, a aderência da detetive à sanidade era tênue, na melhor das hipóteses. Se lidasse com elas, as memórias ainda causariam sentimentos de dor e perda, porém não a ameaçam de ser submersa. Alex não conseguia deixar de pensar no quanto teria que pressionar Kim até ela cair no abismo de sua frágil psique. A única coisa que a mantinha a salvo era a distância que tentava manter entre si mesma e aquelas funestas memórias.

Por fim, Alex sabia que sua relação com a detetive seria frutífera e construtiva na melhor das hipóteses, e, na pior, divertida.

Estava no limiar do tédio e isso a fazia ansiar por mais um desafio. Uma pessoa como Kim a desafiava. Havia tanto conflito ali que ele emanava como um farol marítimo. Kim possuía questões das quais nem ela mesma tinha conhecimento e isso empolgava Alex. Kim era um brinquedo novo com o qual podia brincar durante muito tempo.

Ela forçou seus pensamentos a se afastarem de Kim, respirou fundo e posicionou os óculos. Irritação não era uma boa característica a se mostrar aos pacientes. Não pelo que cobrava por hora.

– Sra. Ross, queira entrar – disse ela, cordialmente, abrindo a porta do consultório. A mulher entrou com passos arrastados sem olhar direito para a doutora.

Alguns de seus pacientes que se consultavam devido a ordens judiciais começavam dessa maneira. Não particularmente felizes por irem ao psiquiatra, mas sem muita escolha em relação ao assunto.

Ela rapidamente avaliou a mulher. Ainda possuía uma leve protuberância no lugar em que o bebê havia estado e, apesar de a criança já ter sete meses, Jessica Ross ainda não tinha se preocupado em perder o peso excedente. O cabelo estava desarrumado e estendia-se até abaixo dos ombros. Ela movia-se com a postura de um sem-teto, desprovida de esperança. Não estava maquiada e sua feição magra acrescentava uns dez anos aos seus 25.

Esse caso não guardava interesse algum para Alex. Ele pagaria o laptop novo que queria e talvez a revisão do carro se conseguisse estendê-lo um pouquinho.

Sentou-se imediatamente. Não valia a pena oferecer café a essa paciente. O Colombia Gold era caro.

– Então, Jessica, o tribunal ordenou que fizesse terapia após o incidente violento que aconteceu com o seu bebê?

Apesar de Alex falar com suavidade, suas palavras ferroavam e a mulher visivelmente estremeceu. Alex ficou satisfeita por ter causado um pouquinho de dor. *Obrigada por interromper o meu encontro, vadia.*

Alex pôs o bloco de anotações na mesa e recostou-se. Não havia problema em começar a tencionar desde o início.

– Vejo que você está se sentindo bem estressada e desconfortável, então não vamos apressar as coisas. Por que não me conta um pouco sobre você.

Os ombros de Jessica relaxaram um pouco devido ao alívio de não ter que entrar no assunto logo de início.

Alex instigou:

– Me conte sobre infância, família, esse tipo de coisa.

Jessica fez que sim, já agradecida.

Meus Deus, as pessoas eram patéticas, pensou Alex, desconectando-se. A transparência não era nada estimulante.

– ...as férias eram normalmente em Blackpool. Lembro-me de uma vez em que estávamos na praia...

Alex se desligou quando um lento sorriso espalhou-se pelo rosto de Jessica. Jesus, ela estava revivendo uma memória boa. Alex mexia a cabeça de vez em quando, instigando-a a continuar enquanto pensava nas decepções que tinha sofrido até então.

Ruth era, de longe, a maior das decepções para ela – sobretudo devido ao tempo investido. Ela não tinha sido uma candidata oportuna como Barry, que também não havia agido como Alex queria, apesar de pelo menos ter sido útil ao proporcionar um encontro inesperado entre ela e Kim.

Shane tinha sido um candidato promissor a princípio, mas sua instabilidade ficou mais evidente na casa dela. Estremeceu à lembrança, não por causa do medo que sentiu inicialmente quando ele a surpreendeu, mas por não ter percebido que aquilo aconteceria. Shane serviria como um lembrete de que pontas soltas precisavam ser amarradas.

Alex já tinha decidido que a Hardwick House não era mais parte de sua vida. O tempo que isso exigia não era equivalente aos benefícios. Sua esperança tinha sido a de que aquele lugar fornecesse um fluxo constante de cobaias que pudesse escolher, porém havia subestimado tanto a qualidade quanto a quantidade do material em oferta. Durante um tempo, o desafio de seduzir David Hardwick tinha sido tentador e transformado suas idas àquela casa de desajustados ao menos tolerável. Entretanto, nem mesmo esse desafio estava sendo suficiente para mantê-la entretida. Ele ficar se fazendo de difícil tinha se tornado enfadonho.

Ela iria, em algum momento, enviar uma carta a David explicando que os acontecimentos recentes a afetaram emocionalmente e que não se sentia mais capaz de contribuir com a instituição. E escreveu um lembrete em seu bloco de notas para bloquear as ligações de lá em seu telefone.

– ...larguei a faculdade por causa de ansiedade e ataques de pânico...

Ainda não era necessária uma resposta de Alex, que precisou se esforçar para não revirar os olhos. Estava estampado no rosto daquela mulher: vítima pobre coitada. Alex sentiu que o único desafio que enfrentaria com aquela paciente seria não a arremessar para fora.

Repentinamente, Alex se deu conta do porquê achava aquela mulher tão irritante. Havia um atributo nela que a fazia lembrar-se de Sarah. Alex escreveu outro lembrete no bloco de notas. Não havia conferido os sites das imobiliárias nos últimos dias. Tinha certeza de que haveria mais um imóvel disponível em Llangollen a essa altura. Sim, uma joia de chalé de dois quartos que provavelmente estava sendo ofertada como uma "pechincha excepcional" por tempo limitado.

Normalmente, eram necessárias apenas algumas cartas para estimular a irmã a agir. Se não, Alex tinha mais alguns truques na manga para instigar Sarah a colocar os tênis de correr. Em suas marcas, preparar, já, maninha.

Embora a irmã fosse bem previsível a essa altura, Alex continuava com o jogo só porque podia e porque lhe proporcionava alguma diversão ter um envolvimento na vida de Sarah. O fato de que a idiota patética se deixava abrir mão do lar de poucos em poucos anos era um entretenimento por si só.

– ...começou algumas semanas depois do nascimento...

Blá, blá, blá. Alex se perguntou se arrancar os finos e claros pelos dos braços um por um aliviaria aquela chatice. Provavelmente seria menos doloroso.

Oh, meu Deus, me poupe desse tédio. Na opinião de Alex, depressão pós-parto estava se transformando no acessório mais na moda para a maioria das mães de primeira viagem e vinha sendo diagnosticado indiscriminadamente. Não havia mais *baby blues* nem períodos de ajuste.

– ...eu me sentia inútil e queria entender o que tinha causado esses sentimentos...

Provavelmente o seu próprio subconsciente sendo honesto com você, pensou Alex ao gesticular a cabeça diante da angústia da mulher.

– ...me sentia culpada por todos os pensamentos negativos. Achei que estava desapontando o meu marido. Ele estava muito empolgado, curtia o neném, e eu não podia contar a verdade a ele. – Ela balançou cabeça, lutando contra as lágrimas. – Achei que estava ficando doida...

Tudo muito protocolar, pensou Alex, apesar de Jessica ter chegado a esse estágio mais rápido do que a psiquiatra tinha imaginado. Agora seria forçada a suportar a monotonia de fazer algumas perguntas.

– Você vivenciou algum pensamento suicida?

Jessica hesitou e respondeu que sim, enxugando os olhos.

– O que me deu mais um motivo pra me sentir culpada: contemplar a possibilidade de abandonar os dois.

– O que aconteceu naquele dia? – questionou Alex. Ela agora queria que essa mulher inútil fosse embora. Alex tinha certeza de que ela diria algo como a criança simplesmente não parava de chorar, por isso a agarrou pelos braços com força demais ou alguma outra razão banal.

– Qual deles? – questionou Jessica.

A pergunta surpreendeu Alex. Ela tinha pressuposto que se tratava de apenas um episódio violento contra a criança e que o serviço social estivesse envolvido desde o começo.

– O primeiro – respondeu Alex, oferecendo a ela atenção total. Aquilo estava começando a ficar interessante.

– Foi um dos meus piores dias. No dia anterior eu me sentia no topo do mundo, muito bem, quase bem demais. Estava cheia de energia e entusiasmo. Aí, *boom*, o dia seguinte foi o mais sombrio de todos. Tudo me aterrorizava. Até a chaleira desligando era o suficiente para me fazer ranger os dentes. Lembro que não conseguia saber nem onde tinha colocado o sabão em pó. Foi muito estranho. Me peguei o procurando no barracão do quintal. O Jamie começou a chorar e a princípio não consegui achar o quarto. Foi tão esquisito. A gente mora naquela casa há três anos e eu não conseguia achar o segundo quarto.

Alex pôs o bloco de notas na mesa e inclinou-se para a frente.

– Prossiga – instruiu ela, dando à nova paciente atenção total.

– Fiquei em frente ao berço e ele parou de chorar. Baixei os olhos na direção dele e comecei a ouvir umas vozes, primeiro, muito baixas, me falando para beliscar o Jamie. Estava confusa, mas assim que escutei aquilo soube que tudo ficaria melhor se eu colocasse a pele dele entre os meus dedos e espremesse.

Alex estava alerta a todas as palavras agora.

– E foi isso que você fez?

Jessica corou e lágrimas formavam-se em seus olhos enquanto ela respondia que sim com um gesto de cabeça.

Alex estava com vontade de bater palmas. O serviço social com acúmulo de trabalho tinha lhe enviado um presente. Aquela mulher havia sido diagnosticada com depressão pós-parto e exibia todos os sinais dessa condição. Contudo, além do óbvio, Jessica tinha vivenciado euforia, confusão e alucinações verbais. Jessica Ross estava sofrendo de psicose pós-parto, um distúrbio muito diferente e que a transformou em algo muito interessante.

– Oh, minha querida, acabei de perceber – disse Alex, cordialmente, ao se levantar da cadeira. – Nem fiz café pra gente. Espere um segundo enquanto eu ligo a cafeteira.

Ela deu um sorriso tranquilizador para o estudo de caso número quatro.

CAPÍTULO
48

BRYANT ESTACIONOU O carro atrás do Tesco no centro de Blackheath.

– Você sabe que pode ter enganado o pessoal, mas eu não sou tão idiota quanto aparento.

– Isso você não tem como fazer – brincou ela.

– Sei que não estava no dentista – afirmou ele, olhando fixamente para a frente.

– Eu tenho dentes, sabia? – comentou Kim, dando uma batidinha no lábio superior.

– É, já os vi rasgando homens em pedacinhos, mas não é a isso que estou me referindo. Em três anos, você nunca marcou médico no horário de trabalho. Nenhuma vez.

Ela estava com a resposta para a discussão na ponta da língua, mas mudou de ideia. Bryant sabia que ela tinha mentido e Kim sabia que ele sabia que ela tinha mentido. Não tinha vontade alguma de piorar as coisas.

– Só preciso ter certeza de que sabe o que está fazendo – disse ele, sem virar o rosto na direção dela.

Kim ficou tentada a pôr a mão no braço dele, para tranquilizá-lo, mas não o fez e o momento passou.

– Anda logo, meu preocupadão crônico, temos uma sombra pra encontrar.

A sapataria fica na rua comercial, aninhada entre um açougue e a entrada do centro comercial.

Um sino ressoou enquanto Kim segurava a porta aberta para Bryant. Se o cheiro das peças de carro tinha sido convidativo para ela, aquele ali era qualquer coisa menos isso. Havia um bolor no ar, como se o estoque estivesse estagnado, boa parte dele não se encontrava exposto, e sim guardado.

Etiquetas de preço escritas a mão soltavam-se das paredes cheias de malas antiquadas. Uma bancada no centro possuía uma variedade de bolsas e carteiras. Era uma loja com distúrbio de personalidade múltipla. Ou simplesmente uma loja tentando sobreviver.

Um homem saiu do escritório nos fundos e deslizou para trás do balcão. Kim calculou que beirava os 50 anos. Sua calça jeans cinza estava amarrotada e a cintura havia sido engolida pela barriga. A camisa de malha preta expunha marcas de suor nas axilas. Ela não conseguiu deixar de se perguntar se as roupas dele eram trocadas com a mesma frequência que o estoque. Mas estava ficando mais claro o porquê da popularidade da loja. Convidativa, ela não era.

Bryant avançou. Kim permaneceu atrás e observou o homem atenciosamente.

– Gostaríamos de conversar com você sobre Leonard Dunn. Ele é integrante do clube do livro que você organiza.

Kim viu a pele vermelha aparecer acima da gola da camisa de malha do sujeito.

– Você sabe, é claro, que ele está preso por abusar das duas filhas.

Apesar de Bryant falar com gentileza, a dureza da frase resistia.

Charlie Cook respondeu que não com um vigoroso movimento de cabeça.

– Não sei nada sobre isso aí. A gente só se encontra de vez em quando pra falar de livro.

Seus olhos saltavam entre os dois. Bryant demonstrou compreensão com um movimento de cabeça antes de prosseguir:

– É, eu mesmo faço parte de um clube do livro. É ótimo encontrar com os rapazes de vez em quando.

Kim não demostrou surpresa nenhuma à mentira dele.

Bryant avançou um pouco mais e inclinou-se sobre o balcão.

– A patroa acha que uso o clube pra encobrir outra coisa.

O vermelhão seguiu no sentido norte.

– Não é pra encobrir nada... eu juro... a gente lê livros... e depois discute sobre eles. É só isso que a gente faz... juro por Deus...

– É, a patroa acha que a gente sai pra encher a cara.

Charlie ficou visivelmente mais relaxado. Ele sorriu e a vermelhidão deu uma pequena recuada.

– Mas, veja bem, o negócio é o seguinte, sabemos que tem mais alguém envolvido no que o Leonard Dunn estava fazendo.

Charlie balançou a cabeça vigorosamente.

– Que nada, parceiro... de jeito nenhum. Nenhum de nós. Sem chance. O camarada é doente. São meninas pequenas... me faz passar mal. A gente só conversa sobre livros. Só de imaginar...

– Ok, Charlie – disse Bryant, suspendendo a mão. – Mas temos que perguntar.

– Ah, é... é... claro. Entendo.

– Bom, se souber de alguma coisa que possa nos ajudar, avise-nos.

A pele de Charlie começou a voltar à cor normal diante da iminente saída dos policiais.

Ele estendeu uma mão trêmula por cima do balcão e Bryant foi corajoso o suficiente para apertá-la.

Kim saiu na direção da porta. Bryant a seguiu durante alguns passos e virou-se.

– Ah, o livro do último mês no meu clube foi *The Longest Road* – comentou Bryant, citando o livro que Stacey havia mencionado.

– Sei, sei. Bom livro.

Bryant deu de ombros.

– Só fiquei desapontado com a morte da Amy Blake no final. Eu gostava da personagem.

Charlie concordou com um vigoroso gesto de cabeça.

– É... é... uma pena mesmo.

Kim meneou a cabeça e continuou na direção da porta. Bryant materializou-se ao lado dela enquanto se esquivavam de um grupo de estudantes pequenos. Ela deu-lhe uma olhada de soslaio.

– Sabe, Bryan, tem um elogio na minha garganta, mas ele está preso, bem aqui – disse ela, apontando para o pescoço.

– Obrigado, chefe, nesse caso você vai adorar isto. Clube do livro é o cacete. Dei uma lida sobre ele enquanto você estava no dentista. Não existe personagem nenhuma chamada Amy Blake.

CAPÍTULO
49

– **DEVIA TER RECUSADO** esta porcaria – resmungou Dawson encostado na porta do carro.

Stacey riu.

– Tá bom, me avisa quando é que você vai falar não pra chefe. Vou alugar uma casa de espetáculos, vender ingresso, fazer o esquema completo.

– É, acho que isso aqui é sair à noite pra você – disse ele.

Kim tinha pedido a eles para ficar de olho em Charlie Cook. Ver o que o grupo aprontava. Depois de interrogá-lo mais cedo naquele dia, suspeitavam que havia algo de errado.

Ele tinha entrado no conjunto habitacional onde morava em um apartamento de um quarto meia hora atrás e estavam ali vigiando desde então.

– Para a sua informação, Kevin, em breve, muito em breve, eu vou sair.

Ele se virou no carro para olhá-la.

– Não brinca. Você tem mesmo um encontro marcado?

– Talvez.

– Qual é, Stacey, desembucha. Homem ou mulher?

A bissexualidade dela era conhecida pelos colegas, embora não fosse algo noticiado. Seus pais eram antiquados e apegados a certas crenças. Qualquer outra coisa além de heterossexualidade era um caminho que não devia ser tomado.

Mas ela não era da África. Os pais, sim. A Inglaterra era a única pátria que conhecia.

– Mulher – respondeu Stacey.

Seus olhos encheram-se de compreensão. O que levou um sorriso sarcástico ao seu rosto.

– Eu sei quem é.

– Não fica puto só porque ela gosta mais de mim do que de você.

Ele balançou a cabeça.

– Fala sério, jogo limpo, Stacey. A Trish é muito massa.

Stacey ainda não tinha decidido totalmente, mas estava tendenciado para o lado do sim.

– Ei, o Cook está saindo.

Stacey pôs a mão na chave na ignição.

– Espera aí – disse Kevin. – Parece que ele vai a pé.

– Que meeerda – xingou ela enquanto os dois saíam do carro.

A rua ficava no centro de um conjunto habitacional. Com becos e vielas por todos os lados. A melhor amiga de Stacey tinha morado a duzentos metros de onde estavam. As duas tinham passado muitas horas perambulando a esmo por aquelas ruas.

Eles ficaram atrás de uma cerca viva. Stacey esticou a cabeça para fora dela e espiou.

– Ele está indo para um beco que passa por baixo de uma ponte da ferrovia.

– Dá para irmos atrás dele? – perguntou Dawson.

Stacey negou com um movimento de cabeça.

– Não tem comprimento suficiente. Se ele virar, vê a gente.

Assim que Cook desapareceu de vista, eles atravessaram a rua em disparada. Stacey deu uma olhada rápida. Não havia espaço suficiente entre eles.

– Esse beco chega a que lugar? – perguntou Dawson.

– Sutherland Road. Se ele for para a esquerda, vai atravessar um polo industrial. À direita tem uma fileira de casas e, em frente, um campo e um parque.

Stacey deu outra olhada. Ele tinha saído pela ponta do beco.

– Corre – falou Stacey. Tinham que conferir para que lado ele tinha ido.

Dispararam até o final do beco. Stacey olhou ao redor. Se ele tivesse virado para a esquerda ou para a direita, ainda estaria à vista.

Ela começou a atravessar a rua.

– Ele atravessou o campo. Se a gente ficar muito atrás do Cook, vamos perder ele de vista e o parque tem três saídas.

– Puta merda – xingou Dawson.

Stacey compreendeu o que ele quis dizer. Não tinham como manter uma distância de segurança. Sem a ajuda de postes de luz, o alvo deles em breve desapareceria de vista.

Correram pelo campo até vê-lo. Não estavam a mais de seis metros atrás dele quando diminuíram o passo e começaram a andar na mesma velocidade de Charlie Cook.

Dawson estendeu a mão e tocou no braço dela.

– Kevin... mas que...?

– Stacey, segura minha mão?

Devia fazer isso?, pensou a detetive. Sinceramente, não sabia qual era a dele.

Ela a pegou e apertou, com força, sentindo os ossos dos dedos dele esmerilarem uns os outros. Para a sorte dele, não fez som algum.

– Aonde isso vai dar? – perguntou Dawson, quando Cook seguiu na direção da primeira saída do campo.

– Casas e uma escola. Tem uma biblioteca no final da rua e algumas lojas do outro lado.

A silhueta entrou na luminosidade dos postes. Eles imediatamente alteraram a velocidade. A visibilidade adiante era ótima. Havia apenas uma curva para a direita na rua.

Pararam na escuridão do campo, ele continuou andando até o final da rua e virou à direita.

Novamente, eles correram, percorrendo o caminho que ele havia feito.

Dessa vez, Dawson espiou da esquina.

– Ele atravessou – informou, em busca de orientação.

Stacey vasculhou a memória.

– Tem um pub, o Waggon and Horses, eu acho, uma loja de material elétrico e... oh, espera aí...

– O quê? – perguntou Dawson entredentes.

– A antiga escola, a Reddal Hill, hoje ela é um centro comunitário.

– Ele está saindo de vista – alertou Dawson.

Começaram a caminhar pela calçada, porém do outro lado da rua.

Mais quinze metros e Stacey enxergou a entrada da antiga escola. Cook estava a não mais de três metros e virou.

Stacey parou de se mover.

– É, pelo menos agora a gente sabe.

Dawson seguiu em frente.

– Por que está parando?

– Porque a gente já sabe aonde ele vai.

Ele deu um sorriso para ela que dizia: "é, sabemos, sim".

– Tá, mas não sabemos pra quê.

Stacey voltou a andar e o alcançou.

Um minuto depois, entraram no terreno da antiga escola. Havia um quadro de avisos bem à entrada.

Folhas A4 de várias cores exibiam uma diversidade de fontes e tamanhos.

– Mas que inferno, parece o itinerário de um acampamento de verão – observou Dawson.

Stacey leu alguns anúncios em voz alta:

– Boxe, Caratê, Ferromodelismo, Clube de Vídeo, Exercícios Aeróbicos. Ah, e pra você, Kevin, eles têm Bingo.

– Olhe a atividade de hoje à noite, Stacey.

Os olhos de Stacey encontraram o dedo dele no quadro: Grupo de Jovens.

CAPÍTULO
50

KIM ESTACIONOU EM FRENTE ao centro para amigos e família da Eastwood Park Prison uma hora depois de ter ligado. Um engavetamento de seis carros perto de Bristol a tinha forçado a sair da rodovia e pegar a rota turística que atravessava as Malvern Hills.

Antes de Kim desligar o carro, abaixou alguns centímetros do vidro da porta do motorista para garantir que Barney tivesse ar suficiente enquanto ela estivesse lá dentro. Ele parecia ter ciência de que não sairia do carro e fez dois círculos completos antes de se acomodar no banco de trás.

O local tinha sido um centro de detenção juvenil e uma instituição para jovens infratores antes de se tornar uma prisão feminina com aproximadamente 360 detentas. Apesar do esforço que se fazia para fundi-la com a região em que estava situada, a presença de arame farpado assinalava que havia algo a ser temido.

Na concepção de Kim, as prisões não deveriam ter uma aparência bonita. Não havia espaço para flores e arbustos que aparassem suas arestas. Deviam ser altas e sólidas, essa era sua opinião. As prisões existiam para abrigar pessoas que cometeram crimes e para dissuadir outras de fazerem o mesmo. Os esforços para dar-lhes a aparência de habitações sociais eram equivocados e um caso sério de propaganda enganosa.

Ela lembrou-se de um programa de Ross Kemp a que havia assistido sobre uma prisão na América do Sul lotada dos piores criminosos imagináveis. O governo mandava comida e suprimentos semanalmente e faziam a guarnição pelo lado de fora para assegurar que ninguém fugisse. Muito menos caro do que o processo inglês, contudo, Kim, de certa maneira, sentia que esse sistema não vingaria em um país mais "civilizado".

Felizmente, não era necessária autorização para visita a quem estava em prisão preventiva e a ligação que fez para o governador evitou que precisasse avisar com 24 horas de antecedência. Kim mostrou sua identidade ao portão e, depois de confirmar que não tinha nada além de alguns trocados no bolso, passou por uma revista superficial. Ficou imóvel obedientemente enquanto os cachorros passivos deram-lhe uma rápida "cafungada" e, ao ser declarada sem contrabando, foi encaminhada à sala de visitas.

A primeira coisa que a atingiu foi o "falatório". Apesar de alguns grupos de pessoas falarem em tons abafados, o que a assaltou foi um ruído generalizado de falsa animação. Era uma prisão, mesmo assim transpirava a atmosfera de uma cafeteria de mercado em uma manhã de sábado.

Parecia que todos estavam se comportando alegremente para o bem da outra pessoa. As detentas falavam com uma alegria exagerada porque não queriam que amigos e familiares se preocupassem com seu bem-estar, e os visitantes agiam como se estivessem se encontrando para um piquenique às margens de um rio, como se não houvesse nenhum outro lugar onde quisessem estar no fim de semana. Kim se perguntou quantos Kleenez seriam necessários em ambos os lados do muro mais tarde.

Localizou Ruth sentada a uma mesa na metade do caminho à esquerda. Kim quase não reconheceu a mulher quando ela cumprimentou com a cabeça uma policial que passava por ali.

Uma avaliação rápida confirmou que Ruth tinha ganhado um pouco de peso, o que a fez perder a aparência esquelética de quando Kim a viu pela última vez. O cabelo lavado, embora não muito arrumado, estava sadio e solto, estendendo-se pouco abaixo dos ombros. O encarceramento parecia convir a Ruth. A impressão era de que tinha retornado de uma semana no spa.

– Detetive inspetora – disse Ruth, estendendo a mão.

Kim fixou um sorriso no rosto, uma expressão com a qual nunca se sentia confortável, mas queria deixar a prisioneira tranquila.

– Nenhum outro visitante hoje?

– Mamãe e papai vieram ontem – respondeu ela, como se não houvesse mais ninguém.

– Como eles estão?

Ruth deu de ombros.

– Está sendo mais difícil para eles do que para mim. – Ela deu uma olhada ao redor. – Consigo entender porque algumas pessoas pedem às famílias para ficarem afastadas. A expressão no rosto da minha mãe diz tudo. A prisão é para os filhos de outras pessoas. As visitas são a parte mais difícil da semana.

– A maioria das pessoas parece estar gostando.

– Vai achando. É para o bem dos visitantes, mas depois as mulheres sofrem pra caramba por saber que fizeram alguma coisa que força as pessoas que as amam a passar o fim de semana fazendo isso.

– Você quer um café?

Ruth aceitou com um movimento de cabeça.

– Com leite e dois torrões de açúcar, por favor.

Kim afastou-se da mesa, sentindo que aquela situação era levemente surreal. A conversa era educada e sociável apesar do fato de Kim ter sido a policial que prendeu Ruth.

Uma pitada de animosidade até que seria apropriada, mas Kim não percebeu nem um pouco disso. Na verdade, os sentidos dela não captavam nada além de aceitação.

Enquanto esperava as bebidas ficarem prontas, Kim sentiu olhares pesando sobre si. Virou-se e viu três crianças subindo em uma mulher com sobrepeso que a encarava de cara fechada. Não a reconheceu, mas alguns criminosos experientes sacavam um policial a cinquenta metros.

Kim retornou e pôs as bebidas na mesa.

– Então, como está enfrentando isto aqui?

Ruth deu de ombros.

– De boa. Não demora muito pra gente se adaptar à vida na prisão. Tudo é controlado: levanta, faz exercício, hora do banho, hora de comer, hora de dormir. Poucas mudanças na rotina. Você se acostuma com os funcionários, com as outras detentas e com o cantinho da cela que pertence a você. Não há quase nada com que se preocupar, nenhuma decisão a ser tomada.

Kim detectou uma nota de alívio nessa última sentença.

Ruth olhou ao redor.

– Podia ser pior, entrei para o clube da caminhada matinal, me matriculei em alguns cursos e de vez em quando tem um evento social à noite.

– Me parece que você se adaptou muito bem – comentou Kim, achando que ela estava recebendo a versão "para turista" da instituição. Apesar das coisas que Ruth mencionou e também do fato de a prisão possuir uma unidade de mãe e bebê decente, ela tinha a quarta maior taxa de suicídio do país.

Ruth sorriu.

– Vou ficar aqui durante um período muito longo. Minhas opções são limitadas. E, se é por isso que está aqui, confirmo para você que vou me declarar culpada. A pena são os advogados que vão definir, mas não vou lutar contra a punição.

As palavras estavam sendo pronunciadas como se discutisse a perda de um jogo de xadrez, não anos de vida.

Ruth deu uma leve risada.

– Desculpa, acho que te deixei sem palavras.

Aquela não era a mulher que tinha prendido. A pessoa sentada diante dela era estável, resignada e quase satisfeita.

– Mas você tem o direito de ser julgada. – Era um sistema judiciário em que Kim confiava.

Ruth negou com um gesto de cabeça.

– Não vai ter julgamento. Não vou fazer minha família e a mãe dele passarem por isso. Não fique tão chocada. Não tenho problema psicológico. Fiz aquilo e estou preparada para as consequências das minhas ações. Tirar a vida de alguém não é algo que pode ficar sem punição. Tenho que pagar o débito que a sociedade ditar e depois começar de novo.

Kim tinha esperado muito tempo para encontrar alguém que ecoasse seus próprios sentimentos, mas não esperava que seria alguém que havia prendido, e ela certamente não anteviu o vago desconforto que isso lhe causou. Aquela mulher estava aceitando a punição com uma facilidade um pouco exagerada e Kim não conseguia deixar de sentir que ela não era a única pessoa a ser culpada.

– Espero ter respondido à sua pergunta – disse Ruth, movendo as pernas para se levantar.

Kim balançou a cabeça.

– Por favor, sente-se, não é por isso que estou aqui.

A calma calculada pareceu vacilar durante apenas um segundo, quando ela ficou séria e sua testa franziu de ponta a ponta.

– Podemos falar sobre a doutora Thorne?

Ruth semicerrou os olhos.

– Desculpe, não entendi.

Kim sabia que devia tocar com cuidado no assunto.

– Você me ajudaria se falasse um pouquinho sobre as sessões com ela.

– Por qual motivo?

Kim notou uma repentina aspereza no tom dela.

– Ajudaria a Promotoria Pública a compreendê-la melhor.

Ruth deu a impressão de não estar convencida e cruzou os braços diante do corpo.

— Bem, a gente só conversava, como você já deve imaginar. Discutíamos muitas coisas no tempo em que ficávamos juntas.

— Você pode me falar sobre a sua última sessão? Seria realmente muito útil.

— A gente conversou um tempo e ela fez comigo um exercício de visualização simbólica.

Ruth ficou desconfortável e Kim sentiu-a retrair-se. Agora não, suplicou silenciosamente. Precisava saber o que diabos era um exercício de visualização simbólica. Seu instinto lhe dizia que nesse caso não era algo nada bom. Deixando a sutileza de lado, Kim sabia que tinha que partir pra cima se quisesse descobrir alguma coisa.

— Ruth, houve alguma coisa na última sessão que possa ter encorajado você a fazer o que fez?

— Fui eu que fiz aquilo. Eu peguei a faca, eu o esperei, eu o segui e eu o esfaqueei.

Kim via a emoção aumentando na mulher diante de si. Um rubor espalhava-se pelo peito dela e os músculos do rosto estavam tensionados.

— Mas você não acha possível que estivesse sendo manipulada? Usada pela dr. Thorne? Ao fazer você se imaginar matando o Allan Harris com uma faca no exercício simbólico, é possível que a doutora estivesse intencionalmente...?

— Não seja ridícula. Como ela poderia saber que eu usaria os esforços dela para me ajudar com...?

As palavras de Ruth desvaneceram ao se dar conta de que tinha acabado de confirmar aquilo que para Kim era apenas um palpite. O crime espelhava a sessão.

— Ruth, por favor, fale comigo.

Kim balançava a cabeça veementemente.

— Detetive inspetora, não direi uma palavra contra a doutora Thorne. Ela é uma psiquiatra qualificada e intuitiva que me ajudou durante o período mais difícil da minha vida. Não sei o que você acha que ela faz, mas posso te dizer que aquela médica tem sido a minha salvadora. Acho melhor ir embora e levar as suas acusações nojentas com você.

— Ruth...

— Por favor, vá embora e não me ligue de novo.

Ruth a encarou com raiva antes de sair da mesa.

Kim xingou, entredentes. A maldita mulher estava tão enrolada na própria flagelação que não estava aberta sequer para a sugestão de que talvez houvesse mais pessoas a culpar pelo crime. Ela havia se comprometido tanto com o seu pesar que e não tinha como fazê-la mudar de opinião.

Kim retornou ao carro, agora certa daquilo que antes apenas suspeitava: Alex tinha manipulado Ruth. Mas não sabia por quê.

Kim se perguntou se a doutora estava fazendo um doentio tipo de jogo de poder, vendo até que ponto conseguia impulsionar as pessoas, mas não achava que era isso. Lembrou-se da primeira vez em que se encontrou com Alex após a morte de Allan e ela perguntou se podia visitar Ruth. Tinha feito aquilo para tentar encobrir seus rastros ou algo assim? Se o objetivo fosse simplesmente manipular Ruth, saber o que a moça havia feito teria sido triunfo suficiente, mas não foi. Ela queria analisar Ruth depois do fato.

Não, não era algo objetivo do tipo: "vou foder a mente das pessoas". Alex queria descobrir alguma coisa e Kim tinha que decifrar exatamente o quê. Seria necessária uma viagem ao seu passado para desvendar isso.

Kim não podia ignorar o poder que Alex agora possuía nas mãos. Ter acesso aos horrores de seu passado definitivamente deixava a luta injusta. Alex podia examinar aqueles acontecimentos abertamente e não perder a cabeça. Kim não podia se dar a esse luxo.

Alex podia usar todos os fatos para arrastá-la para mais perto da escuridão, enquanto Kim sequer sabia como contra-atacar. Ela precisava mesmo era de uma compreensão exata do que estava enfrentando.

Concluiu que apenas um homem poderia ajudá-la nesse momento.

CAPÍTULO
51

BARDSLEY HOUSE, a seis quilômetros do centro de Chester, era usada para abrigar os criminosos insanos. Aberta desde o final dos anos 1800, nunca oferecia tours diários para os abastados, um passeio guiado pelos estágios da insanidade, como Bedlam, em Londres. A Bardsley House mantinha seus pacientes isolados, atrás de portas fechadas e longe de olhares curiosos. Externamente, ela não continha sinal algum da loucura lá dentro.

A entrada de cascalho de pouco menos de um quilômetro contorcia-se em meio a gramados vistosos e ondulantes e um parque de cervos de 700 acres antes de terminar diante de uma estrutura imponente que mantinha sua aparência de século XVII.

Ao se aproximar da entrada, Alex chegou à conclusão de que havia lugares bem piores para ser doido.

A área da recepção era diferente do foyer de um hospital normal. Confortáveis *bergères* lotavam o espaço, com algumas mesas espalhadas aqui e ali. Aquarelas de paisagens da região pontilhavam as paredes e flautas de pã ressoavam suavemente de um alto-falante posicionado acima de uma câmera de segurança.

O dedo de Alex pairava acima de uma campainha quando uma mulher de 50 e tantos anos com sobrepeso abriu a porta. Uma avaliada rápida informou-lhe que a mulher já estava na instituição havia um tempo. Usava calça preta feita com um poliéster barato e camisa de malha branca coberta por um avental azul liso. Suas unhas eram multicoloridas e bijuterias de um amarelo vistoso adornavam-lhe os pulsos e a garganta. Seu cabelo curto era tingido de um roxo vívido. Uma plaquinha simples informava seu nome: "Helen". Sem profissão nem cargo, só Helen.

Alex estendeu a mão.

– Olá, meu nome é...

– Dra. Thorne – completou Helen com um amplo e aberto sorriso. Era óbvio que se tratava de uma mulher acessível e confiável. O tipo de pessoa que Alex amava.

– O dr. Price avisou que você viria. Pediu para a ajudarmos de todas as formas que pudermos.

É claro que pediu, pensou Alex. O dr. Nathaniel Price era o especialista do hospital e a "amizade" deles tinha começado na escola de medicina quando Alex sacou que ele estava tendo um relacionamento homoafetivo com um dos tutores. O segredinho dele tinha sido pouco útil para ela na época e Alex não era muito propensa à malícia frívola. Tinha que haver um benefício para ela, no mínimo, entretê-la. Naquela época, o segredo dele teria gerado pouco impacto; novidade durante uma semana ou duas, depois seria engolida pelo turbilhão da superficialidade universitária. Mas agora ele significava mais, especialmente para a esposa e as três filhas.

Felizmente, Alex não tinha precisado ameaçá-lo. Ela estava presente ali, viajando pelas linhas telefônicas. O fato de a psiquiatra ter ciência já era o suficiente para Price, e se ele fosse tão intuitivo quanto Alex suspeitava, também sabia que ela o usaria. Provavelmente ainda tinha seus relacionamentos homoafetivos em segredo. Ela memorizou uma tarefa para o futuro: "não esquecer de descobrir isso". Uma segurançazinha extra não faz mal algum.

– É muita gentileza sua, Helen – agradeceu ela, sorrindo e dando um cordial aperto de mão. Gente gorda e feia sempre gostava da atenção de gente bonita.

Helen a conduziu por um pequeno corredor e entrou à esquerda em um pequeno escritório.

– Por favor, sente-se.

Alex fez como pedido. O lugar era funcional, pequeno e tinha uma janela com vista para uma fonte ornada que ficava no lado direito do terreno. A boca do golfinho dava a impressão de que não jorrava água havia 50 anos.

– Sou a gerente responsável pelos cuidados médicos aqui há 22 anos, se puder ajudá-la com alguma coisa, por favor, sinta-se à vontade pra me pedir.

Alex recostou-se.

– Não sei o que foi que o dr. Price te falou.

– Só que você tinha um caso similar no momento e que qualquer informação útil seria bem-vinda.

Alex confirmou com um pesaroso movimento de cabeça.

– Obviamente, não posso entrar em detalhes, mas se puder me falar sobre a Patricia Stone e se eu puder me encontrar com ela rapidamente, acho que isso me ajudaria a cuidar com mais eficiência do meu paciente.

Helen ficou satisfeita em compartilhar.

– Ok, eu vou falando e, se tiver alguma pergunta, fique à vontade para me interromper.

Alex pegou um caderno. Helen deu uma golada em uma lata de Coca-Cola diet, o que era engraçado, levando em consideração o tamanho daquela barriga.

– Presumo que conheça os detalhes da vida passada de Patty. Ela foi enviada para cá em 1987, após a tragédia. Foi diagnosticada com esquizofrenia anos antes, mas estava reagindo aos medicamentos e foi liberada na época da desinstitucionalização. Quando veio para os nossos cuidados, exibia muitas características de esquizofrenia. Tinha delírios, alucinações, discurso desordenado e comportamento catatônico. Era socialmente disfuncional e os sintomas perduraram durante mais de seis meses. Confirmou-se a exclusão de causas orgânicas conhecidas.

– Você pode ser mais específica em relação à natureza dos delírios e das alucinações? – perguntou Alex. Aquela aula de medicina de primeiro semestre estava um porre.

– Bem, a princípio a Patricia ouvia vozes discutindo na sua cabeça, completamente independentes dela. Ela era a juíza, a conciliadora, se preferir. As vozes sempre queriam que ela tomasse o partido de uma delas. Também sofria de percepção delirante. Há um registro, antes da minha época, de que um paciente empurrou para Patricia um jarro de água na hora do almoço, o que significou para ela que uma enfermeira estava querendo matá-la e só podia se proteger urinando no meio da sala de jantar. Não muito tempo depois de eu vir pra cá, Patty desenvolveu uma fobia por janelas, tinha medo de que, se a janela fosse aberta, seus pensamentos seriam sugados para fora de sua mente.

– Houve algum episódio violento?

Helen confirmou com um triste movimento de cabeça. Era nítido que aquela mulher gostava muito de Patricia Stone. Desenvolver esse tipo de sentimento por um paciente não era nada profissional, refletiu Alex.

– Infelizmente, sim. Ela não é violenta por natureza, mas algumas vezes é difícil controlá-la.

– Pode me contar sobre esses incidentes?

Helen pegou a pasta dela para que pudesse dar mais detalhes.

– Em 1992, ela atacou outra paciente alegando que a senhora idosa estava mandando pensamentos para a mente dela e precisava acabar com aquilo. Em junho de 1997, agrediu outro paciente, alegando que ele estava projetando sentimentos para dentro dela. Alguns meses depois, insistiu que esse mesmo paciente estava lendo os pensamentos dela em voz alta. Seis anos atrás, atacou um visitante, alegando que ele tinha controlado a mente dela e feito com que arranhasse o joelho até sangrar. E, mais recentemente, derrubou uma enfermeira nova por projetar impulsos em sua mente.

Alex estava intrigada. Patty Stone tinha passado por quase todos os sintomas de primeira ordem de Schneider. Qualquer um deles indicaria esquizofrenia.

Helen fechou a pasta.

– Por favor, não me entenda mal. Foram poucos episódios e distantes uns dos outros. Fora isso, é uma paciente modelo, cooperativa e razoavelmente agradável. Esses episódios nos estimularam a reavaliar a medicação. No início, ela tomava clorpromazina, mas agora está tomando clozapina.

Clozapina era geralmente dado a pacientes esquizofrênicos com dificuldade no tratamento. A droga produzia menos efeitos colaterais.

– Há alguma ligação entre o comportamento dela, ou esses episódios, e visitas de familiares?

– Patty nunca recebeu visita nesses anos todos.

Alex simulou surpresa:

– Oh, achei que a filha...

– É triste, mas não. Ela ligava todos os meses, e faz isso desde que fez 18 anos, mas nunca fez visitas.

– Isso deve ser difícil para a Patty.

Helen abriu as mãos.

– Não é papel nosso interferir na dinâmica familiar. Simplesmente fazemos o melhor pelos pacientes aos nossos cuidados.

– Há esperança de Patty ter alta em algum momento?

Helen ficou pensativa.

– Pergunta difícil, dra. Thorne. Em alguns períodos, Patty fica bem estável e não é difícil imaginá-la levando uma vida fora dessa instituição, mas os acessos de violência tornam essa possibilidade improvável. Tenha em mente que ela está internada há mais de 25 anos. Há uma segurança, uma familiaridade na vida dela aqui. Não somos uma instituição estilo fast-food. Nosso objetivo não é ter uma rotatividade rápida. Proporcionamos cuidados a pacientes que precisam, e aceitamos que para alguns isso possa levar um tempo muito grande, em determinados casos, a vida toda.

Alex concordou com um sério movimento de cabeça, pensando que se aquela mulher não era a responsável por escrever o panfleto promocional, deveria ser.

— É um cuidado caro, entretanto. Essa instituição é diferente de muitas que visitei.

— Temos uma mescla de pacientes particulares que financiam a estadia deles aqui, outros são custeados pelo sistema de assistência social.

É claro que eram, pensou Alex, principalmente pacientes com os quais o sistema de assistência fracassou e que acabaram negligenciados ou até mortos.

— Obrigada, Helen. Foi muito útil. Está óbvio que você é parte essencial da qualidade dos cuidados oferecidos aqui.

Helen transpareceu sentir-se convenientemente bajulada.

— Creio que gostaria de conhecer a Patty.

Foi mais fácil do que ela imaginava.

— Se for possível.

— Falei com o dr. Price que não a forçaria a se encontrar com você. Como disse, ela não recebe visitantes, e caso se sinta desconfortável ou não queira se encontrar com você, finalizamos a visita.

Alex consentiu com seu mais agradecido movimento de cabeça. Apesar da flacidez de toda aquela gordura, a determinação daquela mulher era cheia de firmeza.

— E estarei com você o tempo todo. Combinado?

Alex assentiu, gostando daquela mulher cada vez menos.

Helen levantou e gesticulou para Alex segui-la. Uma vez mais, encontrava-se no corredor com as flautas de pan. Não havia nenhum outro som, o que dava um aspecto sinistro ao lugar. Helen não usava chave, abria todas as portas com um código de acesso, digitado rapidamente por hábito.

Helen parou em frente a uma pesada porta de carvalho.

— Prefiro que não entre na área de convivência dos internos. Nossos pacientes têm rotina. Sabem qual é o período de visitas e não quero que fiquem agitados.

Alex foi levada a uma sala vasta, aparentemente intocada tanto pelo pessoal da instituição quanto pelos pacientes.

— Por favor, sente-se. Vou lá falar com a Patty.

Alex a agradeceu, mas não se sentou imediatamente. Vagueou pela sala que, em duas paredes, tinha livros do chão ao teto. A terceira parede estava repleta de arte, as quais ela reconheceu como Gainsborough, van Dyck e Sir Peter Lely.

Alex escolheu meticulosamente um assento. Ficou virada para a janela de modo que Patty se sentasse de frente para ela e não ficasse distraída pelo que acontecia lá fora. Sua jornada já tinha compensado o tempo investido. O fato de Kim jamais ter visitado a mãe, apesar de continuar ligando todo mês, a fascinou.

Alex não sabia que outras informações úteis poderia conseguir, mas estava ansiosa para conhecer a mulher que gerou Kim e tinha sido fundamental na formação de todos os traços complexos da personalidade que a detetive possuía. Conhecer a família dela consolidava ainda mais o relacionamento entre as duas. Alex supôs que nenhuma das pessoas na vida de Kim conheceu seu único parente vivo, este, portanto, seria um laço só delas.

A porta se abriu e Alex escondeu sua surpresa em relação à aparência de Patty Stone. A mulher era pequena, porém nada frágil, e o cabelo curto, completamente grisalho. Vestia calça jeans folgada e blusa floral. Seus pés estavam envolvidos em uma sapatilha sem cadarço azul-clara. Parecia alguém que estava cuidando do jardim de um chalé, só faltavam o chapéu e a cesta de flores.

Alex sorriu quando a mulher se aproximou, notando a rigidez e lentidão de seus movimentos.

– Oi, Patty. Como vai?

Patty a deixou pegar em sua mão. Estava quente, embora trêmula. À primeira vista, aquela delicada mulher de meia-idade parecia ter mais do que seus 58 anos e dificilmente seria capaz de ter acessos de violência, mas Alex sabia que as aparências podiam enganar.

Ela sentou-se e encarou Alex com um olhar desconcertante. A psiquiatra olhou dentro da íris de uma escuridão nada natural com a qual Patty tinha presenteado a filha. De repente, sem piscar nem mover nenhum outro músculo, Patty deu um tapa na própria coxa.

Alex ignorou o movimento.

– Então, Patty, tudo bem se conversarmos um pouquinho?

Patty parecia estar ouvindo, mas não a ela. Após seis ou sete segundos, assentiu com um gesto de cabeça.

– Gostaria de conversar sobre a sua filha, Kimberley, se possível.

– Você conhece a Kimmy? – perguntou sem hesitar, mas dando um tapa na coxa.

Alex olhou de lado para onde Helen estava sentada lendo uma revista.

Distante o bastante para não se intrometer, mas próxima o suficiente para escutar tudo que era dito. E para mensurar as reações de Patty. Alex precisava se certificar de que formularia as perguntas cuidadosamente.

Alex respondeu que sim com um movimento de cabeça, prestou atenção nos olhos que a encaravam e ficou chocada pela intensidade que viu ali, durante um segundo apenas, antes de um piscar devolver-lhes a docilidade.

– Conheci a Kim recentemente. Acredito que você não a vê há um tempo.

Patty levantou os olhos para o lado esquerdo, franzindo a testa.

– Peço desculpa, Patty. Você não vê a *Kimmy* há um tempo.

Uma única lágrima escorreu pela bochecha no momento em que suas mãos começaram a se movimentar, como se tricotassem.

– Kimmy segura?

– Sim, Patty, a Kimmy está segura. Ela tem um emprego muito importante na polícia.

– Kimmy segura.

Alex confirmou com um gesto de cabeça apesar de o olhar de Patty estar fixo acima da cabeça da psiquiatra.

– Kimmy liga, estou segura.

Alex continuou a fazer que sim. Frequentemente, era inútil tentar compreender o desorganizado discurso de um esquizofrênico. Alex notou que Helen não tinha virado nenhuma página da revista que segurava.

– Pode me dizer alguma coisa sobre a infância da Kimmy? – pressionou Alex. Ela não achava que conseguiria algo útil.

As mãos começaram a tricotar mais rápido.

– Mikey seguro, Kimmy segura. Demônio vem, demônio leva.

Patty ficou imóvel e virou a cabeça para o lado, ouvindo, apesar de não haver som na sala. Ai, pelo amor de Deus, mulher, anda logo com isso, pensou Alex.

Ela começou a balançar a cabeça.

– Não, amiga da Kimmy. Kimmy segura. – Ela parou para ouvir uma resposta que estava apenas em sua cabeça.

Patty parou de tricotar tempo suficiente para dar um tapa na coxa, depois voltou a tricotar, mas rápido.

– Não, amiga da Kimmy. Amiga Kimmy. Kimmy segura?

Ela encarou Alex com um olhar que a psiquiatra sentiu ter visão de raio-X.

– Não está?

Seus olhos escuros e inquietantes pareciam enxergar sua alma. Alex fez que sim.

Com a agilidade de uma gazela, Patty avançou nela. Demorou um segundo para Alex perceber. As mãos de Patty estavam em seu cabelo e as unhas lhe raspavam a carne. Alex instintivamente levantou os braços para empurrar Patty. Ela ouvia vagamente os gritos de Helen para que Patty parasse.

As mãos de Patty estavam em todo lugar, unhando o couro cabeludo. Um som gutural saiu de sua boca. Um cuspe acertou a bochecha de Alex. Ela quase vomitou quando a saliva escorreu até seus lábios. Abaixou a cabeça para proteger o rosto, mas já sentia as bochechas e a têmpora doloridas.

Alex tentou empurrá-la, porém a vantagem estava com a mulher que agigantava-se sobre ela.

Alex viu os braços de Helen rodearem a cintura de Patty por trás para desgrudá-la. A mão direita de Patty estava totalmente fechada em uma mecha de cabelo. Quando Helen puxou Patty para trás, Alex gritou porque as raízes foram arrancadas do couro cabeludo. Desesperada, a outra mão de Patty agarrava mais cabelo.

– Você levanta o braço, segura a outra mão dela e eu puxo – gritou Helen.

Alex suspendeu o braço e encontrou a mão esquerda de Patty. Ela agarrava o cabelo com força. Os olhos de Alex lacrimejaram quando Patty puxou. Ela afrouxou os dedos um por um.

– Puxe – gritou para Helen.

Patty continuou a debater os braços na direção da psiquiatra, mesmo com Helen puxando-a para trás.

Alex ficou observando Patty ser carregada para fora da sala. Ela encarava Alex com olhos bravios. A pequena figura saída do jardim de um chalé no interior tinha desaparecido, e em seu lugar surgiu um animal feroz que não parava de cuspir.

– Espere aqui que vou chamar alguém para dar uma olhada em você – disse Helen, carregando Patty para fora da sala.

Quando a porta se fechou, Alex passou a mão no cabelo e começou a andar na direção da saída. Não aguardaria mais nem um minuto. Tinha o suficiente. Não conseguiria tirar mais nada da lunática psicótica.

De volta ao carro, inspecionou os estragos. Um arranhão comprido estendia-se da têmpora ao maxilar. A fina linha estava vermelha, mas não sangrava. Manchas vermelhas das unhas de Patty pontilhavam o restante do rosto. A maior parte dos ferimentos estava debaixo do cabelo.

Sentia que a cabeça inteira em chamas.

A visita deu-lhe muito mais do que esperava e precisava refletir se tinha valido a pena.

Havia algo sobre Patty que não estava fazendo muito sentido para Alex. Ela pegou seu caderno.

Os distúrbios de movimento eram bem evidentes, apesar da medicação. A jornada metódica de Patty pela maioria dos sintomas de primeira ordem de Schneider era algo que Alex havia raramente testemunhado. Os episódios violentos periódicos que ocorriam com regularidade precisa eram intrigantes, bem como as confusas, aparentemente sem sentido, palavras que ela falava.

Alex tamborilou os dedos no volante.

– É claro – disse ela para si mesma quando as peças se juntaram. Alex não conseguiu evitar o sorriso diante da astúcia da ardilosa senhora quando as peças finalmente se encaixaram.

Apesar dos ferimentos, não conseguia deixar de deleitar-se com a ironia de que a pessoa mais perspicaz que tinha conhecido em anos era uma esquizofrênica paranoica.

Ao engatar a ré no carro, Alex sorriu para si mesma, pois a viagem tinha valido muito a pena no final das contas.

CAPÍTULO
52

O IMÓVEL DE DOIS ANDARES em Brockmoor tinha mudado pouco desde a última visita de Kim. A porta da frente precisava de uma mão de tinta e a maçaneta de cobre estava fosca e enegrecida em alguns lugares. Não tinha certeza se ele ainda morava e trabalhava naquele endereço, mas precisava tentar.

Ela hesitou antes de apertar o botão, incerta de como sua visita seria recebida, ou até mesmo se ele se lembraria dela.

Tocou a campainha de modo titubeante e prendeu a respiração. Ao ouvir passos pesados, um murmúrio brotou em sua boca.

A porta foi aberta por um homem menor e mais volumoso do que ela se lembrava. Seu cabelo crespo grisalho projetava-se em todas as direções, como o de Einstein. Estava com os óculos dependurados ao redor do pescoço. Tinha mudado pouquíssimo.

– Desculpe, senhorita, mas não quero comprar... – suas palavras desvaneceram quando os olhos deles se encontraram. O sujeito pôs os óculos na ponta do nariz. – Kim?

A inspetora fez que sim, aguardando a resposta dele. Havia parado de ir vê-lo por uma simples razão: ele era bom demais naquilo com que trabalhava e começou a chegar muito perto. Ela não havia agradecido, nem dado explicação, nem se despedido.

– Entre, entre – disse ele, abrindo caminho. Não havia raiva nem desapontamento em seu tom. Sim, ela já devia saber disso.

Seguiu-o até o consultório e ficou imediatamente impressionada pelo contraste em comparação ao de Alex. A dra. Thorne fornecia a ilusão de conforto. Cadeiras caras bem posicionadas, um tapete oriental, plantas de plástico, velas, cortinas de veludo e janelas abauladas. Enquanto aquela sala ali hospedava cadeiras velhas que se tornaram confortáveis devido ao uso, com partes um pouco gastas, porém limpas e convidativas. Espalhados pela sala, bonsais encontravam-se esculpidos em diferentes estágios. Nenhum certificado nas paredes berrava as credenciais dele. Não precisava disso.

– Como você está, minha querida? – perguntou ele. Vinda de qualquer outra pessoa, aquela seria uma pergunta banal feita por educação e formalidade. Vinda dele, era carregada de conhecimento e compreensão.

– Vou levando, Ted.

– Vou permitir que minha curiosidade aumente a ponto de fazer um café para você.

Ela o seguiu à cozinha nos fundos da casa. O cômodo era datado com seus armários de carvalho antigo que escureciam o ambiente. Louças de barro que não combinavam umas com as outras secavam na pia.

– Segunda esposa?

– Não, minha querida, não seria justo. Nenhuma mulher se equipararia à Eleonor, e isso seria errado. Eu jamais conseguiria reduzir minhas expectativas. Houve alguns galanteios ao longo dos anos, mas a minha recusa em passar para o estágio seguinte sempre foi um impasse.

Kim ficou calada enquanto ele punha água fervente em uma caneca do time de West Bromwich Albion e outra do Villa. Entregou a Kim a do Villa.

– Eles perderam esse fim de semana, então essa caneca está em desvantagem.

Kim pegou a bebida e voltou para a sala aconchegante.

– Então, o que aconteceu com você desde que me deu o bolo vinte anos atrás?

Jesus, a memória dele era afiada. Pedir desculpa a essa altura era inútil. Ela sentou na poltrona que lhe era familiar. Teve a mesma sensação de antigamente.

– Fui para a faculdade, depois entrei para a polícia. Gosto do meu trabalho.

– Qual é a sua patente?

– Detetive inspetora.

– Hmm... parabéns, mas por que você se conformou com essa posição na cadeia alimentar?

Jesus Cristo, era um desafio ficar ao lado desse homem. Nem o fato aparentemente mais inócuo passava despercebido. Era uma das coisas que faziam dele um excelente psicólogo.

– Quem disse que eu me conformei?

– Se quisesse ter uma patente mais alta, você teria.

Era uma declaração simples e totalmente verdadeira. Estava em companhia daquele homem havia dez minutos e ele já conseguia lê-la como a um livro.

– E você? Finalmente se aposentou? Ou ainda está metendo o nariz nos problemas dos outros.

Ele sorriu.

– Ooh, muito bem, minha querida. Mudou o assunto e usou humor, tudo na mesma frase. Você progrediu muito, e vou deixar essa passar, já que veio me ver e os seus motivos vão acabar evidentes. – Ele deu um gole de café. – Acho que estou semiaposentado. Tenho dois ou três pacientes e os atendo sempre que precisam, às vezes até mais se for necessário.

Kim supôs que o "se for necessário" ocorria quando o serviço social o solicitava. Ted sempre trabalhou para o Estado, principalmente em casos de abuso infantil e de negligência. Kim podia imaginar as histórias de horror que ouviu e as imagens perturbadoras que precisou suportar.

– Como você faz isso, Ted?

Ele pensou por um momento.

– Porque gosto de pensar que eu fiz alguma diferença. Porque assim eu consigo dormir à noite.

Com certeza não era pelo retorno financeiro, pensou Kim. Ele morava nos dois cômodos do andar de cima. Realmente era um dos mocinhos que existem por aí.

Ele deu uma risadinha e prosseguiu.

– Quer saber, eu me lembro de uma vez em tive aqui uma menininha muito zangada, muito na defensiva, que se recusou a falar uma palavra durante três sessões inteirinhas. Acho que ela tinha 6 anos na época. Nada funcionou. Tentei pirulito, brinquedo, passeio no jardim, mas ela simplesmente se recusava a falar.

Kim ficou tensa. Aquele era um local aonde não queria ir.

– Quando a vi de novo, ela tinha 9 anos, estava entre o lar adotivo anterior e o próximo, e era incapaz de se acomodar e se adaptar. Ofereci um Wagon Wheel* à garotinha, e nesse momento ouvi as primeiras palavras que ela proferiu a mim: "Qual é, doutor, acabou o pirulito?". E depois a vi de novo aos 15, quando categoricamente se recusou a discutir o que tinha acontecido no último lar adotivo, ainda que...

– Ted, preciso da sua ajuda – interrompeu ela. Confiava nas habilidades daquele homem sem dúvida alguma, mas não podia permitir que

---

*Doce popular no Reino Unido, geralmente com biscoito, chocolate e recheio de marshmallow. (N.T.)

chegasse nem perto das áreas que mantinha enterradas. Ele era bom demais no que fazia.

Ted ficou encarando os olhos dela.

– Só queria que você me deixasse ajudar. A sua vida poderia ser...

– Doutor, por favor.

Ele pegou um cachimbo em uma mesa lateral e segurou um fósforo no tabaco. O cheiro de enxofre preencheu a sala.

– Pode me perguntar qualquer coisa, Kim.

Kim sentiu-se relaxada. Ted nunca a tinha pressionado demais, e ela era agradecida por isso.

– Estou trabalhando em um caso de assassinato. Você deve ter visto na televisão ou lido nos jornais.

– A vítima de estupro?

Kim fez que sim.

– Isso pode parecer totalmente ridículo, mas a garota estava sendo tratada por uma psiquiatra, uma mulher muito competente e inteligente. Na primeira vez em que nos encontramos, alguma coisa arrepiou os pelos do meu pescoço, mas eu não sei exatamente o que foi. Acho que a psiquiatra está envolvida de alguma maneira.

Kim viu a expressão duvidosa no rosto de Ted.

– Eu sei, eu sei que parece duvidoso. Mas depois dessa primeira vez em que nos encontramos, eu a encontrei no cemitério. Pareceu acidental, mas era como se ela tivesse armado aquilo. A gente se encontrou umas duas vezes depois disso e após cada encontro eu sentia que ela sabia tudo a meu respeito, que tinha passado um tempo me investigando.

– Você pode simplesmente ter reagido exageradamente a alguém que é perspicaz e intuitiva. Não acha que pode ter uma aversão por gente como ela? A vida inteira você foi inspecionada por pessoas que queriam te analisar.

Kim deu de ombros.

– A irmã acha que a Alex é uma sociopata, e há uma parte de mim que acredita que ela está certa, mas, neste ponto, eu não tenho ideia de com que estou lidando.

Ted soltou um comprido assobio.

– E, se ela for, como posso te ajudar?

– Preciso entrar na cabeça de uma sociopata para que possa jogar o jogo dela.

– Essa seria uma expedição arriscada para qualquer pessoa, mas para você é possivelmente suicida. Não está equipada para lidar com essa mulher, Kim, e não posso consentir com o seu plano.

Os olhos de Kim flamejaram à descrença dele.

– Então você está se recusando a me ajudar?

Ted pensou por um momento.

– Se você estiver certa sobre ela conhecer o seu passado, então a única motivação dela pode ser usar essa informação contra você de alguma maneira. E isso já seria perigoso o bastante se você tivesse lidado com esse passado. Então, para responder à sua pergunta, o conselho que eu daria a qualquer outra pessoa seria corra e não pare. Para você, digo, *corra mais rápido ainda.*

Ela o encarou de maneira intimidadora.

– Vou perguntar de novo: você está se recusando a me ajudar?

Olhando no olho, ele respondeu:

– Estou, minha querida. Estou, sim.

Kim agarrou seu casaco e tempesteou porta afora.

CAPÍTULO
53

KIM CONTOU OS PEIXES que circulavam o lago em busca de comida.

— Moby morreu – disse Ted, oferecendo-a outra caneca de café. – Você lembra?

Kim pegou a bebida e fez que sim, recordando-se de outra vez em que irrompeu porta afora até o quintal.

— Você me perguntou qual era o nome deles e respondi que não tinham nome. Oh, você não ficou feliz com isso e insistiu que tudo devia ter nome. – Ele deu uma risadinha. – Se bem me lembro, eram Moby, Willy e...

— Jaws.

— Isso. Aí chegaram as pombas-de-colar e você quis dar nome para todas...

— Ted, vou fazer isso de qualquer maneira, com ou sem a sua ajuda.

— Eu sei.

Ela virou para olhá-lo de frente.

— Então você vai me ajudar... por favor?

— Vamos sentar.

Ele a levou até uma área debaixo de um guarda-sol que nunca ficava fechado, por isso as cadeiras de madeira estavam secas qualquer fosse o clima.

— Vamos jogar dois por um.

Jesus, esse homem não esquecia de nada. Uma de suas técnicas era deixar o paciente fazer um monte de perguntas antes de ele poder fazer uma. O número era a proporção de perguntas.

— Três por um – aumentou ela.

Durante o curto período que passaram juntos, ela tinha aprendido mais sobre ele do que ele sobre ela, pelo menos era o que Kim achava na época.

Ela sabia que o amor de sua vida tinha perdido a luta contra o câncer na prematura idade de 37 anos. Sabia que era um jardineiro habilidoso que adquiria suas mudas excêntricas em lojas de jardinagem muito caras. Sabia que escondia sua coleção de romances de Terry Pratchett no quarto para não inquietar os pacientes e que ficava acordado até tarde da noite assistindo a partidas de pôquer. Também sabia que foi com ele que chegou o mais perto de compartilhar seu passado com outro ser humano durante a vida inteira.

Ele concordou com um movimento de cabeça e acrescentou:

– É permitido passar uma vez.

– É permitido passar três vezes. – Certas coisas ela não discutiria em lugar algum.

– Aceito as regras do jogo. Comecemos.

– Ok, primeira pergunta, o que exatamente é um sociopata?

– É uma pessoa sem consciência. Isso simplesmente não existe na estrutura genética delas. São incapazes de sentir preocupação ou amor por algum outro ser vivo e é algo surpreendentemente presente em mais ou menos quatro por cento da população. Essas pessoas costumam ser carismáticas, sexy, divertidas e ter um charme superficial que lhes permite seduzir as pessoas.

Kim lembrou-se de como inicialmente Bryant ficou tomado pelo carisma que Alex irradiava, e ela mesma admitia ter se sentido intrigada pela mulher.

– É tudo fachada. Os sociopatas não têm interesse em criar laços emocionais, apesar de sua habilidade para atrair as pessoas.

– Eles entendem a diferença entre certo e errado?

Ted fez que sim.

– Intelectualmente, é claro, mas não têm nenhum guia interior que os advirta a aderir a isso. A consciência não é um comportamento. É algo que sentimos. Você tem policiais que se reportam a você?

– Lógico.

– E depois de um dia de trabalho mais longo que o normal, o que você faz?

– Falo que eles deviam ter trabalhado mais rápido.

Ted sorriu.

– Muito engraçado, minha querida, mas responda à pergunta.

– Compro o jantar e digo a eles para chegarem mais tarde no dia seguinte.

– Por que você faz isso? É o trabalho deles.

– Porque sim.

– Faz isso para fazer sucesso com a equipe?

– Ah, lógico, porque é isso que me deixa acordada à noite.

– Exatamente. É uma decisão tomada na sua consciência. É a coisa certa a se fazer. Ela nasce de um apego emocional. – Ele suspendeu as mãos. – Oh, eu sei que vai contestar esse ponto, mas você não é uma sociopata.

– Obrigada por confirmar que não sou insana, doutor.

– Ah, mas o sociopata também não é. O comportamento deles é resultado de escolhas. Compreendem a diferença entre certo e errado, mas optam por não aderir a isso. Igual a algumas pessoas que aprendem a viver sem um membro, o sociopata aprende a viver sem consciência.

– Mas como acabam se transformando em sociopatas?

– Bem, o mal não se apega a nenhum grupo racial, tipo físico, gênero nem papel social. E acho que você já sabe que eu respondi a três perguntas.

Kim revirou os olhos.

– Manda.

– O que aconteceu no segundo lar adotivo?

– Passo. Então é de nascença ou a pessoa desenvolve?

Ted sorriu.

– A predisposição para essa condição pode ser genética, mas o ambiente dita como ela é expressada.

Kim permaneceu em silêncio, pois sabia que Ted desenvolveria mais sem ela ter que gastar outra pergunta.

– Há uma teoria de que a rejeição materna contribui com a disposição para a sociopatia. A Teoria do Apego é relativamente nova, mas, para resumir, é o seguinte: distúrbios no laço entre a criança e os pais nos primeiros anos da infância podem ter um grande efeito quando ela se torna adulta. Isso está além da minha especialidade, entretanto indícios sugerem que o ambiente geral representa um papel determinante.

Kim inclinou a cabeça.

– A filosofia ocidental recompensa a busca por coisas materiais.

– Você está dizendo que há menos sociopatas na sociedade oriental?

– Pergunta interessante. Há muito menos comportamento sociopata, digamos, no Japão.

Kim ficou confusa.

Ted continuou:

– Ok, digamos que você é uma sociopata embrionária e por diversão gosta de colocar fogos de artifício na boca de filhotinhos de gato só para ver como as marcas de sangue ficam dispostas na parede.

Kim estremeceu.

– É bizarro, concordo. Mas você ficaria tão ávida por realizar o experimento se todas as pessoas ao seu redor acreditassem que é ruim agir assim? A sociopatia está muito relacionada ao comportamento. Ou seja, como jovem sociopata, a sua vontade de explodir filhotinhos de gato seria a mesma, mas a escolha por agir poderia ser diferente com base na cultura predominante.

Kim pensou na pergunta seguinte em relação a si. Estava quase com medo de perguntar:

– O que eles querem?

– Oh, Kim. Por que você não me deixa ajudá-la a perdoar a sua mãe?

– Ainda tenho uma pergunta, mas esta eu vou passar. O que eles querem?

Ted balançou a cabeça.

– Minha querida, Indira Gandhi disse que o perdão é uma virtude dos corajosos.

– E William Blake disse que é mais fácil perdoar um inimigo do que um amigo. Se for a sua mãe então, caramba, é praticamente impossível. Essa última parte é minha.

– Mas se você...

– Eu passei, Ted. O que um sociopata quer?

Ted abriu as mãos expressivamente.

– Querem o que querem. Sociopatas não são robôs idênticos. Têm características variadas. Alguns têm QI baixo e podem tentar controlar um pequeno grupo de pessoas. Outros têm QI alto e vão aspirar a um grande poder.

– E quanto a assassinato?

– Pouquíssimos sociopatas são assassinos e poucos assassinos são sociopatas. Para começar, assassinato só seria possível se a pessoa tivesse tendências violentas. O único objetivo deles é conseguir o que querem, em resumo, vencer.

Kim pensou em Ruth.

– Eles controlam mentes, tipo hipnotismo?

– Hipnotismo não é controle da mente. O hipnotismo não persuade as pessoas a ir contra suas crenças fundamentais. A manipulação, por outro lado, é uma coisa totalmente diferente. Controle total da mente é coisa de filme, mas exploração de um pensamento, por mais fundo que esteja no subconsciente, é um atributo muito engenhoso.

– Prossiga – pediu instigada. Isso não contaria como pergunta.

– Persuadir alguém a fazer algo completamente alheio é uma coisa muito difícil. Digamos que um dia depois de uma bronca do seu chefe, durante um breve momento, você se imagina esvaziando uma caneca de café escaldante no colo dele. Aquilo passa e você não pensa nisso de novo. Nas mãos certas, duas semanas depois, você pode muito bem entrar na sala dele e fazer isso.

Kim também sabia contar.

– Já tenho a minha próxima pergunta, só que nós dois sabemos que é a sua vez.

– Qual é o seu lugar feliz?

Ela estava com o "passo" na ponta da língua e, embora as memórias fossem dolorosas, não representavam um perigo à vida.

– Quarto lar adotivo. Keith e Erica.

– Por quê?

Kim riu.

– Acho que você sabe que essa aí é outra pergunta, mas vou respondê-la. Porque eles não tentaram me corrigir. Durante três anos, me deixaram ser eu mesma sem repreensão nem expectativa. Simplesmente permitiram que eu fosse eu mesma.

Ted demonstrou compreensão com um movimento de cabeça.

– Obrigado, Kim. Próxima pergunta.

Kim retirou-se de volta para o presente.

– O que você quis dizer com mãos certas?

– Ok, se eu quisesse, poderia levá-la a reviver a humilhação de ter sido repreendida pelo seu chefe. Eu a incitaria a sentir que aquilo foi até pior, depois a faria visualizar a punição, para que pudesse desfrutar da vingança, então daria a você razões que servissem de justificativa para que agisse dessa maneira e, ao fazer tudo isso, estaria basicamente lhe dando permissão para entrar lá e colocar as mãos à obra.

– Mas por que isso não é controle total da mente?

– Porque você já tinha tido a ideia e suas ações estão sendo realizadas conscientemente. Você não vai sequer saber que foi manipulada.

Kim pensou em Ruth e as coisas começaram a fazer um pouco mais de sentido. É claro que Ruth tinha fantasiado cravar uma faca em seu agressor. Essa ideia existia em algum lugar na mente dela e Alex sabia disso. Não havia ligação entre Alex e Allan Harris de acordo com o que sabia, então o que Alex estava tentando alcançar?

– Essas pessoas não têm emoção nenhuma?

– Elas têm o que chamamos de emoções primitivas: dor ou prazer imediatos, frustrações e sucessos de curto prazo. As emoções superiores como amor e empatia não estão presentes no sociopata. A impossibilidade de vivenciar o amor reduz a vida a um interminável jogo de tentar dominar outras pessoas.

– É assim que preenchem o tempo deles?

– Oh, Kim, nós dois sabemos que é a minha vez. Você em algum momento vai se desfazer da culpa que sente por causa do Mikey?

Kim negou com a cabeça e enfatizou:

– Não.

– Mas você não deseja...

– Respondi à pergunta, doutor.

– Ok, para responder à sua pergunta, o tédio é quase doloroso, como uma criança que precisa de estímulo constante. É a mesma coisa com o sociopata. Os jogos acabam ficando chatos, o entretenimento míngua, então os jogos têm que ficar melhores e maiores, mais elaborados.

Kim pensou em Sarah correndo constantemente da irmã. Quanta diversão Alex havia conseguido com aquele joguinho de poder ao longo dos anos?

Kim sentia sua frustração aumentar.

– Mas tem de haver uma maneira de desmascarar essas pessoas.

– Então, sobre essa psiquiatra em que está interessada. Você acha que ela pode ter contribuído para que um assassinato fosse cometido. Qual é o seu próximo passo?

Não era a vez dele, mas Kim respondeu mesmo assim:

– Conseguir um mandado?

Ted soltou uma gargalhada alta.

– Com base em quê? Ela é muito respeitada no campo em que atua, tenho certeza. Aposto que não há reclamações profissionais sobre a conduta dela. É improvável que a mulher na prisão fale algo contra a psiquiatra, a não ser que você consiga convencê-la de que foi profundamente manipulada. Ou seja, como você vai conseguir um mandado? Seus superiores vão pensar que você perdeu a noção e sua credibilidade vai pelos ares.

– Obrigada, doutor.

– Só estou sendo honesto. Os sociopatas podem ser pegos, mas é necessária uma quantidade suficiente de pessoas que se ergam e os acusem. Acho que foi o Einstein que disse "O mundo é um lugar perigoso para se viver não por causa das pessoas que são más, mas das que não fazem nada a respeito".

– É possível curá-los?

– Por que iriam querer isso? A responsabilidade é um fardo que outras pessoas aceitam, mas eles não conseguem entender por quê. A sociopatia é uma doença que não causa desconforto algum em quem a tem.

– Mas a orientação psicológica...

– Você não está entendendo – disse Ted exasperado. – Eles estão completamente satisfeitos com o que são. Não têm vontade de mudar.

– Mas eles não se sentem sozinhos?

– Não existe um referencial. Seria como pedir a uma pessoa que foi cega a vida inteira para descrever o azul. Ela não tem referência do que é o azul.

Kim achou que sua cabeça ia explodir a qualquer momento com tudo o que Ted havia lhe contado.

Ele abriu a boca para perguntar, mas Kim suspendeu as mãos para impedi-lo.

– Sei que é sua vez, mas eu ainda posso passar uma pergunta e com certeza vou passar a próxima, então é melhor nem gastar saliva. – Se em algum momento ela tivesse decidido compartilhar seu passado com alguém, teria sido com ele.

– Você sempre foi muito boa nesse jogo, Kim.

– Então, tem algum conselho sobre como lidar com essa mulher?

– Repito a orientação que dei mais cedo. Fique longe dela, Kim. Você não está equipada para sair disso intacta.

Kim sentiu que a conversa estava voltando-se para si. Virou o café e levantou:

– Bom, doutor, obrigada pelo seu tempo.

Ele permaneceu sentado.

– Você nunca vai considerar voltar para me ver?

Kim fez que não com um gesto de cabeça e saiu tendo como meta o portão.

– Sabe de uma coisa? Das muitas crianças que vi em todos esses anos, sempre enxerguei você como meu mais abjeto fracasso.

Ela falou em voz baixa, sem se virar:

– Por que, doutor... por que eu sou perturbada demais para ser recuperada?

– Não, simplesmente porque eu queria tanto te ajudar que até dói.

Kim engoliu a emoção que havia ficado entalada em sua garganta. Teve vontade de dar-lhe algo.

– Eu tenho um cachorro.

– É uma boa notícia, Kim. Fico satisfeito por você ter arranjado um cachorro, agora só tem que descobrir o porquê.

CAPÍTULO
54

KIM ESTACIONOU O CARRO e virou-se para Bryant.

– Eu conduzo esta. Precisamos dar passos cuidadosos.

A gargalhada dele foi encoberta por uma tosse. Ela avaliou a propriedade diante de si. Uma fileira com quatro casas de três andares tinha sido construída em um espaço anteriormente ocupado por dois bangalôs. Os tijolos novos e alaranjados destacavam-se em relação ao restante das propriedades da região, que haviam surgido no final dos anos 1950. Na entrada para a garagem, havia um reluzente Audi, e um Corsa encontrava-se estacionado em frente a ela na rua.

– Macacos me mordam – xingou Bryant, virando-se de lado e andando centímetro a centímetro como um caranguejo entre o Audi e a parede da propriedade seguinte.

Um homem de terno azul-marinho atendeu a porta. A gravata vinho estava afrouxada no colarinho. No queixo saliente havia uma barba bem curta que provavelmente cresceu no decorrer do dia.

– Posso ajudar?

– Detetive Inspetora Kim Stone, Detetive Sargento Bryant. Podemos falar com você um...?

– Saia da minha propriedade, inspetora. Não vou permitir que torture mais a minha irmã.

O rosto dele mudou de aspecto. O sorriso tolerante reservado a pessoas que apareciam inesperadamente foi substituído por puro desgosto.

Kim compreendia. Não havia sido nem um pouco agradável com a irmã dele na última vez em que se encontraram.

– Sr. Parks, se eu puder conversar só um minuto...

– O que diabos *você* pode querer? – perguntou Wendy, aparecendo atrás do irmão. Apesar de Bryant estar ao seu lado, o desgosto era obviamente reservado apenas a Kim.

Uma leve expressão de triunfo perpassou o rosto de Robin, que cruzou os braços sobre o peito.

Kim percebeu na hora que Wendy tinha perdido peso. Já esguia e como cabelo penteado para trás, a inspetora lembrou-se de Olivia Palito.

Seus olhos resplandeciam ódio puro.

Rapidamente, Kim se deu conta de que precisava repensar qual estratégia seria usada para interrogá-los. Robin Parks era um sujeito hostil e não responderia a nenhuma pergunta diretamente, além disso, parecia que Wendy ficaria muito feliz em arrancar as tripas dela. Mas Kim tinha que entrar na casa.

– Wendy, eu vi as meninas – disse ela.

O ódio se atenuou e foi substituído por espanto e preocupação.

– Arreda pra lá, Robin – ordenou Wendy.

Ele não se moveu e ficou olhando para a irmã incrédulo.

– Você está louca? Não vou deixar essas pessoas entrarem na minha... Wendy segurou a porta e a abriu.

Robin foi para o lado.

Kim seguiu Wendy através de uma sala decorada com bom gosto, dominada por uma televisão presa na parede. Um sofá grande de couro ocupava boa parte da sala, com uma poltrona reclinável na ponta.

Wendy sentou-se o mais distante dela, mas não sem antes Kim ver a extensão de sua perda de peso.

Wendy cruzou as mãos com força no colo.

– Você viu as meninas?

Kim avançou para que tanto ela quanto Bryant pudessem sentar, ainda que o convite não tivesse sido feito.

Kim sabia que aquela mulher estava se coçando para atravessar a sala, avançar sobre ela e espancá-la até a morte, porém maior era a necessidade de saber como estavam as filhas.

A detetive respondeu que sim com um gesto de cabeça.

– Elas estão bem – Kim disse e sentiu a necessidade de acrescentar algo mais. – Daisy estava com um pijaminha de dálmata e Louise com um de coruja.

Wendy tentou, com valentia, segurar as lágrimas, mas elas escaparam e explodiram bochechas abaixo.

– São os preferidos delas. Fiz questão de mandar os preferidos.

O silêncio recaiu sobre a sala. Kim abriu a boca, mas Wendy a cortou.

– Não me interessa mais se você acredita ou não em mim. Mas a verdade é: eu *não* sabia. Ou ele foi muito esperto ou eu fui muito burra, mas, se eu soubesse, aquele filho da mãe não estaria mais ocupando espaço nenhum nessa terra.

Alguns pingos de cuspe saltavam de sua boca enquanto ela falava.

– Você pode não entender isso, mas estou tomada por um ódio tão quente que consigo senti-lo queimar. Nunca fui violenta na vida, mas sonho em colocar as mãos no pescoço dele e apertar até arrancar todo e qualquer suspiro que ele tenha para dar. É só nisso que consigo pensar.

Robin entrou na sala e se sentou ao lado da irmã.

Esse não era o plano inicial na cabeça de Kim, mas sabia improvisar. Tentar interrogar Robin Parks diretamente levaria à rápida expulsão deles da casa e, em consequência, não descobririam nada.

– Eu daria a minha vida para voltar e impedir que aquilo acontecesse. Eu faria qualquer coisa para reverter o sofrimento delas e, acredite em mim, eu passaria o resto da minha vida tentando.

Robin pegou a mão de Wendy e começou a acariciá-la.

Kim acreditou nela. E enxergou que estava errada. Aquela mulher não sabia.

– Wendy, havia mais alguém no cômodo.

Kim pronunciou as palavras com a máxima delicadeza possível, no entanto, uma a uma, elas atravessaram a sala como projéteis.

Um grito escapou dos lábios de Wendy e um horror completamente novo adentrou seus olhos. Kim gostaria de confirmar que era apenas um *voyeur*, mas não daria falsas certezas.

Embora estivesse falando diretamente com Wendy, era a reação do irmão que Kim observava. Sabia que Bryant também o observava. Não tinha dúvida de que o parceiro havia entendido a mudança no direcionamento daquela conversa.

Robin parou de acariciar a mão de Wendy.

– Acho que vocês deviam...

– Você tem certeza absoluta? – perguntou Wendy em tom de súplica.

Kim confirmou com um gesto de cabeça apenas.

– Isso é um absurdo – afirmou Robin, colocando um braço ao redor dos ombros de Wendy para consolá-la.

Kim o ignorou. No momento em que se dirigisse a ele diretamente, com certeza os obrigaria a ir embora.

– Você consegue pensar em alguém que o seu marido conhecia...

– Não dá pra acreditar nisso... não consigo nem pensar... Eu só...

– Por que a minha irmã saberia quem é essa pessoa ficcional? Ela já falou pra vocês...

– A pessoa não é ficcional, sr. Parker. Isso foi confirmado.

Continuava sem fazer perguntas diretas.

Apesar de sua aflição, o instinto maternal de Wendy continuava intacto. Seu lábio tremeu e ela disse:

– Daisy confirmou. Por isso você foi se encontrar com ela?

Kim fez que sim com um movimento de cabeça e respirou fundo.

– Wendy, era alguém que ela conhecia.

Robin ficou em pé e explodiu:

– Não... não... não... Não vou mais tolerar isso. Ela não sabe de nada, você não entende?

Ele atravessou a sala bem na direção de Kim. Já estava de pé quando Bryant o alertou:

– Eu não faria isso, sr. Parks.

Kim levantou e olhou ao redor dos dois.

– Wendy, estou fazendo isso por suas filhas.

Robin tentou esticar a mão ao redor de Bryant e agarrar o antebraço dela.

Ela o afastou e deu um passo na direção dele.

– Quer tentar isso de novo?

– Está na hora de irem embora – afirmou ele, afastando-se de costas.

Kim o ignorou e dirigiu-se a Wendy.

– Você não quer que eu pegue o filho da mãe que estava lá?

– Robin, para! – gritou Wendy, erguendo-se. Ela atravessou a sala lentamente.

– Se eu lembrar alguma coisa, aviso. Está mesmo na hora de irem e espero nunca mais ver vocês.

Kim olhou para Robin, pronto para retirá-la à força da casa, e para Bryant, que estava só esperando que ele tentasse.

Wendy usava até a última gota de força que tinha para conseguir permanecer de pé.

Sim, ela realmente ficou mais tempo do que era bem-vinda ali.

– Bom trabalho com os passos cuidadosos lá dentro, chefe – expressou Bryant, caminhando para o carro.

Ela ficou calada. No final das contas, Kim tinha conseguido o que queria ali.

CAPÍTULO
55

PARECIA QUE A ÚLTIMA REUNIÃO com a equipe havia acontecido semanas atrás, quando na verdade tinha sido há dois dias.

– Ok, Stacey, alguma novidade sobre o Charlie Cook?

– Não muita, chefe. Entrei em contato com o centro comunitário, mas eles só mantêm registros de certos eventos. A maioria das atividades é organizada por terceiros e o centro só fornece o espaço. Ainda estou trabalhando com eles pra ver se descobrimos onde o Charlie Cook foi.

– Ainda existe possibilidade de ser o grupo de jovens? – perguntou Bryant.

Kim deu de ombros.

– Não gosto disso – comentou Kim, com honestidade. – Para se envolver com grupos de jovens a pessoa precisa de um atestado SDR, mas nós sabemos todos os problemas que isso envolve.

O Serviço de Divulgação e Restrição tinha assumido o lugar da Agência de Registros Criminais e era quem emitia esse atestado, documento obrigatório para qualquer pessoa que fosse trabalhar com crianças. A mudança no nome não tinha costurado o buraco na rede.

– Algum retorno sobre o fluído e o cabelo?

Stacey fez que não e completou:

– Cobrei deles hoje de manhã.

Kim se perguntou que parte de "o mais rápido possível" o laboratório não entendia.

– E o camarada da loja de peças de carro, chefe?

Kim balançou a cabeça. Havia alguma coisa ainda meio solta, mas seu único problema era a falta de reação emocional do cara. Porém, como Bryant tinha destacado mais de uma vez, ela não era a melhor pessoa para julgar isso.

Kim conseguia sentir o desânimo emaranhando-se em sua equipe. Todos eles preferiam casos lógicos e metódicos, em que uma pista levava a outra. Porém, nem sempre os casos mostravam-se prestativos assim. Alguns eram difíceis, como andar de galochas Wellington em areia movediça.

Pior ainda era retomar um caso que já tinha sido solucionado. As mesmas pessoas estavam sendo interrogadas, e não conseguiam libertar mais nenhuma informação nova. Isso matava a motivação mais rápido do que congelamento de salário.

– Escuta, pessoal, sei o quanto têm trabalhado duro por tão poucas recompensas. Compreendo a frustração de vocês. Mas vamos chegar lá. Essa equipe não desiste.

Todos gesticularam a cabeça concordando com ela.

– Mas essa equipe também precisa de uma folga. Vão embora daqui e não voltem até segunda-feira. Aí vamos começar a trazer o pessoal para interrogatório.

– Anda, vão embora – rosnou Kim.

Dawson foi o primeiro a sair pela porta, seguido de perto por Stacey. Kim olhou para trás.

– Isso é pra você também, Bryant.

– Você vai fazer a mesma coisa, chefe? – perguntou ele, pegando o casaco.

– É claro que vou – respondeu ela, desviando o olhar.

Estava na hora de começar a cutucar umas onças com vara curta. Alguém tinha mais informação do que deixava transparecer. Era hora de arrancá-las à força.

CAPÍTULO
56

ALEX OLHAVA PARA A PORTA toda vez que era aberta, aguardando a chegada de sua nova melhor amiga. O relacionamento delas tinha mudado durante o último encontro. Já tratavam-se pelo primeiro nome e o projeto progredia bem.

Quando Kim ligou mais cedo naquela manhã chamando-a para tomar um café, Alex estava pensando exatamente na mesma coisa. Mais uma prova da curiosidade mútua entre as duas. Kim tinha sugerido a aconchegante cafeteria que ficava a cinquenta metros do consultório de Alex, e ela sentiu-se mais do que feliz em concordar com a escolha.

A porta se abriu e Alex ficou observando a aproximação de Kim com sua marca registrada, as roupas pretas. Alex se perguntou se a aquela mulher tinha alguma ideia de como chamava atenção. Seu jeito de andar era determinado e decidido. Seus olhos estabeleciam um caminho do qual os pés não se atreviam a desviar.

– Doutora – cumprimentou Kim, sentando-se.

Alex percebeu que Kim tinha voltado a se dirigir a ela com formalidade. Durante o último encontro, haviam alçado o tratamento pelos primeiros nomes e Alex não era de voltar atrás.

Se Kim percebeu os fracos arranhões debaixo do creme para rugas, optou por não mencionar.

– Bom te ver, Kim. Tomei a liberdade de pedir um *latte* pra você.

Kim cruzou as pernas por baixo da mesa.

– Obrigada, doutora, mas é detetive inspetora e tenho algumas perguntas para você.

Não houve esforço para amaciar a repreensão com um sorriso e Alex sentiu-se extraordinariamente desapontada. Se a visita improvisada de Kim ao seu consultório foi genuína ou não, tinha sido mais satisfatório jogar com a mulher simulando amizade. Mas isso não era problema, trabalharia com o que tinha.

– Pelo visto, não vamos falar sobre distúrbios de sono dessa vez.

– Podemos, se você quiser. Os seus não começaram depois da morte da sua família?

Alex inclinou a cabeça, mas ficou calada. Aquela parecia uma pergunta retórica.

– Oh, desculpe, esqueci, eles não são a sua família e eles não morreram.

Alex conteve a surpresa. Por um breve momento, considerou permitir que os olhos se enchessem ao falar de modo suplicante sobre solidão, carreira e todos os sacrifícios da vida pessoal, mas tinham passado desse ponto. Kim não cairia nessa, então Alex não gastaria energia com essa encenação. No final das contas, estava lisonjeada por Kim ter se dado ao trabalho de descobrir aquilo.

– É mentira, não é?

Alex deu de ombros.

– Mentirinha inofensiva. Meus pacientes ficam mais tranquilos tanto pela da minha extensiva educação quanto pela minha experiência de vida.

– Mas não é um reflexo preciso de você, é, doutora?

– Pouquíssimas pessoas são sempre completamente elas mesmas, imagino que você saiba disso bem como qualquer um. A fotografia na minha mesa está lá para as pessoas fazerem pressuposições e elas fazem. Todos nós apresentamos uma fachada para o mundo. E é adequado para mim apresentar uma família. Até para você, Kim.

Os olhos de Kim queimaram devido ao uso de seu primeiro nome, porém ela se conteve.

– Então é manipulação?

– Sim, creio eu, mas, como disse, inofensiva.

– Todas as suas manipulações são inofensivas? – perguntou Kim, inclinando a cabeça.

– Não tenho ideia do que está falando.

– Você manipula os seus pacientes de outra maneira?

Alex permitiu que os cantos dos lábios suspendessem levemente, almejando demonstrar perplexidade.

– Do que exatamente está me acusando?

– Foi uma pergunta, não uma acusação.

A detetive estava analisando todas as palavras que ela dizia. Bom. Toma essa, pensou Alex.

– Kim, tenho pacientes. Lido com condições em todo o espectro da saúde mental, desde um surto de estresse até esquizofrenia paranoide. Trato de pessoas que nunca se recuperarão de traumas de infância. Trato de pessoas com todo tipo de culpa, com sobreviventes e muitas outras.

Alex não tinha certeza de quantos pontos marcou, contudo, uma leve tensionada nas costas da inspetora confirmou que um ou dois dardos envenenados atingiram o alvo.

– Ou seja, se você puder ser um pouco mais específica, ajudarei de todas as maneiras que puder.

– Ruth Willis.

Alex ficou intrigada por aquilo que Kim achava que sabia.

– Às vezes as pessoas não podem ser curadas, Kim. Eu imagino que você tenha casos não solucionados no passado, incidentes que, apesar de ter se esforçado ao máximo, você foi incapaz de chegar a uma conclusão bem-sucedida. O ideal seria eu ter conseguido levar Ruth ao estágio seguinte de sua vida, mas ela é uma jovem muito perturbada. Veja bem, às vezes há segurança na raiva, e geralmente a vingança é a cola que os mantêm inteiros. – Alex baixou os olhos. – A Ruth nunca vai se recuperar do que fez.

– Ela está bem, pra falar a verdade – disparou Kim.

Como esperado, Alex descobriu o que queria saber. A detetive tinha ido se encontrar com Ruth. Mas isso não era preocupante. Ninguém jamais acreditaria em Ruth caso ela ousasse falar.

– Foi um exercício de visualização interessante o que você usou na última consulta.

Alex deu de ombros.

– É uma técnica usada amplamente por muitas razões: alívio de estresse, realização de um objetivo, e é boa para a pessoa se livrar de emoções negativas. É simbólico.

– Ou um projeto para uma mente instável?

Alex riu. Não se divertia tanto assim desde que tinha convencido uma sala de bate-papo cheia de pessoas com bulimia de que elas tinham o melhor dos dois mundos.

– Oh, por favor, técnicas de visualização podem incluir todo tipo de coisa, mas as pessoas não vão lá e fazem o que visualizaram. É uma técnica, não uma instrução.

– E você não tinha como saber que Ruth era instável o bastante a ponto de colocar em prática a encenação simbólica?

Alex pensou por um momento.

– Você acredita de todo o coração na integridade da sua profissão e nos indivíduos da força policial que sustentam a lei?

– Você está respondendo a uma pergunta com uma pergunta, mas, sim, acredito.

– É um sistema no qual você acredita, independentemente das imperfeições?

– É claro.

– Apesar de ter acontecido antes da sua época na polícia, tenho certeza de que ouviu falar do caso Carl Bridgewater. Um entregador de jornal de 13 anos morreu ao levar um tiro em uma fazenda não muito longe daqui. O Esquadrão de Crimes Graves se concentrou em um grupo de quatro homens e por fim acabou condenando todos eles com base em uma escassez aflitiva de provas. Posteriormente investigaram os métodos usados pelo Esquadrão de Crimes Graves e o departamento foi fechado por, entre outras coisas, fabricar provas. Várias condenações foram revogadas. Anos depois, os três homens condenados pelo assassinato de Carl Bridgewater recorreram e foram soltos da prisão.

Alex inclinou a cabeça para a direita.

– Então, por favor, de qual parte do processo você tem mais orgulho?

– Um dos homens confessou – defendeu Kim.

– Depois de métodos de interrogação extremamente questionáveis. O que estou tentando demonstrar com esse exemplo em particular é que, na pior das hipóteses, aqueles policiais tinham ciência de que estavam enquadrando homens inocentes, caso no qual o sistema fracassou. Ou talvez eles foram exageradamente zelosos em seus métodos, mas pegaram os homens certos, que posteriormente recorreram e foram soltos, o que é também um fracasso do sistema. Toda profissão é repleta de inconsistências. É a exceção que prova a regra. Acredito veementemente no que faço, mas se aceito que nem todo mundo vai agir da maneira que eu gostaria? É claro que aceito, porque essa é a natureza humana.

Kim franziu a testa.

– Então, ainda usando o seu exemplo, aqueles policiais ou manipularam as provas deliberadamente, ou foram de uma incompetência brutal. Qual dessas duas opções é responsável pelo seu fracasso com a Ruth, doutora?

Alex deu uma risadinha. Gostava muito de uma conversa desafiadora.

– O fracasso foi todo da Ruth, posso lhe assegurar.

Kim encarou-a com um olhar apaziguador.

– Mas é isso que não entendo. Ou você, propositalmente, escolheu uma forma de tratamento que sabia que a inspiraria a agir daquela maneira, ou cometeu um erro ao realizar o exercício. De uma maneira ou de outra, você é parcialmente responsável pelos acontecimentos subsequentes. Não concorda, doutora?

Alex respirou fundo e disse:

– Suspeitos já cometeram suicídio em celas de delegacias?

Kim fez que sim.

– Por quê? Como isso foi possível?

Kim ficou calada.

– Colocar um suspeito em custódia é parte do seu processo judicial, então você faz isso. Mas não tem como saber que um indivíduo aproveitará essa situação para acabar com a própria vida. Se soubesse, não faria isso.

– Talvez fizesse se quisesse ver a reação.

– As pessoas que dedicam a vida a trabalhar pela saúde mental não teriam interesse em pacientes como objeto de estudo.

Pela primeira vez, Kim sorriu.

– Notavelmente, dito na terceira pessoa.

Desapontada, Alex sentiu os primeiros estágios do tédio aparecerem.

– Ok, Kim. *Eu* não usaria meu conhecimento e minha *expertise* dessa maneira.

Kim ficou um momento em silêncio e inclinou a cabeça.

– Hmm... a sua irmã morta tenderia a discordar.

Alex ficou momentaneamente surpresa com a menção à Sarah. A comunicação entre Kim e sua irmã não era algo que ela havia contabilizado – preferia manter seu jogo separado. Contudo, recuperou a compostura rapidamente.

– Minha irmã e eu não somos próximas. Ela não é uma fonte digna de confiança sobre a minha vida profissional.

– Sério? As suas cartas para ela indicam que você gosta de mantê-la a par do progresso dos seus pacientes.

Alex sentiu a tensão infiltrar-se em seu pescoço. Como aquela putinha invertebrada ousava se meter na sua vida?

– Na verdade, ela acha que você a tortura e a persegue há anos.

Alex tentou aliviar a tensão do maxilar com um sorriso.

– A inveja é um sentimento muito triste. Quando se tem irmãos, uma competitividade sempre emerge entre eles. Tenho uma carreira muito bem-sucedida. O meu QI é superior e fui a preferida na infância, então, veja bem, ela possui muitos motivos para ter tanto amargor.

Kim demonstrou compreensão com um gesto de cabeça.

– É, ela falou muita coisa sobre a infância de vocês. Conversamos a respeito das diferentes visões de vocês duas sobre como cuidar de animais de estimação.

Alex precisou de toda a sua energia para não grunhir alto. Jesus, a patética criaturinha ainda não tinha se esquecido aquele pequeno incidente?

Alex não gostava de levar broncas. Não apreciava surpresas desde criança e, quando ficava aflita, suas defesas transformavam-se em ataque. Estava prestes a apertar o botão de avanço rápido.

– Oh, Kim, as relações familiares são tão complicadas. Se o Mickey não tivesse morrido bem ao seu lado, você saberia essas coisas, porém infelizmente o abuso e a negligência na sua infância a deixaram com bem mais do que a culpa do sobrevivente. Você...

– Você não sabe de nada sobre...

Alex foi recompensada pela emoção que flamejava nos olhos da detetive.

– Ah, sei, sim – cortou Alex com satisfação. – Sei muita coisa sobre você. Sei que a sua dor não terminou depois que fugiu da sua mãe. Provavelmente existem coisas que aconteceram naqueles lares adotivos que você nunca compartilhou com ninguém.

– Vi que fez o seu dever de casa, doutora. Tirou nota dez.

Alex ouviu a alteração na voz da mulher e sabia que havia cutucado uma ferida.

– Oh, mas eu só tiro nota alta, Kim. Sei que a única aceitação que temos é através do trabalho. Sei que sua vida é solitária e que você é emocionalmente fria. Quando seu espaço pessoal é violado, você fica sufocada e tem que se libertar. Seus relacionamentos acontecem de acordo com a suas regras ou nada feito.

A cor estava desaparecendo das bochechas da detetive. Mas Alex queria dar mais uma torcida na faca.

– A qualquer momento você pode cair na escuridão que a segue todos os minutos de todos os dias. Sei que há dias em que fica tentada a soltar e deixar-se ser engolida por sua própria mente.

Alex calou-se. Queria dizer mais coisas, porém aquilo tinha sido o suficiente para dar seu recado. O resto viria depois.

Estendeu o braço, pegou a bolsa e levantou.

– Até a próxima, detetive inspetora.

Os olhos negros encararam-na com puro ódio. Alex sentiu-se gratificada e não resistiu a uma última alfinetada.

Ao passar por trás da cadeira de Kim, abaixou-se depressa e beijou-lhe a bochecha.

– Ah, Kimmy, a mamãe mandou um oi.

CAPÍTULO
57

KIM DEIXOU-SE ENTRAR EM CASA com o encontro ainda zumbindo nas orelhas. Ela tinha ultrapassado dois sinais vermelhos e tudo que estava em seu caminho. A imprudência não exorcizou a fúria de seu corpo, e a vontade de machucar alguma coisa persistia.

– Que aquela filha da mãe vá para o inferno! – berrou ela, arremessando o casaco na mesinha de centro. Uma revista e duas velas de ignição escorregaram e caíram no chão.

Barney caminhou na direção dela, abanando o rabo, aparentemente impermeável ao humor da inspetora.

– Se você sabe o que é bom pra você, fique longe de mim – alertou ela.

Barney a seguiu até a cozinha como se soubesse que ela não representava perigo algum para ele. E estava certo.

Barney reagiu com o mesmo entusiasmo de todas as vezes que ela chegava em casa. Algumas balançadas de rabo, depois se sentava em frente à porta do segundo armário: o da comida.

Kim ligou a chaleira e sentou-se à mesa da cozinha. Tinha pensado em ir para a garagem, mas sua cabeça ainda chamejava com perguntas.

Barney sentou e inclinou-se contra a perna dela, assim como na vez em que ela foi à casa de seu antigo dono. Mas dessa vez ela pôs a mão na sua cabeça. Ele permaneceu imóvel sob o movimento carinhoso que Kim fazia com a palma da mão.

Ela admitia que nem toda a sua raiva era direcionada à doutora. Nunca tinha se sentido tão pressionada. Dois casos estavam incessantemente escapulindo de suas mãos.

A vida privada de Leonard Dunn tinha sido examinada incontáveis vezes. Tinham interrogado centenas de pessoas durante o início da investigação que levou à prisão dele, e agora perseguiam um fantasma. Todos eram suspeitos em potencial e, receosa, ela sabia o que precisava fazer. Pegou o telefone e acessou alguns nomes nos contatos.

Brett Lovett, da Car Spares National.

Charles Cook, de Blackheath.

Wendy Dunn.

Robin Parks.

Sabia que seu tempo com a investigação de Dunn estava com os dias contados. Novos casos chegavam à sua mesa cotidianamente. Toda vez que Woody pedia para falar com ela, preparava-se para receber a notícia de que deveria arquivar o caso Dunn. Ela temia receber essa ordem da boca dele, pois sabia que não a cumpriria.

Não pararia até encontrar a pessoa que estava naquele cômodo observando uma menina ser abusada pelo pai. Na melhor das hipóteses, aquela pessoa saiu da casa ciente de que aquilo aconteceria de novo, e, ainda assim, não procurou uma delegacia de polícia. Na pior... bom, não valia a pena pensar nisso.

Kim abriu a boca para relaxar o maxilar. A tensão tinha chegado ali e estacionado.

Não, nunca desistiria. Não até encontrar o filho da mãe.

E havia o caso em que estava trabalhando sozinha.

Sabia que o próximo encontro entre elas não seria civilizado. Nesse meio-tempo, precisaria arquitetar algum tipo de armadura mental para manter Alex do lado de fora. Ted a tinha alertado para manter-se longe dela. Tinha advertido: "corra mais rápido".

A mulher parecia saber tudo sobre ela. Ambas tinham partido para a luta aberta, e uma pequena parte dela sentia-se aliviada por estar certa sobre Alex desde o início. E agora havia achado uma maneira de provar.

Kim acessou o Yahoo e novamente pesquisou o nome da doutora. Na primeira vez que fez isso, tinha entrado apenas em sites com artigos oficiais ou sobre Alex ou escritos por ela, mas ao vasculhar os resultados dessa vez, acessou páginas em que a doutora era mencionada.

Entrou em sites, blogs e salas de bate-papo, detectando as referências à doutora. Quarenta minutos depois, Kim estava com vontade de indicar Alex ao Prêmio Nobel da Paz. As declarações eram efusivas e, em alguns casos, reverentes.

Kim encheu novamente a caneca de café, pensando: Jesus, estou tentando prender a Madre Teresa. Ela voltou ao trabalho e acabou encontrando um post que chamou sua atenção.

Estava quase escondido em um *hyperlink* de uma sala de bate-papo em um site de agorafobia e era uma simples pergunta se alguém já havia sido tratado pela dra. Thorne. Kim contou dezessete respostas, todas positivas, mas não viu resposta alguma da pessoa que havia começado a conversa.

Kim aceitou que não era nenhuma superpista, mas quem postou a pergunta, DaiHard137, fez isso por uma razão. Kim concluiu, pelo fato de não haver mais nenhum post de quem fez a questão, que a pessoa não havia recebido a resposta que esperava. Se DaiHard137 quisesse elogiar a doutora, por que não fez um segundo comentário concordando com todos os louvores que sua pergunta desencadeou?

Uma empolgação deu um nó no estômago de Kim, que depois se desfez. Não havia a menor possibilidade de descobrir quem era DaiHard137. É claro, havia pessoas no departamento de informática na delegacia que provavelmente conseguiriam rastrear o usuário em minutos, mas a solicitação por essa busca geraria uma pista de auditoria que chegaria direto à sala de Woody.

Ela pegou um bloco novo e começou a tomar notas de todos os contatos com a doutora, tentando ao máximo lembrar-se onde cada conversa tinha acontecido. A caneta de Kim pairou sobre a página ao relembrar do encontro no consultório de Alex. A paciente pela qual tinha passado quando estava de saída, a que atrapalhou o encontro. Havia algo familiar nela. Kim tentou recuperar mais detalhes na memória, mas estava distraída naquele momento. Conseguia visualizar o rosto: nervoso, ansioso, mas nada lhe chamava a atenção.

Kim deixou a mesa e caminhou pela sala, eliminando as possibilidades. Ela não era uma testemunha, Kim sabia que não tinham conversado, o que a retirava de qualquer caso em que havia trabalhado. Imaginou que a mulher podia ser conhecida dela da cidade, mas descartou essa possibilidade.

Tribunal. A palavra saltou em sua cabeça. Não era um dos seus casos, mas aquilo de repente fez sentido.

Ligou para Bryant, que atendeu no segundo toque.

– Bryant, puxe na memória o caso de fraude há duas semanas. Que outros casos estavam sendo julgados?

O sargento saberia. Ele ficou conversando com um dos responsáveis pelo apoio às vítimas. Bryant conversava com todo mundo.

– Hum... um roubo qualificado e um caso de abuso infantil.

Era isso. Muito provavelmente, a mulher que viu ao sair do consultório de Alex tinha recebido uma ordem judicial para fazer terapia.

– Obrigada, Bryant.

Desligou antes que ele pudesse perguntar qualquer outra coisa.

Quando seu entusiasmo começou a aumentar, o mesmo aconteceu com seu medo. Alex estava tratando de uma mulher que já tinha causado ou permitido que alguém ferisse a criança. Isso aconteceu antes de a psiquiatra começar a tratá-la. Ficou apavorada ao pensar no que Jessica podia fazer sob os cuidados de Alex.

O rosto de Kim despencou em suas mãos. Ninguém acreditaria nela. O que deveria fazer? Como poderia localizar aquela mulher e, se localizasse, o que diabos falaria?

Esfregou os olhos e olhou novamente para a tela do computador. Ficou boquiaberta.

– Está de brincadeira comigo? – questionou em voz alta.

Barney obviamente achou que Kim estava falando com ele, pois pulou do sofá e ficou sentado junto a ela. Seu braço esquerdo despencou ao lado do corpo e distraidamente começou a acariciar a cabeça do cão.

– Tá de sacanagem – sussurrou, olhando novamente para o nome que havia postado aquela pergunta. Achou que DaiHard137 era um nome bem interessante, e era mesmo, especialmente se a pessoa se chamava David Hardwick, da Hardwick House.

CAPÍTULO
58

A EXPRESSÃO NO ROSTO do homem que abriu a porta ficou imediatamente confusa:

– Inspetora?

Kim pensou em ligar para Woody e alertá-lo sobre seus temores, mas ainda não tinha provas a oferecer. Sua esperança era encontrar alguma coisa ali.

– Se lembra de mim? – perguntou ela.

– É claro. Foi uma noite memorável para todos nós. Algum problema?

Com as pessoas que moravam ali, Kim supôs que a polícia bater na porta era uma ameaça constante.

Ela respondeu que não com um gesto de cabeça, antes de pedir:

– Posso entrar?

– É claro.

Ele segurou a porta aberta e Kim entrou. O fresco odor de pinho emanava da pele dele.

– Vamos à cozinha.

Ela o seguiu e se sentou. O homem posicionou-se do outro lado da gasta mesa de madeira. Um sujeito alto apareceu à porta. Estava de calça jeans clara e moletom com nome de universidade. Olhou para cima e para a esquerda e bateu um dedo indicador no outro.

– Dougie, esta é... desculpa, não sei...

– Detetive Inspetora Stone.

– Dougie, essa moça é policial, ela está aqui para... Na verdade, não sei porque ela está aqui, mas não tem nada errado, ok?

Ele fez que sim com um gesto de cabeça e saiu andando sem rumo.

– Dougie se sente desconfortável com gente nova.

Kim ficou confusa.

– Isto aqui não é uma espécie de casa de reinserção social para ex-criminosos?

– Fez uma boa pesquisa, inspetora.

– O que o Dougie fez?

– Hum... o Dougie não é um residente oficial. Ele na verdade não está sendo reinserido em lugar nenhum.

Kim franziu a testa. Aquilo lhe pareceu indelicado.

– Peço desculpa, não era minha intenção que soasse tão mal assim. Quis dizer que o Dougie vai ficar com a gente pelo tempo que quiser. Ele não está nos nossos registros, já que não se encaixa nos critérios necessários para ter uma vaga na Hardwick House, mas, como deve ter notado, ele tem um alto grau de autismo, por isso aparece nas despesas diversas da nossa contabilidade.

– Quais são os critérios necessários para se conseguir uma vaga aqui? – questionou Kim. Ela chegaria ao post na sala de bate-papo em pouco tempo. Primeiro queria entender o que havia atraído Alex àquela instituição em particular.

– Ser réu primário e ter remorso genuíno pelo crime. Olha só, você se importa de conversarmos lá fora? Estou trabalhando numa coisa.

Kim saiu atrás dele pela porta dos fundos. Uma Java 500, moto de corrida *speedway*, estava estragada no chão.

– Você é piloto de speedway?

O rosto dele ficou tenso.

– Era, mas uma inclinada lateral exagerada demais estourou meu joelho.

Uma mistura de emoções emanou dele: tristeza, arrependimento, saudosismo. Era óbvio que o esporte tinha sido importante para ele.

David sentou-se na lona que cobria o chão e protegia a moto da grama úmida. Kim pegou uma cadeira de plástico branca.

– Moto legal – elogiou ela.

Ele respondeu com um sorriso do tipo: "e o que você sabe disso?".

– Então, o que exatamente este lugar oferece? – perguntou ela.

– Reintegração, sobretudo. Eu te desafio a nomear uma coisa que permaneceu inalterada nos últimos dez anos.

Kim pensou por um momento e disse:

– *Corned beef.* *

David virou-se com uma expressão confusa no rosto.

– O quê?

– Bom, com todos os avanços na tecnologia, por que ainda existe aquela desgraça de chavinha presa no fundo da lata que sempre quebra quando a gente a usa?

---

* Carne enlatada muito popular no Reino Unido. (N.T.)

David soltou uma gargalhada alta.

– É sério, por que ninguém tentou resolver esse problema?

David voltou a sentar-se, com o rosto relaxado.

– Sabe de uma coisa, entendo o que está querendo dizer. – Ele ficou em silêncio e os olhos deles se encontraram. Kim viu uma centelha de atração nos dele e ficou tentada a virar o rosto, mas não cedeu.

– Qual é a sua história, detetive inspetora? Como acabou virando policial?

Não era possível aquilo estar acontecendo. Por mais tranquila que ela estivesse.

– Gosto de prender gente ruim.

– Ok, chegamos. É o fim dessa conversa. Então, vai me contar por que está aqui?

Kim olhou ao redor e viu Dougie sair pela porta dos fundos e entrar novamente. David ignorou.

– Você foi ver o Barry?

David deu a impressão de ficar angustiado.

– Fui. Ele ainda está ligado aos aparelhos.

– Você tinha alguma ideia de que ele estava indo ver a ex-esposa?

– Não, e, se soubesse, teria desencorajado na mesma hora. Simplesmente não entendo a mudança repentina. Ele parecia disposto a seguir em frente e construir uma vida nova.

Aquele não parecia um homem prestes a matar a família, Kim pensou consigo mesma.

– Tenho que dizer uma coisa, a Dra. Thorne foi espetacular em mantê-lo falando pelo tempo que conseguiu, você não acha?

David concordou com um movimento de cabeça e baixou os olhos. Ainda não tinha encostado em nada da moto, apenas olhava muito para ela.

– Você deve achar ótimo ter uma psiquiatra tão respeitada na sua equipe.

– Ela não é funcionária daqui – esclareceu ele.

– Oh, não entendi. – Kim imaginava o que aquilo significava, mas queria ouvir a história.

– Alex nos procurou há mais ou menos dezoito meses, após a morte do marido e dos dois filhos. Foram mortos por um motorista alcoolizado, um réu primário condenado a cinco anos de prisão por tirar três vidas. Ela sabia tudo sobre a nossa filosofia de ajudar réus primários e disse que seria libertador poder ajudar pessoas como o homem que matou a família dela.

Nitidamente, essa mentira era uma das favoritas de Alex.

– E você ficou satisfeito com isso?

– Você já ouviu o ditado que de cavalo dado não se olha os dentes?

Kim não tinha certeza se aquela era uma resposta direta.

Dougie saiu da cozinha e entrou novamente, duas vezes.

– Ele ouviu o nome da Alex. Tem uma audição extraordinária. Ele a venera. Quando ela está aqui, o Dougie a segue constantemente.

O fato de Alex ainda não ter descoberto alguma maneira de explorar isso era um mistério para Kim.

– É óbvio que você nutre um grande respeito por ela.

– Ela é uma psiquiatria muito competente e renomada.

Ainda assim, não concordou abertamente com o que ela disse, apenas uma exposição dos fatos. Aquela conversa estava se transformando em uma dança e Kim não tinha certeza de quem conduzia quem.

– Hum... acho que ela estar disposta a dedicar tempo à causa sem receber salário nenhum diz algo especial sobre ela, você não acha?

– Acho que qualquer um que dedica tempo a...

– Jesus, você vai responder diretamente a pelo menos uma pergunta minha?

Kim tinha decidido que conduziria.

– As suas respostas às minhas perguntas são tão bem organizadas para que não emitam uma opinião que você precisa tomar cuidado pra não cair de cima do muro.

– Não percebi que isso era um interrogatório.

– É uma conversa, David.

– Eu preciso de um advogado?

Seus olhos eram verde-claros e intensos.

– Só para crimes contra a objetividade.

Ele sorriu.

– O que exatamente você quer saber?

– Por que você tem dúvidas sobre a capacidade ou a atuação da dra. Alexandra Thorne?

– Quem disse que tenho?

– Um único post em uma sala de bate-papo do sr. DaiHard137.

David recostou-se na cadeira.

– Foi há muito tempo.

– Não conseguiu a resposta que procurava, né?

– Não tinha expectativa de receber nenhuma resposta em particular. Foi uma pergunta simples.

– Mas por quê?

– Por que isso é importante para você?

Aquele homem era irritante. Havia alguma coisa naquele lugar e Kim precisava descobrir, só isso.

– Você ficaria surpreso se soubesse que a família dela não morreu em um acidente de carro porque eles nunca existiram?

David franziu a testa.

– Como sabe? Por que ela inventaria isso?

– Sei porque a confrontei a respeito e ela admitiu que nunca foi casada. O porquê é uma questão totalmente diferente, mas indícios sugerem que ela tem manipulado os pacientes para que cometam atos que normalmente não cometeriam.

Dougie chegou ao quintal e ficou encarando-a por alguns segundos antes de sair novamente.

– Você precisa falar baixo, está deixando o Dougie agitado.

Kim demonstrou compreensão com um gesto de cabeça e baixou a voz:

– Não tenho prova direta de nada que estou contando, mas acho que você também sente que há alguma coisa errada. Estou certa?

David ficou pensativo.

– Não creio que tenho algo útil a oferecer. Estou lutando para acreditar no que está dizendo, mas, ainda assim, nunca me senti completamente à vontade perto dela. Há algo quase remoto na Alex, ela é especialista em emoções, mas parece não entendê-las direito. Mas, se viu minha pergunta na sala de bate-papo, viu também as respostas das pessoas que ela tratou.

Kim fez que sim com a cabeça, sentindo-se esvaziar. Não havia nada ali. David sentia apenas instintivamente que havia algo errado com a doutora, porém não tinha prova dos esforços dela para manipular pessoas vulneráveis.

– Se o que disse é verdade, do que acha que ela é capaz?

– De acordo com o que descobri, ela é capaz de qualquer coisa que puser na cabeça. O único problema é que não tenho ideia de como pará-la.

Sentiu-se tomada pela decepção. Jamais seria capaz de provar o envolvimento daquela mulher na morte de Allan Harris, quanto mais expor quaisquer outros crimes dos quais ela também pudesse ter feito parte.

Era hora de ir embora, mas Kim ainda tinha uma pergunta a fazer.

– David, não consigo deixar de me perguntar por que você está sentado ao lado dessa moto há quinze minutos e até agora não encostou em nada. Posso ajudar em alguma coisa?

Ele negou a oferta com um movimento de cabeça desdenhoso.

– Hum... não me leve a mal, mas as características mecânicas de uma motocicleta de speedway são um pouco...

– Oh, é por que ela funciona só com uma marcha e não tem freio?

O tom dele lhe deu nos nervos. Atipicamente, ela estava tentando ser prestativa. Agora tinha conseguido a atenção dele.

– Ou é porque o uso do metanol como combustível permite o aumento da taxa de compressão do motor, gerando mais força que outros combustíveis, o que culmina em velocidades mais altas nas curvas? Ou...

– Quer casar comigo? – perguntou David.

– E agora? Você pode me contar qual é o problema?

– Ela simplesmente não liga. Normalmente, eu a viro de dois em dois meses, mas dessa vez não está acontecendo nada.

Kim pensou por um momento.

– Pode ser um curto no motor de arranque. Antes de gastar dinheiro com peças novas, tente fazer uma ligação com a malha de aterramento do motor de arranque no chassi.

– Você tem alguma ideia do quanto fiquei excitado agora?

Kim soltou uma gargalhada alta, mas foi impedida de responder pela presença de Dougie em pé atrás dela. Muito gentilmente, ele estendeu o braço e encostou na mão esquerda dela.

– Dougie... – alertou David, encarando os olhos interrogativos de Kim. – Ele nunca encosta nas pessoas.

Nem eu, pensou Kim.

– Está tudo bem – disse ela. A pele do rapaz era fria e macia. Ele deslizou a mão grande para dentro da dela, que era bem menor, ainda sem olhá-la.

Uma única lágrima rolou pela bochecha dele. Kim olhou para David em busca de orientação. Ele deu de ombros, nitidamente sem saber o que tinha provocado aquela mudança de comportamento.

Dougie segurava com firmeza a mão de Kim quando a puxou. Kim não detectou malícia nem perigo, apenas uma delicada tristeza.

Ela falou com gentileza:

– Quer que eu vá com você, Dougie?

Ele fez que sim, movimentando a cabeça, que continuava virada para cima e para a esquerda.

Kim levantou e deixou o rapaz guiá-la pela cozinha e pelo corredor. Ele segurava a mão dela com firmeza, mas sem ameaça. David franziu a testa e os seguiu.

– Dougie, o que está fazendo? – questionou David, enquanto os três subiam a escada para o primeiro andar.

Ele não respondeu e continuou a avançar decididamente. Girou a maçaneta de seu quarto e abriu a porta.

– Dougie, você sabe que não permitimos moças nos quartos.

Quando Kim entrou, Dougie soltou sua mão. O quarto era similar ao de uma criança de 12 anos. Pôsteres de carros velozes na parede, todos exatamente na mesma altura espalhados pelo quarto. A cama de solteiro estava coberta com um edredom de carro de corrida. Havia uma prateleira de DVDs do *Top Gear* e a foto emoldurada de um dos apresentadores em cima do criado-mudo. Kim virou-se para David, que deu de ombros.

– Ele adora o Jeremy Clarkson, o que eu posso fazer?

A prateleira abaixo dos DVDs abrigava uma coleção de cadernos. Alguns eram itens baratos de papel fino encontrados em papelarias, também havia fichários com estampas coloridas na frente.

— Ele adora cadernos. Os baratos fui eu quem dei, os outros são presentes. Ele não os usa, só gosta de tê-los.

Dougie bateu o pé duas vezes por causa das palavras de David, nitidamente descontente. Kim viu um lápis guardado atrás da moldura de uma foto.

– Tem certeza de que ele não os usa?

David parecia tão intrigado quanto ela. Ela virou-se para o homem desengonçado ao seu lado e perguntou:

– Dougie, você está querendo me mostrar alguma coisa?

Dougie contou os cadernos e pegou o terceiro à esquerda. Sem olhar as páginas, contou até a sétima, abriu e o passou para Kim.

O texto era tão pequeno que dava aflição. A vista dela era perfeita, mas tinha que semicerrar os olhos para enxergar algumas palavras. Era escrito como um roteiro, com o nome antes das falas.

Ela olhou para o caderno e para Dougie novamente. Sentiu os pelos arrepiarem.

– Dougie, você tem memória fotográfica?

O rapaz não respondeu.

David estava tão confuso quanto ela.

– Mas que...

Ela deu mais uma olhada.

– David, você achava que o Dougie estava atraído por ela. Achava que a seguia porque gostava dela, mas ele estava gravando todas as palavras da Alex. – Kim deu um tapa na cabeça. – Nisto aqui.

Ela folheou o caderno. As páginas estavam cheias de textos. Olhou de volta para ele, boquiaberta.

Folheou o caderno.

– Isto é incrível, este rapaz sabia o que ela era antes de todo mundo.

Kim deu um passo à frente e tocou-lhe a bochecha, gentilmente. Ele não se afastou.

Alívio e gratidão inundaram o corpo da detetive.

– Obrigada por me mostrar o seu trabalho.

Kim lia um parágrafo no caderno e sentia a raiva aumentar.

PORQUE VOCÊ É UMA PERDA DE TEMPO PRA MIM. VOCÊ É TÃO PERTURBADO QUE NUNCA VAI LEVAR UMA VIDA REMOTAMENTE NORMAL. NÃO HÁ ESPERANÇA PARA VOCÊ. OS PESADELOS NUNCA ACABARÃO E TODO SUJEITO CARECA DE MEIA-IDADE SERÁ O SEU TIO. NUNCA VAI SE LIVRAR DELE NEM DO QUE ELE FEZ COM VOCÊ. NINGUÉM JAMAIS AMARÁ VOCÊ PORQUE ESTÁ CONTAMINADO E O TORMENTO PELO QUAL PASSA O ACOMPANHARÁ PARA SEMPRE.

Ela levantou os olhos da página:

– David, quem diabos é Shane?

CAPÍTULO
59

A PROPRIEDADE ERA COMPOSTA de duas casas grandes convertidas em quatro apartamentos de um quarto. Havia plaquinhas com nomes e uma campainha instalados ao lado da porta.

– Anda, Charlie – murmurou Dawson. – Está frio pra cacete aqui fora.

– Deixa de frescura, Kevin – zoou Stacey.

Ela apertou outro botão.

– Olá, é o sr. Preece? Pode abrir a porta? É a polícia e estamos aqui...

Stacey parou de falar quando a comunicação foi cortada. Ela aguardou o barulho da porta sendo aberta. O que não aconteceu.

Dawson a cutucou para que saísse do caminho.

Ele apertou o outro botão.

– Sr. Hawkins, tenho uma entrega da Amazon.

Ouviram o barulho da porta sendo aberta.

Stacey entrou atrás dele.

– Como diabos...

– Todo mundo compra coisas pela Amazon.

Ele virou para a esquerda e bateu na porta. Ninguém atendeu. Dawson bateu de novo.

– Esse cara está começando a me encher o saco de verdade. Ele não vai gostar do interrogatório se me deixar nervoso.

– O que você vai fazer? Enfiar a cabeça dele num tanque de água?

Dawson deu uma risadinha.

– Stacey, isso foi quase engraçado.

– Não estou gostando disso, Kevin – comentou ela, abaixando-se. Olhou pela caixa de correio. Conseguiu enxergar o casaco e o sapato que ele estava usando noites antes.

– Ele está aí dentro, mas está tudo silencioso. Sinto que tem alguma coisa errada.

Eles bateram juntos e gritaram.

– Por incrível que pareça, Stacey, concordo com você. Acho que temos que entrar.

– A gente chama o corpo de bombeiro? – perguntou Stacey.

– Não, mas vamos usar o equipamento em vez disso.

Dawson levantou o extintor e mirou na fechadura.

– Está com a minha entrega? – perguntou uma voz idosa do andar de cima. A porta explodiu com o impacto. Stacey não conseguiu deixar de se impressionar.

– Ei, o que estão fazendo aí embaixo?

– Somos da polícia – Stacey respondeu gritando enquanto Dawson chamava Charlie.

– Vocês estão com a minha entrega?

– Não, somos da polícia – repetiu Stacey mais alto, seguindo Dawson para dentro do apartamento.

– Que merda – xingou Dawson, parando pouco depois de passar pela porta.

Stacey o alcançou e se deteve. Sua mente ecoou as palavras do amigo.

O homem brutalmente acima do peso estava esparramado na cama, com o rosto para baixo. Vestia cueca samba-canção azul-clara e uma touca lhe cobria o cabelo. A perna direita pendia pela lateral da cama. Havia pacotes de aspirina ao lado de um copo d'água.

Stacey começou a agir decididamente. Sentiu a lateral do pescoço dele. Só tirou os dedos quando teve certeza.

– Chame uma ambulância, Kevin. Ele ainda está vivo. Avise que está inconsciente, mas respirando.

Dawson pegou o telefone para ligar. Stacey pegou as caixas e começou a contá-las.

Dawson estava informando o endereço e o estado do paciente.

– Calculei uns 25 comprimidos.

Dawson repetiu a dose para o atendente antes de finalizar a ligação. Ficaram parados e entreolharam-se.

– Não deveríamos estar fazendo alguma coisa? – questionou Stacey.

Dawson olhou ao redor.

– Você pode fazer uma xícara de chá pra ele, mas não acho que vá beber.

Stacey o olhou com desprezo.

Ele abriu os braços.

– O que quer que eu diga? Não posso fazer reanimação cardiorrespiratória, graças a Deus. Ele ainda está respirando.

– Jesus, Kevin, chega! Insensível.

Ela se moveu na direção da cama, se inclinou e aproximou do ouvido dele.

– Charlie, sou a Detetive Wood e...

– Putz, Stacy, ótima coisa a se dizer para um homem que já está próximo da morte.

Stacey virou-se e o encarou com raiva enquanto Dawson passava por ela para apertar o ombro nu do homem e dizer:

– Tudo certo, Charlie. É o Kevin. Vai ficar tudo bem. A ajuda está a caminho. Vão estar aqui a qualquer minuto, mas não vamos embora até chegarem.

É, isso foi melhor, admitiu Stacey, mas apenas para si mesma.

– Um pedido de ajuda? – ela perguntou a Dawson.

Dawson fez que não, se afastou e falou, abaixando a voz:

– Que nada, é uma tentativa séria. Queria morrer mesmo. Nenhum camarada quer ser encontrado desse jeito e sobreviver pra contar a história.

E, nesse momento, não sabiam se sobreviveria.

Do que exatamente Charlie Cook estava fugindo?

CAPÍTULO
60

ALEX SERVIA O AROMÁTICO Colombian Gold ciente de que tinha planejado a sessão muito cuidadosamente. O ideal na concepção dela seria trabalhar mais tempo com Jessica, porém sua impaciência por um resultado não parava de crescer. Tinha uma desesperada esperança de que Jessica não a decepcionaria como os outros.

Essa era a maior jogada de todas. Se conseguisse obter um resultado positivo, ele apagaria os fracassos das outras cobaias. Kim ainda era um trabalho em desenvolvimento, mas Jessica encontrava-se em um patamar completamente diferente.

Se Alex tivesse interesse em ajudar aquela mulher adequadamente, estaria se esforçando para explorar o passado de Jessica, mas essa não era sua prioridade. Tinha tempo limitado. A maioria das mulheres com psicose pós-parto já haviam vivenciado um episódio grave de doença mental.

Alex ainda estava surpresa pelos assistentes sociais terem identificado aquilo como depressão pós-parto, em vez de psicose, ainda que isso ocorresse apenas com uma a cada quinhentas mulheres. Em Jessica, haviam identificado os sintomas normais de depressão, mas não enxergaram os indicadores adicionais que a elevavam ao nível da psicose.

Jessica também estava propensa a sérios distúrbios de humor, mania, confusão mental, ideias falsas e a escutar vozes. Os primeiros sintomas surgiram logo depois do nascimento da criança e tudo indicava psicose pós-parto, uma condição que requeria supervisão de adultos competentes 24 horas.

Essa psicose frequentemente resultava em filicídio e Alex precisava determinar qual foi o principal motivo responsável por Jessica querer machucar o filho. Ela tinha pesquisado casos notórios que contemplavam cada uma das possibilidades e estavam todas bem memorizados, a postos.

Pôs o café na mesa. Ela precisava muito começar.

– Soube que falou para as autoridades que você rolou para cima do Jamie enquanto tirava uma soneca com ele ao seu lado. Nós duas sabemos que isso não é verdade, e aqui eu quero que você fale abertamente.

Jessica ficou em dúvida.

– Tudo que disser é confidencial. Estou aqui para ajudá-la e só posso fazer isso se for totalmente honesta. Quanto mais cedo me contar tudo, mais rápido posso lhe fornecer a ajuda de que precisa.

Jessica balançou a cabeça e olhou para seu colo.

Alex tinha achado que seria difícil persuadir a mulher a revelar seus mais profundos segredos. Nenhuma mãe desejaria os pensamentos de Jessica, muito menos o fardo de pronunciá-los em voz alta. No entanto, Alex precisava daquela honestidade. Precisava daquelas palavras.

– Foi alguma coisa envolvendo o seu marido? Você estava com raiva dele? – Alex perguntou delicada e imparcialmente. – Vingança conjugal é muito mais comum do que as pessoas imaginam. – Ela fez um breve silêncio para tentar buscar uma lembrança que estivesse estocada na superfície da consciência. – Alguns anos atrás, um homem chamado Arthur Philip Freeman jogou a filha Darcy, de quatro anos, da West Gate Bridge, em Melbourne, durante uma dolorosa batalha pela custódia da criança. Acredita-se que ele fez isso simplesmente para fazer a esposa sofrer.

Alex achava que esse motivo era improvável no caso de Jessica, já que não havia dito nada que demonstrasse qualquer hostilidade entre ela e morrido. Contudo, havia um critério para a loucura dela.

– Você estava com tanta raiva do seu marido que resolveu magoá-lo machucando o Jamie?

Jessica negou com um lento movimento de cabeça. Bom. Ela não tentou se defender dizendo que o incidente foi acidental. A cabeça permanecia totalmente abaixada, mas os olhos não miravam mais além do colo, e sim o encaravam.

Ela estava escutando e isso era exatamente o que Alex queria. Jessica ainda não se sentia preparada para admitir que estava errada. O julgamento da sociedade e da família era responsável pela submissão que pesava sobre ela. Jessica queria compreensão, aceitação. Permissão. E a ciência de que não estava sozinha.

– Posso perguntar se o Jamie foi planejado?

– Ah, foi, sim – respondeu Jessica imediatamente. Bom, ela estava alerta e ligada. E, enfim, disse algo. Alex não achava que aquele fosse realmente um caso de filicídio de criança indesejada, mas isso não faria diferença para o seu próximo passo.

Ela recostou na cadeira e continuou a falar:

– Você pode não se lembrar, mas no meio dos anos 1990, um caso foi muito noticiado. Uma mulher na Carolina do Sul, Susan Smith, se não me engano, prestou queixa na polícia informando que seu carro tinha sido roubado por um homem negro, que fugiu com seus dois filhos pequenos. Depois de nove dias fazendo apelos lacrimosos na televisão pelo retorno dos filhos em segurança, o caso chegou ao fim quando ela confessou ter largado o carro em um lago nas proximidades e afogado os filhos dentro dele. Tudo para manter seu namorado rico.

Nenhum estremecimento de horror perpassou o corpo de sua paciente. Apenas uma leve inclinada de cabeça, sinal de que Alex havia capturado sua atenção.

Bom. Ela tinha atingido o primeiro dos três estágios. Compreensão. Jessica precisava sentir que não estava sozinha.

– Honestamente, Jessica, o problema é muito mais comum do que se imagina. Você não é a primeira pessoa com essa condição que eu trato e certamente não será a última. Não precisa ter vergonha dos seus sentimentos. Eles são parte de você e prometo que não a julgarei aqui nesta sala.

Finalmente, Jessica levantou a cabeça e elas fizeram contato visual. Alex sorriu com empatia e continuou:

– Prometo que consigo ajudá-la, mas você tem que me falar a verdade.

Houve um leve movimento de cabeça. Excelente, estavam seguindo na direção da aceitação e restavam a Alex duas motivações possíveis, altruísmo ou delírio, com qualquer um dos dois ela poderia trabalhar. De acordo com a conversa anterior, não havia razão para suspeitar que Jessica tinha delirado. Então restava o altruísmo. Ao chegar a essa conclusão, Alex guiou Jessica por uma jornada de filicídios bem-sucedidos, e agora a mulher estava ouvindo.

Alex inclinou-se para a frente e apoiou os cotovelos nos joelhos.

– Acho que você queria proteger o seu filho, Jessica.

Uma única lágrima apareceu e escorreu pela bochecha da paciente.

Ah, seus idiotas, Alex pensou sobre os assistentes sociais. Se soubessem da real extensão da doença, a retirada da guarda da criança de Jessica seria mais do que provável. Mas isso não teria sido nem um pouco benéfico para Alex. O serviço social não poderia ter lhe enviado um presente maior, mesmo que ela tivesse sido entregue usando um enorme laço vermelho.

– Você ama tanto o Jamie que não suporta a ideia de ele se machucar. Quer protegê-lo de todas as coisas ruins do mundo. Estou certa? – perguntou Alex, suavemente.

Jessica começou a responder que sim com um levíssimo movimento de cabeça.

– Ele é tão bonito, perfeito e inocente que você não suporta a ideia de ele vivenciar qualquer dor que seja.

Jessica fez que sim com um movimento mais determinado.

Alex precisava de apenas mais uma informação vital antes de poder seguir para a terceira parte do processo. Permissão.

– Você se lembra de quando os pensamentos começaram?

As lágrimas secaram quando ela refletiu sobre a questão.

– Foi uma notícia – expressou Jessica, mecanicamente. Tinham lhe receitado uma medicação que gerava um efeito entorpecedor, mas, é claro, não era a medicação certa para a condição dela. Tratamento com lítio ou eletrochoque eram os mais eficazes, porém essa era uma informação adicional que não convinha a Alex compartilhar com as autoridades.

– Prossiga.

– Não muito tempo depois de eu chegar do hospital, vi uma reportagem sobre um bombardeio no Paquistão. Olhei para as imagens e fiquei com medo do mundo para o qual eu trouxe o Jamie. No princípio, eu só trocava para outro programa, mas depois passei a colocar, o dia inteiro e todos os dias, nos canais que passam notícia 24 horas. Por fim, passei a segurar o Jamie com uma mão e conferir as notícias no telefone ao mesmo tempo. Era um tipo de vício.

– O que você estava procurando?

– Esperança. Mas o mundo inteiro estava lotado de morte, destruição e ódio. Não conseguia entender por que não tinha enxergado aquilo antes de ficar grávida. Como pude trazer o Jamie para um mundo tão terrível?

Alex demonstrou compreensão com um gesto de cabeça. A motivação de Jessica era a mais comum: altruísmo. Ela realmente acreditava que o filho estaria melhor morto, por várias razões. A condição com frequência manifestava-se porque a mãe sentia que não conseguiria proteger a criança adequadamente das ameaças, fossem elas reais ou imaginárias.

– Você pode me contar algumas coisas que a deixam com medo?

– Um dia eu estava lendo sobre bombas explodindo e famílias inteiras sendo torturadas em países do terceiro mundo. Havia fome, inanição, seca e guerra civil. Tentava falar para mim mesma que todas aquelas coisas aconteciam nos países de outras pessoas, mas aí vi matérias sobre acidentes de carros, crianças sendo esfaqueadas por outras crianças, um homem espancado até a morte por causa de uma garrafa de vinho e percebi que aquilo estava chegando perto. Perto demais.

Jessica recontava seus medos com o olhar perdido. E havia uma quantidade razoável com os quais trabalhar. Alex ficou satisfeita por não ter que se importar com eles.

— E o que você fez?

— O Jamie estava ao meu lado no sofá e de repente senti uma necessidade descomunal de salvá-lo, de protegê-lo dos males ao redor dele. Eu o visualizei pegando no sono e em segurança. Simplesmente me deitei do lado dele e fechei os olhos. Durante um momento, me senti calma, como se enfim estivesse tomando conta do meu filho direito.

— O que aconteceu em seguida?

— Mitch voltou cedo do trabalho para ver como eu estava. Não o ouvi entrar. Ele me empurrou para o lado, pegou o Jamie e correu com ele para o hospital.

— Como você se sentiu? E, por favor, pelo bem da sua recuperação, seja honesta.

Jessica fechou os olhos e hesitou durante tanto tempo que Alex se perguntou se ela não havia pegado no sono.

A psiquiatra instigou:

— Jessica, por favor. Quero mesmo ajudá-la, mas não posso, a não ser que me conte toda a verdade.

Jessica respirou fundo, mas não abriu os olhos.

— Me senti desapontada. O Jamie nem se debatia. Era como se soubesse o que eu estava tentando fazer e compreendesse. Ele simplesmente dormiria. Eu tinha certeza de que estava fazendo a coisa certa.

Alex ficou maravilhada pelo quanto aquilo seria simples.

— O Mitchell entendeu quando você explicou a ele?

— Não contei. Ele já tinha acreditado que eu adormeci e rolei pra cima do neném. Foi o que ele contou para os funcionários do hospital, mas envolveram os assistentes sociais e me processaram por negligência infantil.

Alex percebeu a descrença na voz de Jessica. Em sua própria névoa ilusória, Jessica não conseguia compreender como alguém podia sequer pensar aquilo sobre ela. O fato de que havia mentido para o marido assinalava que a crença em sua própria motivação ainda encontrava-se dentro dela.

– O juiz ordenou que eu fizesse tratamento psicológico e aqui estou. Dei prosseguimento à farsa por que parecia que era o que todo mundo queria ouvir. Você é a primeira pessoa com quem estou sendo honesta.

– E como isso faz você se sentir? – perguntou Alex, delicadamente. Confiança era importante.

– Melhor. Todos ao meu redor têm a mesma expressão. Até a minha própria mãe fica aterrorizada quando estou a três metros do meu filho.

– Eles estão certos em vigiá-la de perto?

Jessica hesitou.

– Nunca faria nada que não fosse pelo bem do meu filho. Nunca.

Alex notou o jogo de palavras. Sim, a motivação definitivamente ainda estava ali. Alex se forçou a ir mais devagar.

Porém, Jessica estava em busca de permissão para fazer o que achava certo, Alex se esforçou para expor um sorriso no rosto.

– Curiosamente, é uma crença ocidental tratar suas motivações como erradas. No budismo, existe a crença na transmigração, e ela postula que uma criança que é morta renasce em circunstâncias melhores.

Alex balançou a cabeça com um "vai entender" estampado no rosto. Ela não explicou que se tratava de um pensamento de pessoas pobres demais para alimentar os filhos e, por consequência, acreditavam que a criança renasceria em circunstâncias nas quais ela não morreria de fome.

Jessica concordava com gestos de cabeça decididos.

Alex deveria mesmo alertar o serviço social sobre aquela mulher ainda ser um perigo para o filho. Deveria informar-lhes que ela não sofria de depressão pós-parto. Deveria avisá-los que a medicação que vinha tomando não era a correta para sua condição.

No entanto, nenhuma dessas ações convinham a seu propósito.

Alex retirou os óculos e suspendeu os olhos para a esquerda em busca de uma memória que estava ensaiada, pronta, aguardando. Os olhos de Jessica não desviavam de seu rosto. Alex queria soltar uma gargalhada alta. Ela não poderia ter roteirizado melhor aquela sessão, e uma empolgação real começou a se formar em seu estômago. Jessica podia ser a pessoa que ela estava procurando. Baixou os olhos e encarou o semblante expectante de Jessica.

– Na verdade, parando para pensar nisso, a sua situação me lembra a de uma mulher americana chamada Andrea Yates. Ela tinha medos similares aos seus, só que via o demônio em todos os lugares. Era uma religiosa devotada e amava muito os filhos. Todo dia ficava aterrorizada por achar que o demônio os reivindicaria e que, quando crescessem, ela não seria capaz de mantê-los em segurança. As autoridades decidiram que nunca poderiam deixar a Andrea sozinha com as crianças, então a família montou uma escala de turnos para sempre haver alguém em casa com ela. Como você, Andrea era monitorada o tempo inteiro. Mas, um dia, o marido, também um homem religioso, pensou que as autoridades estavam erradas e decidiu confiar a Deus a segurança da família. Saiu para trabalhar antes do próximo cuidador chegar e Andrea agarrou a oportunidade. Afogou os filhos um por um na banheira.

Alex procurou choque no rosto de Jessica, mas só enxergou atenção integral.

– Ao longo do julgamento, Andrea continuou afirmando que fez aquilo por amor aos filhos, para protegê-los. A sociedade julgou que ela estava errada, mas eu gostaria que você pensasse um pouco sobre como se sente em relação a esse caso antes da nossa próxima sessão.

Bem na hora, o despertador em seu relógio tocou.

– Ok, Jessica, por hoje é só. – Ela respirou fundo. – Minha próxima sessão é com uma menina de 5 anos que teve o rosto arruinado pelo ataque de um cachorro. – Alex balançou a cabeça. – A pobrezinha só estava brincando no parque.

Alex teria adorado tirar uma foto do terror no rosto de Jessica. Acompanhou a paciente até a porta e a abriu.

– Vejo você na semana que vem, se cuida.

Jessica despediu-se com um movimento de cabeça e saiu.

Alex fechou a porta. Tinha esperança de que não haveria sessão na semana seguinte. Queria ver o rosto de Jessica já no jornal da noite.

CAPÍTULO
61

JESSICA ROSS SAIU CAMBALEANDO do consultório. Tinha que ir para casa. Jamie precisava dela. Os vizinhos sempre deixavam o cachorro solto no quintal. Ele podia pular a cerca e entrar na casa.

Engatou a marcha do carro, agradecendo silenciosamente a Deus por tê-la enviado à Alex, a única pessoa que entendia aquilo pelo que estava passando. Poder se abrir e ser completamente honesta com Alex a tinha limpado da paralisante indecisão que nutria por seus sentimentos. A história que a dra. Thorne contou sobre a mulher americana, Andrea alguma coisa, não lhe saía da cabeça. Ela estava ficando sem tempo.

...Quando crescessem, ela não seria capaz de mantê-los em segurança.

Havia perigo em todo lugar. O sinal ao qual aguardava podia muito bem quebrar, o que significava que os carros desembestados ladeira abaixo podiam bater na lateral do Citroën. Isso tinha acontecido em Gornal há dois anos e uma garotinha ficou presa nas ferragens durante mais de uma hora.

Alguém buzinou atrás dela. O sinal estava verde. Jessica virou e passou pela loja de jardinagem à esquerda. Duas garotinhas riam correndo no estacionamento. Elas podiam facilmente escapulir para a rua e ser mortas. Inclusive, no mês anterior, aquela parte da rua havia ceifado a vida de um ciclista adolescente.

Jessica passou por uma placa que permitia andar na velocidade nacional máxima, mas permaneceu a cinquenta quilômetros por hora entre os campos em ambos os lados. Se algo aparecesse correndo diante dela, teria tempo de parar.

O veículo atrás dela se aproximou em velocidade no retrovisor. Ela viu o sinal de mão grosseiro que ele fez enquanto o para-choque dianteiro beijava sua traseira. Concentrou-se na rua adiante.

Ela movimentou o carro cuidadosamente até o meio da rua para entrar à direita. O carro atrás buzinou e passou em velocidade pela esquerda, gerando uma rajada de vento que balançou levemente o carro. Ela olhou para o painel. Droga, tinha esquecido de dar seta. Passou por uma mulher empurrando um carrinho de bebê. Havia um labrador marrom preso na alça direita. Um garotinho segurava a esquerda. O cão estava do lado de dentro próximo às casas, e a criança, mais perto da rua. A qualquer segundo o cachorro podia ver um gato, reagir e carregar a família toda.

– Como as pessoas não enxergavam essas coisas? Até mesmo uma simples ida ao parque estava abarrotada de perigo.

Cinco anos... rosto arruinado... pelo ataque de um cachorro.

Jessica estacionou o carro em frente ao Ford Ka da irmã e suspirou. A garotinha sem metade do rosto a perseguiu durante todo o caminho.

Ela olhou para sua casa e soube o que tinha que fazer. O encontro com Alex tinha apenas esclarecido aquilo que já sabia.

– Oi, mana, já voltei – chamou ela da porta. O som de Jamie chorando lhe chegou aos ouvidos.

Jessica lutou contra a vontade de entrar correndo, agarrar o filho e protegê-lo. Tinha que agir direito. Era sua única chance.

Emma estava circulando pela sala, ninando Jamie para frente e para trás nos braços.

– Ele está assim direto. Não consigo acalmá-lo.

Jessica ofereceu à irmã o que esperava ser um sorriso radiante e estendeu os braços.

– Aqui, me deixe pegá-lo.

Jessica pegou o filho nos braços e o ninou delicadamente. Sentiu o corpinho relaxar junto ao seu. Contente. Ela sabia.

Jessica capturou a breve expressão de alívio que passou pelo rosto da irmã. Ressentia-se do fato de todos acharem que ela tinha a capacidade de machucar o filho quando tudo que queria fazer era protegê-lo. Qualquer sinal de afeto em relação ao bebê gerava pequeninos movimentos de cabeça e sussurros nos cantos.

– Boa consulta? – perguntou Emma, sentando no sofá.

Jessica fez que sim e completou:

– Conversar com a Alex ajuda muito. Já me sinto bem melhor. – Ela acariciou a cabeça do filho. – Não é mesmo, meu amorzinho.

Ela continuou a caminhar por ali, ninando o menino junto ao corpo.

– Eu nunca o machucaria, Emma – afirmou ela, cravando os olhos na irmã com uma expressão que esperava ser de pureza.

Emma engoliu em seco.

– Eu sei, Jess.

Ela encarou-o com suavidade.

– Olha, ele sabe que eu nunca o machucaria, não sabe, meu anjo?

Ele gorgolejou para ela. Emma riu. Os olhos de Jamie começaram a estreitar com a mãe o ninando. Jessica beijou-lhe a cabeça e o colocou no berço.

...Antes do próximo cuidador chegar... agarrou a oportunidade.

Ela virou-se para a irmã. Era hora de ela ir embora.

– Olha, vou tomar um banho gostoso e demorado enquanto o Jamie tira uma soneca. Você pode sentar aí e ficar se quiser.

Jessica viu a rápida olhada de Emma para o relógio acima da lareira. Ela tinha três filhos e muitas coisas para fazer.

– A mamãe vai chegar em vinte minutos, Emma. Vou ficar bem.

Emma transpareceu estar duvidosa.

Jessica deu um sorriso para tranquilizá-la.

– Emma, estou bem mesmo, prometo. Me sinto muito melhor.

Emma desviou o olhar.

– Está tudo bem. Vou esperar mais um pouquinho, só pra conferir se ele pegou no sono mesmo.

Jessica deu de ombros e subiu a escada, desejando que a irmã simplesmente fosse embora. Estava ficando sem tempo. Na metade da escada, ouviu seu nome.

– O que foi, Emma?

Ela virou-se e viu Emma ao pé da escada pegando o casaco.

– Você está certa. Sei que está tudo bem. Confio em você.

Jessica desceu novamente e abraçou a irmã. Finalmente, ela estava indo embora.

– Estou bem mesmo, Emma. Não se preocupe.

Ela abriu a porta para a irmã sair da casa.

Emma se virou.

– Você tem certeza?

Jessica deu um último abraço nela e respondeu que sim com um movimento de cabeça.

– A gente vai ficar bem. Só quero o que é melhor para ele.

Emma caminhou devagar até o carro, provavelmente questionando sua decisão, porém Jessica a tranquilizou com um sorriso radiante. Se Emma tentasse ligar para a mãe, ela já estaria a caminho e atenderia o telefone dirigindo. Se ligasse par Mitch, ele levaria pelo menos vinte minutos para chegar em casa.

Quando a irmã arrancou, Jessica deu um último tchau, virou e fechou a porta.

No segundo em que entrou na sala, uma calmaria assentou-se ao seu redor e ela a acolheu. O som da televisão desvaneceu ao fundo.

Após a sessão com Alex, não teve dúvida de que estava certa o tempo todo. Inicialmente, Jessica tinha se questionado devido às reações de todos ao seu redor, e então fingiu, e então sujeitou-se, mas o tempo todo era ela a certa.

As sessões com Alex tinham não apenas lhe dado a confiança em suas convicções, mas as confirmaram. Ela não se sentia mais culpada por seus pensamentos. Sentia-se justa e empoderada.

– Vem com a mamãe, querido – murmurou ela, estendendo os braços para dentro do berço.

Seu corpinho adormecido contorceu uma vez e aninhou-se nela; o lugar em que se sentia seguro.

Ela escolheu uma faca na gaveta da cozinha e subiu a escada. Colocou Jamie delicadamente no meio da cama que dividia com Mitch.

No banheiro do quarto, pôs a faca na beirada da banheira e abriu as torneiras quente e fria para enchê-la depressa. O filho não ficaria sem ela muito tempo.

Foi ao quarto de Jamie, demorou um pouco para escolher a roupa e optou por um macaquinho coberto de filhotes de dinossauros azuis. O seu favorito.

De volta ao banheiro, ela fechou as torneiras, se despiu apressada e pôs um roupão branco felpudo.

Ao entrar no quarto, tirou um momento para observar o filho, agora acordado, intrigado pelo ambiente novo. Suas mãozinhas agarravam o edredom. Jessica sentiu uma onda de orgulho.

Ela ficou um momento à janela do quarto, observando um mundo que permitia que o perigo cotidianamente rastejasse para mais perto. Satisfeita, fechou a persiana e bloqueou o terror lá fora. O rastejante e invisível mal nunca teria a oportunidade de machucar seu filho.

O quarto escurecido tornou-se íntimo e seguro.

Jessica sorria para o filho, tirando seu body. Ele debatia as pernas enquanto a mãe trocava a fralda e o vestia novamente com o macaquinho.

Jamie estava seguro, bem ali. Nada o havia machucado ainda, e neste momento nada poderia fazer isso. Como mãe, era papel de Jessica protegê-lo. E ela faria isso.

Uma criança que é morta renasce em circunstâncias melhores.

Em outra época, o mundo não estaria cheio de crueldade e violência. As crianças teriam a liberdade para crescer sem medo nem intimidação. Em outra vida, seu filho estaria à salvo.

Jessica baixou o rosto e olhou dentro dos olhos do filho enquanto estendia o braço para pegar o travesseiro.

Jamie gorgolejou para ela com os membros se debatendo em todas as direções, feliz, empolgado.

– Eu te amo tanto que chega a doer, meu amor. Sei que entende a minha necessidade de protegê-lo deste mundo. Não posso permitir que nada nem ninguém o machuque ou o perturbe. Há perigo em todo lugar e tenho que mantê-lo a salvo. Sei que sente isso também, não sente, querido?

Ele deu um gritinho de alegria e Jessica soube, sem a menor sombra de dúvida, que estava fazendo a melhor coisa, a única coisa possível para proteger o filho.

Ela se inclinou sobre ele e o beijou nas bochechas gordinhas, na testa e na ponta do nariz.

– Estaremos juntos em breve, meu amor, o mais doce dos anjos.

Jessica baixou o travesseiro e cobriu o rosto do filho.

CAPÍTULO
62

PUTA MERDA, PENSOU KIM, ao ver Jessica Ross fechar a persiana. Algo naquela imagem não estava certo.

Ela tinha chegado ao consultório de Alex para confrontar a doutora sobre as conversas gravadas por Dougie quando viu Jessica saindo de lá. Kim não entendia nada daquele tipo de sessão, mas sabia que uma paciente não devia sair do consultório de um psiquiatra como se estivesse sendo perseguida pelo diabo.

O jeito errático com que dirigia e a expressão no rosto de Jessica ao despedir-se da outra mulher com um abraço não abrandaram a ansiedade que crescia no estômago de Kim. A expressão serena de Jessica olhando pela janela no quarto do bebê gelou o sangue em suas veias.

Kim não detectou nenhum outro movimento na propriedade e chegou à conclusão de que a mulher tinha ficado sozinha na casa.

Ela engoliu em seco, sentindo o batimento cardíaco acelerar. Não sabia o que estava testemunhando, mas sabia que Jessica tinha chegado a algum tipo de conclusão desde que saiu da sala de Alex.

Jesus, para quem ela devia ligar?... Bryant? E dizer o quê? *Uma mulher está parada à janela com um semblante muito contente.* Bryant já tinha provas suficientes para comprometer Kim, e ela não lhe forneceria mais nenhuma.

Podia ligar para o serviço social? Eles conheciam a história de Jessica, mas dificilmente atenderiam de forma emergencial à ligação de Kim. Se ligasse como um cidadão preocupado, provavelmente a instruiriam a ligar para a polícia – a ironia desse cenário não lhe passou despercebida. Contudo, não podia ficar parada ali. Algo com certeza não estava certo.

– Porra – xingou ela, ciente de que estava sozinha. Abriu a porta do motorista, atravessou a rua correndo até a casa dos Ross, apertou a campainha e esmurrou a porta simultaneamente. Se Jessica a atendesse perguntando o que diabos estava acontecendo, Kim imploraria para ela ajudá-la a fugir do maníaco com um machado que por acaso tinha acabado de desaparecer no ar.

A inspetora abriu a caixa de correio para ver se Jessica estava se aproximando da porta, mas a casa ecoava um sossego que lhe arrepiou a espinha. Nenhum som da criança nem da mãe. Droga, ela sabia que os dois estavam lá dentro. Por que diabos não atendia a porta?

Kim conferiu o portão lateral da casa. Estava trancado. Olhou ao redor e viu um carrinho de mão com a metade cheia de dentes-de-leão. Empurrou-o para a frente do portão e usou-o para ajudá-la a pular. A lateral da casa não tinha nenhuma janela aberta e por isso não dava para ver ninguém.

Ela correu até os fundos e tentou abrir a maçaneta da porta-balcão. Trancada. Kim teve a sensação de que seu tempo estava acabando. Observou o quintal e pegou uma pá. Movimentou-a para trás em busca de força e golpeou o vidro. Na segunda tentativa, ele espatifou. Cacos de vidro voaram ao redor dela e alguns incrustaram em sua mão direita. Ela ignorou a dor e puxou a manga da blusa por cima do punho para, aos socos, abrir um buraco grande o suficiente para entrar.

Se Jessica não estivesse fazendo nada mais fatídico do que tomando um banho, Kim teria um mundo de problemas. Dessa vez, preferia os problemas.

Atravessou a cozinha até a frente da casa, quase tropeçando em um tapetinho infantil abarrotado de brinquedos. Subiu a escada de dois em dois degraus, com o sangue correndo pelas orelhas. Lá no alto, deparou-se com a porta fechada.

Arrombou-a, irrompeu no quarto e parou abruptamente. Sua mente levou um segundo para registrar a cena diante de si.

Jessica estava só de roupão, olhando para a cama, com um travesseiro balançando nos dedos.

O corpinho imóvel vestido com um macaquinho de dinossauro olhava fixamente para o teto, porém sem enxergá-lo.

Jessica encarou-a, sorriu calmamente e afirmou:

– Agora ele está seguro.

Kim lembrou-se de outro par de olhos inocentes olhando fixamente para o teto, lindos, porém sem vida, como um boneco perfeito. Na época, não soube o que fazer quando o último suspiro deixou o corpinho do irmão. Só lhe restou sentar, sacudi-lo e implorar para que voltasse. Tentou tudo, nada adiantou. Ao sentir a perda de calor do corpo dele contra o seu, ela fechou os olhos de Mikey e o mandou para o Céu.

Kim subitamente retornou à realidade. Precisava de uma ambulância, mas não tinha tempo de fazer a ligação e passar todas as informações.

Correu à janela, abriu-a e berrou o mais alto que seus pulmões aguentaram. Havia três pessoas na rua e todas viraram.

– Chamem uma ambulância, criança morta. – Afastou-se depressa da janela e tirou Jessica do caminho com um empurrão. A mulher cambaleou para trás, como se estivesse em transe.

Enquanto tentava sossegar as mãos trêmulas, Kim perdeu a consciência do ambiente ao seu redor. Limpou o sangue da mão cortada no casaco antes de colocar dois dedos no pescoço do bebê para confirmar o que já sabia ser verdade. Estava morto. Mas ela não podia desistir. Não desistiria.

Agachou ao lado da cama, encheu as bochechas de ar, depois cobriu a boca e o nariz do bebê com a própria boca e soprou delicadamente dentro de seus pulmões. Observou o peito levantar artificialmente e o aguardou baixar antes de repetir o processo mais quatro vezes. Pôs dois dedos no centro do peito e pressionou com firmeza até mais ou menos um terço da profundidade do tórax. Fez isso trinta vezes e pôs a orelha na boca do bebê. Nada.

Ela soprou mais duas vezes, lutando contra a frustração do ritmo que estava imprimindo à respiração boca a boca. Com um adulto, poderia ser mais contundente.

– Anda – sussurrou ela na segunda série de compressões.

Kim não tinha ideia de há quanto tempo estava trabalhando, mas uma mistura de sirenes berrava ao longe.

– Anda, querido, você consegue.

Kim soprou mais duas vezes e parou, pousando os olhos no minúsculo peito que claramente suspendia e abaixava sozinho. A vida retornou aos olhos dele e um gemidinho escapou-lhe pelos lábios minúsculos. Era o som mais doce que Kim já tinha ouvido.

O choro despertou Jessica, que saiu de sua espécie de transe e moveu-se na direção da cama.

– Sai de perto dele, porra – rosnou Kim, formando um círculo protetor ao redor do corpinho com os braços. O sangue da mão direita transferia-se para as cobertas da cama.

Jessica parou e olhou fixamente para o filho. Seu rosto estava repleto de confusão. Kim não sabia se era devido às próprias tentativas da mulher de matar o filho ou se estava se perguntando como o bebê ainda podia estar vivo.

Kim ouviu a explosão da porta sendo aberta à força, seguida dos trovejantes passos na escada. Foi tomada pelo alívio. Não suportava ficar no mesmo quarto que aquela mulher por nem mais um minuto.

Um paramédico e um policial que ela não reconheceu entraram no quarto. O paramédico deu a volta nela e se abaixou para avaliar a criança, que ainda respirava.

– O sangue é meu – informou Kim, saindo do caminho.

O guarda deu uma olhada para Jessica, que apertava com força o travesseiro no peito. Em seguida, mirou a inspetora para confirmar seus maiores temores. Kim fez que sim.

– Detetive inspetora?

Ela gesticulou indicando que não responderia às perguntas dele.

– Dou um depoimento completo mais tarde, por enquanto você precisa saber que a mãe está muito doente e que segurava um travesseiro contra o rosto da criança quando entrei no quarto.

– Vamos entrar em contato com o serviço social quando chegarmos ao hospital, mas por que você...

– Depois – insistiu Kim, no momento em que a fadiga atingiu seu corpo e a adrenalina no sistema retornou aos níveis normais.

Os olhos dos paramédicos encontraram os dela.

– Ele está fraco, mas estável – afirmou, virando os olhos para o sangue que pingava da mão dela. – Me deixa dar uma olhada...

– Tá tudo bem – ralhou Kim, enfiando com força a mão no bolso do casaco.

Após uma última olhada na direção da cama, Kim saiu da casa.

Finalmente, não havia dúvida alguma na mente dela de que Alex manipulou Jessica para que cometesse tal atrocidade, assim como tinha feito com Ruth, Barry e até Shane.

Agora ela tinha o suficiente. Era necessário parar Alex. A qualquer custo.

CAPÍTULO
63

– O SENHOR PODE me escutar? – implorou Kim.

Woody deu um murro na mesa. Kim gostaria de ter extravasado sua frustração da mesma forma, mas o curativo novo a impediu.

– Não, Stone, não vou ouvir. Essa mulher já tomou demais do seu tempo e você não tem um pingo de prova de que ela sequer fez alguma coisa errada.

– Estou com os cadernos. O Dougie relatou todas...

– E ele vai testemunhar no tribunal, vai? – trovejou ele, encarando-a.

O telefone de Kim tocou no bolso. Ela o ignorou bem como Woody.

– Acredite em mim, ela está ferindo pessoas. Não diretamente, mas está manipulando pessoas para que elas façam coisas. A Ruth Willis...

– Assassinou o Allan Harris por vingança.

– Mas a Jessica foi manipulada...

– Você está fazendo papel de ridícula. Jessica Ross está muito doente. Você não tem como saber se aquilo tem alguma coisa a ver com a psiquiatra.

Kim se perguntou se ele a deixaria terminar alguma frase.

O telefone dela apitou acusando o recebimento de uma mensagem de voz.

A irritação de Woody se intensificou.

– Sei que ela está usando os pacientes para algum tipo de pesquisa...

– Isso soa ridículo aqui na minha sala e vai soar mais absurdo no tribunal.

O telefone dela retiniu uma mensagem de texto e o rosto de Woody ficou impaciente.

– Stone, já mandei a sua equipe para casa e sugiro que faça o mesmo. Não vou mais discutir esse assunto com você.

Ela ficou parada e seu telefone começou a tocar de novo.

– E, pelo amor de Deus, atende essa bosta de telefone.

Qualquer tipo de palavrão de seu chefe sinalizava que ele estava a alguns graus de entrar em ebulição. A próxima frase significaria o fim da carreira dela. Tinha que ir embora. Por enquanto.

O telefone parou de tocar no momento em que ela fechou a porta da sala de Woody após sair.

As duas chamadas perdidas eram de David Hardwick.

– Ela foi direto à mensagem de texto.

Passou os olhos desatentamente na primeira frase.

DESCULPE INCOMODAR SE ESTIVER OCUPADA

Mas a segunda frase saltou sobre ela.

MAS O DOUGIE NÃO VOLTOU DA CAMINHADA

Kim apertou o botão para retornar a ligação e desceu a escada. David atendeu no segundo toque.

– Obrigado por ligar...

– Ele está muito atrasado? – perguntou ela, usando o ombro para empurrar a porta da frente.

– Vinte minutos, mas ele nunca se atrasa...

– Você não acha que é a Alex, acha? – questionou ela, engolindo o desespero que lhe subia o peito.

– Depois do que lemos? Eu simplesmente não sei – respondeu ele com honestidade.

– Mas ela não sabe dos cadernos – disse Kim. Ela não teve a oportunidade de confrontá-la. Tinha ficado muito ocupada seguindo Jessica Ross.

– Talvez saiba – admitiu David.

Kim começou a ficar zonza. Ah não.

– Depois que você saiu, peguei o Malcolm escutando atrás da porta.

– Puta merda – xingou ela antes de desligar.

CAPÍTULO
64

KIM LIGOU A MOTO E ENVOLVEU o acelerador com a mão. A dor disparou por seus cinco dedos e chegou ao ombro. Ignorou-a e ajustou a posição da palma de modo que o alfinete não forçasse a área do ferimento.

Logo depois de ter pegado a jaqueta e as chaves, soube, com uma rápida ligação para David, que Dougie normalmente caminhava às margens do canal de Netherton até Brierley Hill, onde saía a caminho de casa, mas antes passava num restaurante em Quarry Bank, onde ganhava um cone de batatas.

Tinham concordado que David começaria em Netherton, ela começaria em Brierley Hill, e se encontrariam em algum lugar no meio do caminho.

As palavras de David diziam que provavelmente não havia nada com que se preocupar. Mas seu tom dizia algo diferente.

Ambos sabiam que se Alex pegasse Dougie, com certeza havia algo com que se preocupar. A doutora não gostava de pontas soltas, e Dougie era uma ponta soltíssima.

Kim parou, desligou o farol no alto da Thorns Road e limpou a umidade do visor.

Não havia nevado como no inverno do ano anterior, e a chuva do início de março sustentava um medíocre esforço para congelar-se.

Ela passou pelas luzes fortes do shopping center Merry Hill. A ponte que David havia descrito ficava diante de uma área residencial enorme, de onde erguiam-se sete torres.

Ela estacionou a moto em uma área de terra. Enfiou as luvas dentro do capacete e o prendeu no banco.

Contornou a moto e atravessou o declive para chegar ao caminho à beira do canal. O percurso estava imundo, cheio de sacolas de fralda e embalagens de comida para viagem.

Cada passo a afastava mais da iluminação do único poste. Sem querer, prendeu o pé esquerdo em uma bola de futebol murcha. Tropeçou, estendeu os braços para se equilibrar e algo lhe picou a pele.

Kim xingava baixinho enquanto seguia escuridão adentro. O distante barulho do movimento na estrada era sinistro.

Enxergava no máximo uns seis metros diante de si, depois entraria na escuridão total. Não tinha ideia da extensão daquele percurso. Seguiu em frente e adentrou a diabólica fresta de massa negra. Em breve não conseguiria mais diferenciar o caminho do canal.

Movia-se lentamente e às vezes assustava-se com algum movimento na água. Kim concluiu que provavelmente eram ratos.

Pegou o telefone celular e o apontou para o chão. A escuridão ao seu redor não seria maior nem mesmo se fechasse os olhos. A luz da lanterna do celular permitia que ela colocasse um pé em frente ao outro.

Kim continuou seguindo em frente e sentiu o chão mudar. Estendeu a mão esquerda e sentiu o lodo que escorria pelo tijolo. Tinha chegado a um túnel. O cheiro de urina quase a derrubou, porém, outro fedor era ainda mais sombrio e asqueroso.

A luz de um único poste na ponte iluminava a saída do túnel, onde havia uma lixeira branca aberta, deixando à mostra carne apodrecida. Algo pequeno debandou às pressas à sua luz enxerida. Ela cobriu o nariz e passou depressa daquilo.

Uma vez mais, ela adentrou a escuridão.

Alex a tinha feito brincar de gato e rato e, nesse momento, Kim sentia-se o rato.

– Anda, Dougie, cadê você?

CAPÍTULO
65

DAWSON RESPIROU FUNDO e encostou a cabeça na parede.

Stacey continuou andando. Tinha lido cada cartaz no quadro de avisos uma dezena de vezes e já estava versada nos sintomas de pelo menos quinze doenças.

A porta da ala lateral foi aberta. Stacey ficou parada e Dawson suspendeu a cabeça com uma expectativa esperançosa. Aguardavam havia horas.

A enfermeira os cumprimentou com um movimento de cabeça e completou:

– Podem vê-lo agora. Está fraco e debilitado, mas vivo. Não posso deixar vocês ficarem lá muito tempo.

Stacey assentiu com um gesto de cabeça e Dawson deu um impulso no corpo para levantar-se da cadeira.

– Cacete, Charlie, mais um minuto e a gente não te tirava dessa – disse Dawson quando estavam entrando no quarto.

Stacey ficou surpresa com aparência dele. Estar brutalmente acima do peso foi o que provavelmente o salvou. A morte por aspirina era normalmente ditada por uma concentração em relação ao peso corporal. E ele carregava muito peso.

Sua pele não tinha correlação com o batimento cardíaco. Nem um pingo de cor agraciava seu rosto. Porém era mais jovem do que Stacey imaginou a princípio. Nesse momento, ela calculou que ele devia ter entre 25 e 30 anos.

– O que está acontecendo, Charlie? – perguntou Dawson, assentando-se na cadeira ao lado da cama. Stacey se empoleirou no peitoril da janela.

– Simplesmente não aguentei mais.

– Quer contar alguma coisa pra gente, parceiro? – perguntou Kevin.

– Não sei o que está querendo dizer.

– Qual é, Charlie. Tem alguma coisa acontecendo. Existe um motivo pra você querer se matar. Se contar pra gente, podemos te ajudar. Vai se sentir melhor quando desabafar.

Stacey ficou observando-o engolir em seco e balançar a cabeça.

– Charlie, sabemos que foi você, parceiro. Você estava no porão com aquelas meninas, não estava? Ficou vendo o pai delas...

– Não – falou ele, fechando os olhos. – Não fui eu. Juro.

Dawson se aproximou e baixou a voz.

– Oh, Charlie, pare de mentir, cara. Sabemos que o clube do livro é uma fachada. Você nem lia os livros.

Finalmente uma sombra de cor infundiu sua pele esbranquiçada.

– Nem sempre tenho tempo...

– Você não faz nada naquela loja. Charlie, confie em mim, vai se sentir melhor se admitir. Sabemos que você foi ao grupo de jovens no centro comunitário outro dia à noite. Era o único evento naquele dia. Por que ficaria com um grupo de meninas de 12 anos se você...

– Eu não fui para o grupo de jovens – afirmou ele, fechando os olhos.

– Charlie, a gente confirmou. Não havia mais nada...

– Alguns eventos não são divulgados.

Stacey sacou primeiro.

– Alcoólicos Anônimos – disse para si mesma.

Dawson virou-se novamente para Charlie.

– Você é alcoólatra?

Ele fez uma longa pausa e uma lágrima escorreu pelo canto do olho. Negou com um delicado gesto de cabeça.

– Eu falo pra eles que sou – admitiu.

Stacey aproximou-se.

– Porque eles não recusam ninguém.

– Você vai às reuniões do AA atrás de companhia? – perguntou Dawson incrédulo.

Charlie confirmou com um leve movimento de cabeça, repleto de vergonha.

– E o clube do livro? É a mesma coisa? Você simplesmente se encontra com os caras uma vez por semana pra bater um papo?

– É gente de todo tipo, de todas as profissões. Todo mundo tem alguma coisa pra falar. Eu só escuto, na maior parte do tempo.

Dawson murchou na cadeira. Ele realmente achava que o haviam pegado, mas o que tinham, na verdade, era um homem desesperadamente tímido que se agarrava a qualquer oportunidade para fazer amigos.

– Por que isso? Por que agora? – Stacey se pegou questionando.

Ele deu de ombros.

– O clube do livro estava prestes a se desfazer depois que vocês começaram a fazer perguntas. Não é muito, mas é um pouco de companhia de vez em quando.

– Você tem que arranjar uma mulher, parceiro – comentou Dawson.

Charlie sorriu, mas de desespero.

– Com esta aparência, é?

Stacey tinha ido para a porta. O trabalho deles ali tinha terminado. Charlie Cook não era o homem que procuravam.

Dawson ficou para trás.

– Você conhece a Fitness Gym em Dudley?

Charlie fez que não.

– É no final da rua, depois do mercado. Vou lá quase todas as segundas e quartas à noite. Pinta lá que a gente agiliza alguma coisa.

Stacey saiu e Dawson seguiu-a.

Ela virou-se, olhou-o e balançou a cabeça.

– Por que está sorrindo pra mim, Stacey?

– Por nada, Kevin. Por nada mesmo.

Ele deu de ombros e enfiou a mão no bolso.

– Você conferiu seu telefone?

Stacey o pegou e conferiu, depois franziu a testa.

– Alguma coisa da chefe?

Ela negou com a cabeça.

Seus olhos encontraram-se e uma mensagem foi transmitida entre os dois. Havia horas que não tinham notícias da chefe. E isso nunca, jamais acontecia.

Sem falar, viraram-se e foram para a delegacia.

CAPÍTULO
66

ALEX DEU UM SORRISO ANIMADO para Dougie. Não foi difícil encontrá-lo. David tinha lhe contado muitas vezes sobre as caminhadas do abobado. Uma criatura de rotinas, ele nunca variava o percurso.

O Delph Locks era um local onde havia oito comportas ligando a rota do canal de Dudley e Stourbridge. Cada comporta tinha 20 metros de comprimento e 25 de profundidade. Um lugar perfeito para Dougie morrer, já que tinha passado tantas horas ali.

A princípio o telefonema a deixou perplexa, sobretudo porque não tinha ideia de que Malcolm possuía seu número. Depois ficou satisfeita por isso. Havia sete ligações perdidas feitas durante a sessão de Jessica e, por curiosidade, retornou a ligação.

Inicialmente, não acreditou nele. Impossível um retardado imbecil como Dougie ser tão esperto, mas como Malcolm falou, ela escutou.

A primeira explosão de raiva foi contra si mesma. De maneira totalmente displicente, tinha descartado Dougie, pressupondo que sua atenção era porque ele gostava dela. O ódio ofuscou-se e transformou-se em uma branda irritação ao se dar conta de que Dougie era um problema fácil de se resolver.

A surpresa inicial ao vê-la foi atenuada pelas promessas de que Kim queria conversar com ele. Era o que o mantinha de pé ali.

Alex ficou satisfeita ao vê-lo olhar furtivamente para a direita e a esquerda.

– Oh, Dougie, você acreditou em mim?

A psiquiatra apontou a lanterna para o rosto dele. Alguns pingos de chuva gelada caíam sobre eles. Dougie piscou e pôs a mão diante dos olhos.

Ela sorriu.

– Seu idiota ridículo. A sua vida está para mudar. Não há motivo para ficar com medo. Pela primeira vez, vai ter a chance de ser útil. Você é um fracassado imprestável, mas é a minha maneira de mandar uma mensagem para a sua preciosa Kim.

Ela cuspiu o nome nele e balançou a cabeça.

– Eu te achava totalmente lesado, aí você vai lá e me surpreende, Dougie. Não gosto de surpresas.

Ela deu um passo na direção de Dougie. Com a lanterna iluminando o espaço entre os dois. O feixe passou pelo corpo dele de cima para baixo, e Alex soltou uma gargalhada alta.

Manteve a luz na virilha dele.

– Oh, Dougie, você se mijou. Que humilhante, hein?

Ela deleitava-se com seu desconforto e deliciava-se com seu medo.

– Teria sido melhor se você fosse tão analfabeto quanto é retardado.

Ela apontou a luz para o rosto de Dougie novamente. A cabeça dele estava levemente inclinada, e os olhos, suspensos para a esquerda. A boca movia-se como se quisesse formar uma palavra, mas, de acordo com o que Alex sabia, ele nunca havia falado.

Torcia as mãos furtivamente como se tentasse arrancá-las.

Ela pegou Dougie pelo braço para aproximá-lo da beirada.

Ele ofereceu pouca resistência quando ela o segurou e sentiu a trêmula vibração do corpo dele.

Fisicamente, ele podia dominá-la no segundo que quisesse, mas, assim como um pastor-alemão, ele não sabia que era maior e mais robusto. Em sua mente, ela era mais forte e por isso Dougie não se dava ao trabalho de lutar.

Ele tentava manter os pés plantados no lugar, mas eles eram arrastados pelo cascalho. Isso não era mais exigente para Alex do que arrastar um saco de lixo.

– Oh, anda, Dougie, não dificulta – disse ela, forçando-o para a beirada lateral a comporta.

Alex apontou a lanterna para o abismo. Um gritinho escapuliu de seus lábios. Calculou que era uma queda de dez metros antes de a água ondear nas paredes.

Sorrindo, ela pôs as mãos entre os ombros de Dougie.

Foi necessária apenas uma empurrada para que Dougie começasse a cambalear para a frente.

CAPÍTULO
67

KIM OUVIU O *SPLASH* DISTANTE. A água já tinha feito muitos barulhos ao lado dela, mas nada tão vigoroso quanto aquele.

Ela parou abruptamente e escutou com muita atenção, mas o único som que discerniu foi o do sangue trovejando por seu corpo.

Avançava depressa. Ainda faltavam uns três quilômetros de canal antes de chegar onde havia combinado de se encontrar com David, o que significava que estava completamente sozinha.

Não havia tempo para considerar suas opções. Precisava encontrar o que, ou quem, tinha feito aquele barulho na água.

Ao virar em uma leve curva à beira do canal, seus olhos depararam-se com uma figura inclinada, iluminando a comporta com uma lanterna.

Se ainda não soubesse do que Alex era capaz, esse momento acabaria com suas dúvidas. A psicopata tinha empurrado Dougie lá dentro.

Kim escutava o barulho dos braços se debatendo na água.

Se tentasse salvar Dougie, Alex teria tempo suficiente para fugir e Kim não estava lidando com um criminoso comum.

Jamais encontraria Alex novamente.

Kim se abaixou, espiou da esquina e rapidamente calculou a distância entre elas. Quinze metros.

Assim que começasse a se mover, teria que ser rápida e lançar mão do elemento surpresa, mas ela sabia o que tinha que fazer.

Depressa, ela retirou a jaqueta e a jogou no chão. Permaneceu de bota. Não tinha tempo. O barulho na água estava diminuindo.

Respirou fundo, contou até três e saiu em disparada.

Kim manteve os olhos em Alex o tempo todo. Embora não enxergasse seu rosto, conseguiu imaginar o semblante chocado. Bom, essa era toda a distração de que precisava.

Três metros, dois metros e *bang* – chocou-se com Alex e a jogou na água.

Kim respirou fundo e mergulhou logo atrás dela.

CAPÍTULO
68

BRYANT ENCARAVA Robin Parks do outro lado da mesa.

Não era de fazer julgamentos precipitados nem de confiar em seu instinto. Deixava isso para a chefe. Se Bryant não gostava de alguém inicialmente, tentava dar à pessoa o benefício da dúvida.

O homem recostou-se na cadeira e suspendeu as duas pernas da frente. O pé direito estava apoiado no joelho esquerdo. Usava calça jeans escura e suéter gola V.

— Sr. Parks, obrigado por concordar em conversar comigo nesta noite.

Ele abriu os braços de forma generosa.

— Estou aqui para ajudar no que puder.

Bryant percebeu um escárnio dissimulado, mas se forçou a não reagir.

— A Detetive Inspetora Stone e eu recentemente falamos com você...

— Detetive inspetora? Você não está querendo dizer buldogue? Não deviam permitir que ela saísse sem focinheira.

Bryant chutou o próprio tornozelo debaixo da mesa. Ah, aquilo não estava caminhando bem.

— Informamos você sobre a nossa descoberta de que havia mais uma pessoa no cômodo com o seu cunhado em pelo menos uma ocasião.

— Vocês devem ter mencionado isso enquanto aterrorizavam a minha irmã.

Ele balançava para a frente e para trás na cadeira.

— Você tem alguma ideia de quem pode ser essa pessoa, sr. Parks?

— Honestamente, eu não acredito que ela exista. Acho que é uma história que o seu buldogue inventou para poder continuar transformando a vida da Wendy num inferno.

— E por que ela faria isso, sr. Parks?

Caramba, o cara só agredia.

Robin Parks inclinou-se para a frente.

— Porque ela é uma mulher amarga e solitária que claramente gostaria de ter nascido homem e está descontando todas as suas frustrações em pessoas inocentes. Por isso.

Ele voltou a balançar para a frente e para trás, totalmente satisfeito consigo mesmo.

– Essa pode ser a sua opinião, sr. Parks – disse Bryant, tentando manter a voz equilibrada.

– E você tem que concordar. Ela é grossa, antipática...

– E obviamente memorável, já que não parou de falar dela desde que eu sentei.

Ele parou de balançar e Bryant avançou.

– Sr. Parks, temos provas periciais e um cabelo. E nenhum dos dois pertencem ao Leonard.

As pernas dianteiras da cadeira pousaram.

– Sério?

Bryant fez que sim e depois falou para a fita:

– Sim. Como você sabe, a Daisy confirmou que conhecia quem estava lá. Você pode contribuir com mais alguma coisa?

A atmosfera na sala mudou.

– Eu fui ao porão...

– Se quiser nos dar uma amostra, eu posso...

– Nem fodendo. Já vi como vocês trabalham, a sua chefe ia ter incriminado a minha irmã se tivesse uma chancezinha assim.

Robin Parks empurrou a cadeira para trás e levantou.

– Creio que estou aqui voluntariamente.

Bryant fez que sim com a cabeça. Não se incomodava em confirmar aquilo.

– Estou vendo como isso aqui está caminhando, então é melhor eu ir andando.

Bryant levantou.

– Sr. Parks, por favor. É das suas sobrinhas que estamos falando. Sei o quanto você ama a sua irmã, mas, por favor, lembre-se de que ela não é a vítima. Não deixe a sua raiva pela minha chefe atrapalhar a investigação.

Bryant ficou chocado ao ver que os olhos do homem ficaram cheios de ódio.

– Você não entende? Tenho que ficar com raiva de alguém. É a minha família e eu amo aquelas meninas como se fossem minhas. Daria a minha vida para proteger cada uma delas. Luto para acreditar que não percebi o que o filho da mãe do meu cunhado era capaz, mas eu categoricamente me recuso a acreditar que havia mais alguém. Eu saberia.

– Sr. Parks, eu compreendo...

– Compreende o cacete – vociferou ele, antes de sair furioso da sala.

Bryant despencou de volta na cadeira. Parks estava realmente deixando seu ego atrapalhar a investigação? Ele não conseguia aceitar que não tinha visto o abuso de suas próprias sobrinhas, porém não podia mais discordar diante das provas. Mas não perceber o envolvimento de outra pessoa? Ou a sua recusa em reconhecer essa possibilidade residia em um motivo inteiramente mais sinistro?

Estava na hora de falar com a chefe.

CAPÍTULO
69

A ÁGUA GOLPEOU O ROSTO de Kim como um manto de gelo.

Ao afundar, sentiu a mão esquerda colidir com um membro, mas não tinha certeza de quem era.

À esquerda, ouvia balbucios e movimento. À direita, sentia uma atividade bem mais lenta, menos frenética, mas não enxergava nada.

Kim arriscou: bateu os pés para e esquerda e nadou para a direita.

Foi recompensada por um grito esganiçado de dor de Alex. Ela suspeitava que o movimento mais fraco em algum lugar à direita fosse de Dougie, já fatigado.

A água do canal se movia em todas as direções ao redor dela. Kim levou um segundo para se orientar e trabalhou a partir do lugar em que a lanterna tinha caído. Atravessou o espaço nadando transversalmente.

Anda, Dougie, onde você está?

Seu pé ficou emaranhado em um metal e ela, inutilmente, esperneou para tentar soltá-lo. Parecia uma teia de aranha ao redor de seu tornozelo. Estendeu o braço dentro da água e soltou a perna dos raios de uma roda de bicicleta.

Em seu terceiro deslocamento, ela se deparou com Dougie, quase não flutuando mais. Seus braços ainda batiam na água com um movimento desengonçado, mas a cabeça sacudia afundada. Não fazia nenhum som sequer.

Ela estendeu o braço, agarrou Dougie pelo pescoço e ergueu o corpo para que o rosto ficasse fora da água. Ele tossiu e cuspiu ruidosamente a água da boca. Porém, em vez de relaxar com ela, o toque de Kim o estimulou a agir, dando-lhe força extra para lutar. Estava lutando contra ela por sua vida. Ótimo, ele achou que Kim era Alex.

– Dougie, sou eu, Kim – disse ela.

Tirou a mão esquerda da água e a pôs gentilmente na bochecha dele, enquanto as pernas trabalhavam furiosamente para mantê-la flutuando. Precisava convencê-lo de que estava a salvo.

Kim sentia a exaustão tomar conta de seu corpo.

– Está tudo bem, Dougie, é só ficar quieto. Não lute comigo.

Na mesma hora, o rapaz relaxou completamente o corpo e Kim fez um agradecimento silencioso pela confiança dele.

Pôs a mão direita sob o queixo dele e virou de costas. Suas pernas trabalhavam como uma máquina a vapor sob a água. A única fonte de energia para levar ambos à segurança.

O topo de sua cabeça bateu na parede lateral do canal.

Corrigiu o percurso para que começassem a se mover paralelamente ao muro. Puxava Dougie com a mão direita e se orientava com a esquerda.

Ela conhecia aquelas comportas e escadas, mas só Deus sabia onde estavam.

Após mais algumas braçadas, sua mão acertou um pilar de metal. Finalmente. Ela o agarrou, mas antes de conseguir puxar Dougie, sentiu algo na bochecha. Muito lentamente, se deu conta de que era couro, depois sentiu um salto acertar-lhe com toda força a cabeça. A dor borrou sua visão durante uma fração de segundo antes de perceber o que aquilo significava. Puta merda, Alex estava acima dela. Subia a escada para sair.

Kim não podia permitir que a mulher fugisse.

– Dougie, nade sozinho – berrou, soltando-o momentaneamente.

Ela retorceu o corpo e estendeu o braço para cima. A mão esquerda agarrou um tornozelo com meia-calça que tentava fugir.

Kim fechou os dedos ao redor dele e deu um puxão.

Ouviu Alex gemer e, apesar de não ter feito a mulher se soltar da escada completamente, ela desceu alguns degraus.

A bochecha de Kim ficou pressionada na beirada de metal da escada.

Ela estendeu o braço para Dougie e conseguiu agarrar seu capuz, segurar no pilar e puxá-lo em sua direção. Todos os músculos de seu corpo queimavam.

– Suba na escada assim que eu estiver lá em cima, mas não saia daqui, entendeu?

Em seu braço, sentiu o movimento de cabeça de Dougie, assentindo.

Ao ter certeza de que Dougie estava segurando o metal, ela fez força para subir na escada. Quando seu corpo ultrapassou a superfície, litros e mais litros de água escorreram de suas roupas, quase puxando-a de volta para a comporta.

Kim segurou firme nos corrimões e fez força para suspender um pé de cada vez. Na escada, só havia o movimento dela. Puta merda, Alex já estava lá fora. A subida parecia eterna e seus músculos berravam mais alto a cada degrau.

Quando chegou ao topo, a lanterna ofereceu alguma iluminação, mas ainda não havia sinal de Alex.

Soltou a escada. Suas pernas estavam fracas e a água nas roupas acrescentavam o peso de uma pessoa às suas costas.

Cambaleou para a frente, mas endireitou o corpo. Nesse momento, viu que Alex estava quatro, cinco metros na frente.

Kim esforçou-se ao máximo para que as pernas se movessem mais rápido. Ela voava acima do caminho de cascalho, ganhando cada segundo.

Deu um último chute, saltou para a frente e derrubou Alex no chão.

CAPÍTULO
70

KIM SE DEU CONTA de que tinha calculado mal quando seus braços rodearam o tecido da calça encharcada de Alex, em vez de sua cintura. Mas havia agarrado alguma coisa e não soltaria.

Alex assustou-se e caiu para a frente. Kim segurou com firmeza, juntando os membros da psiquiatra junto ao corpo com força, como em uma difícil jogada de rugby.

Alex começou a se contorcer no chão, tentando se arrastar para a frente e escapar das mãos de Kim.

A inspetora sentia o tecido da calça escorregar em seus braços, pois os pés com meia-calça não paravam de golpear. Sentiu-se grata por Alex ter perdido os sapatos.

Kim conseguiu agarrar o tornozelo esquerdo de Alex e torcê-lo com força para a direita.

A psiquiatra deu um berro esganiçado de dor, mas continuou a se mover para a frente. Aquilo era inútil, Kim precisava de outra coisa.

– Alex... eu... tenho a resposta... que você quer – disse Kim, forçando a saída das palavras, pronunciadas com os curtos e ríspidos fôlegos que lhe restavam.

Alex parou de lutar por um segundo. Era tudo de que Kim precisava. Ela virou Alex de costas para baixo e subiu no corpo dela aos safanões. Travou os joelhos em suas costelas.

Estavam na beirada de um círculo de luz forjado por um poste na ponte.

Kim sentia o movimento do peito de Alex, pois seus pulmões se expandiam, lutando para se encherem de ar. Ficar tão próxima àquela mulher deixou-a com um gosto na boca pior do que o da água.

– Sai... de cima... de mim... cacete – ordenou furiosa.

Kim negou com um gesto de cabeça e completou:

– Sem chance... sua psicopata desgraçada.

Kim estava com muita vontade de acabar com a vida daquela mulher debaixo de si à base de murros e chutes, mas primeiro precisavam conversar.

Teve a sensação de que elas estiveram encarando-se na pista de dança durante semanas. Afastou uma mecha de cabelo molhado do olho.

— Tenho a resposta que você quer.

— Do que é que você... está falando?

Kim sorriu.

— Saí da casa da Jessica duas horas atrás.

— E?

Kim riu.

— É só isso?

— Não estou te entendendo.

— Você manipulou a Ruth para que matasse o Allan Harris. Você estava por trás das ações do Barry Grant. A Jessica Ross te procurou para pedir ajuda, mas ela estava muito mais perturbada do que as autoridades imaginavam. Você sabia o que ela tinha feito e estava pouco se fodendo. Você quer saber como a pessoa se sente depois. Não é isso?

Kim sentiu Alex ficar tensa debaixo de si.

— Você ficou tão desapontada com a Ruth quanto com o Shane?

— Não vi a Ruth desde...

— Não precisou. O Bryant e eu contamos o que precisava saber. Você nunca mais pediu para ver a Ruth.

Alex ficou calada.

— Jessica, sua última cobaia. A mulher que saiu do seu consultório hoje de manhã e foi para casa sufocar o filho.

— Ai, meu Deus, ela...

— Para com essa merda, Alex. Você me queria nesse jogo e eu estou aqui, então não me insulte. Não há nada que eu possa fazer a respeito e isso é exatamente o que você queria.

Kim sentiu o corpo da psiquiatra relaxar debaixo de si.

— Se você está dizendo.

— Você quer saber o que aconteceu?

Alex permaneceu imóvel. Kim tinha certeza de que ela queria desesperadamente saber. A mulher estava ensopada até o osso, deitada de costas à beira de um rio e não oferecia resistência. Oh, ela queria mesmo saber.

— Faça a pergunta e eu respondo.

Kim viu a tensão no maxilar dela.

— Anda, Alex. Faça a pergunta.

— Como a Jessica está se sentindo? – perguntou ela suavemente.

– Viu como tenho razão? Você nem quis saber se o neném está bem. Vou responder a isso, ainda que você esteja pouco se fodendo. O Jamie está vivo, Alex. Mas você só quer saber como a Jessica se sente.

O olhar de Alex a queimou por dentro.

– Então vou te contar. Ela está se sentindo culpada pra cacete.

Alex deu um pinote, mas Kim estava preparada. Ela colocou até a última grama de seu peso na barriga de Alex e abaixou o tronco, como se andasse em sua moto, alterando o próprio centro de gravidade. Quando os braços agitados tentaram atingi-la no rosto, os agarrou e segurou com firmeza.

– Você passou a vida inteira sem consciência... sem ser responsabilizada. Sabe que um sociopata nunca desenvolve consciência e queria fazer o contrário. Queria o poder de retirar a consciência. Tudo isso para transformar pessoas vulneráveis em perigosos sociopatas, fazê-las realizar atos desprezíveis sem culpa.

A boca de Alex tinha se transformado em uma linha odiosa. Toda a ânsia para refutar Kim desapareceu.

A inspetora continuou:

– Você sabia que podia manipular suas cobaias para que fizessem o que desejasse, mas queria que eles não sentissem culpa. Você foi arrogante o suficiente a ponto de achar que podia controlar a natureza humana.

– Boa sorte no tribunal. Você não tem...

No meio da frase, Alex deu um pinote e soltou-se do joelho direito de Kim.

A inspetora tentou empurrá-la de volta para baixo, mas ela estava retorcendo todos os membros. Tentou pegar a mão da psiquiatra, mas ela segurou a de Kim primeiro.

Alex agarrou a palma enfaixada e cravou o dedo nela, com força. As estrelas nos olhos de Kim foram imediatas quando a dor disparou e chegou à cabeça dela.

Tentou soltar a mão, mas Alex espremeu de novo.

Kim sentiu a ânsia de vômito subir no estômago.

Alex espremeu de novo e Kim caiu de lado, agonizando.

Com um movimento ligeiro, Alex ficou em cima dela, a posição de poder tinha sido revertida.

– Certo, Kimmy, agora é hora de falar sobre você.

CAPÍTULO
71

BRYANT TEMPESTEOU sala adentro.

– Me digam que algum de vocês teve notícia dela.

Dawson e Stacey responderam que não com um movimento de cabeça.

Bryant pegou o telefone.

– Jesus Cristo, Bryant, a gente provavelmente detonou a bateria dela com chamadas perdidas.

Bryant tentou novamente mesmo assim. Quando a ligação caiu, teve uma sensação assustadora.

Um tremor revirou seu estômago, reflexo do mau pressentimento também compartilhado pelos dois colegas. Teve a inexplicável sensação de que a havia decepcionado.

Ele sabia que Kim continuava investigando a dra. Thorne, porque era incapaz de deixar aquela história de lado. A inspetora tentou falar com Bryant muitas vezes sobre suas suspeitas e ele não deu bola, disse que ela estava imaginando coisas. Sabia que tinha subestimado a determinação dela. No mundo de Kim, ninguém escapava.

E agora ninguém sabia onde ela estava.

– A gente não devia procurá-la? – perguntou Stacey.

– E começar por onde? – perguntou ele.

A notícia de que os três estavam correndo por West Midlands em busca da chefe provavelmente chegaria aos ouvidos de Woody. E isso não seria algo bom para Kim.

– Que merda, gente. Temos que confiar nela, só isso.

Talvez estivessem preocupados por nada. Ela tinha o direito de desligar o telefone. Tirar um tempo para si. Era uma suposição ótima, mas não conseguia acreditar nisso.

Sabia que a amiga estava em perigo e não havia nada que pudesse fazer a respeito.

CAPÍTULO
72

– NÃO SE ATREVA A ME chamar assim, desgraçada – gritou Kim para ela.

Alex respondeu com um sorriso, achando essa posição mais confortável. Preferia ficar por cima, olhando para baixo. Enfim estava se divertindo um pouco.

– Desculpe, esse é um apelido usado só pela sua mãe.

Alex sentiu-se adequadamente recompensada pelo ódio absoluto que viu refletido nos olhos de sua adversária. Amor, ódio, tão nitidamente entrelaçados. Usaria isso.

Kim deu um pinote e solavancos, mas ela tinha os músculos da coxa de uma amazona e segurou-a com firmeza. O tempo todo em que Kim permaneceu falando, Alex sabia que, se conseguisse ficar por cima, ganharia o jogo na palavra.

Violência nunca foi seu forte. E não era no combate físico que residiam as fraquezas de Kim. Alex não tinha vontade alguma de quebrar os ossos da inspetora. Porque eles acabariam curados e ela continuaria impassível ao jogo delas. Não, as fragilidades da mulher debaixo dela estavam deliciosamente posicionadas no passado. Brincar com a mente era sua arte e estava na hora de rachar a detetive ao meio.

– Você me intriga, Kim. É muito inteligente, mas isolada dentro de si mesma. Luta constantemente contra a vida que o destino mapeou para você.

– Que descoberta fabulosa, mas vamos direto ao ponto? Tenho mais o que fazer.

– Sarcasmo, Kim, a defesa que você habitualmente escolhe. Mas não pensa sobre isso o tempo todo? Todo dia você batalha contra o que deveria ser.

– E o que eu deveria ser, Freud?

– Uma alcoólatra, uma viciada em drogas. O fato de a única pessoa que você realmente amou ter morrido de um jeito tão pavoroso ao seu lado devia ter produzido um indivíduo amargo, mal e cheio de ódio. As experiências iniciais da vida à mercê da sua própria mãe...

– Nossa, Alex, é isso que você tem pra acabar comigo? – perguntou Kim, virando o corpo para o lado.

Alex reajustou sua posição. Inclinou-se para a frente, prendeu os braços de Kim no chão e transformou o corpo da mulher em uma cruz.

Seus rostos estavam bem mais próximos agora.

Alex ficou em silêncio para apreciar o ódio. Depois sussurrou:

– Eu li a documentação sobre você e compreendo a forma como vive. Não vai confiar em outro ser humano enquanto viver, e quem pode culpá-la? O seu irmão...

– Deixe-o fora disso, sua fil...

– O Mikey foi a única pessoa que você amou, e ele foi retirado de você pela sua mãe. Ela abusou e negligenciou vocês dois até ele não suportar mais. Mesmo assim, você liga uma vez por mês para ela, não liga, Kimmy?

Alex permitiu-se aproveitar o triunfo que a arrebatava. O passado tinha deixado uma cicatriz tão grande naquela mulher que qualquer retorno a ele poderia destroçá-la para sempre.

– O seu ódio por ela é o que as mantém juntas. Toda conquista, toda vitória e você levanta o dedo do meio pra ela. Você nem pergunta por que ela fez aquelas coisas. Não dá conta disso. Se perguntasse, poderia ser forçada a perdoar. Então ela tem que continuar completamente maligna, certo?

– Você não sabe nada sobre...

– Sei que a sua mãe tem episódios violentos logo antes de todas as audiências para decidir sobre a liberdade condicional dela. É, Kimmy, a sua mãe se mantém presa por você. É o único presente que pode dar à filha. Então, como isso entra na imagem que você construiu?

Nenhuma resposta nos olhos.

Nem mesmo uma pestanejada ou uma piscadela.

Alex sentia-se empolgada, pois os disparos estavam acertando o alvo. Todos eles, sem exceção.

– Os hematomas e as idas ao hospital estão documentados. Os delírios da sua mãe a faziam crer que Mikey era o demônio e ela vivia tentando matá-lo. Você tinha que vigiá-lo o tempo todo para mantê-lo vivo.

Alex sorriu para si mesma ao ver os olhos tão próximos aos seus começarem a ficar vazios de emoção. Kim estava viajando ao passado e Alex a levaria lá com alegria.

– Mesmo assim, no final, você não pôde fazer nada a não ser vê-lo esvair-se. Ficou ao lado dele com alguns biscoitos e um pouco de

Coca-Cola. Racionou os suprimentos, alimentou Mikey e ficou com um pouquinho para você, mas não foi o suficiente, foi? Falou para ele que ficaria tudo bem, que alguém chegaria, mas isso não aconteceu, não é mesmo? E você ficou deitada lá, segurando o seu irmão enquanto ele lentamente perdia a batalha pela vida. Quanto tempo ficou deitada ao lado do cadáver dele antes de a ajuda chegar, Kim?

Alex esperava que a adversária fosse dar um pinote, mas não houve movimento algum entre suas coxas. Estava com o olhar perdido em algum ponto além de Alex, mas sem enxergar nada. Alex sabia que havia destroçado a mulher. Tinha tocado na fraqueza dela como se fosse um violino. Não havia nela uma centelha de movimento ou emoção sequer. Tinha levado Kim de volta para o passado e a deixado lá. Alex rezou para que ela jamais retornasse.

Kim Stone poderia nunca mais ser a mesma.

CAPÍTULO
73

KIM MANTINHA O OLHAR no poste enquanto continuava a mover o dedo indicador.

Só... mais... um... pronto. O alfinete estava solto do curativo.

Kim focou os olhos novamente e sorriu:

– Isso era o que você tinha de melhor contra mim, doutora?

Ela apreciou a confusão no rosto de Alex durante um segundo apenas antes de fazer um movimento brusco com a mão enfaixada para tirá-la do chão.

A palma da mão acertou o pescoço de Alex. Kim sentiu o alfinete entrar na pele e ela forçou a mão ainda mais, enterrando a ponta o máximo que conseguiu.

Alex berrou de dor e tentou cair de lado, mas Kim a agarrou pelo pescoço e retorceu o corpo para sair de baixo dela.

Levantou-se, arrastando Alex consigo. A psiquiatra cravava as unhas nos dedos da inspetora, mas Kim não soltava.

Segurou a mulher de pé e ficou observando o fundo de seus olhos amedrontados.

– Eu esperava muito mais de você, Alex.

A psiquiatra tentou novamente soltar a mão de Kim.

– Mas eu queria você em pé para isso.

Kim levou a mão esquerda atrás e, com toda a força que possuía, esmurrou o rosto de Alex.

A força do soco arremessou Alex para trás, fazendo a mão de Kim soltá-la.

Kim cambaleou para a frente e se ergueu sobre ela. Pronta, por precaução, caso ela se levantasse.

Seus olhos capturaram um movimento à esquerda. Alguém corria em sua direção.

– Kim... Kim... Mas que merda...?

David parou abruptamente ao lado do corpo inerte deitado no chão. As pernas de Kim oscilavam fatigadas e David estendeu os braços para segurá-la.

Kim balançou a cabeça e orientou:

– Pegue o Dougie, ele está na escada.

David deu mais uma olhada nela antes de sair na direção para a qual Kim apontara.

A inspetora sabia que Dougie tinha feito exatamente o que ela havia lhe dito para fazer. Fora da água, ele teria ficado vulnerável e Kim precisava que toda a atenção de Alex estivesse concentrada nela.

Dougie estaria com frio, molhado, com medo e cansado. Mas vivo.

Kim afundou no chão ao lado de Alex e observou os olhos azuis se abrirem. Um filete de sangue escorria pelo pescoço e adentrava o cabelo.

A batalha tinha terminado.

Kim olhou para a escuridão, aliviada por ver duas pessoas se aproximando.

– Você sabe que nunca vou te deixar escapar – disse Alex em voz baixa.

Kim observava David conduzir Dougie até o solo firme enquanto ela falava.

– E isso é a sua ruína.

As duas pessoas apareceram ao lado dela.

– Alexandra Thorne, você está presa pela suspeita de tentativa de assassinato de Douglas Parry. Não precisa dizer nada, mas poderá prejudicar sua defesa se, quando interrogada, não mencionar algo que queira usar posteriormente no tribunal. Tudo que disser poderá ser usado como prova. – Kim deu um impulso para ficar em pé. Quanto mais tempo permanecesse no chão, mais difícil seria para levantar.

Sirenes ressoaram ao longe.

Ela olhou para David.

– Você?

Ele fez que sim.

O telefone dela estava em algum lugar no fundo do canal. Ela avançou um pouco e parou diante de Dougie. Kim pôs a mão esquerda na bochecha dele. Ele não se afastou.

– Obrigado por confiar que eu salvaria você. Sei como isso foi difícil.

Ele continuou com os olhos suspensos para a esquerda, levantou a mão direita e cobriu a dela.

Seu corpo foi tomado por uma corrente de emoção. Isso era o suficiente para ela. O contato foi desfeito quando passos começaram a ressoar de todas as direções. Feixes de lanterna os atingiram. Kim protegeu os olhos.

– Senhora...

Kim ficou muito satisfeita ao ver seu velho amigo, Sargento Jarvis. O desentendimento entre eles no local em que havia ocorrido um crime parecia ter acontecido muito tempo atrás.

Kim apontou para Alex.

– Levem-na para a delegacia. A acusação é de tentativa de assassinato e já li os direitos dela.

Ele demonstrou compreensão com um gesto de cabeça quando os dois policiais se abaixaram e ajudaram Alex a ficar de pé.

– E levem esses dois para casa. As perguntas podem aguardar até amanhã.

David deu alguns passos adiante.

– Kim... eu não sei...

Kim suspendeu a mão.

– Leve o Dougie para casa e mande-o se secar.

David concordou com a cabeça e sorriu.

– Esse seu gancho de esquerda é poderoso, hein?

Kim deu de ombros e levantou a mão. Os nós dos dedos estavam inchados e avermelhados por causa do murro.

– Oh... merda – disse ela, para ninguém em particular, quando a imagem das filhas de Dunn lhe vieram à cabeça.

Nesse momento, soube quem estava no cômodo.

CAPÍTULO
74

KIM DESCEU DA MOTO e saiu gemendo escuridão adentro. Esse dia estava se tornando sem fim. Sequer lembrava-se da última vez em que tinha visto a delegacia, mas, nesse momento, era uma imagem bem-vinda. Assim como o homem aguardando à entrada.

Ela ainda estava com as roupas encharcadas agarradas ao corpo e ocasionalmente tinha calafrios até os ossos.

Seu corpo berrava a cada movimento adiante. Uma poça de sangue tinha vindo à tona no tecido agora frouxo ao redor de sua mão.

Kim sonhava com um demorado banho quente e um descanso no sofá com Barney, mas por enquanto isso teria que esperar.

– Jesus, Kim...

Ela notou que pronunciaram seu nome.

Ele a olhou de cima a baixo, horrorizado, e abriu a boca para falar.

Ela suspendeu a mão.

– É sério... não.

Ele assentiu com um movimento de cabeça e as cem piadas sobre a aparência dela morreram em sua boca.

– Eles estão aqui? – perguntou enquanto ele segurava a porta aberta.

Ela tinha lhe ligado do telefone de David e o instruído.

– Estão. Mas ainda não entendi o que...

– Você vai entender – expressou Kim. Ela não ia se explicar duas vezes.

Bryant seguiu Kim, que revisitava um local em que já havia estado. Novamente, ela percorreu o labirinto, mas, diferentemente da primeira vez, os dois policiais estavam em pé.

Ambos de calça jeans e moletom.

– Quase, rapazes. Vocês quase me passaram a perna – disse ela, encostando-se em um escaninho. Seu corpo ficou agradecido pelo apoio. – Mas não conseguiram.

O rosto de Jenks ficou vermelho. A tremedeira das pernas era visível pelo jeans. Ele se abaixou até o banco. O mais velho, Whiley, estava com o olhar fixo além dela. Uma moleza estava bambeando seu maxilar.

– Esta era a intenção quando você deu o murro nele? Que o caso nunca fosse a julgamento?

Jenks hesitou por um segundo.

– Não... eu fiquei louco de raiva... pensei nas duas menininhas...

– Cala a boca, Jenks. Eu não estava falando com você. – Ela virou para o policial prestes a se aposentar.

– Whiley, estou falando com você.

Toda a cor em seu rosto desapareceu.

– Não foi o Jenks que bateu nele, mas você o deixou levar a culpa. Você bateu nele e convenceu o seu parceiro a dizer que foi ele por causa da sua aposentadoria.

Ela virou outra vez para Jenks.

– Foi por isso que ele pediu para você fazer isso? Ele disse que não conseguiu se controlar por causa das menininhas?

Jenks fez que sim e suas sobrancelhas juntaram-se quando ele olhou dela para Whiley.

– Ele te sacaneou – disse ela, balançando a cabeça. – Não teve nada a ver com a aposentadoria dele. Foi porque ele estava no cômodo.

A boca de Jenks despencou e ele começou a balançar a cabeça. Kim não tinha energia para convencê-lo.

Havia uma coisa que precisava fazer.

Ela movimentou o corpo com dificuldade para o outro lado do vestiário e ficou a centímetros de Whiley.

Olhou bem dentro dos olhos dele. E ali enxergou a verdade.

– Você encostou nelas?

– Eu juro... não era eu... Eu não sei...

– Abra o seu escaninho, Whiley.

Ele se deu conta de que não tinha mais como fugir.

Ela estendeu a mão.

– Ou você abre, ou me dá a chave.

Sua mão trêmula serpenteou para fora do bolso.

Kim pegou a chave e a girou na fechadura. O espaço abarrotado tinha camisas e blusas penduradas na barra. O chão do escaninho tinha pilhas de botas e equipamentos fluorescentes. Mas ela estendeu o braço na direção da prateleira superior.

Sua mão tateou um livro. Ela o tirou e mostrou a Bryant.

– *The Longest Road* – disse ele, balançando a cabeça.

– Você já conhecia o Dunn – gritou Jenks. – Ele te chamou pelo primeiro nome quando atendemos o chamado. – A descrença em sua voz era nítida. – Eu não saquei, mas, puta que pariu, você já conhecia o cara.

Jenks levantou do banco, mas Bryant já estava ao lado dele.

– Seu filho da mãe do caralho – gritou Jenks, ao redor de Bryant.

Kim voltou-se novamente para Whiley.

– Vou perguntar mais uma vez. Você encostou nelas?

Kim sentia que a emoção em seu corpo tinha se esgotado. Mas, enquanto seu joelho elevava-se lentamente na direção da virilha dele, soube que sempre sobrava um restinho.

– Você encostou...

– Não... não... não... – respondeu ele, limpando as gotas de suor do queixo.

– Eu só queria ver. Eu estava curioso... Juro que eu não...

Kim afastou-se, pois a náusea estava muito próxima de sua garganta. Mais uma palavra e não conseguiria se conter.

– Sargento – ela chamou na direção da porta.

Novamente, o Sargento Jarvis apareceu.

– Noite agitada, senhora – comentou ele, com um sorriso atrás dos olhos.

Ela confirmou com um cordial movimento de cabeça. Agora entendiam-se.

– Por favor, tire essa coisa repugnante da minha frente.

– Com prazer, senhora.

Kim desabou no banco ao lado de Jenks. As mãos dele ainda estavam trêmulas de raiva.

– Você vai tomar umas palmadas pela sua participação naquilo, mas ainda terá uma carreira depois do que aconteceu.

– Obrigado. Mas como descobriu?

– É chefe, como descobriu? – repetiu Bryant.

Ela pegou a mão direita de Jenks e a virou para cima.

– Você estava segurando a cabeça nas mãos. Nenhuma delas estava inchada nem marcada quando vim ao vestiário logo depois do acontecido. O Whiley ficou com as mãos no bolso.

– Só por causa disso? – perguntou Bryant, esfregando o queixo.

– Não só. Quando você falou o nome do livro, eu sabia que já tinha ouvido falar dele em algum lugar.

Kim não mencionou os óculos para leitura nem o fato de que, quando foram à casa atender ao incidente doméstico, Whiley se apressou para levar

Dunn à cozinha e que ele tomou a liberdade de levar as meninas para a cama. Não é de se estranhar que a Wendy Dunn nunca tenha desconfiado. O desgraçado era policial.

Ela virou-se novamente para Jenks.

– O Whiley me abordou no corredor depois da agressão, só pra reforçar o que você tinha feito. Ele também me falou que você sabia onde era a casa. Eu sabia que era uma pessoa com quem as meninas já tinham se encontrado e, depois de me dar conta de que você não tinha batido nele, só faltava questionar as ações de uma pessoa. O Whiley nunca foi violento na carreira e o Dunn não é o primeiro abusador com quem ele se encontra, ou seja, tinha alguma coisa a mais nessa história.

– Jesus, chefe, isso sim é um salto de...

– Vou deixar você aqui para recolher os detalhes. Interrogue o sujeito.

– Será um prazer absoluto.

Kim deu um impulso para se levantar.

– Mas pode me fazer um enorme favor antes?

– Lógico.

– Pegue o seu carro e me leve pra casa.

CAPÍTULO
75

KIM ESTAVA DE PÉ diante da sepultura de Mikey em busca de respostas para perguntas que ainda lhe matraqueavam na cabeça.

Woody insistiu para que ela tirasse uma semana de folga. E dessa vez ela não se opôs.

Os primeiros dois dias ela tinha passado dormindo e caminhando com o cachorro.

Por fim, Barney parou de responder à chacoalhada da coleira e passou a recusar categoricamente se mover do sofá.

No início, ela não conseguia se concentrar na moto e tinha passado muitas horas olhando para os manuais e diagramas, incapaz de decifrar a mais simples das instruções. Três dias atrás, ela tinha conseguido pescar a porca quebrada de dentro do coletor de descarga.

O confronto às margens do canal a tinha deixado com muitas questões. Tudo em seu passado era separado, encaixotado e etiquetado na mente. Ficava em um canto do cérebro que ela não visitava, mas Alex tinha entrado lá à força e dizimado as embalagens, deixando espalhadas memórias e emoções.

Durante um momento lá, Kim tinha ficado tentada. Parte de sua cabeça queria seguir Alex escuridão adentro. Para deixar tudo de lado, para desistir da luta. Dissolver-se nas memórias de Mikey e nos primeiros seis anos de sua vida. Mas não fez isso, senão Alex teria fugido.

Foi necessário um tempo para organizar tudo de novo, reempacotar e recolocar a fita. Nos dias desde então, Kim tinha se perguntado o quanto era tênue sua permanência na sanidade. Concluiu que estava chegando o momento de tomar uma decisão. Ou abrir totalmente os compartimentos da mente e examinar os conteúdos, ou fechá-los ainda mais. Sabia as consequências de ambas as ações. Soltar tudo aquilo a consumiria. Poderia não haver mais retorno à vida como ela conhecia.

Se fechasse as caixas com pregos, ficaria a salvo da escuridão, manteria a sanidade e estaria protegida, porém condenada a uma vida de solidão e desconfiança.

Seus sentimentos em relação a Alex não eram menos complicados. Ela odiava a doutora pela crueldade de jogar com as vidas e as emoções das pessoas, mas também era fascinada pela habilidade da mulher em fazer isso. Odiava a doutora por expor todos os seus mais sombrios medos, mas admirava a capacidade da psiquiatra em quase destruí-la.

Kim respirou fundo e encolheu-se lentamente ao lado da pedra fria. Sua mão direita traçou o nome do irmão gêmeo morto. A emoção ficou agarrada em sua garganta ao enviar-lhe uma mensagem silenciosa.

– Querido, sinto muito, mas não estou preparada para você ainda. Sinto sua falta todos os dias e quando eu for forte o bastante, prometo que vou me lembrar de todos os minutos que passamos juntos.

Seus olhos capturaram um movimento à esquerda. Alguém familiar caminhava em sua direção.

Sua voz não passava de um sussurro:

– Mas, por enquanto, eu queria te apresentar a um amigo.

Bryant se aproximou dela e ofereceu um café em um copo descartável.

Kim inclinou a cabeça na direção da lápide.

– Este é o meu irmão gêmeo. Ele morreu.

Bryant virou a cabeça para a lápide.

Uma das melhores qualidades de Bryant era saber quando fazer perguntas e quando ficar quieto.

Ela se afastou da sepultura e sentou no banco.

Bryant sentou ao lado.

– Kim...

– Me diga como estão as coisas – disse ela, dando um golinho na bebida.

– Ok, o Whiley confessou que estava no porão com Dunn. Ele alega que foi a única vez e as gravações confirmam isso. Com o testemunho dele e o restante das provas, o Dunn não vai se safar, apesar do murro na cara.

– Você foi ver a Ruth?

Bryant fez que sim.

– Depois que contei tudo, ela praticamente implorou para testemunhar contra a doutora. Estão trabalhando em um acordo judicial a favor de Ruth. Ela vai cumprir pena, mas ainda terá um bocado de vida pela frente.

Sobre Ruth, Alex estava correta. Ela nunca teria cometido o crime sem intervenção.

Kim já sabia que Jessica tinha sido rediagnosticada com psicose puerperal, separada da família e internada. Como favor a Kim, Ted tinha concordado em tratá-la, e ela sentia-se confiante de que a moça receberia a melhor ajuda possível.

Kim havia ligado para Sarah Lewis. A placa de "À Venda" tinha sido retirada da frente de sua casa. A pequena família podia finalmente criar raízes.

– Barry Grant não estava mais ligado a aparelhos, mas continuava na UTI. O prognóstico era incerto. Sua memória estava prejudicada e a ironia de que ele nunca mais andaria não passou despercebida a ninguém.

Tinha conversado com David, que havia visitado Shane na cadeia. O rapaz permaneceu incomunicável e não revelou nada sobre os acontecimentos que o levaram à prisão. Tinha pedido a David que não o visitasse de novo.

Durante suas conversas com David, ele tinha dado pistas não muito sutis de que desejava ver o projeto de restauração dela. Embora Kim ainda não o tivesse convidado ainda, a possibilidade não havia sido completamente descartada.

Ou seja, a maioria das vítimas de Alex estava bem, porém, em relação a si mesma, Kim não tinha muita certeza. Externamente, sua fachada encontrava-se recuperada. Estava pronta para assumir casos novos, continuava dormindo mal e bebia mais cafeína do que era bom para ela.

– Ok, obrigada pelas informações, agora vaza e volta pra sua família.

– Você sabe que isso aqui não é propriedade sua e que não pode me mandar embora, né?

– Sei, mas e se eu pedir por favor?

– Eu te coloco em posição de recuperação e chamo os paramédicos.

– Quase engraçado – grunhiu ela.

Ele se levantou.

– Mas já que pediu como uma pessoa normal, vou te deixar em paz.

Ele deu dois passos e se virou.

– Kim, obrigado.

– Beleza, tô nem aí, agora vaza.

Ele ria ao virar e ir embora.

Kim levantou e observou a vista do coração de Black Country. Não era bonita. Era uma bacia com uma quantidade de pobreza e crime maior do que merecia.

Um sorriso repuxou seus lábios ao se lembrar de que em algum lugar lá embaixo havia um bebê cujo coração ainda batia forte dentro do pijama de dinossauros. Como a própria Kim, Jamie havia chegado à beira do abismo, porém lutou e venceu.

AGRADECIMENTOS

Comecei o processo de escrita de *Jogos malignos* com a intenção de representar a natureza de um verdadeiro sociopata. Houve momentos ao longo do livro em que quase dei a Alexandra Thorne um calcanhar de Aquiles, uma pequena fraqueza que oferecesse a esperança de uma futura salvação. Mas, permaneci fiel aos fatos, pois, por mais intragável e perturbador que possa ser, há pessoas entre nós que não possuem a capacidade de sentir remorso. Contudo, felizmente também existem indivíduos, como Kim Stone, que se interpõem no caminho delas.

Dois livros em particular se tornaram preciosos durante a pesquisa para *Jogos malignos*.

Meu vizinho é um psicopata, de Martha Stout.

Sem consciência: o mundo perturbador dos psicopatas que vivem entre nós, de Robert D. Hare.

Como sempre, gostaria de agradecer à equipe da Bookouture pela contínua paixão por Kim Stone e suas histórias. O incentivo, o entusiasmo e a crença têm transformado meus sonhos de longa data em uma realidade maravilhosa. Keshini, Oliver, Claire e Kim, um "muito obrigada" jamais será suficiente. Sou privilegiada por fazer parte desta talentosa e solidária família composta pelos formidáveis autores da Bookouture.

Meus sinceros agradecimentos à minha mãe, que sempre leva um exemplar do meu livro em seu carro, e ao meu pai, que anda com ela. O entusiasmo e o apoio são maravilhosos.

Minha gratidão se estende a todos os formidáveis blogueiros e resenhistas que não apenas leram e avaliaram os meus livros, mas que também acolheram Kim Stone em seus corações e apoiaram sua jornada. O amor pelos livros e o apoio, sempre cheio de paixão, são inspiradores.

Uma saudação especial para os maravilhosos integrantes do meu clube de leitura: Pauline Hollis, Merl Roberts, Dee Weston, Jo Thomson, Sylvia Cadby e Lynette Wells.

Finalmente, não há palavras para descrever a gratidão à minha parceira, Julie. Todo livro é um testemunho de sua crença infalível. Ela foi a minha luz nos dias sombrios e não me deixava parar. Sinceramente, ela é o meu mundo.

MENSAGEM DA AUTORA

Em primeiro lugar, quero agradecer muito a você por ter escolhido *Jogos malignos*. Espero que tenha gostado da segunda jornada de Kim e que se sinta da mesma maneira que eu. Embora nem sempre perfeita, ela seria alguém que você gostaria que lutasse ao seu lado.

Se tiver gostado, eu ficaria eternamente agradecida se escrevesse uma resenha. Adoraria saber mais sobre o que você achou, e isso também pode ajudar outros leitores a descobrir um dos meus livros. Ou você pode recomendá-lo para os seus amigos e familiares…

Uma história começa como uma semente de ideia e cresce com aquilo que observamos e escutamos ao nosso redor. Todo indivíduo é único e todos têm uma história. Quero capturar a maior parte delas que conseguir, e espero que você se junte a Kim Stone e a mim em nossas jornadas; aonde quer que elas nos levem.

Sendo assim, adoraria que você entrasse em contato comigo! Use as minhas páginas no Facebook ou Goodreads, o Twitter ou o meu site.

E se você quiser se manter atualizado sobre todos os meus lançamentos, inscreva seu e-mail no site abaixo.

Muito obrigada pelo apoio, ele é muitíssimo bem-vindo.

Angela Marsons

www.angelamarsons-books.com
www.facebook.com/angelamarsonsauthor
www.twitter.com/WriteAngie

Este livro foi composto com tipografia Electra LT e impresso
em papel Off-White 70 g/m² na gráfica Assahi.